Staread
星文文化

琅琊榜

NIRVANA IN FIRE

十五年典藏版

上册

海宴 著

浙江文艺出版社
Zhejiang Literature & Art Publishing House

图书在版编目（CIP）数据

琅琊榜 / 海宴著. — 杭州：浙江文艺出版社，2020.9
（2024.2重印）
ISBN 978-7-5339-6205-0

Ⅰ.①琅⋯ Ⅱ.①海⋯ Ⅲ.①长篇小说—中国—当代 Ⅳ.① I247.5

中国版本图书馆 CIP 数据核字 (2020) 第 155739 号

琅琊榜

海宴 著

责任编辑 於国娟
装帧设计 好谢翔

出版发行 浙江文艺出版社
地　　址　杭州市体育场路 347 号　　邮编 310006
网　　址　www.zjwycbs.cn
经　　销　浙江省新华书店集团有限公司
印　　刷　北京盛通印刷股份有限公司
开　　本　710 毫米 × 1000 毫米　1/16
字　　数　954 千字
印　　张　52
版　　次　2020 年 9 月第 1 版
印　　次　2024 年 2 月第 6 次印刷
书　　号　ISBN 978-7-5339-6205-0
定　　价　116.00 元（全三册）

版权所有　侵权必究
（如有印刷质量问题，请寄承印单位调换）

推荐序

近年来读书，大多是为工作，功利加上自身的浮躁，阅读已没有快乐。要谢谢海宴，在我不眠不休读完《琅琊榜》后，才发现自己被久违的愉悦感包裹，在层层推进、惊心动魄的情节里一直涌动着、激荡着。

有人说，我们这些"70后"，是最后一批理想主义者，怀有深深的英雄主义情结。少时看武侠，最振奋人心的便是倚天屠龙谁与争锋、小李飞刀例不虚发，而今世道剧变，冷兵器时代的打打杀杀已如过眼云烟，大侠们惊觉囊中剩下的碎银子不多了，须得考虑谋生了……生活布满陷阱，社会充满敌意，我们生活的年代，有多少梦想就有多少无奈，纯真的人不是堕落就是折戟沉沙，成长的代价并非张艾嘉唱的那般抒情感伤，是流血是死亡是价值观的颠覆重建，并且你并不一定认识这个脱胎换骨后的自己，这其中的挫败感，往往又很难向外人解释明白。但正如你所知，总有一些是非曲直是百折而不弯的，总有一些悠悠情怀是雨打风吹不去的，而阅读最大的快乐便是，文字的世界里，梦想未必不见容于现实，现实也未必一定会扼死梦想，就像《琅琊榜》中纵然风雨如晦也始终跳荡着一股勃勃生机的王朝——海宴将浩气给了萧景琰，将仁恕给了萧景睿，将旷达给了言豫津，将荣光给了霓凰，将疏狂给了蔺晨，将纯粹给了飞流……最后将一颗不灭的赤子之心给了林殊，人性的漆黑夜色里，这一盏心灯如月。

作为《琅琊榜》电视剧的制片人，我非常骄傲地向大家推荐这部小说，希望每一个人都能跟从海宴的一支妙笔，享受这一段梦幻之旅。

——侯鸿亮（电视剧《琅琊榜》制片人）

目录

推荐序

第一章 初临帝京 001

第二章 小显峥嵘 012

第三章 好逑之争 023

第四章 麒麟之才 034

第五章 迷离往事 051

第六章 御殿觐君 065

第七章 稚子之约 076

第八章 百密一疏 087

第九章 一发千钧 100

第十章 皎皎我心 114

第十一章 惊魂截杀 123

第十二章 侠骨柔肠 136

第十三章 荒园疑骸 147

第十四章 牵藤挂蔓 161

第十五章 智珠暗握 173

第十六章 杀机渐近 186

第十七章 翻手为云 199

第十八章 覆手为雨 209

第十九章 各显神通 222

第二十章 魔高道高 234

第二十一章 雪映忠魂 245

第二十二章 暗流突起 257

第二十三章	云收雾散	269
第二十四章	除夕血案	284
第二十五章	以静制动	295
第二十六章	朔风渐紧	306
第二十七章	歌舞升平	319
第二十八章	惊天一震	333
第二十九章	两败俱伤	342
第三十章	密室初启	354
第三十一章	大楚来客	364
第三十二章	嘉宾云集	375
第三十三章	天翻地覆	387
第三十四章	情绝义断	398
第三十五章	覆巢之下	412
第三十六章	天牢末路	427
第三十七章	慈亲永绝	441
第三十八章	此消彼长	452
第三十九章	旧日之痕	464
第四十章	此去经年	474
第四十一章	东宫惊变	487
第四十二章	已露锋芒	501
第四十三章	山雨欲来	510
第四十四章	城门劫囚	520
第四十五章	寒风满楼	535
第四十六章	一诺千金	548

第四十七章	行兵布阵	559
第四十八章	兵行险招	573
第四十九章	步步惊心	584
第五十章	唇枪舌剑	595
第五十一章	一剑封喉	606
第五十二章	胜券在握	620
第五十三章	惨烈真相	634
第五十四章	故人重逢	647
第五十五章	困兽犹斗	659
第五十六章	劫后余生	673
第五十七章	情深难寿	683
第五十八章	再返京华	695
第五十九章	有朋远来	703
第六十章	火寒奇毒	714
第六十一章	莫逆相知	725
第六十二章	暗夜微漪	735
第六十三章	何忧何求	745
第六十四章	天若有情	755
第六十五章	尺素烈狱	765
第六十六章	推心置腹	775
第六十七章	金阶狂澜	785
第六十八章	血色清名	794
最终章	情义千秋	805
尾声	风起	819

第一章 初临帝京

金陵，大梁帝都。

物华天宝，王气蒸蔚，此处连城门也与他处不同，格外的巍峨坚实。在川流不息入城的人流中，一辆青篷双辕的马车不起眼地夹在其中，摇摇缓行，在距离城门数丈之地停顿了下来。

车帘掀起，一个月白衣衫、容颜清朗的年轻人跳下车，前行几步，仰起头凝望着城门上方的"金陵"二字。

走在马车前方的两名骑士察觉到后面有异样，回过头看了一下，一齐拨转马头奔了过来。这两人都是贵族公子的打扮，年龄也大致相仿，跑在前面的一个远远就在问："苏兄，你怎么了？"

梅长苏没有回答，他保持着仰望城门的姿势，表情凝然不动，一头乌发被风吹起，有几丝零散地覆在苍白的面颊上，使得整个人透出一股深邃的沧桑与悲凉。

"苏兄是不是累了？"这时另外一人也奔至近前，关切地道，"就快到了，今天可以好好歇歇。"

"景睿、谢弼，"梅长苏毫无颜色的唇边掠过一抹浅淡的笑，"我想在这里再站一会儿……多年没来，想不到金陵城几乎丝毫未变，进了城门后，多半也依然是冠盖满京华的盛况吧……"

萧景睿微微有些怔忡，问道："听起来似乎苏兄以前……曾经来过金陵？"

"十五年前，我曾在金陵受教于黎崇老先生，自他被贬离京后，就再没有回来过。"梅长苏幽幽长叹一声，闭了闭眼睛，似要抹去满目浮华，"想到先师，不免要感慨前尘往事如烟如尘，仿若云散水涸，岂复有重来之日。"

提起前代鸿儒黎老先生，萧景睿与谢弼都不由得神色肃然。

黎崇这位学博天下的一代宗师，虽然受召入朝教习诸皇子，但亦不忘设教坛于宫墙之外。在他座前受教之人富贵寒素，兼而有之，并无差别，一时名重无两。然而当年不知为了何故触怒天颜，以太傅之身被贬为白衣，愤愤离京，郁郁而亡，诚是天下士子心中之痛。在与梅长苏一路同行到金陵的相处过程中，萧景睿和谢弼都觉得这位苏兄学识深不可测，一定大有渊源，却没想到他原来竟是受教于这位老先生。

"苏兄身子不好，我们本来是请你到金陵散心养病的，你若是这般郁郁不欢，倒让我们这些做朋友的觉得过意不去。"萧景睿低声劝道，"黎老先生若泉下有知，也不想看到苏兄你为他伤感，有损身体。"

梅长苏默然半晌，方缓缓睁开双眸，道："你们放心，既到王都城下，难免要哀念片刻亡师当年忠心受挫、黯然离京的凄楚之情，岂有一直沉溺忧伤之理？我没有事的，咱们进城吧。"

时近黄昏，昼市已休，夜市未起，街面有些清寂。三人很快就赶到了一座赫赫府第前，"宁国侯府"的匾额高高悬挂，十分显眼。

"哎呀，快进去通报，大公子、二公子回来了！"这时正好是下人们忙着四处掌灯的时候，一个眼尖的男仆扭头瞅见他们，立即高声叫了起来，同时迎上来请安。

三人下车下马，客前主后进了侯府大门，入目便是一道影壁，壁上"护国柱石"四字竟是御笔。

"芹伯，父亲、母亲呢？"萧景睿问着一个匆匆迎出来的老仆。

"侯爷在书房，不过夫人今日礼佛，要留宿公主府。"

"那我爹、我娘呢？大哥和绮妹他们呢？"

"卓庄主和卓夫人已经回玢佐去了，卓姑爷和大小姐同行。"

在一旁听着他们的问答，梅长苏忍不住失笑道："真是混乱啊，又是父亲、母亲，又是爹、娘的，再加上你跟哪个兄弟都不同姓，不知道的人一听就晕了。"

谢弼转头看了看兄长，也笑了起来："不知道的人当然会晕了，不过景睿的身世也算是一段传奇了，不知道的人很少吧。"

萧景睿故意板起脸，斥道："没大没小的，叫我大哥。"

不过玩笑归玩笑，其实谢弼说的没错，萧景睿的身世由于太离奇，又牵涉贵胄世家的宁国侯府与江湖名重的天泉山庄，在朝野间的确是无人不知，无人不晓。

二十四年前，宁国侯谢玉离开他怀孕的妻子——当朝皇妹莅阳长公主——出征西夏，同年，江湖世家天泉山庄的庄主卓鼎风也将身怀六甲的爱妻送到金陵委托朋友照顾，自己前往苗疆约战魔教高手。谁知天有不测风云，一次被民间俗称为"锁喉"的疫情暴发。为躲避瘟疫，城内的达官贵人们纷纷离开，到附近的清静山庙避灾，而谢、卓两家夫人巧之又巧地住到了同一座庙里的东西两院。

由于山中寂寞，两位夫人有了交往，彼此都觉得性情相投，常在一处起坐。这天，两人正聚在一起聊天弈棋，突然同时阵痛起来。其时外面正是电闪雷鸣、风雨大作，随行的仆从们惶惶然地忙乱到深夜，终于有婴儿的啼哭声响起，两个男孩几乎是先后脚一起落草。

在一片喜笑颜开中，产婆们捧着这金尊玉贵的两个小公子到外间准备好的一个大木桶里给婴儿浴身。

就在此时，意外发生了。

古庙院中一株空心柏被雷电击中，一段粗枝轰然断裂，砸在产房屋顶上，瞬间瓦碎梁歪，窗棂也被震落，狂风猛卷而入，屋内烛火俱灭，一片尖叫声。侍卫和婢女们慌慌张张抢出两位夫人，被吓得向后跌坐在地上的产婆们也手忙脚乱地摸黑从木桶里捞出婴孩，逃了出去。

好在有惊无险，无人受伤，重新择房安顿好了产妇之后，众人刚松了一口气，就突然发现了一个重大问题。

摸黑被抱出的两个男婴，赤裸裸身无牵挂，一样皱皱巴巴，一样张着嘴大哭，重量相仿，眉目相似，哪个是谢夫人生的，哪个又是卓夫人生的？

到了第二天，问题更加沉重，因为其中的一个男婴死了。

谢夫人既是当朝长公主，这件事就不可避免地惊动到了当今天子。皇帝下旨命两家带着婴孩入宫，只看了一眼，便知道事情难办了。

谢玉与卓鼎风都是长身玉立，五官明晰；两位夫人都是柳眉杏眼，秀丽文雅。虽说不算很像，但细察其五官，轮廓特征竟然差不多。

即使等孩子长大，只怕也难单凭长相，就判定他到底是谁家之子。

皇帝抱着婴儿瞧了半天，虽无决断，但因心中十分喜爱，便想出了一个折中之计："既然无法确认这孩子究竟是何人之子，那他姓谢姓卓都不合适，朕就赐国姓于他，按皇子辈取名，叫景……景睿好了，他生在睿山之上嘛。一年住在谢家，下一年就住在卓家，算是两姓之子，如何？"

皇帝做了主，何况也没有更好的办法，大家也只能同意。

就这样，萧景睿便有了双重身份，既是宁国侯谢家的大公子，也是天泉山庄卓氏门中的二少爷。而素无往来的谢、卓两家也由此变得有如亲族一般，关系紧密。两年前，卓家长子卓青遥娶了谢府大小姐谢绮为妻，两家更是亲上加亲，和睦得有如一家一般。

"大哥，既然父亲在书房，我们直接过去请安吧。"谢弼说着又回头看了看梅长苏："苏兄一起去吗？"

梅长苏一笑道："入府打扰，自当拜见主人。"

兄弟二人一左一右，笑容晏晏地陪同着客人进了二门。沿途的下人一看这架势，就知道来的是个要紧的贵客，只是看来者一身白衫，容颜清素的样子，又猜不出是何来头。

按贵族世家的常例，除非是迎接圣旨或位阶更高的人，一般不开中门不入正厅，所以两兄弟直接就引着客人到了东厅。虽然室外还有余晖，但厅内已是明烛高烧，在温黄的灯光下，有一人手执书卷，踏着光滑如镜的水磨大理石地面，正缓步慢踱，若有所思。听到有人进来的声音，他停下脚步，转过身来，颌下长须无风自动。

这就是颇受当朝皇帝倚重，被称朝廷柱石的宁国侯谢玉。

当年曾被喻为"芝兰玉树"的美男子如今已年过半百，但端正的面庞和挺秀的五官依然保留着青年时的俊帅，体型也保持得很好，胖瘦适中，矫健有力。此时他身着一套半旧的家居服，除了腰间一条玉带外别无华贵的饰物，却透着一股让人无法忽视的雍容。

萧景睿与谢弼神色恭肃地上前拜倒，齐声道："孩儿见过父亲。"

"起来吧。"谢玉抬了抬手，目光落在萧景睿身上，语调略转严厉："你还知道回来？两个多月不见你人影，连中秋团圆之日都忘了，看来平日对你实在管教得不够……"

刚刚才教训这一句，谢玉突然发现厅上还有第四人，立即停顿了下来："哦，有客人？"

"是。"萧景睿躬身道，"这位苏兄是孩儿结识的朋友，在外时一向多承他照顾，此次是孩儿力邀他到金陵休养身体的。"

梅长苏迈步上前，执的是晚辈礼，气度却甚是从容不迫："草民苏哲，见过侯爷。"

"苏先生客气了，来者是客，何况又是犬子的好友，不必如此谦称。"谢玉抬手微微还了半礼,见这年轻人虽是病体单薄,但容颜灵秀,气质清雅,不由得多看了两眼,"苏先生好人物,既然赏光客寓敝府,就当自己家一样,不必拘束。"

梅长苏欠身笑了笑,并未多客套,慢慢退后了一步。

因有外人在场,谢玉不便再对萧景睿多加训斥,所以只瞪了一眼,就放缓了语气道:"客人远来劳累,你们陪着先安排休息吧。明日不许贪睡,去公主府迎你母亲回来,等我下朝后再过来这里,有话要吩咐你们。"

"是。"兄弟二人一齐躬身,与梅长苏一起退了出来,一直等出了院门,才放松了全身。

因为早得了吩咐,谢府下人们已打扫好客院雪庐,重新换了崭新的铺陈,热茶热水也准备停当,整个院子显得极是温馨,倒看不出一向少有人住。

旅途中晚膳吃得太早,所以萧景睿和谢弼陪着梅长苏一起在雪庐用夜宵。枣粥和点心刚送上来,萧景睿突然想起来了什么,问道:"飞流呢,叫他一起来吃吧?"

梅长苏笑道:"他一直都在啊。"

话音刚落,萧景睿和谢弼突然觉得背心一阵发寒,回头看时,方才明明空无一人的屋角,此时竟已静静地站着一个身着浅蓝衣衫的少年。他容颜生得极是俊美,可惜全身上下都仿若罩着一层寒冰般的冷傲孤清,令人分毫不敢生亲近之念。

"虽说不是第一次见飞流,可还是觉得这身法好诡谲啊。"谢弼压低了声音悄悄道,"苏兄,有他这样一个护卫在,我都不太敢靠近你,生怕他一个误会,劈我一掌。"

"怎么会?我们飞流脾气很好的。"梅长苏刚抬了抬手,下一个瞬间飞流就已经飘了过来,蹲下身,将头靠在梅长苏的膝上,"看,还喜欢撒娇。他只是偶尔分不清楚真假,以后有他在场的时候,你们不要跟我打闹就是了。"

这个武功奇绝的少年护卫受过脑伤,略有些心智不全,萧景睿和谢弼早已知道,不过他俩对梅长苏都敬如师长,根本没打算跟他打闹,所以这句吩咐嘛,听着也就是听着罢了。

飞流不喜欢吃粥,谢弼又吩咐人另给他煮了面食。大家正边吃边闲谈,院外突响人声,有人一路朗声大笑着走进来道:"你们走得可真慢,等得我都快长毛了!"

萧景睿大喜,跳起身来抓住来者:"豫津!"

谢弼却皱起了眉头,下巴一仰,问道:"我说言豫津啊,你这消息也太快了吧?我们刚刚才进门,时间又这么晚,你跑来干什么?"

"我跟你们管家打了招呼,等你们一回来就给我送信儿。"言豫津大踏步走上前来给梅长苏见礼:"苏兄看起来气色不错,这一路上少了我,没被这两人给闷死吧?"

国舅府的大少爷言豫津是萧景睿最好的朋友,三个贵公子本来是在一起游历,途中遇到梅长苏,原本打算结伴同行回金陵,谁知一行人在半路上碰巧救下了一对被追杀的老夫妇,听他们说是准备上京,去控告庆国公柏业的亲族在他的原籍地滨州横行乡里、鱼肉百姓、夺耕农田产为私产、殴杀人命等诸项罪状。谢弼因为宁国侯府与庆国公府一向交好,怕父亲责怪,没有敢管这桩闲事,而言豫津生性洒脱,侠义心起,便自告奋勇护送这对老夫妇一起先走,同时还坚持不要萧景睿同行,一行四人这才分成两路先后入京。

一见到他,梅长苏自然要先问一问那对告状的老夫妇。

"状子已经递到御史台了,皇上密旨派了特使去滨州,没有调查结论前案子暂不开审,所以现在还没起什么风波,谢弼你也用不着这么急就疏远我避嫌。"言豫津虽然面上乐乐呵呵的,但说起话来却毫不客气,"我就是想这么晚来看看景睿和苏兄,又不是来看你的,不服气来咬我啊……"

"呸!"谢弼啐道,"你那么厚的皮,谁咬得动?"

"好了好了,不开玩笑了,跟你们说正经的。"言豫津拖过一张凳子在桌旁坐下,捞起一杯茶一饮而尽,"你们大概还不知道自己回来得有多及时吧?"

"及时?"萧景睿不解地眨眨眼睛,"我们赶上什么了吗?"

"哈哈,"言豫津用力拍着好友的肩膀,"你们赶上了一场大热闹!"

听他这样说,梅长苏倒还罢了,萧景睿和谢弼却一齐睁圆眼睛,露出了好奇的表情。因为他们二人非常了解言豫津,知道这位国舅公子是全京城最爱看热闹的一个人,哪里有热闹哪里就有他的影子,看的热闹多了标准自然也会水涨船高,所以从他嘴里说出来的"大"热闹,就一定不会小到哪儿去。

"别吊胃口了,快说,有什么热闹看?朝廷要加恩科点武魁了吗?"谢弼催问道。

"比那个热闹。"言豫津摆摆手,"你们还记不记得,我们在初遇苏兄的那个小县城外,看见了什么人?"

"看见了……"谢弼略一回想,"啊,那个大渝国派来出使我们大梁的使团!他们现在已经进京了?干什么来的?"

"嘿嘿,"言豫津笑眯眯地道,"他们是来求亲联姻的!"

"原来是这个事……"谢弼有些失望,"皇上按惯例会考察一下这些使者,虽然还算有趣,却也未见得能有多热闹。"

"你先别急嘛，"言豫津斜了他一眼，"这个热闹里不仅有皇上，有大渝使者，还有一个你们想也想不到的第三方！猜猜是谁？"

萧景睿与谢弼刚开始想，梅长苏已道："是不是北燕的使团也到了金陵？"

言豫津稍感受挫，但很快又振作起精神："苏兄猜得没错，北燕的使团规模也不小，双方在金陵城已经明争暗斗了好几天了，皇上决断不下，或者他根本就不想决断，所以颁下圣旨，三天后在朱雀门外，来一个公平的比试！"

"有些意思了，"萧景睿挑起双眉，"我们已经看到大渝使团里至少有一个金雕柴明，北燕那边虽然不知拓跋昊来了没有，但也绝不会差到哪里去。这双方比拼，的确值得一看。"

"哪里只是双方比拼，是三方！"言豫津得意地一笑。

"啊？"两兄弟异口同声地问道，"还有哪家使团？"

言豫津正准备卖卖关子，梅长苏又笑道："我猜当然还有东道主。窈窕淑女，君子好逑，难道就不许我们大梁的勇士去争争这个机会？"

面对着萧、谢二人询问的目光，言豫津只好予以肯定："苏兄猜得对，就是这三方。"

谢弼很是诧异地道："皇上这样下旨实在奇怪，他如果不同意和亲，拒绝就是了，如果同意和亲，那把本国人扯进来比试什么？"

"你们这就不懂了吧？"言豫津又高兴起来，"我刚才就跟你们说过，这是求亲，不是和亲！你们以为跟以前一样，如果皇上同意了，就在公主、郡主中挑一个适龄的嫁过去，对方也不在乎到底是谁，反正娶的是大梁宗室贵女的身份？"

"听你这话的意思，大渝和北燕此次前来，难道还有特定求亲的人选不成？"

"没错。"言豫津用充满神秘感的表情道，"一个特定的人选，一个让他们打得满头包都愿意娶到手的人……要不要猜猜看是谁……"

话音未落，梅长苏随手放下粥碗，道："我猜是霓凰郡主。"

萧景睿与谢弼一齐跳了起来，失声道："什么？！"

而言豫津则是一脸幽怨地盯着梅长苏，恨恨地道："苏兄，虽然你聪明绝顶让人佩服，可这种什么都猜得中的毛病实在不好，让人觉得很无趣，很没有成就感啊！"

"对不起，我反省，以后不这样了。"梅长苏笑道，"你继续。"

"还继续什么啊，该讲的都讲得差不多了……"

"这样就差不多了？"谢弼大声道，"大渝和北燕提的这是什么狗屁要求？皇上早该一开始就拒绝了才对,还搞什么公开比试?!大臣们没有谏阻吗?霓凰郡主怎么可能嫁出去?"

梅长苏唇边浮起一丝淡得让人难以察觉的清冷笑意。

是啊,霓凰郡主怎么可能嫁去外族?她可不是一个长在深宫幽闺的普通贵女,而是以一介女流之身,执掌南境十万边防铁骑的奇女统帅。十年前大梁南边的强敌楚国兴兵,负责南境防线的云南王穆深战死,其女霓凰临危受命,全军缟素迎敌,血战楚骑于青冥关,歼敌三万。此役后,朝廷颁下旨意,命霓凰郡主代幼弟镇守南方,南境全军皆归其麾下。郡主也曾指天盟誓,幼弟一日不能承担云南王重责,她就一日不嫁,至今已二十七岁,仍是单身。

也正因为霓凰郡主的地位举足轻重,所以对于皇帝陛下同意异国人也可进入郡主择婿范围的决定,几个贵家公子十分吃惊。萧景睿先就问道:"皇上难道就没有先问过郡主本人的意思?"

"当然问过,因为云南王世子穆青上月已成年袭爵,所以郡主倒是同意了,不过加了几个条件。首先,比试者必须是求亲者本人;其次,文试她不管,由皇帝陛下裁断,但武试的优胜者要跟她亲自比试,输了才嫁。"言豫津悠悠地道。

此言一出,那两兄弟又齐齐松了一口气。谢弼骂道:"死豫津,故意逗我们!这样就好多了,大渝和北燕的成名高手多半已婚无资格,未婚的就算再精挑细选,打得过我们霓凰郡主吗?"

"也不一定非要打得过才行,"梅长苏再次插言,"如果郡主看得顺眼喜欢,自然不输也会输了。"

"我也这么觉得,"言豫津美美地道,"你们都晓得,郡主一向喜欢我……"

谢弼喷出才喝进嘴的一口茶,咳着道:"她……她是一向喜欢骂你!霓凰郡主沙场风霜多年,喜欢的多半是稳重有担当的男人。"

"唉,"言豫津叹着气,"谢二,我可好不容易做个美梦,你别这么狠心……"

"你就少开玩笑了。"萧景睿推他一把,又道,"不过这次大渝和北燕也算是做着美梦来的,不成功吧,没有多少损失,一旦成功了……你们想想,不仅是联了国姻,而且娶到手一个军事奇才,名声也会一下子响亮不少呢。"

梅长苏淡淡地道:"大渝和北燕近来朝局都不稳,各有几派在你死我活地夺嫡争太子之位呢。此时有哪个皇子娶到了霓凰郡主,简直就如同已稳拿皇太子的宝座一样。"

"苏兄这话算是点到要害了。明知我大梁朝廷不大可能会放霓凰郡主外嫁,但总要拼着血本来争一争,若是侥幸争到了手,回国就赢定了。"言豫津赞同道,"也不知是谁给他们出的主意,也亏他们敢鼓足了勇气来。"

梅长苏很感兴趣地看着他,问道:"你怎么知道一定是有人去给他们出了主意呢?"

言豫津耸耸肩道:"只是直觉。你们想啊,两个国家一起想到这个主意,又差不多同时付诸实施,也太巧了一些。"

"管他巧不巧,总之不能让霓凰郡主外嫁出去。"谢弼摇着手,转向梅长苏:"苏兄,依你看这场比试谁会赢呢?"

梅长苏失笑道:"我又不是算命的,哪里会知道。"

"刚才豫津问什么你就猜得中什么,我还以为你能未卜先知呢。"谢弼哈哈一笑。

"我跟你们实招了吧,"梅长苏笑道,"其实我不是猜中的。"

"不是猜中的?"言豫津立即来了兴致,"难道苏兄真的会算命?"

"命理之玄妙,岂是我一介愚人能窥算的?"梅长苏说着,从袖中摸出一卷绢书,"我没有猜,我是早就知道这件事,这上面都写着呢……"

言豫津好奇地接过绢书,三个人凑过去一看,全都惊讶得叫了起来。

"这是大渝国君亲笔书写、遣使求亲的国书啊!"谢弼两眼发直,"怎么会在你手里?"

"啊,我们遇到大渝使团时,他们正在一家酒楼里吵嚷说丢了国书,原来……"言豫津歪着头盯住梅长苏瞧:"苏兄啊,你没事偷人家国书做什么?"

"你说对了,就是闲着没事才偷的。"梅长苏仍是笑得一派云淡风轻,"大渝使团刚好跟我住同一个客栈,那个掌柜的告诉我他们有个檀木长匣,护得很紧,里面一定有好东西。我一时好奇,派飞流去取了来看,没想到只是一卷公文国书。这些事情与我们江湖人无关,所以我也不太感兴趣,原想看过就放回原处的,没料到他们那么快就发现了,闹了出来,没办法,就只好不还了……"

三人全都见识过飞流奇诡的身手,听说是他去取的,倒也不吃惊,只是这个梅长苏的好奇心也未免太重了些,人家的国书他都要去翻来看看,也不怕惹上什么麻烦……

"对了,参与甄试有没有什么条件和限制呢?"萧景睿把话题又扯回原处。

"有啊,要家世清白,年龄相当,品貌端正,未曾娶妻……"

"就这些?"

"就这些。"

"啊,"谢弼叫道,"那大哥也可以去参加!"

"我?"萧景睿吓了一跳,"我虽然敬重霓凰郡主,可从来没有想过……"

"不是想要你赢到最后才让你去的,"谢弼拉着他的袖子,"我们大梁参加的人越多,大渝和北燕获胜的机会就越小。你那么优秀,一定能淘汰掉不少对手,也算去为霓凰郡主筛选掉不合格的人选嘛。"

"可是……"

"别可是了!我是武学不精,报了名也白搭。你是天泉山庄的二少爷,卓伯伯亲自教你武功,好歹也算是个高手,难为苏兄进京这一路上都在指点你,就算积累一下实战经验也好啊。"谢弼不由分说,向言豫津道:"豫津,明天你去帮他把名给报上。"

"这个不用你操心,我早就已经给他报好了。"言豫津笑眯眯地道。

"喂……你们俩……"

"不用紧张,"梅长苏忍着笑道,"你的武功我最清楚,想赢到最后是不可能的,去比试几轮又有什么关系?"

"你这也算是安慰我?"萧景睿欲哭无泪,"难道我是最好欺负的人……"

谢弼又想到一个问题:"不会只有京城贵胄人家才知道这事吧?民间的俊彦英杰应该也能来参加吧?"

"当然能来。"言豫津斜了他一眼,"这种消息就是想瞒也未必瞒得住,何况皇上也有趁此机会为郡主择一佳婿以慰她沙场孤苦的意思。你们这一路上京来,难道没注意到各路武林英豪都在朝金陵赶吗?"

三人细细回想,迟钝地发现好像是这样,只是进京的人流本就多,一时没在意罢了。

"好啦,不跟你们聊啦,"言豫津起身伸个懒腰,"我要回去好好休养,三天后准备大展身手,打退各路英豪,一举赢得霓凰姐姐的芳心……"

谢弼斜了他一眼:"还没睡着就开始说梦话……"

"是该走了,免得打扰苏兄休息。"萧景睿也道,"飞流都睡着好久了。"

大家回头一看,果见飞流和衣躺在床上,也没放帐帘下来,闭目睡得很香。

"都睡着了感觉还像个冰块……"言豫津刚发表了一句评论,飞流的眼睛突然睁开,吓得他赶紧指着萧景睿道:"是他说的!"

飞流的双眼无焦地睁了一小会儿，瞬间又重新闭上。

"放心，你的声音他已经认得了，"梅长苏莞尔道，"如果是陌生人的声音，飞流就会立即醒过来了。"

"还好还好，"言豫津拍拍胸口道，"那我们就告辞了，苏兄请早些安歇吧。"

梅长苏起身相送到门外，目送三人离去。二更钟鼓恰在此时响起，他停住脚步默默地听了一会儿，凝目看着黑夜中一片寂静的侯府，良久之后，才慢慢关上了房门。

第二章 小显峥嵘

金陵城世代以王气蒸蔚著称，城中心自然就是大梁皇帝的宫城。从南胜门出去，一条斜斜的红墙砖道，连接着一个既独立又与宫城浑然一体的精致府第。

府第的规制并不算大，但如果以大小来判定府第主人的身份就很可能会犯下严重的错误。府第正门常年不开，门楣上悬挂着一道镶金边、纯黑为底的匾额，上面以官梁体写着方方正正的三个字："莅阳府"。

莅阳长公主，当朝天子唯一在世的妹妹，宁国侯谢玉之妻。

京里稍微有一点年岁的人，都还清楚地记得当年长公主出嫁时轰动全城的盛况。那高踞于迎凤楼上俯视平民的新婚夫妇，简直就是"英雄美人"四个字最直观的诠释。二十四年时光荏苒，两人恩爱依然，互敬互重，膝下三男一女，皆是知书达理的孩子，在众人的眼中，这绝对堪称最完美的家庭典范。

原本按皇室惯例，莅阳长公主与谢玉成亲后，应是由谢玉移居到公主府，外人对他以"驸马"而非"侯爷"相称。但由于公主本人的意愿，加之先皇太后一向不赞同让公主们在婆家高高在上，享受不到天伦之乐，故而莅阳长公主婚后便移居宁国侯府，在府内与公婆以家礼相处。长公主生性贤良，为人端庄持重，命令下人只要是在侯府之内，统统以"夫人"称呼她，对她自己带来的宫人，更是严加拘管。后来谢玉战功日著，在朝中越发显贵，公主又时时刻意低调，朝野上下渐渐便习惯了将两人的关系视为"侯爷"和"夫人"，而不是原本应该的"公主"和"驸马"。

这座莅阳府是公主十五及笄之年敕造的，自她大婚后，便空闲了下来。莅阳长公主觉得空置可惜，命人在里面种植了无数的奇花异草，四季常香，宫中后妃与亲贵家眷们常在花期前来请求赏游，是京都上层的一处胜景。长公主在斋戒、礼佛时，或者是太皇太后要来小住的日子，都会搬回去住上几天。

萧景睿与谢弼二人回来时，他们的母亲就恰好正在公主府中小住。

这日一大早，两兄弟便遵从父命，前往莅阳府迎候长公主，护送她的銮驾回宁国侯府。此时老侯爷与太夫人已逝，无须前去问候，所以莅阳长公主直接吩咐回她日常起居的内院正房。

顺回廊过侧院，沿墙栽种着一水儿的晚桂，此时花期未尽，尚有余香，莅阳长公主略略放缓了脚步，似在感受风中馥郁。恰在这时，有一缕琴音逾墙而来，虽因距离较远，听不真切，但音韵清灵，令人陡生涤尘洗俗之感。

"这是何人抚琴？意境非凡啊。"

萧景睿仰首细听了片刻，答道："这是孩儿的一个朋友，姓苏名哲，受孩儿之邀来金陵小住休养，目前就下榻在雪庐。"

"娘是否想要见见此人？"谢弼忙问道。

莅阳长公主淡淡一笑："既是景睿的友人，你们好生招待就是了，何须见我？"

"可是此处听不真切，不如孩儿请苏兄进内院，隔帘为娘亲抚琴如何？"谢弼建议道。

莅阳长公主眉间略略一蹙，但辞气仍然温和："弼儿，这位苏先生来此是客，并非取乐的伶人，岂能这样召来唤去？日后若有机缘，我自能再闻琴音，若无机缘，亦不可强求。"

萧景睿乍一听到二弟的建议时，感觉与莅阳长公主相同，心中有些不悦，但见母亲已经拒绝，便没再多说。谢弼的本意自然也不是存心要失礼，只是从小的习惯使然，总觉得母亲地位尊贵，喜欢谁的琴声便叫来抚上几曲就是，没有多想，结果受了责备，不由得满面通红。

到了内院正房，莅阳长公主靠着临窗设的一张长榻坐下歇息。她向来颖慧，已看出两个儿子都好像有事的样子，便没有多留他们，只闲谈了几句，就让两人出去了。

萧景睿由于身世的原因，早就表明自己无袭爵之意，坚决将世子之位让给了谢弼。而且谢弼长成后，也确实比他的兄长更通晓政事，更善于处理外联关系，所以近一两年，宁国侯谢玉已将大半的事务移交给了他，很多重要的场合也让他代为出席，故而一向杂务极多，刚出了内院便没了影，而比较清闲的萧大公子则立即赶去了雪庐。

这时梅长苏已没有在抚琴，而是拿着本书在树下翻读。听到急促的脚步声后，他抬起头，朝院门方向展颜一笑，阳光的斑点从树叶缝隙间落下，晃晃悠悠在他脸上跳动着，愈发显得那个笑容生动至极。

萧景睿也笑了起来，走上前拱了拱手，问候道："苏兄昨夜睡得可好？"

"你担心我睡不好吗？"梅长苏示意他拖个竹椅过来坐，"我们江湖中人，哪里能有择席的毛病，不过是想着豫津说的大热闹，睡得迟些，今天才起来晚了。飞流说你早上也来过一趟？"

"嗯。"萧景睿四处望了望，"怎么没见飞流？"

"哦，飞流第一次来金陵，我让他出去玩一会儿。"梅长苏轻飘飘地说。

萧景睿不由得有些冷汗。飞流的心智像个孩子，但武功却是超一流的高绝，梅长苏居然就这样轻易地把他放出去玩，胆子还真是不小。

"你放心，"梅长苏如同能读出萧景睿的心思般，挑眉笑了笑，"就算我们飞流真在外头惹了祸，依他的身手，一跑就不见了，人家也找不着宁国侯府的麻烦。"

"我哪里是怕有麻烦的意思？"萧景睿苦笑道，"苏兄又冤枉我。"

梅长苏也不多说，敲了敲桌面道："既然你来了，不如去拿个棋盘出来，我们厮杀片刻如何？"

萧景睿忙站起身来，亲自到一旁厢房拿出一副棋子棋盘，在树下石桌上安放好。梅长苏虽是才华天纵，但也并非真的十全十美，至少棋艺方面他就未算得一流。这一路入京，萧景睿早已知道他的底细，根本不必用上全力，就能让他撑腮拧眉，想个半天。

棋毕三局，梅长苏完败。萧景睿笑着拂乱棋子道："苏兄棋艺虽好，但天生不擅计数，我可以在这里放一句大话，这辈子你估计是赢不成我了。"

"你别得意，等我教会飞流，有你哭的时候呢。飞流虽然不像一般聪明人那样能够心思百转，但专注力却极是惊人，我所认识的人中，没一个及得上他的。"

萧景睿没有理他试图找回场子的话，而是抬头向外望了望，问道："苏兄到底让飞流去哪里玩了？都到正午了，怎么还没回来？"

有道是说曹操，曹操到，话音刚落，就听得外面清啸连连，紧接着便是一阵衣帛破空之音。有个浑厚有力的男声喝道："何方小子！敢在侯府撒野，休逃！"

"不好，这个声音是……是……"萧景睿顿时大惊，刚跳起身来，突觉臂上一紧，转头看时，是梅长苏神色凝重地抓着自己的手臂，沉声道："快带我过去！"

事发仓促，萧景睿未及多想，便展臂圈住了梅长苏的腰，运气一提，带着他接连几纵，以最快的速度向骚乱的现场奔去。

掠过西侧道，刚冲进正院的月亮门，就看见二、三道门之间的那小庭院里人影翻动，打得甚是热闹。飞流不仅身法奇诡，而且剑术极其厉辣阴狠，锋芒所指，寒意逼人，可与他对打的那人却丝毫未显落在下风，一手掌法大开大合，游刃有余，内力之雄劲如酷阳烈日，仿佛将飞流原本来去无踪的秘忍之术曝晒在了阳光之下一般，令这个少年几番冲杀，也冲不出他的掌力范围。

萧景睿还未回过神来，因为听到身旁梅长苏喝道"飞流住手"，立即也跟着大叫了一声："蒙统领请停手！"

飞流对梅长苏的命令一向是不假思索地服从，立刻收住剑势，向后退了一步。他的对手倒也不趁势紧逼，双掌回错，虽未散力，却也停住了攻势。

"景睿，这是怎么回事？"随着这一句威严十足的问话，萧景睿这才发现父亲竟然也在现场，正负手立于庭院的东南角，似乎是为了封堵飞流前往内宅的方向。

"请侯爷恕罪，"梅长苏缓步上前，欠身为礼，"这是在下的一个护卫，他一向不太懂事，出入都没有规矩，是在下疏于管教的错，侯爷若有责罚，在下甘愿承受。"

萧景睿也慌忙上前解释道："这次一定是个误会，飞流一向喜欢高去高来，但只要不去惹他，他就绝不会伤害任何人……"

谢玉抬手打断了儿子的话，脸色仍是有些阴沉，对梅长苏道："苏先生远来是客，我府中不会怠慢，只是贵属这出入的习惯恐怕要改改，否则像今天这样的误会，只怕日后还会发生。"

"侯爷说得是，在下一定会严加管教。"

谢玉"嗯"了一声，转向适才与飞流对打的那人，拱手施了个礼，向他道歉："蒙统领今日本是来做客的，没想到竟惊动您出了一次手，本侯实在是过意不去。"

那蒙统领四十岁上下的样子，体态雄健，身材高壮，容貌极有阳刚之气，一双眸子炯炯有神，却又精气内敛，见宁国侯过来致歉，立即不在意地一摆手，道："我不过是见这少年身法奇异，敢在侯府内越墙飞檐，而满府的侍卫竟没有一个人能发现他，以为是个心怀叵测的不法之徒，所以替侯爷您动手。既然是误会，大家不过就当切磋了一下。"说着目光极有兴趣地扫向了梅长苏："敢问这位先生是……"

"在下苏哲，与萧公子相交于江湖，彼此投缘。此番蒙他盛情，到京城来小住的。"

"苏哲？"蒙统领将这名字念了念，看看飞流，再看看这个乍一瞧并不惹人眼目的年轻人,笑道:"先生有这样的护卫,想必也是有什么过人之处吧?"

"哪里,"梅长苏坦然笑道,"在下不过是恰巧在飞流落难时救了他一次,所以他感恩留在了身边,并非在下有何出众德能,才配驱使他这样的高手。"

"是吗?"蒙统领神色不动,也不知是信还是不信,只是没再继续追问。谢玉深深地看了萧景睿一眼,也无他言,过来招呼着蒙统领到正厅奉茶,两人一起并肩走了。

他们刚走,萧景睿就跺了跺脚,拍着脑门道:"惨啦惨啦!爹爹起了疑心,今晚一定会把我叫去查问你的真实身份的,这可怎么办啊?"

与他相反,梅长苏表情仍然十分轻松,随口道:"你就说是江湖上认识的一个朋友,别的不知道不就行了。"

"哪有那么简单!"萧景睿苦着脸,"你知道刚才那位蒙统领是谁吗?"

梅长苏目光微微一凝,叹口气道:"这京里能有几个姓蒙的统领,可以既得宁国侯如此礼遇,又有这般绝世武功?当然是京畿九门,掌管五万禁军的一品将军,蒙挚蒙大统领。"

"他除了是禁军统领,还是什么?"

"江湖排名仅次于大渝的玄布,也算是我们大梁目前的第一高手吧……"

"对啊,你想想看,你的一个护卫,居然能跟大梁第一高手对打……"

"蒙挚刚才根本未尽全力啦……"

"是,他刚才的确留有余力,但就算这样,他毕竟还是大梁第一高手,飞流能在他手下苦撑这么多招不败,也够让人惊诧的了。我爹是什么样的人,会相信你是个无名的江湖客才怪。再说就算我嘴硬,爹把谢弼叫来,三两下就能问出实话来!"

"也对啊,"梅长苏歪着头想了半响,"算了,如果你爹实在追问得紧,你就实招了吧。他不过是担心你把不知底细的人领回了家,问清楚也就没什么了。我又不是朝廷钦犯,隐瞒身份不过是怕麻烦,想想也确实不能让你为了遮掩我,说谎欺骗自己的父亲。"

萧景睿觉得异常抱歉,很不好意思地道:"苏兄,实在是对不起了。不过我爹为人持重,并不多言,就算他知道了你真正的身份,也不过是心里有个数,不会跟其他人说的。"

"这怎么能怪你?是我近来太放松,考虑事情不周全,才让飞流惹来了麻烦……"梅长苏刚说到这里,就看见飞流低下了头,一脸很惶惑的表情,急忙安慰地轻揉着他的头，温言哄道："不是啦，不是飞流的错，是那个大叔把你拦下来，你才跟他动手的是不是？"

飞流点点头。

"所以啊，我们飞流一点儿错都没有，都是那个大叔不好！"

萧景睿又有些冷汗。哪有人这样教小孩的？

"不过以后呢，我们飞流要出门的时候，就顺着路从大门走出去，回来呢，也要顺着路从大门走回来，不要再在墙上啊，房檐上跑了。这里的人胆子很小，眼力却很好，一不小心看见了飞流，会把他们吓到的……记住了吗？"

"记住了。"

萧景睿忍不住想，照他这样的教育方法，就算飞流没有脑伤，估计也长不大……

这样一场风波之后，梅长苏似乎不甚在意的样子，带着飞流回了雪庐，棋琴消遣，仍然一样轻松自在，反倒是萧景睿东想西想的，一整天都心神不宁。

至晚，谢玉果然将萧景睿和谢弼二人叫进了书房，半个圈子也没绕，直接就问道："你们请来的那个苏先生，到底是什么身份？"

萧景睿与谢弼面面相觑，心知父亲既然这样问，多半已起疑心，瞒他不过，何况身为人子，积威之下哪有本事跟当父亲的抗争，只犹豫了片刻，谢弼就先吐了实情："苏兄……真名叫梅长苏……父亲想必是知道的，就是那个天下第一大帮江左盟的当家宗主梅长苏……"

谢玉吃了一惊，怔了半晌方道："难怪连他手下的一个护卫都如此了得……原来是琅琊榜首，江左梅郎……"

琅琊榜首，江左梅郎。

饶是谢玉清贵世家，侯爵之尊，对于这个名头，也不能不有所悸动。

"遥映人间冰雪样，暗香幽浮曲临江。遍识天下英雄路，俯首江左有梅郎。"这是九年前北方巨擘峭龙帮帮主束擎天初见梅长苏时所吟的诗句。

当时公孙家族避祸入江左，束擎天追杀过江。江左盟新任宗主梅长苏亲临江畔相迎，两人未带一刀一剑、一兵一卒，于贺岭之巅密谈两日，下山后束擎天退回北方，公孙氏全族得保，江左盟之名始扬于江湖。

"江左盟的宗主一向低调，见过他面的人都不多……你们两个是怎么结识他的？"谢玉沉吟了片刻，又问道。

"是大哥……"谢弼刚嗫嚅了几个字，萧景睿已经接过话头："回禀父亲，孩儿去年冬天路过秦岭,在一间茶舍休息,碰巧隔壁桌就坐着苏兄。当时他一直看着孩儿手里拿的一枝寒梅,似乎十分喜欢的样子,孩儿也没多想什么,便将此梅赠予了他,就这样结识了。此后孩儿游历江湖之时,常常受他照顾。苏兄身体多病,寒医荀珍老先生为他诊治后,吩咐他必须离开江左,不理帮中事务,专心休养才行,所以孩儿就趁机邀请他到金陵来小住了……父亲也知道,苏兄名气太大,为保清闲,才化名为苏哲的……"

"原来是这样……"谢玉"嗯"了一声,点点头,"这也罢了。苏先生是贵客,你们要好好招待。"

萧景睿和谢弼一齐躬身应诺,慢慢退了出去。

一离开父亲的书房,谢弼便抓着萧景睿追问,这才知道飞流今天居然与蒙挚交过了手,不由得啧啧称奇。两人随后到雪庐告知梅长苏父亲已知晓他身份的事,这位江左盟宗主也只是淡淡一笑,并没有放在心上。

第二天一大早,国舅公子言豫津打扮得十分齐整,过府来宣布"苏兄旅途的劳累应该已经休息好了,所以今天大家出去玩",将萧景睿和梅长苏捉出门去,丢下事务缠身满目幽怨的谢弼,三个人足足逛了一天。

因为霓凰郡主择婿大会已近,京城里这几天挤满了各地赶来的青年才俊们。各大茶楼酒肆基本上每天都是客似云来,熙来攘往,时时上演刀光剑影、拳打脚踢的精彩戏码,就好像是在为择婿大会进行自发的首轮淘汰赛般,让一向爱看热闹的言豫津十分过瘾,从他回京城那天起就开始四处赶场子看戏。在带着萧景睿和梅长苏出门的这一天,他已经可以很权威地向他们介绍哪家酒楼里最多人去打架,哪个茶坊决斗水平最高了。

看了一整天的混战,也没见到几个高手(当然高手们也是不可能自失身份,这个时候出来惹是生非的),言豫津虽然还兴致勃勃,但萧景睿早已腻烦了。如果是以前,他多半还会强撑着陪好友尽兴,不过今天是陪梅长苏一起出来的,一见到苏兄面露疲色,他立即就否决了言豫津"再到邀月酒楼去玩一趟"的建议。

"为什么不去了?邀月那里很好玩的,前几天我还在那儿看见一个使流星锤的人跟一个耍双刀的对打,一锤敲过去没使好力,结果飞回来砸自己脑门上,当场砸晕,笑死我了……"

萧景睿低声提醒道:"豫津,苏兄累了。"

"啊？"言豫津一看梅长苏有些苍白的面容，不由得拍了自己一下，"我就是太粗心了，苏兄是病体，当然跟我们不一样。那就在这儿歇着吧，这儿的菜品也不错，我点几个招牌菜苏兄尝尝？"

"一个时辰前才吃过点心，哪里吃得下？"梅长苏靠在椅背上，面色疲倦，不过精神还好，"略坐坐就各自回家吧，虽然出来逛，也不能很过分，让景睿回家陪父母吃晚饭比较好。"

"说的也是，景睿是乖孩子嘛。"言豫津赞同道，"不像我，我爹根本不在乎我出去后什么时候回来……"

他说这话时语调甚是轻松，可梅长苏却听出了淡淡的寂寞之意，不由得深深看了他一眼。萧景睿因跟他太熟，反不留意，只顾着招手叫小二过来，命他去雇一乘干净的软轿。

未几，轿子抬来，三人在酒楼前分了手，言豫津继续游荡，萧景睿则陪同梅长苏一起回到宁国侯府。

刚到府前边门落轿，早有家仆看见，翻身进去通报。谢弼随即匆匆迎了出来，一见面就大声道："你们怎么才回来？有人要见你们，都等了好久啦！"

对于谢弼的抱怨，萧景睿的反应是立即问道："谁要见我们啊？"但梅长苏却凝住了脚步，眉宇间闪过一抹犹疑之色，不过那也只是瞬间闪过，旋即恢复了平静。

谢弼上下打量了一下两人的衣着，急急地道："都还行，不用更衣了。快跟我进来吧，是皇后娘娘、母亲和霓凰郡主要见你们。"

萧景睿顿时怔住。谢弼口中所说的这三个女人，可以说是目前大梁国中最尊贵、最有权势的三个女人。皇后娘娘自不必说，执掌六宫，母仪天下；莅阳长公主是天子之妹、宁国侯之妻；霓凰郡主虽位分略低，却手握十万南境铁骑。这三个人平时能见上一个就不容易了，更不用说是特别等候在此，一齐会见，可以说以前从未有人得到过如此殊遇。

"你发什么呆啊？"谢弼捅了哥哥一下，"要是你不想进去就算了，反正她们主要是想见苏兄的。"

"你还说呢，"萧景睿不高兴地瞪着谢弼，"是不是你多嘴把飞流和蒙统领交手的事说了出去，才引得她们动了好奇之心？你忘了苏兄是来养病，不是来到处应酬的，这一下子风头出大了，他还能清静吗？"

被这样一责怪，谢弼也有些不好意思，讪讪道歉："确实是我不小心，陪母亲待客时，聊着聊着就说了出来，请苏兄见谅。"

"哪里，"梅长苏语气淡然地道，"谢二公子替我引见贵人，我该感激才是。说不定等会儿进见时，皇后娘娘还会替誉王殿下赏些宝物给我呢。"

谢弼闻言心头一惊，抬眼见梅长苏唇边虽挂着一抹微笑，但眸中却毫无笑意，便知自己的这点小算盘，已被这位聪慧过人的江左盟宗主看破，不由得神色尴尬，飞快地转动脑筋想着该如何解释。

萧景睿由于身份特殊，算是一半的江湖人，成年前，一年只得半年在京城，成年后更是经常脚踪在外，从不涉政事。但尽管如此，他毕竟仍有侯府公子的身份，朝局大势还是知道的。此时听梅长苏说出这样一句话来，谢弼又是这种表情，略一思忖便明白了个中缘由，心中顿时大怒，上前几步将梅长苏挡在身后，向着谢弼大声道："你去回禀娘娘和母亲，苏兄身体不适，不能来进见了。"

"大哥你干什么？"谢弼着急地想要推开他，"你不要再添乱了，正厅上等着的是普通人吗？是想见就见，想不见就不见的吗？"

萧景睿一咬牙，左掌翻上，握住谢弼的手臂，略一发力，便将他定在原地动弹不得，同时凝视着他的眼睛，语气极是认真："我想母亲和霓凰郡主只不过是好奇，真正想要见苏兄的是皇后娘娘吧？所以我再说一遍，请你回禀娘娘，苏兄病了，不愿驾前失仪，请她见谅。"

谢弼用力挣动了几下，却挣不开萧景睿手掌的钳制，不由得涨红了脸，又羞又恼。他虽然素日"哥哥、哥哥"地叫着，与萧景睿之间也确实有着深厚真切的兄弟感情，但从骨子里来说，他并没有真正把萧景睿当成一个长兄来尊敬和看待。萧景睿生性温和谦顺，自小对兄弟姐妹们都是谦让有加，从未摆出过当哥哥的架势，平时受一些小欺负也不放在心上，对于有世子身份的谢弼，他更是从来没有疾言厉色过，今天突然态度这般强硬，当然令谢弼惊讶诧异，十分不习惯。

"算了景睿，我就……"梅长苏上前一步，语气无奈地刚说了几个字，就被萧景睿头也不回地驳了回去："不行！这绝对不行！"

"大哥！"

"你在邀请苏兄来金陵时，心里究竟作何打算我不管，我只知道我请他来是休养身体，外界纷扰一概与他无关。"萧景睿目光坚定，分毫不让，"誉王也好，太子也罢，你要选择什么样的立场，你要偏向谁，那是你自己的事，父亲都不管你，我更加不管。可苏兄是局外人，就算他手握天下第一大帮，是个可倚重的奇才，你也不能完全不问他的意思，就虚言相邀，玩弄一些小手段来迫他卷入纷争。即便苏兄只是个陌生人，你这种做法都有违做人应有的品性，更何况我们这一路相处，好歹也应该算是朋友了吧？"

谢弼从来没有见过萧景睿这般言辞凛冽，何况自己又理屈，气势自然便低了几分，嗫嚅着辩解道："只是见见皇后娘娘而已，又没有要决定什么……"

"只是见见？"萧景睿冷笑道，"若不是冲着苏兄这满腹的才学和他江左盟宗主的身份，皇后娘娘无缘无故见他做什么？若是接见时娘娘代誉王招揽示恩，苏兄该如何反应？娘娘若有超乎寻常的贵重赏赐，你让苏兄接还是不接？你未得苏兄同意，便无端陷他于为难之地，这样做可还有分毫朋友之义？"

被他这样厉言责备，谢弼脸上有些挂不住，满面羞愧，额头迸起青筋。萧景睿见他这般形容，又有些心软，放缓了语调徐徐道："二弟，家里一向靠你辛苦打理，我很少帮你的忙，这是我对不住你的地方。我也知道你所做的一切都是为了谢家。可无论如何，我们不能这样对待朋友。今天的事若是被豫津知道了，他也会骂你的。现在我陪苏兄回雪庐，至于皇后娘娘那边……我想以你的机智伶俐，应该可以搪塞过去的。"说罢他反身拉着梅长苏，头也不回就走了。

谢弼在原地呆呆站了半晌，最后叹一口气，到底也没敢再追过去。

回到雪庐之后，梅长苏仍是在惯坐的树下长椅上落座，萧景睿亲手给他斟上热茶，移了个木凳在旁边，默默陪他坐了好长一段时间，才轻轻说了一句："对不起……"

梅长苏的视线，慢慢落在了萧景睿的脸上。这位有着双重身份的年轻人此刻又恢复了他平时的温雅感觉，表情柔和，目光清澈，完全没有了刚才的激烈与坚定，但梅长苏看着他，心里却有着难言的震动。

本以为他只是个单纯亲切的孩子，却没想到对于友情，对于做人的品德，这个年轻人竟有着如此坚定而又不容更改的原则。

虽然现在去见皇后并非自己所愿，但真的见了，也未必就不能应付。可被萧景睿挡在身后，听他不遗余力地维护自己时，还是忍不住有一丝感动。

如果天下的人都能像萧景睿这样，那么这个世间也许可以美好许多。只可惜，太多的人做不到这一点，包括自己……

"还望苏兄不要怪罪谢弼……其实他并没有恶意的，他只是一向支持誉王，又太仰慕你的才学。"萧景睿摸不准梅长苏表情的含义，有些不安，"本来你是为了远离江湖纷争才来金陵，结果现在却让你遇到这种麻烦……"

梅长苏微微一笑，伸手拍了拍萧景睿的膝盖，低声道："怪罪是不至于的……我知道任何人做任何事都有自己的理由，谢弼也是这样。只不过大家都太为自己考虑了，世间许多烦恼也就因此而生。江湖也好，朝廷也罢，何尝有什么两样？北燕、大渝为了夺嫡刀光剑影，我们大梁又岂会例外？"

"你当初来金陵之前，就说过要隐瞒身份，"萧景睿垂着头，很沮丧的样子，"我明明答应了你，却没能做到……"

"这怎么能怪你？追其根源，是我忘了让飞流小心……"

萧景睿摇摇头，正色道："苏兄不必为了让我好受，故意装着没看到真相。经过今天的事后，我们都应该明白，就算飞流昨天没有与蒙统领狭路相逢，谢弼也会将苏兄的身份告知誉王的……"

"不如我们连夜逃出京城吧？"梅长苏为了放松气氛，开了一句玩笑。

"苏兄！"萧景睿哭笑不得地叫了一声。

"好啦，别担心，"梅长苏笑着靠回椅背上去，"既来之、则安之，车到山前必有路嘛。现在他们都在拼命招揽人才，既然已经不幸被他们看中了，再逃回江左去，只会把麻烦也带回去，白白被盟里的人骂我招灾惹祸的。还不如留在京城看看热闹，等他们多观察一阵子，自然就会发现我其实是个百无一用的书生，到时就算我想凑上前去，人家也不屑得要啦。"

萧景睿虽然明知不可能这么简单，但还是忍不住一笑，心中的郁闷也随之一扫而光。

这次拒绝进见的事最终也没有引发什么风波，皇后娘娘与霓凰郡主很安静地起驾离去，看来谢弼的手腕的确不凡。当晚吃饭时场面也很平静，宁国侯和莅阳长公主都没有提起任何关于雪庐客人的话题，谢弼更是闷闷的，只吃了半碗饭就回房去了。萧景睿随后过去探望他，他也没有向哥哥发火，只是拜托萧景睿替他向苏兄再道个歉，之后便借称身体不舒服，早早就睡了。

第二天言豫津又过来找大家一起去玩，结果惊奇地发现每一个人都好像没什么精神的样子，顿时怀疑自己是不是又错过了什么大热闹没有看成，立即捉住萧景睿进行逼问，可折腾了半天也没问出什么名堂来。幸好他最后总算想起明天就是霓凰郡主择婿大会的第一天，一定要养精蓄锐，向抱得佳人归的目标进行冲刺，这才停止了折磨自己的好友，怏怏地回府休息去了。

第三章 好逑之争

金陵宫城朱雀门外，巍巍筑着一座皇家规制、朱梁琉瓦的赞礼楼，名曰"迎凤"。自第三代帝起，大梁皇室中诸如婚礼、成年礼等庆典活动，均在此举行万民朝贺的仪式。霓凰郡主虽非宗室，但功震天下，威名烁烁，在大梁朝廷中所受到的特殊礼遇一向胜过公主。这次她的择婿大会，地点自然而然也就定在了迎凤楼。

一个月前，皇帝命工部派员，于迎凤楼前的巨大广场上建了一座平台，环绕平台搭了一圈五色锦棚，以供贵族们起坐，普通官员及其他有身份的人散坐于棚外，再外面一圈是经过核查和准许可以进来远远观看的平民。而一般的老百姓，当然就被挡在了关防之外，无缘盛会，只能守在远处听听消息，聊以解闷。

虽然能目睹大会全貌的人是小部分，但这桩事体的重要程度却是不言而喻的，甚至可以说全天下的关注目光，现在都已经投向了朱雀门外的那座平台，等待着即将开始的这场最惊心动魄的角逐。

而他们之中的胜利者，将会得到的是全天下最难征服，但也最优秀的那个女子。

以宁国侯府的地位，自然是锦棚里的坐客。同去看这场大热闹原本也是大家约好了的，但由于这两天风波频生，萧景睿有些拿不准是否还应该带着梅长苏出现在那么公开的场合，一时颇费踌躇。不过对于他的烦恼，当事人梅长苏却一点也不在意，既不表示要去，也不说不去，而是一面像看戏似的瞧着萧景睿在那儿踱来踱去，拧着眉头盘算考虑，一面快快活活地逗着飞流玩。

"你们在干什么啊，这么晚了还不出门！"随着这句抱怨出现的，当然是国舅公子言豫津，他今天穿着藕荷色的新衣，头扎束发银环，显得十分英俊帅气，站在雪庐门口，理直气壮地叫着："快点走啦，再过半个时辰连皇上都从正乾殿起驾啦，你还在啰唆什么呢？"

萧景睿叹一口气："我在想今天该不该去。"

"当然要去！虽然今天轮不到我们上场，但好歹是报过名的，怎么都要去观察一下将来对手的情况吧。"

"我不是说我，我是说苏兄……"

"苏兄就更要去了，这么大的热闹你不带苏兄去看，那让他在京城里玩什么？"

"你不知道……"萧景睿仍是神色沉重，将昨天的麻烦大约说了一遍，"这种场合，所有重要人物都在，苏兄这一去，谁知道会发生什么呢？"

言豫津歪着头也想了片刻，哈哈大笑道："就是这样才应该去。要是让苏兄待在雪庐里，难保太子和誉王不会托词来拜访，到时候谁先来谁后来，谁说了什么谁送了什么，那才叫解释不清楚呢。今天大庭广众之下，刚好让苏兄把该认识的人全都一齐认识了，趁机表示一下不受延揽的态度，这样就说不上谁捷足先登了，以后反而方便呢。"

梅长苏停止了给飞流整理发带，抬头赞赏地看了言豫津一眼。这位少爷本是不爱谋略的人，却总是能一针见血看到实质，不能不说是有天赋。

"你说的也有道理。"萧景睿本也是不爱琢磨这些权谋之事，今天为了梅长苏才想了一早晨，脑袋早就想疼了，言豫津这番话立即将他说服，整个人一下子轻松了好多，"如果苏兄不准备什么了，我们就走吧？"

"走吧！"梅长苏扶着飞流的手站起来，"我和飞流又不去求亲，打扮什么呢。谢弼在院外也该等累了。"

"咦？你怎么知道谢弼在院外？我刚才没说吧？"言豫津大是奇怪。

"猜的。"梅长苏简洁地笑道，当先走出雪庐，谢弼果然等在院门外的一株老柳下，见他们出来，忙迎上前去。

"苏兄，昨天是我……"

"何必多说呢？"梅长苏的笑容清淡柔和，并无一丝愠恼之意，"我并不介意，你也不要再记在心上了。"

两人相视一笑，果然都不再多言。萧景睿一方面兄弟情深，一方面对梅长苏尊敬有加，此时瞧见他们芥蒂全消，仿佛满天阴云散开，又回到了他所希望的和睦气氛中，当然是欢喜异常，满面都是笑容。

乘马车到达朱雀门后，这里已是人流如织。满城的高官显贵几乎已倾巢而出，一时间三亲四朋，上司下属，乱糟糟地互相寒暄行礼，宛如到了市场一般。一行人将梅长苏护在中间，也是一路左右招呼个不停，直到进了锦棚区方略略好些。

言家和谢家的棚子并不在一处，但由于宁国侯和莅阳长公主都随驾在迎凤楼上，所以言豫津直接就坐了过来，说是跟大家挤在一起热闹。飞流今天并没有忽隐忽现的，而是一直都紧紧挨在梅长苏身边，盯住每一个有意无意靠近过来的人，冷厉的气质连旁边的三个贵公子都觉得有些心头发寒。

近午时分，迎凤楼上突然钟磬声响，九长五短，宣布皇驾到来，楼下顿时一片恭肃，鸦雀不闻，只余司礼官高亮的声音，指挥着众人行礼朝拜。

从锦棚这一圈向上望去，只见迎凤楼栏杆内宫扇华盖，珠冠锦袍，除了能从位置上判断出皇帝一定是坐在正楼以外，基本上分辨不出任何一个人的脸。不过对于那些楼上人而言，情况自然又不同了，居高临下俯视四方，视野之内的一切都能看得清清楚楚。

这时司礼官已引领今天预定要进行比试的前五十人上了平台，参拜皇帝，一一报名后方下去，按抽签决定的顺序与配对，正式开始了较量。

梅长苏身为天下第一大帮的宗主，虽然由于身体原因难修武技，但对于各门各派的武功却是见识广博，如数家珍，非常人所及。同棚的三个年轻人时时询问，他也耐心地一一解答，尽管台上的比试目前还未达到精彩的程度，但棚内的气氛却十分的热闹。

前三场比试刚结束，预想中绝不会少的访客终于来了第一个。

不过令大家吃惊的是，这个访客却是一开始想也未曾想到过的。

"几位公子爷，今儿个可玩得高兴？"面对棚内诸人几乎毫不掩饰的惊讶，来者根本不以为意，笑眯眯地微躬着身子，一甩手中的拂柄，拱手行礼。

"啊，不敢当不敢当，高公公请坐。"谢弼是常历官场的人，最先反应过来，忙上前扶住。

"坐就不用坐了，"虽然是已在皇帝驾前贴身侍候了三十多年的老心腹，又早已升任六官都太监总管，但高湛的为人处世一向并不张扬，面对这几个年龄小上几轮的孩子，他仍是毫不失礼，一副笑容可掬的样子，"你们快跟着咱家来吧，太皇太后要见你们。"

"太皇太后？"谢弼吓了一跳，"她老人家也来了？"

"可不是。太皇太后在迎凤楼上见你们这几个孩子玩得开心，叫你们上去呢。"

"我们全部?"

"对,这位先生,还有这个小哥,全都上去。"

谢弼回过头来,大家面面相觑了一阵。这位太皇太后是皇帝的嫡祖母,如今已九十多高龄,从不过问政事,所以宽心寿长,太后都薨逝了多年,她还活得十分滋润。由于她素日最喜欢的就是看到身边围绕着一群晚辈,所以会派人来召见也不稀奇,只是没想到她老眼昏花的,居然还能看清楚下面坐着什么人。

不过发愣归发愣,太皇太后召见,皇帝也不敢不去。一行人只得整理衣冠,随着高湛出了锦棚,自侧梯进入了迎凤楼。

太皇太后并不在正楼,而是驾坐于避风的暖阁里。一进阁门,就看到有位头发雪白的老太太斜歪在一张软榻上,满面皱褶,容颜慈祥。除了成群的宫女彩娥、内监侍从,旁边还陪坐着四个人。

梅长苏眼眸略略一转,就已确认了这四个人的身份。

首座上凤冠黄袍、气度雍容的应是正宫言皇后,眼角唇边已有皱纹,只依稀保留着几分青春时代的美貌;皇后右手边是位高髻丽容的宫装妇人,年龄也在四十以上,只是保养得更加好些,皮肤依然颇有光泽,这位当是太子生母越贵妃;皇后左手边坐着的中年美妇神态更加端庄,秀丽的眉目有些眼熟,自然是莅阳长公主;最后一位是个年轻女子,她服饰简单,妆容素淡,容颜虽称不上绝美,却英气勃勃,神采精华,满室的华服贵妇,竟无一人压得住她的气势,想来除了霓凰郡主,何人能有如此风采?

"来了吗?"太皇太后颤颤地坐了起来,眉开眼笑,"快,快叫过来,跟我说说都是哪些孩子啊?"

言豫津忍不住抿嘴一笑,被言皇后瞪了一眼。

因为年事已高,太皇太后近年来已有些糊涂,虽然喜欢亲近年轻人,但却根本记不清谁是谁,有时明明头一天才见过,第二天就又要重新引见一遍了。

高湛引着众人上前,梅长苏寻隙低声哄着飞流:"等会儿让老奶奶拉拉你的手好不好?笑一下给老奶奶看好不好?"

飞流冷着脸,露出不愿意的表情。

这时太皇太后已拉起了离她最近的萧景睿的手,高湛忙从旁介绍道:"这位是宁国侯大公子萧景睿。"

"小睿啊,成亲了没?"老人家慈和地问道。

"还没……"

"哦，要抓紧啊！"

"是……"

摸了摸萧景睿的头后，她又转身拉住了谢弼的手。

"这是宁国侯二公子谢弼。"

"小弼啊，成亲了没？"

"没……"

"要抓紧啊！"

"是……"

接下来太皇太后又向飞流招手，梅长苏忙将他推了过去，少年冷着脸，勉强让老太后攥住了自己的手。

"这位小哥叫飞流……"高湛飞快地问了谢弼后介绍道。

"小飞啊，成亲了没？"

"没有！"

"要抓紧啊！"

"不……"没等飞流"不要"两个字出口，梅长苏已经赶紧过来捂住了他的嘴。太皇太后的注意力自然立即转移到了他的身上，拉过他的手来，笑眯眯地看着。

"这位是苏哲苏先生。"高湛道。

"小殊啊，"太皇太后口齿有些不清地问着同一个问题，"成亲了没？"

"没有。"

"要抓紧啊！"

"……"

最后被拉过去的是言豫津，高湛介绍之后，太皇太后依然问道："小津啊，成亲了没？"

言豫津眨了眨眼睛，很恶作剧地道："已经成亲了。"

太皇太后稍稍停顿了一下，似乎正在反应，但她随即又问出一个新的问题："生孩子了吗？"

言豫津一呆，喃喃地道："还没……"

"要抓紧啊！"

"……"

言皇后移步上前，恭声道："皇祖母，让孩子们陪您坐一会儿吗？"

"好，好，"太皇太后很欢喜，招手安排道，"都坐过来，小殊坐太奶奶身边，小睿、小弼在这里，小津也不要站着，小飞离得太远了……"

被年轻人围坐着，老人家表情欣慰，命人不停地端来一盘盘精致果点，像对小孩子一样分给他们吃，自己一旁看着，笑得极是开心。

不过尽管心情愉悦，但太皇太后毕竟已是高龄，未几精神便见倦怠。言皇后生怕有失，与莅阳长公主一起连劝带骗，终于哄得她同意回宫休息，几个人才算被放了出来。

梅长苏以为这次破格的召见应该就此顺利结束，微微放松了一些，跟大家一起迈步出了暖阁。谁知刚刚走到楼梯口，就听到背后有个清扬悦耳的女声叫道："苏先生请留步。"

虽然她叫的只是"苏先生"留步，但可想而知，所有人都留了步，一齐回过头来。

霓凰郡主身姿优美地走了过来，一派强者风范，仿佛根本不在意投注在她身上的这么多道视线，径直就走到了梅长苏面前，莞尔一笑："暖阁里实在太闷，不适合我这样的军旅之人。苏先生如不介意，可愿陪我到廊上走走，看看下方的比试进行得如何了？"

且不说这位是名扬天下的霓凰郡主，就算只是个普通女子，也没有拒绝的道理，所以梅长苏一笑领命，轻声向飞流下了指令后，便陪着郡主缓步走向楼阁房间外的长廊。

飞流冷着脸，站在原地未动，目光如同是固体一般直直地射向远方，整个人好似就这样变成了雕塑。但其他三位贵公子就不能像他一样装成是雕塑了，全体停在楼梯口左右为难。走吧，不放心梅长苏；不走吧，这个地方又不是想留就能留的。正拿不定主意呢，高公公已移步过来，满面堆笑地道："郡主留的客，几位公子爷有什么不放心的？请楼下锦棚入座吧，待在这里，也未免太拘束了各位。"

话虽说得委婉，意思却很清楚。三个人无奈之下，也只好就这样下了楼。不过让他们意外的是，高湛虽然一直居于深宫，但好像很清楚飞流身份的样子，把三个有地位的贵公子赶走了，却管也不去管这个阴冷少年，由着他像钉子一样竖在楼道口。

这时梅长苏已陪着霓凰郡主走到了外廊上，两人并肩而立，看着下面打得热闹的局台。

"苏先生，"霓凰郡主凤目中波光流转，凝于梅长苏的侧面，问道，"昨日在宁国府上恭候了多时，听说贵体不适，竟无缘得见。看今天的情况，似乎已然康复了？"

"是的，已然康复了。"梅长苏浑不在意地答着，半点也没有被人家指出你在托词时应有的尴尬。

"本来我还想欣赏一下江左梅郎如何应对皇后娘娘的示恩招揽呢，可惜了。"霓凰郡主看着他的样子似乎更加增了兴趣，"你知道你的麻烦是怎么来的吗？"

"麻烦？"梅长苏转过头来，"我有麻烦吗？"

"我敢肯定，等会儿先生回到宁国侯府的锦棚后，太子殿下和誉王殿下会立即前来拜会的。你信不信？"

"郡主所言，焉敢不信？"

"你不觉得很奇怪吗？"霓凰郡主目光如剑，语气中傲气森森，"虽然你执掌天下第一大帮，江左梅郎的清韵才名也遍誉江湖，但毕竟只是一个平民，对朝局纷争其实谈不上有多大助益，可为什么太子和誉王会对你如此感兴趣？"

"说句实话，"梅长苏苦笑道，"我的确一直都非常奇怪。想我庸庸碌碌，不过被一帮兄弟扶持，才算略有薄名，根本从未有过什么安邦定国的功绩，何德何能让皇子们垂青？郡主既有这样的真知灼见，求您跟两位殿下说一说，梅长苏此人，实在是得之无益。"

霓凰郡主朗声一笑，深深地看了梅长苏一眼，也随着他把目光放远，眺望着霭霭雾岚中的金陵城，半晌后方缓缓道："你的麻烦……来自琅琊阁……"

琅琊阁。

似乎是个地名，又似乎是个组织，如果从另一个角度来看，它应该更像是一个铺子，一个做生意的铺子。

这里做生意的程序是这样的，你进入琅琊阁，提出一个问题，阁主报价，如果你接受这个价格，就付钱，然后琅琊阁便给你那个问题的答案。

曾经有人大骂过琅琊阁是骗人的地方，因为如果你提的问题他答不出，琅琊阁就会报出天价，你付不起钱，他当然不用回答，这不就是骗人吗？

可是尽管如此，琅琊阁的门前依然车水马龙，银子流水般地收进来。人们依然相信，无论你想知道什么，只要带着足够的银子进到琅琊阁内，就能得到满意的答案。

这个权威性迄今为止，还没有被打破过。

"我的麻烦来自琅琊阁？郡主此言何意？"梅长苏转过头来，略略有些动容。

"先生知道琅琊阁对你有什么评语吗？"

"知道啊，"梅长苏淡淡地道，"公子榜首嘛，不过是唬人的罢了……"

"琅琊阁每年排的这几大榜单，虽然是免费的，但却绝不唬人，"霓凰郡主语音清越地道，"天下十大高手排名，天下十大帮派排名，天下十大富豪排名，天下十大公子排名，天下十大美人排名，能挤上这几大琅琊榜的，哪个是等闲人物？"

梅长苏唇角轻挑，但也没说什么。

以琅琊阁神秘而惊人的信息收集能力，它排出的这五大榜单，确实没有什么能让人置疑的地方。江左盟位居天下十大帮派之首，自己这个宗主又排在公子榜的第一位，这个名头怎么说都很响亮，他并不想否认。

"不过……江左盟已经多年位居天下第一大帮，你也不是今年才上公子榜首的，"霓凰郡主又是莞尔轻笑，"之所以太子和誉王最近追逼着延揽你的兴头出奇的高，那还是缘于琅琊阁的一句新的评语。"

"它又说什么了？"梅长苏苦笑道。

"太子殿下重金上琅琊阁，求荐天下治世良才。"霓凰郡主以同情的眼光看着他，"你不幸被推荐了。"

"不在其位，不谋其政。"梅长苏冷冷地道，"'治世'现在还是皇帝陛下的事，其他人提前操的这是什么心？就算我蒙琅琊阁主厚爱，算个治世良才，那也要新皇登基后才用得上我吧？"

"你真以为人家想要治世的良才吗？其实他当时到底是怎么问的，现在已不必深究，不过琅琊阁的答案却令人回味啊。"霓凰郡主慢悠悠地道，"据我所知，那个回答是这样的，'江左梅郎，麒麟之才，得之可得天下'。"

"麒麟？"梅长苏失笑道，"郡主看我的模样，跟那个四不像的家伙可有半点联系？"

"你还笑得出来？"霓凰郡主的表情很是佩服，"琅琊阁的评语，一向还没有错过，当然是宁可信其有，不可信其无。如果只是皇子们为自己府中招揽人才倒还罢了，你推托不就，他们也不至于会有什么执念。可有了'麒麟之才'这个评语，你的麻烦可就大了。没有得到你之前，他们两个都会锲而不舍，可一旦有人得到了你，那么没有成功的另一方，又必然会尽其全力来毁掉你。对这样的处境，你就没有别的感觉吗？"

"当然有，"梅长苏很认真地道，"我感觉到琅琊阁主一定跟我有仇。"

霓凰郡主不禁展颜一笑，半转过身子，侧靠在栏杆上，眸中精芒微闪："与先生见面之后，我倒觉得琅琊阁主这次说不定又对了……"

"拜托郡主了，"梅长苏忙拱手行礼道，"我跟郡主可没仇，本来就已上了烤架，郡主何苦还要来添一把火？"

"这把火早就烧起来了，我劝你最好还是快些挑一个吧。"

"也快些被另一个追杀？"

"这样至少也有一个人会拼命保护你，总比让那两个人都死了心，一齐来追杀你的好。"霓凰郡主口气突转冰冷，"你会选谁呢？太子还是誉王？"

梅长苏眉间掠过一抹极为清傲的神情，但犀利转瞬即过，他仍是那个闲淡的病弱青年。

"良臣择主而事，你到金陵来，难道不是为了成就一番功业？"霓凰郡主幽幽地问道。

"残年病体，何谈什么功业？不过是想小憩一段时日罢了。"

"在这大梁帝都，风起云涌之地小憩？"霓凰郡主双眼看着远方，口中却嘲弄道，"江左梅郎与众不同，真是会挑地方。"

梅长苏并不理会她的讥讽，淡淡地道："郡主对朝局的走向，也是出乎意料地关心哪！"

霓凰郡主霍然回过头来，双眸之中精光大作，凌厉至极地射向梅长苏，气势之盛，仿若烈火雄炎直卷而来，普通一点的人只怕立刻会被震倒。

但梅长苏却坦然迎视，唇边还自始至终挂着一抹微笑。

半响之后，霓凰郡主终于收回自己刻意散发出来的怒气，冷冷地"哼"了一声，道："我穆氏一族世代镇守云南，与朝廷可谓相互依存。朝局的走向，对我藩镇影响极大，有何关心不得？"

"在下只是觉得，"梅长苏躬身一礼，"其实历代皇位的更迭，素来都与云南无关，无论将来谁据有天子之位，为大梁镇守南藩的穆氏都不会被轻易触动的。郡主又何必对夺嫡之争如此感兴趣呢？"

对于这个问题，霓凰郡主根本不予回答，反而仰天长笑，神采飞扬，那种粲然的气度，虽现于女子之身，却充满了一方诸侯的豪情与霸气，令人心折，可以想象当她在战场之上，如烈焰狂飙般展开攻势的时候，又是何等的撼人心魄。如果新近才成年袭爵的那位年轻小郡王有其姐一半的风姿气势，就足以使云南王府成为天下最难撼动的藩镇了。

梅长苏眉睫一动,已然明白了这位南境女统帅的意思。

的确,云南穆府效忠朝廷,但也要朝廷镇得住它才行。霓凰郡主女中英豪,随随便便的主子岂能让她俯首?那位未来的天子是什么样的人,是怎么样夺得的宝座,她焉能不过来自己看上一看?

"苏先生,"霓凰郡主长笑之后敛容回首,竟已改了称呼,"你可愿帮本郡主一个忙?"

梅长苏忙道:"郡主如有吩咐,自当尽力。"

"陛下有旨,武试前十名,方有资格参加文试。我想请苏先生担任文试的考官,帮本郡主排定一下这些求婚者的座次。"

对这个要求,梅长苏相当意外,第一反应就是婉拒:"文试本是陛下亲裁,岂有在下多言的道理?"

"苏先生的才名谁人不知?陛下也不会反对的。"霓凰郡主目光幽幽,竟有些柔婉之态,"既然都劝我女子迟早也要一嫁,选得小心些也不算有错吧。"

梅长苏沉吟了一下,问道:"这个文试的座次,是用来确认郡主与之比武的顺序吗?"

"是,文试优胜者,先有机会与我比试,他若赢了,后面的九个就没有机会了。"

"若是此人输了呢?"

"依次由下一名递补。要是十个人都赢不了我,那这次我就嫁不掉了。"霓凰郡主冷笑的样子,仿佛早已看到了她所说的这个结局,"先生能答应吗?"

梅长苏知道如今的态势,自己再低调也无济于事,倒也不怕出这个风头,当下缓缓点头,凝目看向楼前平台上一直没有停止过的刀光剑影,叹道:"若这里面真有一个郡主的有缘人就好了……"

霓凰郡主走近了一步,与他肩并肩站着,目光漠然地望着下面的争斗,仿若喃喃自语般地轻声问道:"苏先生怎么不参加呢?"

"我?"梅长苏失笑了一下,"我这样的身体,只怕第一轮就会被打飞出去。到时候还想当麒麟呢,不变成肉饼就算好的了……"

听他这样一描述,霓凰郡主也忍不住笑出声来:"苏先生还真是风趣。不知先生得的是什么病?"

"宿疾罢了,暂时无碍性命。"梅长苏顺口答着,仍是随意地看着下方的人潮,不知看到了什么,突然之间睫毛微微一颤,目光轻晃了一下。虽然这一下悸动如同轻羽点水,瞬息无痕,但霓凰郡主何等人,立即察觉了出来,忙顺着他的视线看过去,可看了半天,也判断不出他到底看见了什么。

"迎凤楼到底非我久留之地,郡主如果没有别的吩咐,我还是到下面锦棚里去为好。"梅长苏温言道,"再说麒麟总是不回去,太子与誉王殿下岂不等得着急?"

"说的也是,早见早好。"霓凰郡主也点头微笑,"那就不耽搁先生了,请便吧。"

梅长苏拱手却步,行了一个告退之礼,而一向连公卿王侯都不太放在眼里的南境女帅竟敛衣躬身,向他回了全礼。两人分手之后,一个回到暖阁,另一个直接下了楼梯,飞流自然也跟在后面一齐走了。

从迎凤楼侧面的出口到锦棚区的入口,由一条长长的甬道相连,侍卫们都在墙外关防,整个道路异常清静。梅长苏一面慢慢走着,一面低头思考,直到飞流在后面"啊"了一声,他才抬起头来,看见迎面而来的健硕身影。

蒙挚身为禁军统领,负责宫城的安危,皇帝驾临于此,他的责任重大,须要四处巡视,格外小心。不过梅长苏是受太皇太后诏命进迎凤楼的,掌控全局的他当然不可能不知道,所以此时迎面撞上,他也并没有上前盘查,反而笑着打了个招呼。

梅长苏也微微一笑,点头为礼,两人各有各的事情,仿若是偶然相逢,谁都没有停下脚步来寒暄一两句的意思。

然而就在他们相互擦肩而过的那一瞬间,梅长苏的嘴唇突然动了几动,吐出了一句语音极轻但语调却极其严厉的话来:"听着,你叫他们两个都给我回去!"

第四章 麒麟之才

当梅长苏与霓凰郡主在迎凤楼上赏景谈心时，宁国侯府锦棚里的几个年轻人都有些心神不宁，等他一回来，便全都围了过去。

"郡主跟你说了什么？"言豫津好奇地冲在最前面。

梅长苏面上露出意味深长的微笑，眨眨眼睛道："郡主夸我，长得像一只麒麟……"

"麒麟？"言豫津愣了一下，"就是那种四不像的圣兽？你确认郡主这是在夸你？"

"胡说什么啊，"谢弼推了他一把，"郡主是夸苏兄有麒麟之才！"

梅长苏瞟了这位二公子一眼，什么也没说，谢弼这才反应过来，立刻满脸通红，自知言语有失。不过言豫津并没有接着他的话追问，反而高高兴兴地拉着梅长苏跟他讲述刚才的打斗，连神色微动的萧景睿也像是根本没听到一样，回身到棚外叫侍从换热茶进来。

梅长苏不由得心中微有感慨。这两个人，一个大大咧咧毫无机心，一个温和单纯柔顺善良，但比起陷于政事权谋之中的谢弼，反倒要更敏锐一些，至少知道什么话听到了都要当作没听到一样。

不过谢弼竟然知道"麒麟之才"这样的说法，说明他在誉王幕中的地位绝对不低。因为无论是一个太子也好，一个王爷也罢，追着延揽什么麒麟这种事，若是传到了当今皇帝耳中，肯定会惹起他的忌怒，所以除了心腹中枢，他们不可能让其他人知道这个隐秘。就连霓凰郡主，梅长苏一时也还推测不出她是从什么途径查知这件事的。

"后来他就闪啊闪啊，本来对方也拿他没什么办法，可他忘了这是在一个高台上啊，正闪得高兴呢，脚下一空，就掉下来了！哈哈哈……"言豫津大笑了一阵后，突然把脸一绷，怒道："苏兄，你有没有在听我讲？"

"有听啊。"

"这不好笑吗？"

"很好笑啊。"

"可是你都不笑！"

"我在笑啊……"

萧景睿过来打了言豫津一拳："人家苏兄有气质，笑得斯文，你以为人人都像你一样，一笑起来就恨不得在地上打滚？"

言豫津正待反驳，谢弼突然轻咳了一声，低声道："太子殿下和誉王殿下朝这边来了。"

棚内顿时一静，梅长苏缓缓站起身，扬声道："飞流，来的是客人，不要拦。"

外面刚传来闷闷的一声"哦"，便已有人拖长了声音宣报："太子殿下到——誉王殿下到——"

前后脚进棚的这两个人，一看便知是兄弟，都是高挑韧健的身形，深目薄唇的容貌。太子萧景宣今年三十五岁，唇边有两道很深的口鼻纹，气质略显阴忌；而三十二岁的誉王萧景桓眉目更为舒展些，一进来就刻意露出平和的微笑。

棚内诸人一齐行下国礼，当然立刻就被扶起了身。

"景睿和豫津又出去玩了好久才回来吧？真是让本王羡慕。"誉王萧景桓曾奉旨照管过在御书房念书的这些世家子弟们，所以比起太子来，他与在场诸人的关系要更加熟稔一些，笑着抚了抚萧景睿的肩膀，"早就听说你们三个带了贵客进京，只是这一向琐事缠身，一直找不到时间来拜会。"

太子暗暗撇了撇嘴。什么找不到时间，如果不是两府互相观察牵制，只怕谢弼报告给他的当时他就立马飞奔了过去，饶是这样，他还不是第二天就求了皇后娘娘去揽人吗？听说还被人家送了根软钉子吃，活该！

"这位就是苏先生了，果然风采清雅，"誉王继续笑语晏晏，"江左十四州能多年安康，民生平稳，全是多亏了贵盟匡助地方。本王一直想要禀奏圣上，给贵盟予以嘉奖，只是恐怕贵盟心志清高，不屑于俗誉，故而未敢擅动。"

梅长苏淡淡地道："在下苏哲，随友入京，与江左盟没有丝毫关系，请誉王殿下不要有所误会。"

见誉王被这软绵绵的一句话顶得无语,太子顿时心头大快,趁机道:"此言极是,苏先生就是苏先生,扯那么远干什么?听说先生有体弱之症,入京是为了游赏散心,不知都去过哪些地方了?"

"啊,我带苏兄在城里逛了一天,什么清乐坊、上墟市、夫子庙、洗愿池都去过了!"言豫津一派天真地抢着答道。

"这些都是你喜欢玩的地方,"太子嗔怪地瞪了言豫津一眼,"人家苏先生情趣高雅,哪里爱去这些俗艳喧嚣之地?要说金陵盛景,还是在郊外,只可惜大多圈进皇家苑林中了。先生如果有兴趣,就请收着这个出入的玉牌,虽没什么大用,但拿来开道还是方便的。"

他虽然说得谦逊,但那块净白脂玉加盖玺章的令牌一亮出来,大家谁不知道它的分量?谢弼眉尖一挑,不由得看了誉王一眼。

暂居下风的誉王抿了抿嘴角,冷眼瞧着梅长苏的反应。只见这位江左盟宗主用指尖拈住牌穗,拿到眼前随便瞟了瞟,唇边闪过一缕淡淡的笑意,叫了一声:"飞流!"

一眨眼的工夫,那俊秀阴冷的少年便出现在梅长苏身边,几个贵公子看惯了没什么,倒把两个皇子吓了一大跳。

"来,把这个拿着。以后我们飞流出去玩的时候就可以爱怎么走怎么走了,如果再有大叔把你捉下来,就拿这个牌子给人家看,记住了吗?"

"记住了!"

"好,现在去玩吧。"

大家眼前一花,少年又消失了踪影。太子愣了半天,脸色有些难看,誉王却一副暗中笑得肚痛的表情。

这块玉牌可是加盖了皇帝大宝玺印的一道令符,除了太子,连王爷们也未蒙赐有,绝对是身份的象征,凭此牌,所到处可令百官俯首。结果人家如此大手笔地送出见面礼,他居然转手就拿给自己的护卫玩去了,简直不知道是该说他不识宝,还是该说他太不给面子……

"其实游玩也是很费体力的,"现在又再次轮到誉王振作精神,"苏先生还是该先行调养身子才是。刚巧本王这里得了一件可遇而不可求的千年首乌,最是滋补的。另外,在我灵山别宫里有股药泉,常浴此泉可益气补神,连父皇都赞不绝口,不妨请先生过去住一段时日,本王也好与先生谈论一下辞赋文章,沾一沾这榜首公子的雅气。"

他这个建议一出，连萧景睿都不禁有些动容。想起这一路上梅长苏稍加劳累便面白气喘，晚上也时常咳个半宿，那千年首乌与灵山药泉无疑很难让人拒绝。

"你最近这么忙，父皇不是瞧你能干，一连交办了好几件差事给你吗？"太子冷笑了一声道，"你哪里有时间陪苏先生去什么灵山别宫啊。"

"皇兄不必担心，兵部和淇州那两桩差使已经办好了，昨儿才回了父皇，正准备今天回禀皇兄您呢。至于庆国公的那桩案子，派出去的钦差还没回来呢，一时且开不了审。这几日正好是个空闲期，怎么也得让小弟松泛几天不是？"誉王笑着回话，态度极为恭敬，却让太子恨得牙痒痒，怎么看怎么觉得这人欠揍，巴不能现在周围一个人都没有，可以上去痛痛快快地扇上两掌。

"誉王殿下的好意在下心领了，"梅长苏瞧着这表面上兄友弟恭，实际却像对乌眼鸡似的两兄弟，慢吞吞地躬身为礼，"只是这一向服的是寒医荀珍先生特意为我调制的丸药，不能擅加进补，那千年首乌是何等宝物，不要白白浪费了。至于灵山别宫的药泉，只怕我要先写信问问荀先生，如果他说洗得，我再去叨扰殿下吧。"

太子一看梅长苏也拒绝了誉王，心里顿时舒服了好些，忙道："可不是，调理病体万万马虎不得，怎么能看什么药贵就往嘴里吃，看什么水好就跳进去洗呢？你府上要是没有比寒医荀珍更好的大夫，就不要乱给苏先生出主意了。"

誉王心里明白，当着太子和自己的面，梅长苏是不可能明确表态偏向哪一边的，所以今天不过是大家来见个面，彼此品察一下对方，真正的水磨功夫还在后头，不能急于一时。于是立即哈哈一笑，一副大度的样子道："这个是本王疏忽了，可惜此处无酒，否则一定要自罚三杯才是。"

太子站起身来道："景桓，人家苏先生今天是来看比武的，我们就不要多加叨扰了，这就走吧？"

誉王略加思忖，想到太子所赠的玉牌虽然被转手给了护卫，但好歹算是收了，自己岂能平白地落了下风，忙向谢弼使了个眼色。

"对了苏兄，"谢弼心领神会，立即叫了一声，"您不是一直想着要去凭吊黎崇老先生的教坛遗迹吗？我记得老先生有些手稿……"

"在我府上，在我府上，"誉王立即接过了话茬儿，"黎老先生也是本王一向敬重有加的鸿儒，故而收藏了几本老先生的手稿，怎么苏先生也是……"

"黎老先生门生遍于天下，苏兄也曾在他坛下听讲过呢。"谢弼附和着道。

"这可真是巧了，"誉王拊掌一笑，"以后就更有得切磋了。"

这一下投其所好，连梅长苏也不禁目光闪动，轻声问道："是哪几本手稿呢？有《不疑策论》吗？"

"有，有，"誉王大喜道，"就在本王的藏书楼内。先生如果想看，尽管到府中来，绝对没有人敢拦先生的大驾。"

他不提要赠送书稿，而只是请梅长苏来看，分明就是以此为饵，引得人常来常往。太子看着情况不对，不禁有些着急，忙道："景桓你也未免太小气了，不就是几本书稿吗？人家苏先生喜欢，你送过去就是了，还非要人家到你家里去看……你要真舍不得，那几本书值多少钱，你出个价，我买了送苏先生。"

被他这样一激，誉王只好道："我只是怕先生不收，先生如果肯笑纳，自然是立即送过去。"

梅长苏淡淡一笑："既然也是誉王殿下心爱的书稿，苏某怎能横刀夺爱？"

"哪里哪里，苏先生如今这般才名，如果黎老先生在世，必视你为第一得意弟子，这手稿归于先生之手，那才真是再恰当不过了。"誉王一面装着大方，一面忍不住又刺了太子一句："不过小弟还是要冒昧地说一句，皇兄刚才的话可有些不对，这几本手稿在寻常人眼里不算什么，但在敬重老先生的人眼里，那都是无价之宝，皇兄说'出个价'之类的话，苏先生听了可要难过的……"

太子顿时气结，但他确实素来不爱读书，弄不懂这些文人的心思，担心又说错什么话，平白地得罪了梅长苏，当下也只好忍了这口气。

两人这一番较量，也说不上有什么大赢大输，眼见着梅长苏神思倦怠，不好久留，各自又客套地关心了几句，便一起出去了。

言豫津早就不耐烦在棚里听他们阴一句阳一句地钩心斗角，自己一个人跑到外面看比武，见他们走了这才跑了回来，只见梅长苏坐在椅上不停地咳嗽，萧景睿在一旁给他轻轻拍背，忙问道："苏兄怎么了？又犯病了吗？"

"没什么……"梅长苏接过萧景睿递来的茶喝了一口，拭着眼角咳出来的眼泪，"太子和誉王殿下都佩了一种香……有些闻不惯……"

"啊，我知道，那是东海产的龙涎香，皇上赏的，只有他们两人才有呢。香气确实浓烈，难怪苏兄闻不惯，不过听说提神是最好的，还有壮阳的功效呢。"

"是吗……"梅长苏随口应着，眼尾瞟了瞟站在一旁仿佛并没有仔细听他们说话的谢弼。

自己厌恶龙涎香的信息多半今天晚上就会由谢弼传给誉王，所以誉王下次见自己的时候一定不会再佩香。而萧景睿和言豫津都肯定不是太子的人，那么应该没有人会告诉太子这个消息，可如果他下次见自己时也刻意没有佩香的话，那至少说明誉王府中也潜有太子的谍探。

这之后终于清静了许多，没有再来什么形形色色的访客，让他们安安静静地看了几场比试，虽然尚没有高手出现，但也不算乏味。

午后有一个时辰的停赛休息时间，迎凤楼上仍是帘影浮动，看不出皇帝陛下还在不在，估计他也只是露一露脸，应该不会坚持一连几天都坐在上面从头看到尾的。言豫津不知什么时候已安排人送来了酒菜食盒，兴致勃勃地聊着上午的事，等着下午开赛。所有人中，大概也只有他才是真真正正把心思放在比试上面的。

重新开赛没过多久，谢弼便找了个借口消失，萧景睿见梅长苏慵慵倦倦的样子，建议提前回府去。言豫津几番挽留不住，也只能孤零零地站在棚门旁送他们走了。

一上马车，梅长苏就仰靠在软垫上闭目养神。萧景睿也不打扰他，只静静陪坐在一旁，仿佛也在想什么心事似的。车厢慢慢地晃动着，气氛十分的平和，但又有一些淡淡的凝滞。

正这样安静地走着，马车外面突然传来了呼叱之声。萧景睿掀开车帘探出头去，只见前面不远的拐角处围了一群人，一辆马车停在人堆中间，里面还传来打骂的声音。

"景睿，停车看看出了什么事。"梅长苏也支起身子向外看去，"我听到有孩子的声音。"

"好。"萧景睿应着，喝令马夫停车，自己跳下车去走近了一看。其实围在一起的都是穿着同样家丁服饰的人，那辆马车前挂着何府的灯罩，街上的闲人们都没敢走近，只远远站着看热闹。

萧景睿眉头一皱，大概已经猜出又是什么人这样当街摆威风，挤进内圈一看，果然就是吏部尚书何敬中之子何文新，正用脚踹着一个瘦小的男孩子，一面打一面骂着："你这小杂种，到处乱窜什么？惊了本少爷的马，害得本少爷差点摔下来……"说着又从身边随从手中夺过马鞭，正准备用力抽下去，却被人一把抓住。

"谁他妈的敢……"何文新闷头闷脑地骂了半截，这才看清了萧景睿的脸，后半句话也咽了下去。其实京城里真正的世家子弟一般都家教良好，很少这样当街恶形恶状，纵然有一些骨子里同样没把平民百姓放在眼里的人，多半也会自矜身份，不屑于亲自又打又骂的。这何文新父亲是科举出身，做官后四处调任，儿子放在祖母处娇溺，未免有些失于管教，进京没几年，已是恶名昭彰，亏得他还算有些眼色，惹不起的人平时根本不惹，才混到了今天还没出事。此刻见是萧景睿出面，哪里还敢多话，只讪讪地说了两句"算了，懒得计较"，便带着手下飞快地走了。

萧景睿虽然生气，但又不可能去把人家捉回来再打一顿，只好摇摇头，蹲下身子去看那小孩子。那男孩身形瘦小，看起来十岁左右，脸上有几道红红的掌印，略略浮肿。见打他的人走了，这才微微直起蜷缩的身子，飞快地四处爬着去捡拾散落一地的书籍，重新垒成高高的一摞，用一张旧包袱皮包裹，可是书多布少，半天也打不成结。

"你叫什么名字？"萧景睿也帮着捡了几本书回来，碰碰那男孩的肩头，"你应该已经挨了好几脚吧，受伤了没有？"

那男孩瑟缩着躲开他的手，低头不语。

"景睿，"梅长苏在马车上叫道，"把那孩子带过来我看看。"

"哦。"萧景睿伸手抓住男孩的胳膊，温言道："这么多书你怎么抱得动啊？我找个人帮你拿，走，我们先过去。"

"我抱得动……"男孩小声嘀咕着，但终究不敢太挣扎，被萧景睿半拖半抱地带到了马车旁，一把塞进了车厢里。

梅长苏温暖柔软的手按在男孩的肩上，依次向下，轻柔但仔细地检查了他的全身。手掌按到肋下时，那孩子受痛般地叫了一声，向后躲了一下。

"这里大概伤到了。"萧景睿从后面扶住了男孩的身体，轻轻解开他的上衣，可一看之下，不由得倒吸了一口冷气。只见瘦小的身躯上，除了肋骨处有一处青紫新伤外，竟还遍布旧伤，粗粗一看，仿佛有棒打的、鞭抽的，甚至还有烙铁烙的，虽然痕迹都有些淡了，但仍可以想象当时这孩子受的是怎样的折磨。

"你是谁家的孩子？"萧景睿难掩震惊，大声问道，但转念一想，又改口问道："你是哪个府里的小厮吗？是谁这样经常打你……"

"没有……"那孩子立即否认道，"好几年没有了，这是以前……"

"就算是以前也跟我说，是谁打的？"

"景睿，"梅长苏轻声阻止道，"别问了，这孩子肋骨就算没断也有裂痕了，先带回府去请个大夫细看一看。还有那些书，都抱进来吧，看这孩子一直记挂着他的书呢……"

他这话没有说错，那男孩一看到所有的书都被抱了进来，明显松了一口气，小声哀求道："我没事，你们放我下去吧，我可以自己回去的……"

"你要回去哪里？"萧景睿趁机追问。

男孩的反应似乎十分敏锐，立即低下了头。

"这些书都是你看的？"梅长苏翻看着那一堆书籍，温和地问道。也许因为他一向气质柔雅，令人安心，那男孩抬头瞟了他一眼之后，神色宁定了一些，低低答道："有些是……有些……还看不懂……"

"你多大了？"

"十一岁。"

"叫什么名字？"

男孩停顿了很久，久到让人以为他不会回答了，他才木然地吐出两个字："庭生。"

"姓什么呢？"

"……我没有姓，就叫庭生……"

梅长苏再次细细地端详了一下这个孩子。虽然脸颊红肿，容貌稚嫩，但仍然看得出眉目相当俊气。从一开始他的言谈举止就十分的逆来顺受，面对任何不公的对待都没有反抗的意图，奇怪的却是，在他身上又感受不到一丝一毫的奴才气，仿佛骨子里就带有一种血性和坚韧，再怎样欺侮，也没办法让他变得卑微。

"庭生，如果我们现在放你下去，那么你回去后，会有人给你找大夫吗？"

庭生抿紧了嘴唇，显然是没有肯定的答案，又不愿意撒谎。

"那我们必须先把你带到我们住的地方去，等大夫检查完了，说你没事了，我们再送你回去。这样好不好？"

庭生低头不语，眉毛拧得紧紧的。

"我们的好意是不是会给你带来麻烦？"

庭生悚动了一下，紧紧咬住嘴唇。

"你是一个人出来的吗？"

"不……还有一个……"

"那个人呢？"

"先跑了……"

"如果你回去晚了，会有人打你吗？"

庭生眸中闪过一丝冷意，摇了摇头："现在不会了……只是没有饭吃而已……"

萧景睿顿时觉得热血一涌，怒道："不给你吃饭？你到底是哪家的？这样对你你

第四章 麒麟之才 041

还回去干什么？你快告诉我，我可以帮你的，到我们家来也行啊，至少有饭吃！"

庭生抬起眼睛，目光中有着超越他年龄的成熟与冷静："你觉得我可怜，想要收留我是不是？"

萧景睿一呆，有些尴尬地解释道："不……我的意思是……"

"我是不能被收留的，我一定要回到那个地方去……如果可以被收留，早就有人愿意收留我了……"

"你有签卖身契是吗？"萧景睿猜测着，"是卖给谁家的，你告诉我，我可以去商量。"

庭生淡然地垂下眼睛："不，这不行。"

"你知道他是谁吗？"梅长苏看着那孩子的眼睛道，"他的父亲是侯爵，母亲是公主，他是个地位很高的人。在金陵城里，不管你卖给哪一家，只要他出面去商量的话，你的旧主人是不会扫他的面子的，你明白吗？"

庭生依然低着头，坚持地说："不，这不行。"

梅长苏与萧景睿对视了一眼，正想再说，马夫在外面高声道："大公子，到府了。"

"来，先进来吧。"萧景睿跳下马车，将那孩子也抱了下来，吩咐来迎候的下人："去请个大夫来。"

梅长苏随后也弯腰出来，手里拖着沉甸甸的那一包书，心里奇怪这小小的孩子是怎么抱得动的。

"我来拿。"萧景睿刚走过去，已有殷勤的仆人先抢着接住了，他便伸出手臂来，让梅长苏扶着跳下车辕。

庭生飞快地瞟了一眼府门上方"宁国侯府"字样的匾额，眸中闪过一抹阴云。虽然他很快就再次低下了头，但这一丝神色上的变化还是没有逃过梅长苏的眼睛。

带着孩子到了雪庐，大夫很快就过来为他诊治了一番，结论是肋骨有错位，必须静养，要吃有营养的食物，而且绝不可以再干体力活，否则幼嫩的身体难免会留下什么后遗症。

看庭生的样子就知道他现在生活的环境一定非常不好，如果就这样让他回去，恐怕这两条医嘱一条也做不到，但无论萧景睿怎样盘问，庭生就是一个字也不吐露他到底是住在什么地方。

相比之下，梅长苏没有那么性急，他只是让人送来精致饮食给庭生吃了，让他睡觉休息。后来见他实在心中不安睡不着觉,便翻了一本书一点一点考查他现在学问的程度。

"你没有教你念书的师傅吧?"

"嗯。"

"是谁教你认的字?"

"我娘。"

梅长苏微微沉吟了一下。看样子这孩子虽有求学之心,但显然学得相当肤浅杂乱,就是买的这一堆书也是毫无章法、深浅不一,不像是有学问的人为他开的书单,多半是自己想当然去挑的,只是不知道他买书的钱却是从何而来的。

"庭生,要念书不是这样念的,"梅长苏耐心地为他把一大堆书本整理好,又从自己的房中拿了许多出来,依次标好顺序,"你要先看这几本书,这些是基础,句读文风都是最简洁明快的,为人的道理也清楚。就像盖房子,根基要正,上面才不会歪斜,如果一味地杂读,不能领会真意,只会移了性情。还有这几本,是好书,但你年纪小,字都未必能认全,没有人讲解是看不懂的,先放着,以后有机会,只管来问我。"

庭生登时眼睛一亮,但旋即又暗淡下去。他本能地知道面前这个大哥哥一定是个很有学问的人,但要想时常到这深深侯门里来请教他,根本是不可能的事情。

"谢谢,"庭生起身深深地向两人鞠了个躬,"我可以走了吗?"

"你这孩子……"萧景睿有些头疼地看着他,"本来你的书就多,现在苏先生又送你这么多本,怎么拿得走呢?"

庭生看了看那小山般的一堆书,实在是一本也不想落下,于是咬了咬牙,逞强地道:"我拿得动。"

"你可别乱来,"萧景睿赶紧拉住了他,"你身上有伤,可不能这样使蛮力,我派人送你吧?"

庭生坚决地摇了摇头。

萧景睿简直拿这孩子没办法,不禁将无奈的目光投向了梅长苏。

梅长苏想了想,正要说话,雪庐外突然传来一声清叱,正是飞流的声音,紧接着有人大叫起来:"小少爷,这个不能打……这个是……"

"闯进来,打!"飞流冷冷地答了一句,衣袂破空之声更烈。

"你是什么人?敢拦我……"另有人怒喝了一声,但随即语音滞住,大概是被飞流的攻势所逼，根本开不了口再说话。

"出去，就不打！"飞流大概得了梅长苏的吩咐，并不下死手，只是语调如冰，毫无周转的余地。

萧景睿虽然没有听出那被拦在外面的男子到底是谁，但还是立刻飞奔了出去，片刻后，他的声音也传来："飞流，不要打了，这个是客人，可以进来的。"

"没有说可以！出去！"飞流坚持道。

梅长苏抿紧了嘴唇，视线一转，落到庭生的身上。

那孩子面色惨白，仰着头张着嘴，侧耳倾听着外面的动静，两只手紧紧绞在一起，都快被自己绞得变形了。

梅长苏心中一痛，立即扬声向外道："飞流，让他进来！"

打斗声戛然而止，萧景睿的声音随即响起，语调很是客气："您没伤着吧？怎么就这样冲进来呢？是有什么急事吗？我父亲并不在家，要不我陪您去正厅等……"

"我不是来找谢侯爷的。"那人一面说着，一面已经冲进了雪庐，迎面撞上梅长苏清淡中微带冷峭的目光，不由自主便凝住了脚步，双眸四处一扫，看到庭生好端端站在那里，这才定了定神，问了一句："庭儿，你还好吧？"

"是。"庭生恭谨地低声应答。

"这孩子你认识？"跟着进来的萧景睿忙问道。

"景睿，"那人转过身去，正色道，"我听说这孩子不小心，在街上冲撞了贵人的车驾，可能惊了你重要的客人，也难怪你生气。不过他怎么说也只是个孩子，还请看在我的薄面上，让他给你的客人赔个礼，就此放了他吧？"

萧景睿看着他，很是反应了一会儿，直到梅长苏笑了一声，他才跟着笑了起来："殿下大概是误会了，庭生没有冲撞我的车驾，我们是路过遇到了，顺便把他带回来诊断一下伤势的。您要不信，大可以问问庭生啊。"

那人顿时愣住，回头看了庭生的表情一眼，再想想萧景睿素日的为人，便知他所言不假，当下神色有些尴尬。

"实在不知是靖王殿下驾到，"梅长苏缓缓起身施礼，"刚才飞流冒犯了，还请见谅。"

萧景睿忙上前介绍道："靖王殿下，这位是苏哲苏先生。"

皇七子靖王萧景琰今年三十一岁，是个长身玉立的青年，容貌与他的兄弟们相差不大，只是因为常年在外带兵，除了皇族的贵气外又多了几分刚毅之气，脸上、手上的皮肤也不像其他皇子们保养得那样娇嫩。听了苏哲之名，他并未露出什么特别的表情，大概只是看在萧景睿如此郑重介绍的分上，客套地还了个礼。

反而是梅长苏在平淡闲散的表情下，更加认真仔细地好好打量了他一番。

"庭生是靖王殿下府上的人吗？"萧景睿请客人入座后，立即问道。

"……呃……不是……"靖王的神情有些为难，似乎是不知该如何措辞，"庭生现在是住在掖幽庭内……"

"掖幽庭？"萧景睿怎么也没想到这个地方，脱口便道，"那不是谪罚宫奴所居之地吗？他这么小，犯了什么罪要关在那里？"

庭生的嘴唇抿成如铁一般坚硬的线条，面上没有一点血色。

"他是随母羁押，在那里出生的。"靖王知道就算自己不说，萧景睿也很容易查得出来，干脆快速地道，"如果没什么事，就快让他回去吧，掖幽庭里的人按宫规是不能在外面过夜的。"

"那你今天怎么跑出来了？"萧景睿对掖幽庭内的情形还是有所了解的，刚问完这句，想了想又道："是小太监们使唤你出来跑腿吧？"

庭生低下头，喃喃地道："今天不是，今天是我求他带我出来买书……"

"你哪来的钱？"

"我给的。"靖王坦然道，"如果没有其他要盘问的，就别再耽搁了。时辰不早，那小太监已经先跑了回去，他母亲现在一定非常着急……"

"您认识他母亲？"萧景睿其实知道不应该再多问，但他实在按捺不住自己的好奇心。靖王正妃多年前去世，现在他身边只有指婚的两个侧妃，别无姬妾，比起其他群芳满园的皇子们实在是个异类，说不定就是因为情有独钟，恋慕上了一名负罪的宫奴，再想得远一些，这孩子说不定就是……

联想到这里，萧景睿觉得自己的想象力大有向言豫津接近的危险，忙硬生生地给掐住了，有些不好意思地笑了笑。

靖王年长几岁，阅历丰厚得多，人又聪明，只瞟一眼就知道萧景睿想到什么地方去了，却也并不打算澄清。对于庭生的存在，他也是几年前才在无意中发现的，当时那孩子实在被折磨得不成人形，这些年虽然运用了一下自己的权力让他不再挨打，但总归不能完完整整地庇护住他。因此每次离京巡边，心里都难免要牵挂。这次回京没有几天，先忙着在兵部交代一些事务，好容易空闲下来去看他，却听他同庭的一个伙伴说他在街上惹了祸被人带走，忙忙地打听了过来救他，幸好并没有出什么事。

"擅闯侯府，是本王鲁莽了。改日定来致歉。"靖王不再多说，起身向庭生使了个眼色："时辰不早，先告辞……"

话还未说完，梅长苏突然咳嗽起来，开始仿佛还强力压制着，到后来越咳越厉害，好似要把五脏六腑都撕裂了一般，满额青筋暴出，渗出一颗颗黄豆般大小的冷汗。萧景睿从未见过他这般咳法，吓得脸都白了，拼命为他拍背揉胸，却是全无用处，拿手巾给他拭汗时，又觉得他额角滚烫，面颊却是冰凉，更是慌了手脚，扯着嗓子叫人去请大夫。连飞流也扑了过来，抱着梅长苏颤抖的身体，像被吓坏的孩子一样说不出话来，只会"啊，啊"地叫着。

好半天，梅长苏才慢慢平静下来，将捂在嘴上的手帕稍稍移开，一团刺目的血痕一闪，便被他卷在了里面。萧景睿早就看见，心头一震，但却未敢说破，在他耳边低声问道："苏兄，荀先生的药，要吃一丸吗？"

"不用。"梅长苏努力调整着自己的气息，朝飞流露出一个笑容："我只是咳嗽嘛，飞流不怕，晚上飞流帮苏哥哥捶捶背就可以了……"

靖王一直站在旁边看着，走也不是，不走也不是，此时见苏哲平静下来，便上前徐徐问候了一句："怎么苏先生身体有病吗？"

梅长苏缓缓转动着眼珠，视线找到了睁大眼睛呆愣愣看着的庭生，向他微微一笑，招了招手："庭生，你过来一下。"

庭生看了靖王一眼，虽然不太明白，但还是慢慢走到长椅旁边。

"庭生，你愿意让我教你念书吗？"

庭生吓了一跳，一时不知道该怎么回答。靖王皱了皱眉，道："苏先生，庭生是掖幽庭的人，就算岁数到了放出来，也是发配到外府为奴……"

"我知道，"梅长苏大概因为刚才咳得太厉害，眸中仍浮有一层润润的水汽，但视线却由此而显得更为灼热，"我只问你，你愿不愿意？"

庭生胸口急剧起伏了两下，不知怎么的，他突然觉得这一定是一个机会，于是一咬牙，挺起胸脯，大声道："我愿意！"

"好，"梅长苏苍白的脸上笑意更深，伸手将那孩子的手握在自己的掌心，"你先回去。我一定会有办法，可以把你接出来。"

对于梅长苏突然做出的这个承诺，最吃惊的人反而是靖王萧景琰，因为他要比萧景睿更加清楚那个孩子的身份，也更清楚想把庭生带离掖幽庭的难度。毕竟这些年来，自己这个皇子多方努力，也没能达到收留庭生进府的目的，而这个青年不过只是宁国侯府大公子的一个好朋友而已，就算萧景睿倾力帮他，只怕也都是徒劳无功，白白让庭生再多失望一次。

"苏先生一定是心地柔善之人，见不得这个孩子受苦，"靖王淡淡地道，"不过掖幽庭的人必须要经圣旨特赦才能离开，不是那么容易的事情。苏先生以为这只是宁国侯爷一句话的事吗？"

萧景睿忙道："啊，我倒可以拜托父亲面圣……"

"景睿，"靖王立即打断了他的话，"为了掖幽庭一个宫奴之子，你去拜托宁国侯爷面圣？快别说这样的笑话了。"

"可是……"萧景睿还待再说，却被梅长苏按住了手臂，对他道："景睿，靖王殿下说得对，掖幽庭的每一个人都有自己的罪名，不是你在街前见到谁可怜就把谁买回来那么简单，这件事你千万不能跟侯爷说，也不要跟其他任何人提，明白吗？"

"你不要我们帮忙？"萧景睿有些惊讶，"那你要怎么救他啊？难道要去拜托太子和誉王殿下不成？"

靖王眉睫一跳，眸中闪过一道如刀锋般尖锐的亮光，冷冷地道："原来苏先生……竟然与太子和誉王殿下都有交情，真是失敬了！"

梅长苏瞟了他一眼，未曾理会，仍是温言细语对萧景睿道："景睿，你相信我，只有在其他人都不知道的情况下，我才更有把握救出庭生来。像他那样的罪奴之子，越是有身份的人去请求特赦，陛下越会犯疑，若不是这样，靖王殿下早就能救出他了。你答应我，就当作不知道这件事，以后也不要再提了，好不好？"

萧景睿怔怔地看着他，心中仍然有些不明白，但出于对苏兄的信任和尊敬，他还是点了点头。

这时有人在院外禀道："大公子，侯爷回府了。"

梅长苏心头一动，趁机道："你快去跟侯爷请安吧。我这里不用陪了。"

"可是你的身子……"

"不要紧，你也知道我经常咳嗽的啊，没什么大不了。侯爷回府，你怎能不去迎接请安，如果为了陪我连身为人子的礼数都忘了，侯爷一定会觉得我是个不可交的坏朋友呢，快去吧。"

萧景睿应了一声，站起身转向靖王："靖王殿下，那我先陪您出去好了。"

"靖王殿下是否愿意再多留片刻？关于庭生……还有些事想问一下……"梅长苏笑道。

靖王目光闪动，有些拿不准这个古怪的病弱青年到底是什么人，也想要多观察一下，于是向萧景睿点点头道："你自便吧，苏先生行事如此不俗，本王也想多亲近亲近。"

"既然如此，我先失陪了。"萧景睿估计着父亲大概已进了二门，有些着急，匆匆行了礼，快步朝正院方向奔去。

主人走后，留在院中的两个人却并没有随即开始交谈。靖王脸色有些冰冷地审视着坐在树下长椅上的人，表现得相当警觉。与他相比，梅长苏的态度反而要轻松很多，他一面低声吩咐飞流到院外去，一面挑了一本书，打发庭生到小院的另一个角落去看，然后才将目光移回到那位皇子的身上，淡淡地一笑。

"靖王殿下纵然对在下有敌意，也不必表现得如此明显嘛，"梅长苏语调悠悠，"至少现在你我都有一个共同的目标，要救庭生啊。"

"我奇怪的就是这个，"靖王的目光中充满了狐疑，"你为什么如此费力地想要去救庭生？只是因为同情吗？"

"当然不仅仅如此，"梅长苏看了一眼角落里埋头读书的那个瘦小身影，目光极为柔和，"他的资质很好，我想收他当学生。"

靖王嗤之以鼻："天下资质比他好的孩子到处都是，凭着先生交的这几个朋友，宁国侯公子、太子殿下、誉王殿下，什么样资质的学生收不到手？"

"那殿下又是为了什么如此回护庭生呢？一个堂堂皇子，竟然会为了小小罪奴闯进如日中天的宁国侯府，只怕也不仅仅是因为同情吧？"

靖王轻飘飘地道："我很喜欢庭生的母亲，这是爱屋及乌……"

"你的确是爱屋及乌不假，但绝不是因为他的母亲……"梅长苏稍稍闭了闭眼睛，脸上像戴上了一副面具般毫无表情，"而是他的父亲……"

靖王全身一震，脸上的肌肉似乎不受控制般地跳了几下，垂在身边的双手紧紧握成了拳头，仿佛是在极力控制着自己不要做出过激的行为来。

"这大概就是我跟景睿年龄的差距吧。我一看到你对庭生如此紧张就能想到是怎么回事，他却不行，因为那时候他还是个孩子，只知道念书习武，那件事对他来说，实在隔得太远了……"梅长苏根本看也不看他，面上浮起一丝略带沧桑的笑容，"庭生十一岁，出生在掖幽庭，会是谁的遗腹子呢，从时间上来看最合适的就是那个人了……你常年跟随在他的身边，感情应该很好……"

萧景琰的目光如同冰针般地刺了过来，语声不带任何的温度："你怎么会知道这些？你……到底是谁？"

"太子和誉王并非我的朋友，他们只是在招揽我。"梅长苏没有回答他，只是自嘲般地一笑，"殿下知道琅琊阁是怎么评价我的吗？'麒麟之才，得之可得天下'，如果连发生在诸位皇子身上的这些大事都不知道，我又怎么能算得上什么麒麟之才呢？"

"这么说，你是在刻意收集这方面的隐秘和资料，为自己以后的行动攒本钱了？"

"没错。"梅长苏快速道，"当麒麟有什么不好？受人倚重，建功立业，说不定将来还能列位太庙，万世流芳呢。"

靖王眸色幽深，语音中寒意森森："那么先生是要选太子呢，还是要选誉王？"

梅长苏微仰着头，视线穿过已呈萧疏之态的树枝，凝望着湛蓝的天空，许久许久，才慢慢地收了回来，投注在靖王的身上："我想选你，靖王殿下。"

"选我？"靖王仰天大笑，但目中却是一片悲怆之色，"你可太没眼光了。我母亲只是次嫔之身，并无显贵外戚，我三十一岁还未封亲王，素来只跟军旅粗人打交道，朝中三省六部没有半点人脉。你选我能做什么？"

"你的条件确实不太好，"梅长苏淡淡地道，"只可惜我已经没有其他更好的选择了。"

"此话何意？太子与誉王都是最有实力的，他们无论是谁抢到帝位都不奇怪……"

"就是因为无论他们谁得到帝位都不奇怪，我才不想选他们。单凭我一己之力，将一位谁也想不到的人送上宝座，这才显得出我麒麟的本事啊，不是吗？"

靖王深深地看了梅长苏一眼，简直拿不准此人是在开玩笑呢，还是当真。

"靖王殿下，你说实话，"梅长苏镇定地回视着他的目光，表情就如同一个正在引人堕落的恶魔，"你难道真的就一点儿都不想当皇帝吗？"

萧景琰心头一凛，暗暗咬住牙根。身为皇子，要说从来都没对那个皇位有觊觎之心，那是假的。但要说他时时刻刻都想着这个，以至于把夺取皇位当成了自己人生最重要的目标，那也不是真的。只不过，如果真能截断太子和誉王的至尊之路，他倒是愿意付出任何代价。

"若是救出了庭生，能否算是我投靠靖王殿下你的一个见面礼呢？"梅长苏的目光漠然，说的话却让靖王的整个心都搅动起来，"皇长子，你最尊敬的一个哥哥……

能让他唯一的骨血离开掖幽庭那样的地方，也是你的心愿吧？"

靖王眉睫轻颤，一字一句地问道："你真能办到？"

"能。"

"可是……我并不喜欢像你这样步步心机的人，就算你扶持我登上皇位，也未必能得到多大的荣宠，这样你也不介意吗？"

"既然我有这份算计，自然就有的是机会可以跟靖王殿下谈条件。"梅长苏展颜一笑，整个人竟带有一种朗月清风般的气质，完全不像他所说的话那样阴郁，"你应该不是那种会杀功臣的人吧？太子和誉王反倒更像些……"

靖王抿住嘴唇，慎重地开始沉思。这个苏哲说的话实在太不可思议，但神态却又非常认真。若说他是在骗人，又实在猜不透动机。而且无论是太子还是誉王，都从来没有把除了彼此以外的其他兄弟当成值得费心对付的敌手，应该不会派这么厉害的一个人来，只是为了探查一下自己的心意。那么他到底想干什么呢？真的只是为了挑一个他想扶持的人吗？

"殿下还是快些考虑的好。毕竟庭生天黑前一定要回去的。"梅长苏不紧不慢地催促着。

靖王终于一咬牙，下定决心："好，只要你真能让太子和誉王与帝位无缘，我就配合你。"

"这种程度的决心是不够的，你一定要把帝位当成是自己绝对要夺取的目标才行。"梅长苏语声如冰，"太子和誉王何等实力，要让他们失败，就必须有另一个人成功。这个人不是你还能是谁呢？在世的其他的皇子中，三殿下残疾，五殿下胆小如鼠，九殿下太小……我说过，你的条件的确不好，但已经没有别的选择了……"

"你说话倒真是不客气，"靖王眼中闪着颇有兴味的光芒，"既然要投靠过来，你也不怕这么说得罪了我？"

"你只喜欢听好听的吗？"梅长苏的语气显得很是疲倦，靠在软椅上，双眼似合非合，"请殿下放心，霓凰郡主择婿大会后最多十天，我就能把庭生带出来。现在……恕我不能远送了。"

说完之后，他居然完全闭上了眼睛，仿佛已经开始小寐。对于如此无礼的举止，萧景琰并没有在意，他只看了梅长苏一眼，什么话也不说，起身叫了庭生过来，帮他把那包书拎在手中，很干脆地就离开了雪庐。

第五章 迷离往事

当晚萧景睿带了个御医进来给梅长苏诊脉，可那大夫一听说病人正在服用荀医荀珍所制的丸药，顿时不敢多言，只说了一句"要多休息，不要情绪激动"，便立即告辞。梅长苏借口想早点就寝，打发萧景睿跟大夫一起走了，但又没有真的上床，而是披了一件夹衣，推开窗户，静静坐于窗台之下，凝望着斜挂于半空中的弯月，仿佛陷入了沉思。

飞流走了过来，坐在他身边的小地毯上，将头靠上他的膝盖，摇了摇。

梅长苏低头看看膝上那个黑发的脑袋，伸手轻轻揉了揉，轻声问道："我们飞流怎么了？觉得寂寞了？"

飞流仰起头，清澈透底的眼睛看着他，道："不要伤心！"

梅长苏稍稍有些怔住，半晌后，露出一个柔和的微笑："我只是在想一些事情想得入神罢了，并没有伤心，飞流不用着急。"

飞流摇了摇头，还是坚持道："不要伤心！"

那一瞬间，梅长苏觉得自己的整颗心突然酸软了一下，仿佛有些把持不住，只余一口荡悠悠忽明忽灭的气提在胸口，支撑着身体的行动和表情的控制。想要不伤心，其实是多么容易的事。只需寻一山水乐处，隐居休养，再得二三好友，时常盘桓，既无钩心斗角，也无阴谋背叛，缠绵旧疾能够痊愈，受人好意也不须辜负，于身于心何乐而不为？只可惜，那终究只能是个奢望，已背负上身的东西，无论怎样沉重、怎样痛苦，都必须要咬牙背负到底。

"飞流，你回廊州去好不好？"梅长苏抚着少年的头，低声问道。

飞流的眼睛登时睁得大大的，猛地向前一扑，抱住了梅长苏的腰："不要！"

"你不想蔺晨哥哥吗？"

"不！"

"我可以写封信给蔺晨哥哥，叫他以后不要再逗你，这样行吗？"

"不要！"

"可是飞流，"梅长苏的语调中带着一种难掩的怆然，"如果你留在我身边，你会眼看着我越变越坏，到时候……就连飞流也会变得伤心起来……"

"飞流这样，"少年将脸紧紧贴在梅长苏的膝上，"不会伤心！"

"这样就够了吗？"梅长苏长长地叹息了一声，"只要能留在我身边，靠着我的膝盖休息，你就可以很快乐吗？"

"飞流快乐！"

梅长苏轻轻拨动飞流的头发，向后靠去，试着放松全身每一条肌肉纤维，一股倦意漫过心头。

"睡觉！"飞流道。

"飞流困了，想睡觉了吗？"

"不是！苏哥哥睡！飞流打坏人！"

梅长苏一怔之下，立即理解了飞流的意思，眉头不由得一跳："有人进来雪庐了？"

"嗯！"飞流点头，"在外面！大叔！飞流打！"

梅长苏这才松了一口气，扶住飞流的胳膊站了起来，对着窗外道："蒙大哥，请进。"

他的话音刚落，一道身影便一闪而进，明明是健硕的体形，行动却快捷如鬼魅一般。

"大叔是苏哥哥的客人，我们飞流不打，先去睡觉好不好？"梅长苏哄着少年进了内室，蒙挚也跟在后面一起进来。等飞流听话地躺到了自己的床上闭目睡觉后，两个年长的人才在屋子中间的圆桌旁落座。

"我让你把他们两个弄走，走了吗？"梅长苏为蒙挚斟上一杯茶，问道。

"你是在迎凤楼上看见他们两个的吧？放心，我马上就找到这两口子，把你的意思转达了，但看卫峥的样子，他不想走……"

"那他想干什么？"

"留在京城帮你啊。他说这是大家的事，不能让你一个人承担……"

"胡说！"梅长苏怒道，"他跟我能一样吗？我孤身一人，可他有云姑娘啊。这十二年生离死别，云姑娘一片痴心地等着他，好不容易等到他挣回一条命来，两个人可以苦尽甘来，相依相守，他又闹腾什么？我这里用不着他，他想走得走，不想走也得走！"

"你也不必动气，"蒙挚徐徐劝道，"我还不了解卫峥吗？无论心里怎么想，你的命令他终归是要听的。我现在只担心你，你就这样单枪匹马来到京城，事先不跟我联系，好像也没带什么后援……"

"我带了飞流啊。"

"就那个孩子？"蒙挚朝床铺那边看了一眼，"说起来真抱歉，那天我不知道这孩子是你的人，震惊于他的身法，一时好奇出了手，没给你惹什么麻烦吧？"

"没有。"梅长苏淡淡地道，"不过是出了出风头而已。"

"你这次来，怎么不事先通知我一下？现在一点准备都没有，怎么帮你？"

"你要帮我吗？"梅长苏的笑容里带着一丝漠然，"算了吧，你现在是禁军统领，恩宠深厚，何必为我所累？只要装着不认识我，就已经帮了我的大忙了。"

蒙挚咬了咬牙，眉宇间微带怒气："你说这话是真心的吗？你看我蒙挚是何等人？"

梅长苏露出一个淡得几乎看不出来的浅笑，将手掌按在蒙挚的臂肘处，微微用力握了一下，低声道："蒙大哥，你的心意我怎么会不明白。且不论我们这些人当初的袍泽之情，单凭你侠义的性格，都不会袖手旁观。可我要做的事实在没有胜算，不想卷你进来，一个不小心，你蒙家数代忠良之名，只怕会毁于一旦……"

"忠义在心，不在名。只要你不直接危害皇上，就永远都不会是我的敌人。"

"皇上吗？皇上永远都是一把刀，要杀要剐都得靠他。"梅长苏的唇边浮起了然的笑意，"看来你早就猜出我进京的目的了。"

"是，我想我能猜得出来，"蒙挚眸中忧虑重重，"可太子与誉王，你折断一个还容易，两人一起除掉就难了。无论如何，陛下总得留一个啊！"

"那可不一定。"梅长苏冷笑道，"皇上又不是只有这两个儿子。"

蒙挚大概以前从来没有想过除太子和誉王外其他人会有继承皇位的可能性，表情极是震惊："你……你想扶持靖王？"

"有什么不可以吗？"

"我知道你和靖王感情好，我也不低看他的能力。说实在的，他的那些不利条件也不算什么，不过就是母亲位低，一向不受皇上重视罢了，这些以后多表现一下就可以改变的。但最关键的是，靖王天性不善权谋，也很厌恶权位纷争，可夺嫡是何等凶险的事，他这样的性情，怎么敌得过心狠手辣、实力雄厚的太子和誉王？！"

梅长苏拨弄着茶盅的盖碗，面无表情地道："他天性不善权谋，这又有何妨，不是还有我吗？那些阴暗的、沾满血腥的事我来做好了，为了让恶贯满盈的人倒下，即使让我去朝无辜者的心上扎刀也没有关系，虽然我也会因此而难过，但当一个人的痛苦曾经超越过极限的时候，这种程度的难过就是可以忍耐的了……"

这一番话说得虽然阴狠，但却带着一种无法掩盖住的悲凉与凄楚，蒙挚呆呆地看着他的脸，突然觉得心中一阵阵难忍的疼痛，好半天才吐出一口气，低低地问道："那靖王……他肯答应吗？"

"为什么不呢？他对太子和誉王的恨跟我是一样深的，何况还有一个皇位在那儿等着呢。皇位的吸引力是巨大的，没有几个人能够抵抗得住，就连景琰也一样……"

"这不可能！"蒙挚一掌击在桌面上，"他天性厌恶纷争，难道你天生就喜欢？靖王什么时候也变得这么狠心，他难道就不知道心疼你吗？"

"蒙大哥，"梅长苏淡淡地一笑，"你忘了，景琰并不知道是我……我已经死了，我已经是他心上的一道伤疤……那个威胁和利诱他踏上夺嫡之路的，不过是个名叫苏哲的陌生人罢了，他有什么好心疼的？"

"啊，"蒙挚懊恼地叫了一声，"对，他不知道……可你今天不是已经跟他见过面了吗？你没告诉他？他也没能认出你？"

"为什么要告诉他呢？"梅长苏面色雪白，目光却十分冷静，"无论曾经是怎样一个天真无邪的朋友，从地狱归来的人都会变成恶鬼，不仅他认不出来，连我自己，都已经认不出我自己了。"

蒙挚看着他，双手紧紧交握，用力到指节开始发白，想以此来抵消胸口那撕裂般的感觉。还记得十七岁那年的他，分手时灿烂明亮的微笑，苹果般红润健康的脸。十二年岁月如水而过，恍然回首，竟已如前生。

"是啊，如果不是你联络我，我只怕也永远认不出你来……"蒙挚抓起他的手腕，细瘦而苍白，可以想象他挣扎活过来的过程，是怎样的艰难，怎样的痛苦。

"你答应我，永远不要告诉景琰，"梅长苏望着窗外，目光迷离而又苍茫，"那个和他一起长大，活泼又可爱的伙伴，和他身边这个阴险毒辣，做起事来不择手段的谋士，永远都不是同一个人。这样不是更好吗？"

"小殊……"

"整个京城知道林殊归来的人,只有你……或者还有太奶奶吧,我不希望再出现第三个人。蒙大哥,拜托你了。"

"我你可以放心,可是太皇太后怎么会知道呢?她近年来已经有些糊涂了啊。"

"我也不知道她是不是真的认了出来,明明已经面目全非了,可她看着我叫我'小殊'的时候,目光那么温暖,我总觉得她不是叫错了名字……也许就是因为糊涂了吧,很多事情不记得,反而轻松。我只是她的小殊,我本来就该出现在她身边,所以她那么高兴,一点都不惊讶。"

蒙挚微微有些不安:"太皇太后不会说出去吧?"

"不会,"梅长苏静静地道,"再说她现在无论说什么,都已经没有人会认真去听了。"

"唉……"蒙挚长叹一声,"这倒也是。"

梅长苏端起茶碗浅浅啜了一口,默然片刻,徐徐问道:"蒙大哥,既然你今天来了,我刚好有个问题想问你……"

"你尽管问。"

"这些年,我们私下联络已有多次,你为什么从来都不肯告诉我,祁王有个遗腹子?"

"你说什么?"蒙挚大吃一惊,差点忍不住跳了起来,"祁王殿下有孩子?!"

"连你都不知道?"梅长苏有些意外,"景琰瞒得还真严实。不过这也难怪,如果有一丝风声走漏到太子或誉王耳中,庭生就没命了……"

"这个消息确实吗?"蒙挚露出难以置信的表情,"祁王府男丁俱死,女眷全部罚没入掖幽庭,略有点名分的人不到一年便被逼死殆尽,怎么可能会有一个遗孤劫后余生?"

梅长苏眸色深深,沉思了片刻道:"此中关节,我也无法推测出来。不过王妃嫂嫂聪慧善断,秀童姐姐勇烈无双,都是不让须眉的女中英豪,而且当时情况混乱,被她们拼死保下了祁王一点血脉隐藏于掖幽庭中,这也不是绝不可能的事。看景琰关切庭生的样子,应该是已经确认了那孩子的身份,不会错的。"

"容貌呢?长得像祁王吗?"

"这孩子从小受折磨,面黄肌瘦,看不大出。不过有时眉梢眼底,还是会带出来一些祁王当年的影子。"

"靖王既然知道那是祁王遗孤，怎么不多照看着点，让那孩子受这些苦！"蒙挚忍不住抱怨道。

"他也没有办法。无缘无故地过多关照一个小宫奴，难免会引人起疑。若是一不小心露了庭生的身份，太子和誉王怎肯平白放过？"

"可是总不能就让这孩子在掖幽庭那种地方待着吧？"蒙挚激动地站起身来，在房间大踏步地走来走去。飞流从床上坐起来，冰冷的眼神警觉地盯着他。

"飞流睡觉哦。"梅长苏转头哄了一句，又对蒙挚道："蒙大哥，你先坐下来再说。你着急，难道景琰和我不急吗？庭生是一定要救的，但必须是用万无一失的法子，毫发无伤地救出来才行。"

"你已经有法子了吗？"蒙挚急忙问道。

"粗粗地想了一个，但细节我还要再推敲一二。这事情急不得，欲速则不达啊。"梅长苏瞟了蒙挚一眼，挑了挑眉，"蒙大哥现在已是大梁首屈一指的高手，又身负禁卫重责。我远在廊州都常听人赞叹你沉稳持重，心坚如铁，怎么今天如此沉不住气？"

蒙挚抓抓头长叹一声，道："我也不知道是为什么，换了别的场合，让我泰山崩于前而色不变根本不是难事，可现在跟你说着话，就好像又回到了年轻时候那般鲁莽冒进……你还记得葫芦谷之战吗？若不是祁王殿下三道亲笔金令勒住了我的马缰，只怕早就落进了敌方陷阱。葫芦谷若是失守，令尊大人一定会把我的头揪下来使劲儿踢的。"

"父亲当时确是信不过你，不过后来他也曾说过，若论识人之明，他比不上祁王，祁王能通过一场演武就在万千将士中独独挑出一个并不是优胜者的你来，这份眼力他就做不到……"

"可若论起用兵的厉辣精妙，谁又比得过令尊呢？当年赤焰军所到之处，什么样的铁军不战栗三分？"谈起旧事，蒙挚只觉多年沉寂的豪气上涌，只恨面前无酒，唯有抄起茶碗灌了一大口，感慨道："可恨我没多久就被强行调离了赤焰军，若是能多在祁王和令尊麾下磨砺几年，只怕现在的进益还不止这样。"

梅长苏幽幽叹道："有失必有得吧，若你没有调离赤焰军，且不说十二年前的那场劫难你躲不躲得过，单凭你赤焰旧部这个身份，禁军统领的位置都不可能会是你的。"

被他这一提，蒙挚立即想到了另外的事，不由得牙根咬紧，恨恨地道："那也不尽然。现在朝中不就有一个赤焰旧部荣宠至极，全身都罩着'朝廷柱石'的光环吗？"

梅长苏放在桌上的手一颤，随即又稳住，指尖用力按在红漆桌面上，仿佛要按出几个印子来。

"这些年对他虚与委蛇，维持着表面的交好，真让人难受死了。"蒙挚长长地吐着气，如同要吐尽心头的郁闷，"还有你，为什么要住进这里来？"

"为了安全。"梅长苏淡淡地道。

"什么？这里还安全？"

"至少可以免除掉很多的麻烦。"梅长苏语声如冰，寒意彻骨，"利用那三个年轻人进京，可以很快就接触到朝廷中枢的要人们。这总比接受太子或誉王的召唤成为幕僚，缚手缚脚地来到金陵要好得多。"

蒙挚想了想，赞同地点了点头。

"时辰不早，你也该回去了。救庭生的计划一旦筹划成熟，会请你相助完成的。卫峥那边，也要麻烦你盯着他们出城，而且绝不许再回来。"

蒙挚应诺着站起身来，刚向外迈出步子，又不舍地停住，转回头凝望着梅长苏，目中无限疼惜，心里却又明白自己能做的事情实在有限，胸中一阵阵难过压抑不住，想也不想地伸出手臂，重重地抱了他一下。

床帐微动，飞流闪电般射出，立掌为刃，直向蒙挚咽喉处切去，被他退步避开后，立即扭身翻起，连珠般又攻出狠辣的几招。

"飞流！"梅长苏急忙从中拉阻，"大叔是向我道别，不是在欺负我，飞流不生气哦……"

"不许！"少年冰寒面容上散发着怒气。

"好好好，以后不这样了。"梅长苏歉意地向蒙挚一笑："对不起了蒙大哥，我家飞流一向都是这样的。"

"没关系，这孩子如此维护你，我还很高兴呢。"蒙挚朝飞流露出善意的笑容："你要好好保护他哦。"

飞流不理他，仍是牢牢地守在一旁，一步也不动。

"那我先走了，"蒙挚又深深地望了梅长苏一眼，低声道，"小殊，你要保重身体，千万不许出事，知道吗？"

梅长苏眼眶一热，忙忍了下去，无言地点了点头。

飞流瞪着蒙挚，虽然还是没什么表情，但从眼睛里能明显看出来他很不耐烦，等蒙挚飘然跃过窗台消失后，他立即就去把窗户紧紧关住。

"怎么，我们飞流不喜欢大叔？"梅长苏轻声逗着他。

"不喜欢！"

"为什么？"

"飞流打不过！"

"没关系，"梅长苏揉着他的头发，"我们飞流还小呢，等你长到大叔这个年纪时，就一定能打得过了。"

飞流面容未变，但眸中立即流露出欢喜之色。梅长苏忍着笑，一面示意他去睡，一面走到自己床前，只是躺了半夜，脑中还在不停地谋划，未得安眠。

接下来几天的比试梅长苏一次也没再去看过，托病在雪庐休养。好在上次太子与誉王来试探过之后，都觉得他是个难以用恩威降伏的人，在没有想到新的拉拢方法之前，倒全都没有前来纠缠侵扰。他日日看书调琴，全心疗养，气色确实好了许多。

萧景睿和言豫津因为报了名，天天都有架要打，自然没办法陪伴苏兄，反而是谢弼很闲的样子，每天都会抽出一段时间过来闲谈，山南海北所有的话题都聊过了，就是只字不提誉王。

不过每每黄昏过后，雪庐便会热闹起来。言豫津一个人抵得上十个聒噪，将这一天的赛事说书般地讲来给梅长苏听，尤其在描述他和萧景睿出场的比斗时，那更是辞藻华美，口沫横飞，仿佛说的全是惊天地泣鬼神，足以改变武林大势的巅峰之战一般，比到现场去看还要精彩。

"你听着不脸红吗？"谢弼常常在一旁碰碰大哥的胳膊，"豫津说的这是你吗？我怎么听怎么都像是二郎神下凡，就差在旁边拴条哮天犬了。"

萧景睿一般都会苦笑一下，但又绝不去拦阻言豫津，扫他的兴。

倒是坐在一旁冷冷地看着天空的飞流，时不时会冒出一句话来："不可能！"

言豫津想了很久，才理解到飞流的意思。那之后他再描述具体招式的时候，就不太敢信口开河，胡乱夸张了。

不过，尽管他有些吹嘘之嫌，但以实力而言，他与萧景睿无疑都是一流的。前几轮比赛波澜不惊，最近两天虽偶有惊险，最终仍是以胜利告终。

皇帝每天都会准时出现在迎凤楼上以示重视，虽然大家都知道他最多看个一两场就会离去，仍然觉得十分荣耀。来参与竞争的大多数年轻人并不真的仅仅只是冲着迎娶霓凰郡主去的，毕竟那只有一个名额，难度实在太大。更多的人是把这次大会当成了一个展示的平台，希望能争得一些战绩名声，提高江湖地位，或获得高位者的青睐，得以晋身仕途。

就这样，这场招亲大会还算是按部就班、热热闹闹地向前进行，如同预期一样吸引着天下人的眼球，每天都有人黯然出局，也有新秀一战成名。只不过，与它所代表的那个集财富、名声和权势于一体的结果相比，这整个过程虽然还算精彩，但确实尚不够意外。

不过意外虽然姗姗来迟，但它终究是会发生的。

比试大会开始后的第七天黄昏，当梅长苏看到奔进雪庐的言豫津和萧景睿那凝重的表情时，就意识到一定有什么令人吃惊的事情发生了。

"苏兄！苏兄！"一进门就大声叫嚷的人当然是言豫津，因为奔跑过，他的面颊两侧有些发红，额上微有热汗，冲过来一把拖过张竹椅坐了，喘息未定就急急地道："不好了，出大事了！"

"怎么了？"梅长苏放下手中的书卷，坐直身子，"你和景睿输了吗？"

"我们输不输的有什么打紧？可今天尚志输了！"

"秦尚志？"梅长苏不以为然地挑了挑眉，"他虽然也算年轻一代的高手，但还不到登峰造极的地步，输了也没什么稀奇吧？"

萧景睿这时也在旁边坐下，神色严肃地道："他输是不稀奇，可他是一招落败的啊！"

梅长苏不由得吃了一惊："怎么可能？就算他的对手是蒙大统领，也很难只要一招就击败他吧？"

"所以才说出大事了啊！"言豫津顿足道。

"难道击败他的，不是大梁人？"

"如果是大梁人，我们也不至于这么着急了。那是个北燕人，名字挺怪的，叫百里奇，前几轮装模作样打得辛苦，眼见明天就是决战了，今天却突然发威。看起来他不仅是要赢，而且还要顺便镇一镇剩下的这几个对手。"

梅长苏皱起眉头："北燕除了那个拓跋昊，竟还有这等人物？"

"此人是练硬功的，形象粗蛮，一身肌肉似铁。尚志小看他是个蛮人，未免有些拿大，结果一招攻过去，对方闪也不闪就硬受了，再趁着他收势不及，一掌就摘了他的肩，令他手臂动弹不得，只得认输。"萧景睿虽然也同样着急，但情绪没那么外露，只沉着脸，语气还算比较平稳，"虽说他一招落败有些冤枉，可那个百里奇实力超绝并不假。那一身横练功夫若遇到蒙大统领这样功底扎实、内力深厚之人，也许还讨不了什么便宜，可是……"

话说到这里，他似有些不忍明言般停顿了下来，但梅长苏已经很清楚他的意思。

霓凰郡主虽然是琅琊高手榜上唯一的女高手，武功已臻超一流，但毕竟是女子之身，以技为主，以功为辅，对付这种硬功最是吃亏，万一不小心失了手，那可就真的是要出大事了。

"先别慌，"原本就在雪庐里的谢弼插言道，"按赛制来说，也未必就是绝路。就算那个百里奇闯进前十，文试的决定权还是在皇上手里。到时排他一个最末不就行了。"

梅长苏目光微凝，摇头道："可这样一来，霓凰郡主的意愿就得不到保证了。本来她看不顺眼，只要全力将那人击败就行，如果十个人中间没有一个她喜欢的，不嫁也可以。但如今出现这样一个很难胜出又绝对不愿意下嫁的高手，纵然他排在最末，也是一个威胁。郡主为了避免最终和他一战可能落败的结局，就不得不在前九名中先挑出一个成为夫婿才行。只怕对于像她这样心高气傲之人，被迫面对如此局面实在是一个屈辱啊。"

"明日决赛，会最终确定入围的十个人选，苏兄也来看看好不好？"萧景睿靠近梅长苏身边，低声道，"你在武学上的见识远胜过我们，也许可以评判那百里奇究竟有多危险，该如何对付他……"

"你和豫津要跟这个人比试吗？"

"不是的，"萧景睿摇头否认，"我和豫津都不和他一组，明日无论胜负都不会与他照面。只不过若是他明天胜出，就铁定入围了。希望苏兄能多观察他一下，给霓凰郡主一些有益的建议才好。"

"是啊是啊，"言豫津附和道，"景睿本来不见得比我武功好，可这一路受过苏兄的指点后，居然跑到我前面去了。"

梅长苏淡淡一笑道："郡主已跻身超一流高手之列，我能建议的毕竟有限。她跟景睿不同，景睿武功没人家好，上升空间原本就要大些。"

"苏兄，"萧景睿苦着脸道，"你说得再委婉一点好不好？这样真打击人……"

"不过只经过明天一场就让郡主直接面对一个陌生高手，委实过于危险。"梅长苏两道清眉微微一蹙，道，"还须再想个办法，多在中间加一道屏障才是。"

"苏兄已有什么办法了吗？"言豫津性急地追问道。

"可以在明天决战前，由皇上下旨，增设两天的挑战日。"

"挑战日？"

"对。理由是为了免除因分组的缘故导致的赛程不公。明天最终的十名胜者是被挑战者，前几日所有的落败者，可以任意挑战一位并非本组的胜者，一战而胜，便可取而代之成为新的被挑战者。两日战罢，最后留下的十个人，才是真正可以进入文试的人。敢于向胜者挑战的人都不是等闲之辈，纵然不能击败百里奇，至少也可以让郡主多些经验。"

三个贵公子频频点头，言豫津赞道："真是个好主意！"

"不过要连夜进宫，请皇上立即下旨才行。"梅长苏随意地提醒了一句。

"这个是小事情，我马上进宫就是了！"言豫津想也不想就抢着道。

"不用，不用！"谢弼赶紧拦住他，虽然有些不好意思，但最终还是红着脸请求道："让誉王殿下去请旨好吧？"

在座的都不是笨人，一听就知道他打的什么主意，齐齐瞟了他一眼，都没说话。

皇帝现在多半也得到了关于百里奇此人的汇报，应该也是心中焦急，此时到他面前去提出这个建议，当然会博得龙心大悦。郡主那里想当然也有一份人情，众多的落败者凭空得到一个新机会，自然更是欢喜，就连那十个胜者，为了面子问题，也不会强力反对，徒然示弱。所以无论从哪方面看，这都是件一本万利的事，难怪谢弼厚着脸皮，也要替誉王争取了。

"既然谢弼想要跑这个腿，那就去吧。"半响后，梅长苏方淡淡应了一声。

谢弼大喜，连说了几声"多谢"后，便丝毫不再耽搁，飞快地起身离去。

他这一走，室内出现一段奇怪的静默。梅长苏将头后仰搁至暖枕上，闭目养神；萧景睿原本就不爱沾惹这些，何况是自家弟弟，只好闷着不说话；言豫津虽无派无别，但因为言皇后的关系，毕竟是与誉王有牵连的，也不好多加评论。场面一时之间有些沉寂。

过了好一阵子，言豫津到底不耐烦这样枯坐，又想起一个问题来，道："你们说奇不奇怪，就凭百里奇昨天露的那一手，怎么也应该挤进天下前十了，怎么琅琊榜上根本就没他的影子？"

"这你就不知道了吧？还装江湖人呢！"不等梅长苏开口，萧景睿就先道，"琅琊高手榜一开始就表明，它是按所有高手已表现出来的战绩进行排名的，那些从不在江湖上露面的隐士们，哪怕武功已趋化境，只要他不使出来，琅琊阁便不会考虑。当然有时这个排名会令人惊奇，可那不过是因为琅琊阁的消息一向最是周全灵敏，很多暗中进行、不为人知的比斗它都能打听到结果，所以跟一般的认知有了些出入而已。这个百里奇如今出了这样的风头，明年的高手榜他肯定能登上去了。"

"切，你不就是仗着跟苏兄住得近多学了点东西吗？就教训起我来了！"言豫津不服气地鼓起腮帮，"我明天就搬到雪庐来住！"

萧景睿笑道："你比一千只乌鸦还要聒噪，就算苏兄受得了，飞流也不肯……"

语音未落，头顶树梢上突然传来阴冷的一句："飞流不肯！"言豫津吓了一跳，赶紧朝梅长苏身边靠了靠。

"飞流回来了。"梅长苏面上浮起笑容，抬了抬手，飞流的人影闪现。

"外面好不好玩？"

"不好玩！"

"飞流不喜欢豫津哥哥搬过来住吗？"

"不喜欢！"

"为什么呢？"

"很像！"

言豫津好奇地闪了闪眼睛："很像什么？"

梅长苏笑了起来，道："他说你感觉上很像我们江左的蔺晨。那是飞流最受不了的人了。"说着回头又逗着少年："为什么说他们很像呢？豫津哥哥从来没有逗过你吧？"

飞流冷冷地瞪了国舅公子一眼，声音就像冻过一样："他心里想！"

"喂喂喂，"言豫津赶紧晃着双手道，"君子不诛心啊，这样很容易错杀好人的……"

"是啊，"梅长苏笑得喘着气道，"飞流不要理他了，屋里有留给你的点心，都是你爱吃的，快去吃吧。"

飞流"嗯"了一声，又瞪言豫津一眼，一闪身不见了。

萧景睿瞧着好友的脸色，笑得直不起腰来，好一阵子才慢慢止住笑声，拍了拍他的肩膀以示安慰。

"你是难得碰到能取笑我的机会，就让你笑个痛快吧。"言豫津做大度状，摆了摆手，转向梅长苏："那明天苏兄会去吗？"

"既有如此热闹，当然要去。"梅长苏柔和地向他一笑道，"不过这挑战的主意给你们两个添麻烦了，不好意思。"

"这样才好呢！大家都凭真本事。"言豫津爽朗地大笑道，"被人照顾本来就不舒服啊。"

萧景睿一愣："什么被人照顾？"

言豫津斜了他一眼："迟钝成这样子，还有脸笑我呢。"

"景睿，"梅长苏拍着他的手背低声道，"这是择婿，又不是校场选兵，像你俩这样外形好、品性好、家世也好的年轻人，朝廷自然要照顾的。你不觉得跟你们同组的人都特别弱吗？"

"啊？"萧景睿因为生性平和，向来不爱多思多想，倒真的没有注意这个，一时竟然呆住了。

"还以为自己挺了不起的，是吧？"言豫津趁机在他耳边阴阴地道，"在江湖上也好，京城里也好，要说你没有沾自己身份的光，谁信哪？"

"豫津！"梅长苏笑着皱眉，"哪有你这种好朋友？非要说得景睿不高兴才好吗？"

"苏兄你别太娇惯他了，"言豫津晃着脑袋，"有些事情还是要让他看清楚才好，景睿就是过于心实了些，这不好。要学我才行，虽然逍遥自在，但必须明白的事儿可不能糊涂。"

梅长苏眸色突转幽深，轻声叹息道："你确是个真率性、真洒脱的人，景睿要是能跟你一样就好了……"

萧景睿瞧瞧这个，再瞧瞧那个，忍不住将手掌挡在中间，不满地道："停！停！你们到底在说什么？我又不傻，再说就算我天真一些，也不至于连这个没心没肺的人都不如吧？"

梅长苏淡淡地道："你自然是很好的，我也希望能一直和你这样相处。但你生性太重感情，将来难免为此所累，我们不过提前为你担些心罢了。"

萧景睿知他好意，心头顿时一热，道："苏兄放心，人生际遇，哪里会少了磨砺？我就是再软弱，也不至于一遇到什么事就一蹶不振，让家人朋友为我担心……"说完突然语音一变，用眼角扫着言豫津道："至于你就免了吧，学人家苏兄装什么深沉啊？"

"喂喂，"言豫津双手叉腰，"苏兄担心你你就感动得一塌糊涂，我担心你你却拿白眼翻我，这差别也太大了吧？"

"让你这娇生惯养的家伙为我操心，"萧景睿继续斜眼瞟他，"我还有什么面子可言？"

"敢瞧不起我，先来打一架！"言豫津卷起袖子扑过来，两人没招没式的，像顽童厮闹般扭在一起，连屋里的飞流都被惊动得伸出头来看。

但面带浅笑看着他们的梅长苏，眼眸深处的神情却有些难以捉摸。

第六章 御殿觐君

第二天，梅长苏如约再次来到迎凤楼前，坐进了宁国侯府的锦棚，谢弼在旁边陪着。比试开始前，果然有个绿衣太监携旨前来，宣布了新增的赛程。由于是圣旨，理由又充分，所以底下没有任何人表示反对，很快就宣旨完毕，未曾耽搁开赛的时间。

萧景睿和言豫津的比试都排得比较靠前，未几便出了场。到了决战日，再弱的组也不可能都是庸才，所以二人的对手还算不俗。萧景睿先出来，对阵一个二十多岁的年轻剑客，两人年纪相仿，兵器相同，一交手就开始硬碰硬，以快制快，以刚制刚，打得痛快淋漓，毫无机巧，可这种打法，也必然很快就拼出了结果。萧景睿技高一筹，那人也就干干脆脆地认输下台，气质行事，却也是个磊落之人。梅长苏远远地看见蒙挚派人将那年轻剑士召了过去，想必定是对了他的脾气，要收至麾下了。

言豫津的对手一出来，就明显看出是个极富对战经验的老江湖，步履沉稳，目光坚定，一张遍布风霜的国字脸，太阳穴两边高高鼓起，双掌俱有厚茧，可见练功勤苦，与摇着扇子上台，面如冠玉、身娇肉贵的国舅公子形成了鲜明的对比，很有看点。

"说起来，我这还是第一次见到豫津出手呢。"梅长苏一面看着台上的拳来脚往，一面侧身对刚坐进棚内的萧景睿道，"本来我就一直觉得有些奇怪，你有天泉山庄的背景，这边的父亲又有战功在身，有一身好武功是自然的。言家世代都出文官，又是清贵门第，与江湖无涉，怎么你们时常言谈之中，总说他武功与你不遑多让？结果今日才算看明白了，原来豫津竟是乾门弟子，倒真是小看了他。"

"豫津并未入山门拜师，只是因幼年大病，需要一套极上乘的心法护身。乾门掌座和他已去世的爷爷言老太师颇有旧交，便收他做了记名弟子，一向不对外宣扬，所以我们也就没有特意跟苏兄说了。"萧景睿忙解释道。

梅长苏但笑不语，只凝目看着台上。乾门武功一向以身法招数见称，对门下弟子的资质要求极高，练功是否勤苦什么的反而不太要紧，正是大大对了言豫津的脾性。只见他满台衣袂飘飘，扇底轻风，杀伤力是否惊人暂时看不出来，但那份儿帅气潇洒倒确是第一流的。

"看来不仅仅是我低估了他，连琅琊阁主对他的排位也有偏失之处，居然只排到公子榜的第十……"梅长苏拊掌一笑，就在他双手掌心合拢的那一瞬间，台上一道灰影被击飞。言豫津锦衣香扇，步履盈盈地走到台中，微扬起下巴一笑，一双桃花眼似乎把台下各个角度都扫了一遍。

"我不觉得有什么偏失，"谢弼歪着头道，"瞧他那轻浮样儿，能排第十就不错了！"

萧景睿早就看惯了好友的做派，根本就当没瞧见，只俯身在梅长苏耳边道："再下面就是百里奇出场了。"

梅长苏微微颔首，捧起茶盅喝了几口。这时言豫津已志满意得地走了进来，大声地问他们是否看清了他台上的威风。

"你啊，"梅长苏笑道，"就是玩性大了些，明明五十八招可以解决的事情，你偏要拖到第六十三招，就为了让我看看你的'落英缤纷'？"

言豫津愣了一下，眸中掠过一抹惊敬之色："苏兄真是好眼力。可惜我的对手不是个艳若桃李的美貌佳人，否则中招后翩跹坠地的样子，才是真正的落英缤纷呢。"

萧景睿"哼"了一声道："若你的对手是个美貌佳人，只怕翩跹坠地的人就是你了！"

"别闹了，出来人了，这是百里奇不？"谢弼敲了敲桌子道。

大家抬头一看，果然下一轮的对战者都已站在台上。其中一个蜂腰猿臂，青衣结束，腰系软甲，手执一柄方天槊，看兵器是军旅中适合马战的人，竟也能闯入这最终决胜，可见确非一般。他对面的人壮硕非常，一身的肌肉虬结，虽在衣下也可看到那块块鼓起，空手巨掌，并无执刃，自然就是昨天一战惊人的百里奇。

"如此粗蛮之人，面目又丑陋，断非郡主良配，"第一次看到百里奇的谢弼自然要更激动些，立即道，"何况还是北燕外族，无论如何也要想法子把他击退了才是。"

他正说着，一个声音突然在棚外响起："在下穆王府洗马魏静庵，冒昧来访，请赐一见。"

虽然话里说的是"请赐一见"，但话音落时，一个身着绯衣官服，颔下三绺美须的中年人已现身而进,躬腰施礼:"打扰打扰。"

"原来是穆王府的魏大人。"谢弼虽不认识来者,但也不能失礼,"大人到此有何贵干啊?"

来者还未答言,言豫津猛地叫了一句:"啊,败下来了。"

梅长苏看着台上面无表情、在众人闲谈过程中就将对手击倒的百里奇,摇头叹了口气。今日此战虽非一招制胜,但过程也是一面倒。百里奇身法并无奇妙之处,就是浑厚扎实,对方以技搏力,根本无从下手,一个防卫空隙,便惨败下来。

绯衣中年人趁机道:"在下就是为了此事来求见苏先生的。"

"别客气了,来者是客,坐吧坐吧。"言豫津大大咧咧,好像他就是宁国侯锦棚里的主人一样,拖了张椅子过来。

"多谢。"魏静庵果然不客气,在椅上坐下,开门见山地道,"对于这择婿大会,普天下最殷殷关切的人,莫过于我云南穆府。百里奇昨日一鸣惊人,虽然郡主安之若素,但小王爷却甚感不安,所以特命在下来见苏先生,请问是不是该有所行动啊?"

他此言一出,不要说别人,就连梅长苏自己也不禁微露讶异之色。

这棚中数人聚在这里,确是在商量百里奇之事,但那不过是身为一个大梁人,因敬重霓凰郡主而生出的关切之情,可听魏静庵的说法,好像这事儿本来就应该梅长苏来管似的。

"魏洗马,"梅长苏想了想,很谨慎地道,"小王爷为什么会想起来要问我?"

魏静庵也有些吃惊,睁大了眼睛道:"先生不是已经跟我家郡主约好了,这次大会只是为了遵从皇命,其实一个人都不会选吗?"

这句话比刚才那句还要让人吃惊,几个年轻人呆呆的,全都眼睛发直地瞧着梅长苏。

自入京后,梅长苏也只跟霓凰郡主单独交往了那么一小会儿,没想到动作如此之快,连这样的约定都谈好了,亏他居然沉得住气,看着大家为了择婿大会忙得团团转,竟一个字也不说。

当然,同时被惊下住的还有梅长苏本人,他定定地看着魏静庵道:"魏洗马,苏某虽然不知此言从何而起,但还是要烦你回禀小王爷,郡主确实有事情吩咐我替她处理,但内容与你所说的大不相同。我想小王爷恐怕是有些误会吧。"

"误会?"魏静庵怔了怔,"那郡主托您的是何事啊?"

"郡主只是担心皇上劳累,委托我参与入围十人的文试,替她稍稍排定一下座次罢了，其他的话一句也没有。"

魏静庵看他的样子不像虚言，再说对方也没有对自己说谎的必要，一时有些无措。郡主与小王爷之间是怎么沟通的他不知道，但单从小王爷今天的吩咐来看，这个苏哲应是郡主极为信任中意之人，所以刚才进来看第一眼时，还觉得他虽然风采清雅，可身体病弱，不太配得上自家英姿天纵的郡主，因此有点不满意呢。

"在下鲁莽了，苏先生勿怪。"魏静庵礼数周全地拱了拱手，"不过即便如此，郡主肯把如此重要的文试勘选之事托付先生，也是已把先生视为朋友。想必百里奇之事，先生也不会袖手旁观吧？"

"苏某岂敢不尽心力。也请小王爷不要过于操心，想郡主何等人物，什么大风大浪都能定于无形，断不至于在终身大事上有所差池，这桩事也必然可以迎刃而解。"

"如此承先生吉言了。"魏静庵行事爽落，话到此处，当无须再多客套，与棚中诸人行了礼，便退出离去了。

"今天飞流不在啊？"言豫津瞧着他远去的背影道，"他这样走进来居然没拦……"

"东墟今日有市集，我让飞流去那里玩了。"梅长苏笑道，"看这位洗马大人的谈吐气度不俗，想来云南穆府也必是人才济济，不愧是天下第一大藩镇。"

"而且这么大一个择婿大会，云南却没有一个人报名。可见郡主对于他们而言实在是高山仰止，不敢妄想啊。"谢弼也插言道。

萧景睿问的却是另一件事："苏兄，郡主托你执掌文试的事，你怎么一点都没提过？"

梅长苏知他认为自己存心隐瞒，大概有些不舒服，当下耐心地温言解释道："郡主提此请求，我当然要答应。只不过执掌文试这样的大事，岂是郡主相邀就可以的？总得要圣上钦准。这几日并没有听到什么旨意，我想多半是圣上不准，所以便没有跟你们提起。"

几个年轻人都不是小气的人，听他这样一说，也觉得有理，一笑而过。

当日梅长苏一直看到最后一场才回去，因为疲累，晚餐也没吃几口，让萧景睿和飞流都很担心。可是接下来的两天挑战赛，他还是坚持要去从头看到尾，说是不能有负郡主信任。

新增的挑战赛程果然还是有效用的。决战胜出的十人中有三人都是被挑战者击败被迫出局，最终的十名胜者饮了御酒，接受金花赏赐，休息三日，便要入宫文试。

"苏兄似乎对我们十个人都不太满意啊？"当晚在雪庐聚会时，言豫津手摇金花问道。

"也都算是顶尖儿的人物了。"梅长苏叹道，"可一想到霓凰郡主是那等仙姿神品，就觉得欠缺点什么。"

"我和景睿也缺吗？"言豫津大不服气，"论人品论才貌，我们也算京城里最讨人喜欢的了！"

梅长苏瞟了两人一眼，一口否决："你们两个年纪太小。"

言豫津被堵得直翻白眼："年纪小也怪我们，我们也不是自愿比郡主小几岁的啊！"

"你就别闹了，"萧景睿推他一把，"我们两个本来就是凑数的，为了替郡主多过滤些不够格的人而已。"

"喂，你自己想凑数别拉我好不好？我可是认真的！"言豫津摆出一副严肃的表情来。大家都被逗得大笑。

正在闲谈之际，突然有家院疾步地奔进来，喘着气道："宫里来了个宣旨的公公，侯爷叫你们快去前厅……"

这几个都是见惯了圣旨的，并不张皇，纷纷起身，与梅长苏作别。

"不……不是……"那家院忙道，"主要是苏先生……苏先生去接旨……"

"我？"梅长苏一怔，但想来问那家院也问不出什么，便起身更衣，随大家一起来到前厅。

立于厅前的太监手中并没有拿着圣旨，只是等大家都跪下行礼后，一甩拂柄尖声道："圣上口谕，召苏哲明日早朝后进宫面圣，钦此。"

众人谢恩起身，几个年轻人猜到定是霓凰郡主禀报了皇帝，并不觉得意外。奇怪的是宁国侯谢玉也没表示惊奇，只略略尽礼，也就回后院了，大概是早已在宫里听到了什么内幕。

第二天一早，便有穆王府的车马来接，越发印证了众人的推测。几个贵公子虽说身份显赫，但皇宫毕竟不是菜市场，不能想陪着一起去就一起去的，所以尽管担心的担心，好奇的好奇，终究还是只有梅长苏独自上车，还顺手把一件差事丢给了萧景睿——照顾飞流。

车行至宫城外，换了青罗小轿。路过朝阳殿时，梅长苏自觉心神有些激荡难平，急忙闭目凝思，恢复灵台清明。入了正仪门，下轿步行，看路线，应是去武英殿。刚到殿脚下，恰好遇到另一队人从侧廊转出。

当中的少年，团龙王袍，丰神如玉，形容略有稚嫩却不失英气，很远就盯着梅长苏上上下下地看，满目好奇，见他回视过来，立即绽出一抹笑容，表情很是友善，宛然小舅子第一次见新姐夫，让梅长苏哭笑不得，可转眼看见霓凰郡主促狭的笑意，便知这位南境女帅一定是故意的。

"苏先生今天气色很好啊，"霓凰郡主步态悠然地走了过来，"来认识一下，这是舍弟。"

"在下参见穆王爷。"

穆青急忙伸手扶住。平时大家都觉得他年幼，称呼时都叫"穆小王爷"，梅长苏去了一个"小"字，令他十分高兴，何况又以为是姐姐中意之人，怎敢当着她的面拿架子，早已是满面堆笑："先生之名，我早有耳闻，今日一见，果然风采不凡。"

梅长苏苦笑一下，道："残病之身，何当谬赞。"

"哟，靖王也到了？"霓凰郡主突然道。

梅长苏回身一见，果然是靖王萧景琰大踏步走了过来，两人目光略一接触，便彼此滑开。

"为了霓凰的薄面，耽搁殿下的时间了。"霓凰郡主笑着招呼。听她话语之意，似乎靖王也是受她所邀而来的。

靖王不是多言之人，只客气了一句，便默默立住了脚步。

"要在这里等人吗？"梅长苏问道。

"用不着了，看，都到了。"霓凰郡主嫣然一笑，"这两位倒是行动一致啊。"

梅长苏不用回头，就知她说的是何人。果然，只顷刻之间，便听到太子和誉王的笑声次第传来，仿佛是比着要扮大度雍容般，向殿脚诸人和气地打着招呼。

这两位身份尊贵，大家都上前见礼。誉王前几日因献挑战赛之计，颇得皇帝欢心，所以此刻见了梅长苏，自然是眉开眼笑。太子虽然心中不快，却也知道原委怪不得苏哲，只怪自己在他身边没有耳目，当然也要表现一下自己并无芥蒂。梅长苏一面与他们闲谈，一面还要照应着不冷落了霓凰郡主与穆青，竟是长袖善舞，面面俱到，萧景琰在旁冷眼看着，眸中不禁露出厌恶之色。

几人会齐，同时入殿。室内早已置办好酒馔果菜，排定宴席。因皇帝未到，依礼不能入席，大家便三三两两站着随意聊天。

太子和誉王为了较劲儿，谁也不愿意放对方与梅长苏单独一起，所以这三人反而聚在一处。穆青一向仰慕靖王的战功，兼之觉得男人就要谈论铁血的话题，便向萧景琰请教军旅之事。霓凰郡主一会儿这边听听，一会儿那边聊聊，反而最是轻松。

大约一刻钟后，殿外金磬轻响，司礼官高呼道："陛下驾到——"

殿内顿时一静，大家依礼站好，梅长苏却步退至角落处，等那道黄袍身影在殿上正位落座后，方随着众人一起行山呼之礼。

大梁皇帝已过花甲之年，两鬓斑白，面有皱纹，但行动气势，仍是雄威尚在，没有半点龙钟老态。降谕平身后，他的目光自然而然就落在了最远处的梅长苏身上。

对于九五至尊的皇帝陛下而言，什么江左盟宗主，什么江湖第一大帮，统统都是距离高贵庙堂太远的事情。他之所以对梅长苏有兴趣，也不过是因为有了跟穆青一样的误会，以为他定是霓凰郡主私心暗选的人。

第一眼看去，此人容颜清秀，气质飘逸，举止毫无羞缩之态，难怪郡主中意。

第二眼再看，面色过于苍白，轻裘下身形单薄，恐非福寿之人，略有不足之感。

第三眼细看，那双眼眸宁静无波，似清澈又似幽深，虽默默垂着，宛若禅定，却灵气逼人。

梁帝捋了捋花白的胡须，暗暗点头，叫了一声："苏哲。"

"草民在。"

"郡主向朕举荐，说你才冠群伦，太子与誉王也对你大加赞赏。朕这里有三篇时论文章，你且看来，向朕指出较优的那篇。"

"草民遵旨。"

梅长苏从内侍手中接过文章，几乎一目十行般草草看了一遍，便道："回禀陛下，《论中枢治》篇最优。"

"哦，何以见得？"

"此文帝王气质，草民怎敢点评？"

梁帝仰天大笑，容色愉悦，赞道："果然有眼力。郡主的文试，就委于你了。既为朝廷效力，虽无职分，也当有客卿之尊，不必再以草民自称了。"

梅长苏微微沉吟了一下，方道："臣遵旨。"这三个字语气冷淡，浑似没有把这圣眷恩宠放在心上，只是恪尽礼节罢了。

"来人，郡主位下，与苏先生设座。"

"谢陛下。"

梅长苏行礼入座，郡主立即朝他一笑，惹得殿中众人都露出一副"原来如此"的表情。

这时禁军统领蒙挚出现在殿门口，他是驾前近臣，无须通报，径直就上得殿来，禀道："回陛下，大渝、北燕两国使臣与十名入围胜者均已进宫，在殿外候旨。"

梅长苏虽然早就得到消息，说今日之宴，并非只是为了见见自己，更重要的是为了提前品察郡马候选者，但直到此刻才算确定无误，胸中自然微喜。

正沉吟时，梁帝已下旨宣见。蒙挚领命回身，在眼神滑动的瞬间，他不为人察觉地向梅长苏轻轻点了一下头。

知他行动顺利，梅长苏心头微松，但面上仍是分毫不露，安然坐着。少顷，黄门官传报景宁公主到，梁帝露出笑容，待小女儿进来后立即问道："宁儿，你昨天闹着要来参宴，怎么今日来迟啊？"

景宁公主是梁帝最小的女儿，心地柔善，性情却活泼，素来最受皇帝溺爱，不过，此时她却秀眉紧锁，额前阴云沉沉，面色极是郁郁，行罢朝见之礼后，闷闷地回道："儿臣过来的路中，见到一只雪白的长毛猫，随后追赶，就误了时间。"

"你呀，就是爱猫。可是因为没有抓到，所以不高兴啊？"

景宁公主默然沉思了半晌，方低声道："不是……儿臣追着那只猫，无意间到了掖幽庭，见到那里的人劳役凄苦，十分悲惨，故而心里有些不忍……"

听她提到掖幽庭，靖王心头一颤，飞快地看了梅长苏一眼，却只看到他神色平静，仿佛根本没听见一般。

梁帝的脸色微微阴沉了一下，责道："你身为公主，怎么去那种地方？再说掖幽庭中都是罪人，受劳役之苦是应该的，不必如此恻隐。"

"父皇教训得是。"景宁公主低头道，"只是那里面还有未成年的幼童，孱弱可怜。儿臣想，他们那般小小年纪，能有什么罪……"

"不必多说了！"梁帝断喝一声，"真是宠坏你了，也不看看什么场合，提那些罪人做什么？快入座吧，使臣们都快进来了，你要时刻记着公主的身份，看看你霓凰姐姐，那是何等持重有气度……"

"陛下过奖了，"霓凰郡主立即笑道，"景宁是娇养的小公主，若是真像霓凰一样沙场血战，陛下才舍不得呢。"

梁帝目露慈爱之色，道："朕又何尝舍得你这般风霜劳苦？此番青儿已承爵，只要再为你择一佳婿，朕就放心了。"

"陛下深恩厚义，不要说霓凰感涕在心，就是家父在泉下，也必然深感皇恩难报。"霓凰郡主统理云南多年,自然不是仅仅靠着一腔豪烈,连这一句普普通通的谢恩之言,都被她说得极是真挚动听。

梁帝温和一笑。这时大渝、北燕的使臣已持节上殿,见礼归座。接着进来的便是十名入围胜者,一个个服饰各异,有些还面带惶惑不安之色,显然是一大早被临时召来,根本没有任何准备。

相比之下,惯熟进宫的萧景睿与言豫津当然轻松许多,一进来就在殿中四处游目,找到梅长苏后,虽没敢出言招呼,却齐齐向他露出笑容。

待众人谢恩坐定,梁帝便命宫女为各桌斟满美酒,先赐饮了三杯,方道:"此次盛会群英云集,高手如林,各位能最终胜出,可见都是青年英豪。朕今日赐宴,实为嘉勉之意。唯真英雄是酒豪,诸位可再饮一杯。"

十名候选者忙举杯起身,一饮而尽。

梁帝又转向客席上的两国正使道:"大渝、北燕都不愧是英杰辈出之地,这些少年英雄们远道而来,竟也战绩不俗,只是朕都不怎么认得,贵使可否向朕介绍一下呢?"

两位使臣忙起身施礼道:"是!"可等他们直起身子刚要开口时,却又发现了一个问题。两国都有人最终入选,可梁帝只说让"介绍一下",并没指定谁先介绍谁后介绍。本来先说后说也不算什么大事,但在这种隆重的宴会上,大家总是要互相别别苗头的,何况大渝和北燕也不是什么友好邦邻之国,平时撕破脸互抓互挠的次数可也不少,谁也不愿意平白示弱。

愣了片刻后,两个正使觉得这样僵着也不是办法,只好一齐将目光投向东道主,结果却只看到那老皇帝一脸不厚道的笑容,摆明是要他们自己去解决这个顺序问题。

"我们大渝这次共有两名勇士入选……"大渝正使立即道,言下之意是我们有两个,你们只有一个,所以我们先说。

"可惜这十人之间互相没机会比了,我们的百里勇士还觉得意犹未尽呢。"北燕正使不甘示弱,意思是你们家两个也比不上我们家这一个厉害,凭什么你们先说。

"其实敝国还有不少勇士有能力参与争锋,只不过想到这是在向郡主求亲,总要才貌双全才好,因此事先还细选过的。"大渝正使满眼鄙夷之色,摆明讽刺百里奇相貌丑陋,郡主肯定看不上。

"古语有云,'以貌取人,失之子羽',郡主是何等超凡脱俗之人,怎么会青眼相加于那些金玉其外、败絮其中的人……"北燕正使同样牙尖齿利,立即顶了回去。

梁帝这才哈哈一笑，从中劝和道："今日三国交好，乃是喜事，何必拘泥于细节呢。两位且请坐下，这介绍之事，让蒙挚代劳了吧。"

蒙挚立即闪身出席，一声"臣遵旨"后，反身就先到了大渝入选的其中一人身旁，礼貌地以手掌指引，道："这位大渝勇士，姓游名广之，二十八岁，父亲官居二品中书，曾订婚胡氏，三个月前退婚。"接着又来到北燕席旁，道："这位北燕勇士，姓百里名奇，三十岁，北燕四皇子家将，除这次以外，从未离开过四皇子半步，未婚。"之后他又回大渝这边，道："这位大渝勇士，姓郑名成，二十七岁，大渝二皇子内弟，曾娶妻曾氏，半年前以恶语罪逐出仳离。"

梁帝默默听着，"嗯"了一声。

大渝使臣没想到大梁竟将这些候选者的底细打听得这样清楚，心中有些发虚，忙解释道："陛下，这两位都是我国英才，品貌端方，曾有的婚约绝对已结束干净，不敢委屈郡主。"

北燕使臣冷笑道："结束得还真是时候呢！"

"总比贵国将家奴都送来的好。你们到底知不知道这是在向郡主求亲？"大渝正使怒道。

"郡主要嫁的是人，不是门第。本来嘛，以郡主的身份，哪里还用得着在乎什么门第？"

"自古贵贱有别，岂能轻忽？"

"我国百里勇士临行前已与四皇子结为兄弟，这贵贱二字，也不过是应时运而变的。"

"你……"大渝使臣正待再辩，他身旁已有一人暗中扯了扯他的袖子，低声道："郡主如何选婿已有章程，争之无益。"

那大渝正使也不笨，片言提醒，立即明白过来，更何况出言阻止的人又是他的副使、琅琊榜上成名的高手金雕柴明，焉有不听之理，当下冷冷地"哼"了一声，便坐了下来。

梁帝冷眼旁观他们争执，也不作声，直到双方都暂息烽烟后方缓缓道："大家都是英才，不必强争。可惜的是朕朝政繁忙，未曾得每场比试都看，对这几位勇士都还陌生得很呢。"

"儿臣有一建议，"誉王生性最是伶俐，加之信息灵通，早知父皇的意思，趁机道，"不如趁着今日宴饮，让这十位勇士切磋一下，也不失为一桩佳谈。"

梁帝微微沉吟，抚须道："不知各位的意思如何呢？"

"儿臣以为誉王这个建议有些欠考虑了，"太子习惯性地反驳道，"父皇驾临在此，朝堂之上岂容刀光剑影，万一惊了……"话音至此，眼尾突然扫见梅长苏一面举杯在手赏玩，一面轻轻摇着头，心里登时"咯噔"一下，急速改口："这也只是儿臣对父皇的一点担心……不过转念一想，忆起父皇当年戡定内乱时那般英武，又有蒙统领侍立在旁，想来也不会有什么大事。故而儿臣建议，大家切磋可以，但要点到为止，见血不吉。"

他临到半途改变话意，倒也显出一番急智，誉王因为没有看到梅长苏的暗示，不明白这人怎么突然之间开了窍，心中有些失望，冷冷"哼"了一声。

"两位皇儿的建议都甚合朕意，"梁帝笑道，"大家就随便挑战，不必再定什么规则了。"

此言一出，摆明他确实想看众人比试，太子心中暗道好险，不由得将感激的目光投向梅长苏，可后者却正俯身听霓凰郡主低声私语，根本没看见。

虽说是自由挑战，但大家都是千辛万苦争来的这个资格，又当着郡主的面，谁也不愿意贸然出场，怕风光没出成反而丢了丑，一时之间互相衡量着，局面有了短暂的冷场。

"还是我先来吧。"随着一声长笑振衣而起的，当然是轻飘飘什么都不在乎的言豫津。来到中庭向梁帝行礼后，他悠然回身，扬起下巴："在下言豫津，挑战萧大公子。"

第七章 稚子之约

面对言豫津的挑战，萧景睿虽有些哭笑不得，但也只得站起身来。见到他们两人面对面站着相互抱拳，庭上诸人中有好几个都不禁笑了起来。这俩小子从小撕咬到大，还连走带爬的时候就曾经在彼此的小脸上留下过牙印，但要说正正经经地对打，竟还真的从没见过。

可正当大家满怀期待之心凝望着两人开打后，没过几招全体观战者就已忍不住在心里"切"了一声。这哪里是重要的对战？分明是场表演赛。萧景睿倒还罢了，一贯的中规中矩，可言豫津却是铁了心要显摆，把他最有型最好看的身法全亮了出来，像只花蝴蝶似的满场翩飞。有时萧景睿的攻势不小心挡了他准备要展示的招数时，他还要瞪人家一眼，百忙之中尚不忘要选择角度向郡主露出迷人的微笑，害得霓凰郡主笑得直不起腰来，喘着气摆手道："小……小津啊……够了够了……我知道的……你从小就最帅……"

这样一场开幕战后，现场的气氛自然一下子轻松到了极点。很快就有人陆续出场请战，一时间精彩场面不断，倒也确是一个个身手不凡、各有长处。

四五场之后，最大的黑马百里奇终于站起了身，向已胜了一场但中途也已休息过一场的一位大梁人抱了抱拳。在如此场合，不可能犹疑，对方当然立即站了出来。

"这个人不是京城本地的，你认识他吗？"言豫津凑近好友耳边问道。

"李逍是武当本代最杰出的弟子，卓爹爹常对他赞誉有加，内功极是扎实，倒也算是百里奇的一个对手。"萧景睿低声道。

两人窃窃私语时，场中已交上了手。武当历代高手不绝，其内功心法、招数身法，自然都有其超众之处，即使是面对百里奇这样的高手，李逍也是攻守得当，一招一式拙朴中蕴含威力，转眼数十招过去，竟未呈败象。

然而就在众人为李逍使出的一招绝妙的"此消彼长"叫好之际，霓凰郡主突然倒吸了一口冷气，同时蒙挚运气大喝一声："不可！"余音未消，李逍的身子已飞了出去，被蒙挚闪身接住，扶坐于地，再看时他已满额冷汗，面色惨白。蒙挚握住他软绵绵的右臂微一探查，眉头便紧皱了起来。虽然幸得刚才运出十分内力的一声喝阻所护，百里奇未能震断他臂上所有筋脉，但臂骨已断，主筋也伤得严重，虽然那年轻人咬牙未曾呻吟，但从那惨然的目光中可以看出，他已明白自己今日这一伤，只怕日后修为再难精进。

"这是寒医荀珍先生所制的断续膏，连敷三日，半月内不使力，便可痊愈如初。"梅长苏不知何时已静悄悄从侧边绕了过来，将一盒药膏塞进李逍的衣袋里，轻声道，"你要信得过荀先生，安心休养，不会有什么后遗症的。"

荀珍的断续膏是江湖上可遇而不可求的绝世奇药，一个都不怎么认识的青年竟送了整盒给自己，李逍震惊感激之下竟连伤痛也忘了，呆呆地瞧着梅长苏说不出话来。

蒙挚向梅长苏略略点了个头，招人将李逍抬了下去。百里奇这时已回到自己的位置上，仍是目光漠然，仿佛刚才的痛下辣手根本不算什么。

"戚使臣大人，"太子因为刚才提议点到为止，此时觉得大没面子，第一个发怒道，"大家善意切磋，贵国的武者怎么如此没有仁心，太过分了！"

其他候选者也都纷纷投来愤怒的目光。那北燕正使起身傲然道："我们谨遵了太子的旨意，并未曾见血。何况比武较力，难免伤损，我国中一向崇敬强者，天下俱知。郡主乃军旅豪烈之人，当知战场之上，并无'仁'字，我们百里勇士何错之有？"

梁帝面带不豫道："朝堂并非战场，贵国勇士鲁莽了，下次不可。"

话虽如此说，但毕竟人家是在比试，梁帝也不好发怒惩处，落人口实，只能斥责一句，在对方恭声应诺后，暂且略过不提。

然而接下来，在北燕使臣冷冷的笑容中，大家发现百里奇的目的根本不是抓住机会展示武技而已，他一连挑战了包括两名大渝人在内的七名对手，虽然没有再下断骨之类的狠手，却也让他们多多少少带了些暗伤。最后只留下言豫津和萧景睿不予理会，不知是瞧不起他们呢，还是太瞧得起他们了。

眼看着百里奇再次获胜归座后，并无再起身的意思，萧景睿面色凝重地站了起来，冷冷地向他一抱拳，道："在下萧景睿，向百里勇士请教。"

百里奇今天是第一次被人挑战，眸中精芒一闪，可回头看了看本国的使臣，见他向自己摇了摇头,表情立时转为木然,摇头拒绝道:"我累了。"

萧景睿知道自己的名字很容易让人误以为是大梁的皇子,怀疑对方是因此而拒绝,忙补了一句道:"在下宁国侯谢玉之子,特来请教。百里勇士如果疲累,可以稍歇片刻,再行指点。"

百里奇又回头看了看,北燕使臣仍然摇头,于是他又道:"今天不打了。"

其实众所周知,萧景睿生性不爱争强斗胜,像比武这种事他一向认为无论输赢都不必结怨。可是今天百里奇所作所为实在过分,有时明明对方已经败退,他还非要硬追上彻底击倒不可,不由得激起了这个温和青年的怒意,因此血气上涌,竟主动出场进行挑战。他憋足了一口气,想要拼着受重伤也非得挫一挫百里奇的戾气,没想到一开始就被软绵绵地挡了回来,偏偏那人又真的是连打了好几场,非要说他"装累避战"之类的话,以萧景睿温厚的性格又实在说不出口,竟只能气怔了半晌,方道:"那请百里勇士与我约一个时间,你我择日再战。"

百里奇喝了口茶,第三次摇了摇头,冷冷地道:"改天还有什么再战的理由吗?这儿这么多人,你要实在想打,另挑一个好了。"

梁帝见他坚持拒绝,不由得心头一动,侧头看了蒙挚一眼。禁军统领立即明白了他的意思,忙俯身在他耳边道:"陛下切莫误会,北燕人并非示弱,只是知道景睿和豫津一定身份贵重,刚才又显然与郡主相熟,不想过于得罪大梁权贵罢了。其实景睿并不是百里奇的对手。"

梁帝闻言虽神色如常,但心里不免有些失望。百里奇今天如此逞能,身为大梁君主,他当然还是希望能有一个本国人争回些颜面,可惜看这样子只怕难以如愿了。正心中郁闷之时,突然看见下方梅长苏不知在与郡主悄悄私语什么,霓凰听后一脸惊诧之色,不由得问了一句:"霓凰,你与苏卿在说什么?"

霓凰郡主迟疑了一下,勉强笑道:"没什么……"

梁帝在眉上微微挂些嗔色,沉声道:"不可欺君哦,到底在说什么?"

郡主笑了笑道:"霓凰怎敢。苏先生不过是稍稍评论了几句刚才的对战,确无他言。"

"哦?苏卿有何高论,不妨说来大家听听。"

霓凰郡主瞧瞧梅长苏,见他也一副无奈的表情,便只好站起身来,道:"苏先生说百里勇士过刚易折,练武的路子错了,若被人寻出破绽,几个稚子便可击而倒之。"

听到这种评论,百里奇面上肌肉一跳,微带了些怒色。不过北燕使臣却把这番话当成是大梁人想找回点场面而已,当下傲然道:"这种话放在谁身上都可以,先生若是高人,不妨寻一寻他的破绽,再找几个稚子来击倒他多好啊。"

梅长苏忙笑道:"是我妄言了。两位放心,百里勇士能练到这样也不容易,我是不会随便毁人前程的。"

他明明是在道歉,可那话听着比叫板还要扎心,北燕使臣正志得意满呢,听着怎么可能舒服,立即道:"这位先生若是有这般本事,不妨当着陛下的面试一试,我们百里勇士虽然疲累,可也不敢扫先生说大话的兴致啊。"

"哪有这么快的,"梅长苏仍是一脸温和的微笑,"就算能立即找来几个稚子,我至少还得教几天呢。好了,就算是我胡说吧,两位别在意……"

北燕使臣一听,这话怎么越听越说得跟真的一样,要就这样不理他了,倒像怕他似的,百里奇一拳一脚争来的面子,如果被人在口舌上赚了回去,日后四皇子知道了只怕会说自己这个正使无能,当下冷笑道:"先生要调教人,我们等着就是了。请陛下指个日子,保证随叫随到。"

梅长苏表情有些为难,喃喃地道:"我在京城又不熟,哪里去找这些稚子……"

其实要找什么稚子,只要他说一声,在场每一个大梁人都能立刻帮他找到一大群,可是大家谁也拿不定他到底说的是真的还是只想气气百里奇而已,都没敢开口。

北燕使臣见他这样,越发肯定他是虚张声势,立即火上浇油道:"这有何难,听说贵国京城的武馆里有很多小学徒……"

"武馆里的孩子太强了,我怕百里勇士吃亏。再说找几个练过武的孩子来围攻,也不公平啊。"

见这人到如此地步还要继续吹牛,北燕使臣气得一咬牙,道:"无妨,我们并无怨言。"

"不好,"梅长苏摇着头,"要找弱一点的……这宫里,还有各位的府上有没有比较弱的孩子?"

众人谨惧,未敢答言,怕不小心帮了倒忙。只有景宁公主不太明白这个状况,加之不久前才刚刚被掖幽庭的惨况刺激过,马上接话道:"宫里有啊,掖幽庭里有好些小孩子的,都是瘦骨嶙峋的,真可怜。"

"掖幽庭的罪奴啊,"梅长苏小声自语道,"倒是比找寻常人家的孩子合适些,不过陛下是否准许……"

梁帝见他的目光向自己看来,一时也无法确认他到底是希望自己答应呢,还是不答应。正犹豫间，蒙挚的声音细细入耳："请陛下恩准。"

梁帝对本国这位第一高手在武学上的信任是毋庸置疑的，立即道："朕准了。来人，前去掖幽庭，挑几个孩子来。"

梅长苏追加了一句："记住，要弱一点的啊。"

北燕使者被他气得不轻，恶狠狠地道："罪奴可也是人啊，先生叫这些孩子平白送死，倒也真是忍心。"

景宁公主看到自己随口答的一句话造成这种后果，正着急呢，忙接着话锋道："是啊，这不是让那些孩子去送死吗？父皇，这样绝对不行！"

"公主放心，我还是有些把握的。"梅长苏劝道，"再说身为罪奴，能为陛下效力，就算死也应该。更何况一旦赢了，陛下还会有重赏的。"

景宁公主听了更气："他们每日在宫中劳役，赏再多的银子也没地方花，当然是命比较重要啊！"

"说的也是，"梅长苏仰头想了想，"这些小罪奴心中毫无希望，只怕行事懈怠，不好调教呢。这个主意错了，不该选他们的……"

北燕使臣本来看到他们已经选人去了，还有些惊诧，此刻见梅长苏又有退缩之意，心中登时又安定下来，讥讽道："先生真是嘴硬，到这时候了还要强撑，其实只要认一句错，我们百里勇士也不是小气之人。"

梅长苏凝目定定地看着他，直看到他有些不自在了，方叹了一口气道："苏某再三给你台阶下，你就是不肯下来。既然非要试一试，就只好对不住百里勇士了。"

北燕使臣气结，正要反击，刚才奉旨去掖幽庭的太监已回来，禀道："陛下，奴才带来五个孩子。"

"嗯，都叫上来。"

"是。"

跟在太监后面，五个小小的身影瑟缩着上殿，蜷成一团跪伏于地。

靖王原本就已开始觉得疑惑，现在看到庭生就在其间，心里更是明白了大半，看看殿中人的注意力都在那边，忙找了个机会悄悄跟坐在身旁的皇妹景宁说了几句话。

"抬起头来，报报年龄，都是哪家罪臣的后人啊？"梁帝语气冷冽地道。

五个孩子都吓得不轻，在太监的低声催逼下，方一个个颤抖着声音断断续续地回禀。轮到庭生时，他煞白着一张脸，小声道："罪奴……十一岁，原太和……大学士敬奎……之孙……因科场案……问罪……"

梅长苏突觉心头一酸，忙端茶啜饮，掩饰了过去。现在想象当年，在被收监入掖幽庭，得不到外界一丝帮助的境况下，祁王的女眷们竟能同心协力，为庭生这个侥幸降生的遗腹子谋得一个假身份，庇护他逃过太子和誉王的斩草除根，实在是值得让人对她们又敬又叹。可惜令人心伤的是，这些义烈女子们饱受折磨，现在已经没有几个存活于世了。

五个孩子回禀完毕，梁帝都没太放在心上，"嗯"了一声后对梅长苏道："苏卿看这些稚子可还使得？"

"五个太多了，不能太占百里勇士的便宜，三个足够。"梅长苏随意看了看，指了含庭生在内的三个人："臣恐怕要带回住处去调教两天，陛下能否恩准？"

"朕准了。如若两日后能胜，朕有重赏。"

梅长苏叹息一声："陛下固然深恩，不过公主适才言之有理，这些孩子是罪奴，赏金银也无处使用呢。"

梁帝不禁笑道："你误会了，朕的意思是重赏你。"

"呃？"梅长苏一怔，"臣就不必了。要出力的都是他们，不如陛下还是赐些他们能消受的恩宠吧。"

"他们自然也要赏，"梁帝见一旁的北燕使臣听到此时，已气得面如土色，心中不由得大是愉悦，"如果赢了，朕赏……呃……赏……"

他正想着该赏什么呢，景宁公主插言道："父皇，您可得要下重赏，他们才肯出死力，苏先生才好调教。女儿的意思嘛，对这些罪奴最大的恩赏莫过于除其苦役，让他们能出掖幽庭自寻立身之所，父皇就算赏金山银山，也不如赏这个啊。"

梁帝见小女儿今天实在是太同情这些小罪奴了，为了让她高兴，加上那几个孩子都没什么要紧的，并未多想，当下点头应允："好。朕就依你，若是他们立功，朕恩准免其苦役，着内政厅妥善安置。"

景宁公主大喜："谢父皇。儿臣就知道父皇是最圣心仁德的。"

"你啊，就是心软。不过女孩儿家嘛，心软也没什么。"梁帝慈爱地看了她一眼，这才转向众人："今日就暂且散了吧。两日后郡主文试之前，我们且先看看苏卿调教的本事。"

大家立即站起身来，齐声道："遵旨。"

梁帝扶着内侍的手站起身来，起驾回内宫。殿中人恭谨肃立，等他离开后方陆续散去。太子和誉王这时全都赶了过来，想要询问梅长苏的惊人之举是不是当真的，只有靖王不声不响，独自一个人离去。

梅长苏眸中露出赞赏的神色，仿若情不自禁般夸奖道："没想到靖王殿下竟如此沉稳有度，不多言，不多行，无论出现任何场面都不曾见他惊诧失态过，实在是大有皇子风范啊。"

太子和誉王一听，原来麒麟才子喜欢这种的，立即就把满肚子的问话都吞了回去，只淡淡打了个招呼，便同样"沉稳有度"地走了出去。

梅长苏一句话打发走了两个皇子，一回头就看见霓凰郡主抿嘴忍笑地向他点头，一脸十分佩服的表情，便也回应了一个无奈的笑容。

这时萧景睿牵着庭生，言豫津牵着另外两个孩子一起走了过来。国舅公子隔着好几步就开始问："苏兄，你有把握没有？我们刚才确认过了，这三个孩子可真的不会武功哦。"

"没关系，谁生下来就会武功啊？景睿，麻烦你跟侯爷禀报一声，这三个孩子也要住在雪庐。"

"这个没什么问题，"萧景睿还是有些疑惑，"可是苏兄，两天后还是先让我去挑战一下吧，我总觉得……"

"好啦，"梅长苏安抚道，"你放心好了，苏兄自己练不成，调教人还是可以的。"

"苏兄说可以就一定可以，你就别死皱着眉头了，"言豫津笑道，"本来就没我帅，一皱更不帅了。"

大家一起笑了起来，心情也都轻快起来，只有那三个孩子垂头缩身，仍是一副惶恐不安的样子。梅长苏知道一时之间也无法让他们完全放松，所以并没有急着跟他们说话，只微微打了个手势，示意三人跟着自己，与郡主一路同行至宫外。霓凰看见先出来的弟弟已规规矩矩站在那儿等自己，而梅长苏有相熟的朋友一起，应该不需要穆王府备车相送，因此也不再多留，道别而去。宁国府和言府的马车恰好驶了过来，梅长苏带着孩子们一起上车，途中仍然不问话，只是掀开车帘，让他们看外面的街市风光，同车的萧景睿瞧着庭生沉静的侧脸，回想起当初见他时的情形，心中渐渐明白了过来，不由得转头看了梅长苏一眼。

面对这含着询问之意的目光，江左盟宗主浅浅一笑，点了点头。

虽说梅长苏信誓旦旦地保证他会认真调教这三个孩子，但随后两天来探查情况的人无一不发现，其实他过得逍遥轻松至极，除了在院中地上画些奇怪的线点让孩子们踩着练习以外,他几乎一整天都半躺半靠在树下的长椅上,而辛辛苦苦陪着演示身法、跳来跳去的人却是飞流。

可饶是如此,所有来客仍然被他以"独门秘技要保密"为由,只准在院门口瞧上两眼,便匆匆请了出去,令这个调教过程平添了几分神秘感。只有萧景睿比较特殊一点,勉强可以进来坐一会儿。

不过看的时间多了,渐渐也就有了些不同的感受。第二天晚上,萧大公子再次进雪庐问候兼代人打探情况时,已惊讶地发现几个孩子行动的速度明显呈级数增长。

"从昨天下午算起,他们也才练了一天半而已,居然进步这么快,要看清他们的每一步动作,我必须要凝神才行了!"

"这些孩子虽然瘦弱,但他们所拥有的忍耐力、意志力和专注力都远远超过了普通的成年人,绝对不能小瞧。"梅长苏一面用手势指挥着飞流为被训者调整步伐,一面随口答道,"不过就算他们资质再好,两天时间还是练不成什么的。"

"啊?"萧景睿吃惊道,"那你的意思是……"

"别着急嘛,"梅长苏微微一笑,"要单靠这些孩子们去击倒百里奇当然有些痴人说梦,真正能发挥效力的其实只是这套步法和与之相称的剑阵。"

"可是……可是……"萧景睿更加着急,"可是再精妙的配合与步法,没有相符的实力也根本发挥不出来啊!百里奇内力雄厚,就算拼着一动不动挨上两剑,这些孩子们也扎不动他吧?"

"景睿,"梅长苏目光温和地看着他,"你习武多年,不知道什么是借力打力吗?"

"借力打力需要手法引导巧妙,可这些孩子根本都不谙武技啊!"

"手法一时间当然练不成,不过这套剑法配合起来,玄妙之处你到时看了就知。再说那百里奇越刚猛,他的弱点就越柔脆,我已经知道他的罩门在何处了,所以才敢在圣驾面前妄言。怎么,你信不过苏兄吗?"

萧景睿愣了一下,忙道:"怎么会。苏兄学渊天下,景睿不敢不信,只是担心万一……"

"放心吧,这件事虽好玩,但若真有风险,我就不会玩了。"梅长苏淡淡地道,"你再多耽搁我一点儿时间,把握就会少一分哦。"

萧景睿吓了一跳,赶紧道了一声:"苏兄忙你的,我这就出去。"说完立即退到了院外。

梅长苏眼见着他的身影远去,眸中方才闪过一抹异样的神采,喃喃自语道:"果然心实的孩子不好欺瞒……是不是因为你自己扎实平稳,不求捷径旁途,所以才知道越花哨、越玄妙的东西,其实越不可靠呢?"

飞流听到他说话,立即闪身过来,大大的眼睛凝望着他。

"不是啦,不是在跟我们飞流说话。"梅长苏温柔地笑着,抚摸少年的额发,"飞流辛苦了哦,他们还必须要练得更熟,要让人眼花缭乱才行,这样苏哥哥才唬得住人哦。"

"太慢!快!"飞流重重地点头。

"没错,"梅长苏鼓励道,"现在还太慢了,要加快。"

飞流立即转身,又专心投入调教三个孩子身法的任务中去了。梅长苏放松腰身向后仰靠,目光虽仍是看着场内,但心神已有些飘荡,不知过了多久,才被飞流的一句话惊醒。

"大叔!"飞流站在院子中央,气呼呼地说。因为他突然停止而待在原地不敢动的三个孩子不知道出了什么事,都怔怔地僵立着。

梅长苏刚刚回神,居然很是反应了一会儿才明白飞流之意,忙道:"今天已经练得有些晚了,飞流带弟弟们到西厢房睡觉,不要再出来了哦。"

"睡觉?"

"对,睡觉,明天要早早起来练习,这才是好孩子呢。"

飞流瞧瞧正屋,又歪着头想了想,似乎觉得当好孩子比较重要,便带着三个小徒弟进了西厢房,很快就关上了门窗。

梅长苏缓缓起身,进了自己日常起居的正屋。正如飞流所说,蒙挚已坐在桌前,一见他进门,立即站了起来。

"今天有些累,蒙大哥帮我关窗户。"梅长苏一面使唤着大梁第一高手,一面直接上了暖榻,盖上厚厚的毛毯。

"你倒还轻松,"蒙挚关好窗户后反身坐在他的榻沿旁,眸色深深地盯着他的脸,"跟我说实话,你到底想干什么?"

"蒙大哥是问什么?"

"别装糊涂!我问的是你昨儿揽的差事。虽然我一直配合你,可百里奇的身手我观察得很仔细,过刚易折的确是他的毛病不假,不过要让三个稚子击倒他,就算是你也办不到吧?"

"蒙大哥不信?"梅长苏幽幽笑道,"再过一天就有结果了,你到时候再看吧。"

蒙挚的视线如同焊铸过的一般凝在他面上，好半天才吐出一口气，紧绷的双肩松懈了下来，沉声道："果然，百里奇是你的人……"

梅长苏搓了搓冰冷的双手，放在嘴边呵了口热气："猜错了。百里奇不是我的人，只不过你们现在见到的人，并不是真正的百里奇罢了。"

"到底怎么回事？"

"要想在这帝都之内翻云覆雨，达到我想要的那个目的，当然自己要先成为一个重要的人才行。太子和誉王再看重我，也比不上皇帝陛下的青眼相加。所以当初布这个局，原本只是想自己出马，大大地出一个风头。"梅长苏的视线移向西窗方向，仿佛是想穿透那窗纸，看到西厢房那个小小的孩童似的，"如今为了庭生，稍稍变更了一下计划，反倒感觉更好、更自然。也算是上天助我吧。"

"这么说，在北燕使团过江左盟境内时，你们就已掳走真正的百里奇，然后李代桃僵？"

"是。其实再好的易容术，久了都会有破绽。只不过百里奇一向深居于皇子府中，不常被人看见，且性情粗蛮，面目丑陋，使团中大家都不愿意仔细直视他。再加上假扮他的人心思极是细腻，所以这些时日丝毫未露破绽。"

"那北燕此次先抑后扬的策略……"

"他们出发时就是这样定的，先让那百里奇隐藏实力，之后再奇兵突起。我们的人不过顺水推舟，完全照他们的计划行事，这才不会招人疑心。"梅长苏淡然道，"我才跟一个人说过借力打力的话，对方要是完全不出招，我们反而不好出手呢。"

蒙挚若有所思地点点头，心中已明白了大半。以他的武功修为，加之观察的是授业过程中的初练，当然能立即看出这套步法和剑招的攻击力都不强。但是同时，等它们被练熟后，却有一个极为明显的功能，那就是使人产生视觉上的误差与混乱。当一个人的身形移动及出招过程让你看不清楚的时候，几乎所有的人都会本能地认为那一定是极为精妙、威力惊人的武功。那三个孩子到时候要做的就是让人看不清他们的身法和出手，这样当百里奇倒下来的时候，大家才会觉得他一定是被那奇巧到无法辨识的武功击倒的。

"不过让孩子们来，实在还是有些冒险，毕竟金雕柴明和郡主都是超一流的高手，眼力一定不差。可是为了庭生，似乎也只能这么做。"蒙挚叹道，"我明晚再来看看，如果他们的身法练得纯熟倒也罢了，要是仍有瑕疵，就得要再想想办法了。"

"那就拜托蒙大哥了。"梅长苏一面笑道，一面第二次将手指放在嘴边呵气。

"盖着毯子还冷吗？"蒙挚握住他的手，只觉触手冰凉，心中一阵疼痛，"还没到冬至日你就这样……以前你根本不怕冷的，我还曾经听说靖王为这个开你的玩笑，说赤焰军的少帅就像个小火人，能够雪夜薄甲，单骑逐敌上百里，擒回营后丝毫不见瑟缩之态……可你现在，身子伤损得如此严重……"

　　"好啦，"梅长苏抽回双手，将毛毯拉高，口气十分的清淡，仿若刚刚出唇，就融化在了风中一般，"所以我才不喜欢常跟你见面的。我和过去早已不是同一个人，你总是这样比，不过徒增伤感而已。我现在不想有任何软弱的情绪，请你以后……能不说这些就不说吧……"

　　蒙挚凝视着他苍白如雪的面容，铁打的汉子竟眼眶发红，忍了又忍，方低声道："你说得是，倒是我婆婆妈妈了，跟个娘儿们似的！"

　　"谁敢说我们大梁第一高手像个娘儿们？"梅长苏露出微笑，舒缓他的情绪，"不过像霓凰郡主那样的，虽是女子之身，又比哪个男人差呢？"

　　蒙挚朗声一笑，长身而起道："可不是。我们也要时刻在意，不能被郡主比了下去啊。"

　　"蒙大哥要走了吗？"

　　"是，你也早些休息，明天我再来，如果没什么要紧的，我就不现身了。"

　　梅长苏"嗯"了一声，准备起来相送，却被蒙挚强力按住。他不是拘泥礼节之人，笑笑也就没再坚持。

　　次日，蒙挚果然未再现身，可见三个孩子练习的状况令人满意。晚饭后梅长苏又略略叮嘱了一些注意事项，安抚他们第二天不要紧张，便让这些孩子提早回房了。

　　不过雪庐却并没有就这样宁静下去。大约一个多时辰后，一个意外的访客深夜到来。

第八章 百密一疏

其实认真说起来,这个人还不能称之为访客,因为梅长苏现在所居的雪庐,原本就在她的家里。只不过这么长一段时间,她还从来没有登门拜访过。

梅长苏心中的意外并没有表现在脸上,和缓地安抚闻声出来的飞流回房后,他向莅阳长公主微微一笑,躬身施礼。

"外面已经起风了,听说苏先生身体不好,我们到房内去谈吧。"长公主表情冷淡,但辞气还算温和,见梅长苏侧身让路,她也并未谦让,当先步入室内,在扑面而来的融融暖气中解开金丝披风的带子。

她这次是独自悄然前来,身边自然没有侍女。梅长苏上前接住了她脱下的披风,挂到一旁的衣架上,又从熏笼上取了茶壶,为她斟了一杯热茶。

莅阳长公主捧起茶杯,但并未送到口边,只是暖手般地将掌心贴在杯壁上,半晌后方道:"这么晚来打扰,实在不好意思,可若是早来,我又怕……"

见她话到一半又咽住,梅长苏浅笑着接过了那吞下去的后半句:"长公主怕来早了景睿还在这里吗?这么说,是有些什么话想要单独吩咐苏某了?"

莅阳长公主抬头看了他一眼。若论苏哲此人本是平民,与皇妹之间位阶相差如云泥,这"吩咐"二字却也不是谦辞。可是罩在此人身上的诸多光环又颇耀人眼目,令人一时之间根本无法定位他的身份。

执掌天下第一大帮,是京都排名数一数二的贵公子们尊敬的好友,手下有个足以与大梁第一高手比拼的护卫,太子与誉王双双正在拼命延揽,又深得霓凰郡主青睐,两人关系暧昧不明。这林林总总加在一起,就算是高高在上、目无下尘的莅阳长公主也不可能将他视为一个普通的平民。

但也正是因为知道他绝不是一个普通人，知道他一定有着常人无法估算的实力，深居简出的长公主殿下才会在更深夜静之时，独自来到这座小小的客院。

"无论是什么样的话，既然已经来了，总归是要说的，请公主不必再多犹疑。"梅长苏视线轻扫间已将来客的表情尽收眼底，当下缓缓道，"你吩咐的事如在苏哲的能力范围内，自当领命。如是苏哲无能为力的事，也不会多加口舌，对外宣扬，请您放心。"

莅阳长公主目光微凝，似是已暗下决心，手中的茶杯也不知不觉放到了桌上，抬起头来直视着梅长苏的眼睛，一字一句地道："苏先生，请你救救霓凰。"

听到这样一个请求，饶是梅长苏这般心志坚稳，脸上也不由得闪过一抹无法掩饰的惊讶："长公主殿下此言何意？"

"听说霓凰对先生极为看重，想来你们之间也是有情谊的。"莅阳长公主挥手止住仿佛想要澄清此言的梅长苏，示意他听自己说完，"霓凰虽然聪明，但终究常在藩领，不明白这京城的水有多深多浑。她自恃云南藩位贵重，自己又是高手中的高手，对这次选婿持游戏心态，总觉得一切都会控制在她的掌握之中，未免大意了一些。"

"听殿下此意，莫非有人还敢设计郡主不成？"

"这京城中人为了自己的目的，有什么不敢做的？"莅阳长公主不知想到了什么，眸中微露痛苦之色，"霓凰一个人就代表了云南王府的全部立场，代表了南境十万铁骑的军力，这个分量难道不值得有人冒险施计吗？"

梅长苏双眉轻挑，慢慢点了点头。霓凰郡主的分量他当然是再三掂量过的，只不过……依郡主目前的实力和她刚毅的性格，谁敢轻撄其锋，谁又真的能通过阴谋诡计达到目的？

"我明白苏先生在想什么。"察言观色当然不是江左独有的秘技，从小生活在云谲波诡中的长公主也会，她眼波轻动间，唇边已勾起一丝清冷的笑容，"霓凰确实很强，强到似乎没必要去保护她……可是苏先生你不明白，再强的女人，终究只是女人，有些事情对男人来说无所谓，但对于女人，却会是足以摧毁她心志的打击。如果霓凰已经有心上人的话，这个打击会更沉重，会让她觉得嫁给谁，将来过什么样的生活，都是无所谓的事情了……"

说这些话的时候，莅阳长公主的神情极为平静，口气也很淡然，可那双渐渐发红的眼睛，和按在桌面上僵直苍白的手指，却出卖了她沸腾激动的心情。

梅长苏转过头去，掩住眸中升起的同情之色。

对于此前那个利落爽朗、性烈如火，每次出狩巡猎时都与诸皇子争锋的莅阳长公主，他并没有什么记忆。他只记得向母亲抱怨莅阳小姨太过冷漠、不好亲近时，母亲喃喃自语的那些感叹。

当年的事情究竟是怎么发生的，为什么会发生，实在是太过隐秘、太过久远。就算这几年刻意地调查，也没查出太多有价值的东西来。也许真相，只隐藏在那几个人的心里，谁都不会说出来。

"长公主殿下，"梅长苏沉吟了片刻，方徐徐道，"我承认您说得有道理，但我还是想不出来，到底有什么具体的方法，能够达到这样的效果？"

莅阳长公主的唇角微微抽动了一下，似乎不愿意再详细解说下去，但她心里又非常明白，不多透露一些的话，根本没有办法取信于人。

"这次入围的候选者中，有两个是圣上暗中很满意，想要配给郡主的人，你知道是谁吗？"

梅长苏自然立刻摇了摇头。

"太尉公子司马雷和忠肃侯家的廖廷杰。"

"嗯。"对这个答案，梅长苏并不意外。这两人中恰好司马家支持太子，而忠肃侯支持誉王，倒也平衡，不知道是皇帝有意为之，还是凑巧了。

"可是按现在的赛制，除非郡主放水，否则他们两人都不可能有胜算。"

"嗯。"梅长苏再次颔首。何止他们两个，这十个都不行。

"所以有人着急了。因为云南穆府的支持实在太诱人，可如果不能趁着郡主留在京城的日子把这件事情敲定，等她回到云南后就难免要事倍功半。"莅阳长公主突然冷笑了一下，"这个时候，霓凰本人的心意，早已不在他们这些人的考虑范围之内。宫里的人最擅长的就是不择手段，有些知道陈年往事的人，不免就妄想要再模仿一遍当年太后的手法……"

提起太后，梅长苏心中又是一动。没错，现在想来，印象中莅阳长公主极少归宁，更是从来没见过她跟太后说过一句话。只不过那时自己的生活里有太多丰富多彩的事情，根本没有放半点心思在这个异常状况上。

莅阳长公主闭了闭眼睛，仿佛是要平复一下自己的心绪。因为接下来要讲到的，是整个手法中最核心的部分。

"宫里有一种酒，名唤'情丝绕'，只饮一杯，便有致幻催情之效。如果女子饮用，会将身边的那个男人，误认为是自己心里最思念爱慕的那个人，从而被药力催动，主动上前求欢。由于她并不知道世上有这种酒存在，所以纵然事后清醒，也会以为是自己的心志不坚，醉后失德，再加上是自己主动，更不能迁怒于那个男子，羞愧绝望之下，心中真是生不如死。可是千古艰难，唯有一死，死在此时，更是死不瞑目，心里藏着再多没有说过的话，从此也不可能说出口了。在这种茫然无措的时候，如果再来一个平时信任的人出面相劝，哪里还可能有丝毫挣扎抗拒之力，唯有受人摆布而已……"莅阳长公主说到后来，语气已渐渐变了，那种凄楚悲冽之情，就连最迟钝的人，也能听出她所说的就是自己内心最刻骨的感受。

梅长苏站起来，缓缓走到屋子的另一头，背转身不去看她，默默等待她自己恢复平静。

大约一盅茶的工夫后，莅阳长公主方深吸一口气，慢慢地道："苏先生见笑了。当年被陷害的女子，是我的至亲姐妹，所以一时有些激动，请先生不要介意。"

"公主何出此言？这种事确是令人发指，纵然不是公主的姐妹，也不免要愤懑同情。只是苏某不明白，公主……的姐妹到底恋慕何人，会令太后如此反对，甚至不惜……"

莅阳长公主目光幽幽，似乎穿透了茫茫时光，落在那遥远的一点上："他是……南楚送来大梁的……一个质子……"

梅长苏顿时心中了然，更是不忍再问。

"霓凰虽然不是我的血亲，但她那种炫目神采，常令我想起过去，心中爱羡。"莅阳长公主仿佛终于翻越了疼痛的极致，神情渐转安然，"若有人想对她使出这般卑鄙手段，我无论如何都一定要阻止。还望先生助我。"

梅长苏目光闪动，顿了顿，终究还是问道："公主殿下是怎么……查知这件阴谋的呢？"

莅阳长公主虽然明知他会有这一问，但还是忍不住侧了侧脸，躲开了那两道并不激烈的视线，好半天才轻声道："谢弼这孩子，又要卷进去，心又不够狠，被我看出他心神不定，一逼问就问出来了……"

"哦，"梅长苏一面点着头，一面问出下一个问题，"以长公主的身份，阻止此事应有多种方法，为何会单单挑中苏某？"

莅阳长公主自嘲地一笑，冷冷地道："有多种方法吗？不见得吧。事情还未办，我去质问主谋者吗？他们不会认的。去禀报皇帝陛下？空口无凭没有证据。自己进宫去拦，谁又知道他们什么时候动手？这个长公主的身份，到这种时候又能派上什么用场？"

梅长苏思忖了一下，本想问问她为什么不找自己的丈夫帮忙，突然悟到这个手法与当年一样，就算谢玉当年并非同谋，而是被太后所利用，那他到底也是一个既得利益的获取者，跟他商量是有些尴尬。何况真要帮忙拦阻，必然会把主谋者得罪到死，谢玉不是热血少年，他可未必肯干。

思来想去，尊贵的长公主殿下倒真的是无人可求，令人悲哀感叹，只不过……

"殿下，就算苏某有心相助，一介平民之身，怕也爱莫能助啊……"

"你不是跟霓凰郡主关系交好吗？何况明日就要见她。请先生到时将此消息通知她，让她与宫中娘娘们打交道时小心些，应该就可保平安了。"

"公主怎么不自己去说？"

"我素来为人冷漠，虽然心中暗暗欣赏霓凰，却从未深交过，她未必会信我。更主要的是，他们已经知道我发觉了此事，只要我一进宫，必会有位娘娘陪随左右，根本没有机会跟郡主单独细谈……好在先生就居于侯府之内，在这里我还算有点力量，深夜来访，自信尚可以瞒住那些人的耳目，只是麻烦先生了。"

梅长苏凝目看她，语有深意地道："在下与长公主并无深交，蒙如此信任，实是荣幸。"

莅阳长公主兰心蕙质，如何听不明白，淡淡一笑道："突然来访，是有些冒昧。不过一来确无他人可以求助；二来深知先生与霓凰交好；三来嘛，景睿总是在我面前没口子夸你。这孩子心地纯良，他所喜欢、尊敬的人想必不会是凡俗中人。不过来之前我也考虑过，这样一来说不定会连累先生得罪权贵，所以就算你不答应我的托付，那也是情理之中。请先生慎思吧。"

长公主说完这番话，便低下了头，静静地喝茶。梅长苏凝望着她满头乌云间交杂的几缕不明显的白发，突然心中微酸，油然而生缕缕恍惚之感。

"夜深了，长公主请回吧。"窗外传来更鼓之声，梅长苏将金丝披风从衣架上取下，轻柔地披在她孱弱的肩头，徐徐道，"郡主也是苏某的朋友，自当尽力。明日也请长公主殿下进宫，以便见机行事。"

得他此诺，莅阳长公主不再多说，将披风的顶兜罩在头上，悄然出了小院，不多时便消失在黑暗之中。

梅长苏立于阶前目送，夜风袭来，遍体生凉。一双手从后面抓住他，将他强力扯进屋内，转过身去，看见了一双微含怒意的明亮眼睛。

"对不起哦，苏哥哥忘了穿外衣。"拍拍少年的头安抚他，"我们飞流还没睡着？"

"她走，醒了！"

"哦，吵醒你了？"梅长苏歉意地一笑，蜷上了暖榻，拥住厚厚的锦被，"再去睡吧，明天不是还要出去玩吗？"

"你睡！"

"好好好，我也睡。"梅长苏听话地闭上眼睛，表面上宁静安详，脑中却开始流水般地回想关于京城各方的所有新旧资料，以此判断长公主此次来访，到底背后隐藏了一些什么。

飞流没有再回自己的房间，而是挤在了苏哥哥的身边，满足地呼呼大睡。

梅长苏为他掖好被角，这才慢慢放平了自己的身子。在真正坠入梦乡之前，他还想着最后一个问题：“太子潜伏到誉王身边的那个内探，到底是谁？"

第二天一大早，言豫津就奔进雪庐，急不可耐地传递着消息：“苏兄，今天早上宫里传旨，说是文试推到明天了。"

"哦？为什么？"

"因为你今天要收拾百里奇啊！"言豫津潇洒地打开扇子，刚摇了摇，看见萧景睿瞪了自己一眼，愣了愣才发现扇起的冷风让梅长苏躲了一下，急忙将扇面收起，但仍是帅气地一下一下击打着另一只手的掌心，不知道的人，还以为今天要收拾百里奇的人是他呢。

谢弼看言大公子忙着耍帅，没有继续讲下去的意思，急忙接过话茬儿，解释道："是这样的，誉王殿下上表，说即使苏兄今日以稚子击败百里奇，他的候选人资格仍然不会变，照样要参加文试。但一旦战败，必然会大大扰乱他的心情，未免有些不公。反正选婿之事也不急这一天两天，何不将文试推迟一日，也免得北燕人寻着借口，说三道四的。"

"这个主意周全，圣上准了？"

"准了。"

"哦。"梅长苏点点头，"承蒙相告。时辰不早，我要起身了，先跟各位告辞。"

"告辞什么？"萧景睿怔怔地将他的外氅递过去，"我们可以一起走啊。"

梅长苏瞧了几人一眼："你们去哪里？"

"去看你如何击败百里奇啊！"

梅长苏忍不住一笑，道："武英殿是朝殿，不是你们经常去逛的妙音坊。你们上次去是因为圣上召见。原计划准备今天跟我一起走是因为赛后有文试，现在文试取消了，你们还有什么理由擅入武英殿？就算你们是显贵公子，起码也该先请旨准入吧？"

"啊——"言豫津惨叫一声跳了起来，"忘了这个了！白浪费那么久的时间，我要先去递折请见啦，这个热闹我死也要看！"

谢弼倒无所谓，他本来就没想着要去，可萧景睿有些着忙，慌慌张张站起来也跟着一起奔出去了。谢弼耸耸肩瞧着他的背影，叹道："跟豫津越来越像了，他以前没那么爱看热闹啊……"

对于不谙武技的谢弼，梅长苏也不想跟他解说这场比武引人好奇之处到底在哪里，自顾自地系好雪色披风，低低叮嘱了飞流一番话，便带了三个早已等候在旁的孩子向院外走去。

侯府的车马与护卫早已停在门外，谢弼左看看右看看，玩笑道："霓凰郡主今天没派马车来呢，苏兄，有些失望吧？"

梅长苏一笑未答，垂下车帘。马夫一甩马鞭，脆响悠悠，直向宫城方向而去。

今天聚集在武英殿的人，比上次少了好些。除了百里奇外的其余九个候选人都还没看见影子，大渝使团也只来了正副二使。皇子中只有靖王因为庭生之故早早来到，太子和誉王都踪影全无。穆王府两姐弟也姗姗来迟，听说还在后面。因此当梅长苏带着三个孩子站在殿上时，除了靖王遥遥点头外，冷冷清清没有一个人过来说话，比起前几天的热闹真是大相径庭。

不过梅长苏却喜欢这样的安静氛围。他把三个小学徒领到了大殿一角，挨个儿握着他们的手，柔声笑着鼓励安慰。没多久，那些骨碌乱转、满含惊惧的眼神便安定下来，一个个认真点头，表示一定会好好努力，抓住机会摆脱掉罪奴身份。

大约半刻钟后，霓凰郡主与穆青一起神采奕奕地走了进来。梅长苏一面微笑相迎，一面暗暗感慨这两姐弟怎么随时随地都一副很有精神的样子，与京城贵族们故作慵懒的优雅姿态真是差了好远，只有靖王还带着些相同的气质。

"看苏先生的表情，似乎是胸有成竹了？"先说话的是穆青，他大踏步走近，微弯下身子问那三个孩子："跟我说，苏先生都教你们什么了？"

梅长苏觉得让孩子们先熟悉一下这些殿上人的样子也没什么不好，当下也不管他，以目示意霓凰郡主向旁边走了几步。

"怎么，有悄悄话跟我说？"南境女帅玩笑道。

"有人托我警告你，"梅长苏低声道，"现在看来似乎娶你无望，所以宫里有人想用些手腕逼你就范，你要小心誉王和皇后娘娘……如果单独请你饮宴，能不去就不去吧……"

"逼我就范？"短暂的惊讶之后，霓凰郡主傲然一笑，"他们想怎么逼？"

梅长苏不好细说，只含含糊糊道："后宫的手段你不要小瞧了，入口的东西要当心……"

正要再说，外面突然传来脚步声，言豫津拖着萧景睿冲了进来，呵呵笑着道："赶上了，赶上了！苏兄，还没开始吧？"

穆青满脸不高兴地从中拦住，拧着眉道："还没开始，苏先生跟我姐姐说话呢，你俩别打扰他们！"

被他这样强力维护，反而连霓凰郡主也不好再跟梅长苏悄悄私语了。毕竟是未婚的王家女，又在择婿之前，太过于有违礼教总归不是一件好事。

好在尴尬的局面一瞬即过，因为圣驾已在此时宣临。

与大家猜测的一样，太子与誉王一左一右扶着老皇帝出现，景宁公主随后，蒙挚护驾。等天子落座后，两皇子与景宁方一起下了玉阶，跟众人同行国礼，降谕平身后才分别入席。

"苏卿，"梁帝安然微笑道，"你的成果如何？"

"臣多说无益，请陛下少顷细看就好。"梅长苏招手叫出三个孩子，排成一排跪伏于地。

梁帝看看那小小的三个身影，再看看一旁肌肉虬结的百里奇，心里终归有些没底，不禁又回头看了看蒙挚。

"陛下，这就开始吗？"蒙挚趁机躬身请旨。

箭已上弦，不得不发，梁帝掩起眼中一丝忧色，点了点头。

三个孩子领旨起身，一人执了一把剑，成品字站位，表情都极是坚定。那种凝肃之感与两天前的畏缩之态判若云泥，先就让旁观者心神为之一振。

百里奇空手下场，目光极为不屑地扫视了一眼面前的对手，随便摆了一个起势。

"开始！"蒙挚一声令下，场中突然卷起一场微风，三个孩子陀螺般地一转，步法如穿花般交错，原本清晰的身影顿时有了模糊重影，武功稍差的人立觉眼前一花。

大渝国的金雕柴明立即有了兴致，坐直了身子正要定睛细看，突然感觉到有股浓浓的杀气自旁侧袭来，心中一凛，不由得凝神回看过去，只见大梁第一高手、金陵王都禁军大统领蒙挚大人，正恶狠狠地瞪着他。那眸中的熊熊怒火，就仿若两人之间有杀父之仇一般，令柴明不禁打了个寒战，一面稳住心神，一面细想自己何处得罪了他。

霓凰郡主的武功也是以绚烂华丽著称，一见那飘忽的身影便被吸引住了。正倾身向前细细观摩时，身旁突然传来梅长苏的一声惊呼"哎呀"，不禁一闪神，转头看去，却见他弄翻了桌上的茶碗，正手忙脚乱地侧身让开从桌沿上滴下的茶水。那笨笨的样子与平日的从容优雅完全两样，引得郡主抿嘴一笑。

就在两大高手同时分神之际，场上响起压抑的几声闷哼，接着"扑通"一声，三个孩子收剑后跃，光影消失。众人再看，百里奇已半跪于地，用手臂支撑着身子，满面的愤怒不甘。

"赢了！"

"赢了！"

言豫津与景宁公主同时欢呼。梁帝虽帝王风范，此时也露出微笑。

正凝住心神对抗蒙挚怒意的柴明突觉全身一松，刚刚还一副势不两立模样的蒙大统领刷地变了脸，竟朝他露出一个真诚友好的笑容，那一瞬间他简直觉得自己刚才是不是做了一个梦。

"百里勇士，你怎么样？"北燕正使又怒又急地抢出。

"使臣大人不必担心，我们不会伤害客人的。"梅长苏一面笑，一面向三个孩子示意："还不快谢陛下隆恩。"

小小三剑客立即叩下头去，梁帝龙心大悦，道："你们立了功，朕不食言，除去罪奴身份，可由有司安置，也可投靠亲友。"

景宁公主欢喜之至，立即道："父皇真是仁德。"

梁帝看了小女儿一眼，突发奇想："景宁，你真的这么喜欢这些孩子？既然他们有这般剑阵功夫，不妨净了身到你那里去侍候。于你则比一般侍卫强些，于他们则衣食无忧，也算有个安乐窝了……"

此言一出，梅长苏与靖王双双失色，尤其是靖王，几乎立时便要跳起来，被梅长苏强力用眼神止住。

"陛下此言不妥。"这时直接出言反对的人竟是萧景睿，他起身行礼，朗声道，

"陛下下旨开恩放他们出掖幽庭，便是许他们将来自由自在。金口已开，怎可收回？何况他们不谙内宫规矩，收之无益。侍候公主又不能随身携带兵器，这剑阵也根本无用。景睿觉得，就是景宁公主自己，也未必会想要他们净身入内宫的。"

景宁公主忙道："是啊是啊，宁儿宫中有的是小太监，要他们来做什么？父皇另赏宁儿想要的东西吧。"

梁帝向来十分爱护萧景睿，对他的直言也不生气，摆手命他坐下，便将此事略过不提。梅长苏已薄薄地出了一身冷汗。

"苏先生调教有方，当居首功，待郡主文试结束，朕再另行封赏。"梁帝此时心情大好，竟亲手斟了一杯酒，令人送到梅长苏席上，"先敬先生一杯，以贺此战。"

梅长苏谢恩接杯，一饮而尽，不由得微咳，忙极力忍住，面上涌出红晕。

梁帝又对百里奇和北燕使臣假意安慰了一番，高高兴兴地起驾回宫了。他刚一走，梅长苏就用衣袖掩口，咳得躬下身子，萧景睿跃过桌子奔来，扶住他拍抚背部，太子与誉王也忙过来询问。

"不妨事……陛下的御酒太过香洌了……"咳了好一阵，梅长苏才松开捂唇的手，扶着萧景睿的臂膀抬起头。太子与誉王为表关切，都站得很近。但与上次武英殿宴时一样，两人身上竟都没有丝毫的龙涎香气，可见确是刻意而为，并非巧合。

梅长苏再次确信，誉王的身边，一定有太子的内探。

"苏先生不要紧吧？要不要歇一会儿再走？"霓凰郡主刚才被一名女官请到一旁说话，故而此时才赶过来问候。

"没有关系。"梅长苏淡淡一笑，又转身对太子与誉王道："两位殿下每日国事繁忙，若为苏某的缘故耽搁了，可担当不起。"

太子和誉王看起来好像确实都有事，再加上不能表现得太过缠人，便一起客气了两句，转身走了。霓凰郡主见他们离去，方低声对梅长苏道："皇后娘娘果然请我进宫饮宴呢，这个不能不答应，我去了。"

"郡主——"梅长苏忙叫住她，想了想又无多余的话叮嘱，叹一口气，只说了句"多保重"。

霓凰郡主离去后，大殿上已经没剩下几个人了。梅长苏确实觉得身体极为不适，禁苑内又不能违例乘辇乘轿，所以要坐下来休息一会儿，萧景睿与言豫津自然留下来陪他。

景宁公主一直在与靖王交谈，这时仿佛刚告一段落，萧景琰便过来问候了一声。

大家寥寥数语后便无话可谈，靖王又趁势回身跟庭生说话去了。

因为皇帝直接起驾去了后妃居所，故而蒙挚也没有随行。由于暗暗担心梅长苏的缘故，他也没走，此时见人已散得差不多了，终于还是忍不住赶了过来。

"苏先生怎么了？"

"不知道，"萧景睿皱着眉头，"歇了这么久，一点儿都不见好。"

"我看看。"蒙挚伸手搭住他的脉门，眉头立时一皱，提气凝神，将一股内劲输入，为他镇住伤势，片刻后，方长出一口气，面色稍霁。梅长苏收回手腕，低声道谢，这时声音也略有底气，不似刚才那般委顿。

"吓了我一跳……"言豫津最怕这种凝重气氛，呼呼吐气，"总算没事了。苏兄的身子太容易出状况了，真要好好调养才行。景睿，我们快送苏兄回去，今天约好的马球赛大概也打不成了……"

"当然不打了！难道你还有心情打球？"萧景睿极是不悦。

"我也没有要打啊，不过总要去告诉廷杰一声，本来约好的嘛。"

"你去跟他说就行了，我就不去了。"

梅长苏听着他二人说话，总觉得有一种奇怪的感觉在脑中闪过，一时又捕捉不住，不由得蹙眉细想。

"怎么，又不舒服了？"萧景睿忙问道。

"不是……你们刚才说……约了谁打马球？"

"廖廷杰，你不认识他，他是忠肃侯爷的世子……"

仿若一道亮光闪过，从今天上午某个时候起就感觉到的异样同时涌起，梅长苏突然想通了一些事，胸中一阵战栗。

郡主已被请入宫中，按道理皇后与誉王早就应该把这个诡计的各个方面都安排好了才是。为什么……为什么誉王阵营中被内定为郡主夫婿的廖廷杰竟然还会在宫外与人约好了要打马球？

昨晚莅阳长公主所说的每一句话再次快速闪过脑海，最异常的一点立即被抓了出来。

长公主说她之所以察悉此次阴谋，是因为谢弼心神不宁被她看出，逼问而知的。可今天早上谢弼的情绪相当好，出门之时还拿霓凰郡主开了玩笑，丝毫没有心中有愧的样子。

而从另一方面来说，皇后与誉王设下此计是极为冒险的，最多有几个帮手知道，绝不可再传他人之耳。谢弼于这种宫闱秘事根本帮不上任何忙，誉王没事干告诉他做什么？

所以莅阳长公主是在撒谎，是在一个她觉得无关紧要而且不好启齿的地方撒谎，因为她不可能是从谢弼处知道这件事的。消息的来源，应该是她的丈夫，宁国侯谢玉。

当年太后的手法，只有几个人知道，谢玉就是其中之一。如果他向自己所扶持的人献计时被莅阳长公主听到，哪怕只有片言只语，她也会立即明白。

而最关键的误解，就在这最后一步。

莅阳长公主为了隐讳，推出了谢弼，而梅长苏很清楚谢弼是誉王的人，所以自然而然的，他就以为要施此毒计的人是皇后。令他一时没有想到的是，此事本与谢弼无关，而是他父亲谢玉的手笔。

至于谢玉的立场……谢玉的立场……

梅长苏急促地呼吸着，咬紧了牙根。

什么保持中立？什么置身于夺嫡之外？别人不知道，自己应该最清楚谢玉是什么样的人。他身有污点，自知不能做纯臣，于此老皇年迈之际，怎么可能不为将来打算？谢弼如此高调支持誉王，早已得罪太子，一旦太子功成，谢家同样要受贬，所以在这种情况下的中立是毫无意义的，以谢玉的精明，怎么可能做毫无意义的事？可事实是，他偏偏就像傻了一样，由着儿子与誉王打成一片，自己却摆出一副谁也不帮的样子。这说明他自有一套天衣无缝的计划，这个计划可以让他在夺嫡的任何一方胜利后，都能够安享尊荣。

谢弼明里支持誉王，谢玉暗里支持太子，再告诉太子说，谢弼是为了他去做内应的，偶尔也拿回些情报来证实一下。所以誉王被蒙在鼓里，而太子更是高兴。

只要成功瞒住了，将来的情况便是：誉王赢了，由于谢弼的缘故，谢家不倒；太子赢了，谢玉父子都是功臣，更加有利。

所以谢玉在骨子里，是真心要扶持太子的。

想到此节，梅长苏的额前已滴下冷汗。

真正的危险，不是皇后的正阳宫，而在太子生母越贵妃的昭仁宫。现在郡主入宫已久，若她听从自己的建议，只提防皇后，那么会不会在越贵妃处反而松懈，着了人家的陷阱？

若是这最坏的情况发生，算算时间，现在也许还来得及……

"靖王殿下，请你马上入宫打听，如果郡主去了越贵妃的昭仁宫，你一定要立即赶过去，不惜一切代价找到她。"梅长苏猛地站起来，紧紧攥住靖王的手腕，厉声道，"霓凰郡主现在有危险，日后我再跟你细说，现在快去，快去！"

萧景琰虽是满头雾水，但见他神色认真到几乎已是凄厉的程度，立时便相信了，转身飞奔而去。

"景宁公主，拜托你，马上到太奶……太皇太后处搬请她老人家立即赶往昭仁宫，这也是为了救霓凰，你一定要分秒必争……"梅长苏继而又转向萧景宁，语调依然急促，"公主与霓凰郡主也是有姐妹之情的，这个时候，请务必帮忙。"

萧景宁后退了两步，有些失措，但听到是救霓凰姐姐，心里顿时一颤，不及细想，也立刻付诸行动。

"蒙统领，麻烦你马上安排人手，于昭仁宫外围埋伏，如果见到太尉公子司马雷出来，立即以'外臣擅入'之罪拿下，有没有问题？"

蒙挚也不多问，拍拍他的肩道了一声"放心吧"，旋即飞身而出。

大殿上只余下茫茫然不知出了何事的两个贵公子，呆呆地瞧着梅长苏。

"苏兄……这……到底怎么回事啊？"半晌后，言豫津方吃吃地问道。

梅长苏闭上眼睛，神色极是疲累，唇边溢出一丝沉重的叹息，喃喃地道："都是我的错……我理解错了一件事……现在只希望……可能造成的最坏结果，还没有发生……"

第九章 一发千钧

当那杯清香纯冽的酒端到霓凰郡主眼前时,她并没有任何迟疑地伸手接住,抬头向敬酒人轻轻一笑。

越贵妃保养得细腻白皙的指尖在空中划过小小的弧线,收回到身前,却步后退的优美身姿上,紫罗凤裙微微飘荡,馨香的空气中环佩轻响。她也是云南人,远离故土进入宫廷已有三十五年,一次也未得再回家乡。当她向郡主细细打听故园风物时,眼波中轻漾着的,仿佛还是二八少女的悠悠情怀。

因为这满眸的怀旧离愁,霓凰郡主放松了刚才在皇后宫中紧绷起来的神经。

"翠湖边年年鸥鸟回栖,景致并无大变,只是环岸植了垂柳,添了不少的柔美之意。娘娘所说的翠云亭也还在,不过遮隐寺失了一次火,已经移址另建了。"霓凰举杯就唇,却也不饮,只是略沾了沾,便又继续道:"至于娘娘提起的那个解签高僧,霓凰就未曾见过了。"

"这大概都是机缘吧。那高僧解的签实是灵验,若他还在,倒可求问一下郡主的终身到底归于何处。"越贵妃淡淡地说着,看郡主停杯,却也并不急着相劝,反而笑生双靥,自饮了一杯。她当年本是艳冠后宫的绝丽女子,再加上服饰华美,妆容精致,这一笑之下,仍有些倾国倾城的余韵,只不过那眉梢眼角悄然爬上的细纹,却是时间如刀刻般的痕迹,谁也挡不住。

"娘娘如此思念故园,何不奏请圣上,归省一次呢?"

"本宫比不得皇后娘娘,金陵城就是娘家……从云南到帝都,路途迢迢,除非是伴驾随行,或许还有回去看看的希望,要想请旨准我单独归省,恐怕还没这个规矩。只盼着将来……"话到此处,越贵妃突然觉得不妥,忙咽住了。

霓凰郡主尽管明白，也当作不留意，让这句话从耳边溜走。一个贵妃，虽不能离开深宫跋山涉水去省亲，但若是将来太子登基，奉母后出巡便不是难事了。只不过这样的将来，是建立在老皇驾崩的前提下的，当然不敢随便挂在嘴上。

不过就算不明说，身为太子生母的她，在没有意外发生的情况下，迟早会等来这样的一天。可惜的是，皇家风云多变，会不会有意外发生，实在是世上最难预料的事情。

至少，目前誉王萧景桓的存在，就是扎在他们母子眼中的一根刺。

誉王生母低微早逝，序齿又在太子之后，本无夺嫡的资格，无奈他自幼养在皇后宫中，被无子的皇后视为己出。虽然现在的国舅爷生性闲散，挂着个虚职过神仙日子，但言老太师当年留下的门生故旧，依然是皇后的一大势力。再加上誉王本人又聪明倜傥，最会讨皇帝开心，故而得到诸般殊宠，待遇明显超出其他皇子，直逼太子。

浸淫后宫数十年，以昭容之身晋位为贵妃的这位妇人，非常清楚自己安稳富贵、再也无须耗费心神的日子还远远没有到来。

"霓凰，你这次入京，可能长住吗？本宫就盼着有你这样的家乡人，能时常说说话……"

"近来南境还算安宁，青弟袭爵受了王印后，我自在多了。大约还要盘桓一月半月吧。"

"这么快就走？"越贵妃神情惊讶，"择定了郡马，大婚也要准备的啊。"

霓凰轻飘飘一笑，也不否认，随口道："若能择定再说吧。"

"郡主不是寻常女子，这京华风物，确实对你没什么吸引力，倒是南边那满川烟草，广袤密林，还更对你的脾气些。"

霓凰听了这话，大是顺耳，不由得笑道："娘娘入京这么久，却还是有些我们云南女子的性情呢。"

"年轻时的意气风发，谁没有过？只是在这深宫消磨了多年，半分也剩不下了。"越贵妃摇头叹息道，"就拿今日来说，本宫何尝不想只与郡主叙谈家乡，抒发情怀，只可惜……就算我说只是叙旧，只怕郡主也不肯信吧？"

霓凰郡主深深看她一眼，眸色微凝，半响后方简单答了个"是"字。

"那本宫就不多兜圈子了。"越贵妃神色端凝，语调也变得更加认真，"此次择婿大会入选的司马雷公子，是太子亲自遍访京都士子选出来的，文武双全、才德俱佳。虽说武技上稍逊郡主一筹，但你已是那般的高手，何必要选个武痴做夫君呢？本宫可以保证，这位司马公子绝对可为郡主良配。何况你我原本同乡同源，太子对你也甚是敬重，这种时候，还请郡主多多支持太子才是。"

霓凰郡主静静等她说完，方笑了笑道："太子是储君，我云南穆府今日如何效忠皇上，来日太子登基后便会如何效忠新君，这一点请娘娘不必忧虑。至于选婿一事，陛下已定好章程，司马公子那般优秀，有什么好担心的。"

听了这一番不软不硬的回绝，越贵妃竟然只挑了挑眉，便失笑了起来："其实早就明白必会得此答案，却还是要当面问上一问，我们云南人的倔性，果然是改不了的。好，郡主如此坦诚作答，本宫又何必强求，敬你一杯，权当致歉。郡主如不介意方才的冒昧，请干了这杯酒，你我将来再见面，绝对只谈故园旧景，不再提这些朝事烦忧。"

越贵妃以袖掩杯，仰首而尽。霓凰也不好坚持不饮，何况此地虽也是宫中，但毕竟不是皇后的正阳宫，故而看着那小小一杯，慢慢也就喝了下去。

见她酒液入喉，越贵妃眸中居然微露哀色，但眉宇间那抹坚定却未尝稍改，手执薄薄冰刃亲自切剖甘橙时，动作也极是安稳、利落地去皮取瓤，亲手递到霓凰郡主面前。

"这是家乡的甘橙？"霓凰尝了一口，有些讶异。

"是啊。甘橙无足，却能远达京都，本宫虽然有脚，却难踏故土……"越贵妃面色略见悲戚，似在思乡，又似别有情怀。

"娘娘不必……"霓凰正要相劝，一个女官出现在阶前，禀道："贵妃娘娘，太子与司马公子求见。"

"哟，这真是巧了，"越贵妃拊掌笑道，"我忘了曾叫他带司马公子来给我看看的，适逢郡主在此，不妨顺便就见见吧？"

霓凰郡主心中顿起疑云，却又想不出对方到底要使出何等手段。微一犹豫间，太子已带着个长身玉立的华衣公子走了进来，笑呵呵地上前相见，又命司马雷向郡主行礼。

武试那么多天，又一起在武英殿赴过御宴，霓凰郡主当然不是第一次见司马雷。可与前几次不同的是，这个男子稍稍靠前，眼神微一接触，她便觉得心中突然一荡。

闭了闭眼睛，屏息定神后，霓凰敏锐地察觉到了自己目前的危险处境。本来有些托大，自认为武功实力不怕人用强，却没料到对方根本不用强，只是不知在何处做了手脚，竟能引动自己的心神。若是因为自己把持不住引发了什么后果，将来没有证据，那是百口莫辩，就连皇上也不会相信谁能强行把自己怎么样了。所以当务之急，应是尽快离开此地。

"娘娘，霓凰突然想起有件急事，先告辞了。"匆匆一语后，霓凰郡主转身就走。

"郡主……"司马雷的手刚伸出一半，又不由自主地停住，回头看看太子，被他狠狠地瞪了一眼，只得一咬牙，鼓起勇气追过去，一把握住了霓凰郡主的手臂。

"放肆！"霓凰转身提气，想要震开臂上的手掌。眼神交会间，神思又是一阵恍惚，连握在臂腕间的掌心也由滚烫变为温暖，就好像自己每每独立沙场、风霜扑面时所渴求的那种温暖一样。

"司马，郡主好像累了，你扶她休息一会儿……"越贵妃的声音遥遥传来，阴阴冷冷的。

太子后退了两步，看着司马雷挽住了郡主的腰身，看着一抹痛苦、矛盾而又温柔的神情掠过那张清丽的脸，心中也略有一丝不忍，将脸转了过去。

喧闹呼叱之声便在此时传来。

越贵妃猛地站了起来。她立于台阶之上，看得更远，已能够清楚地瞧见一道人影快速奔进，沿路试图阻拦的宫人们被打得人仰马翻，根本减不缓他丝毫来势。他直冲进来，一掌劈向司马雷。

靖王虽很少出手，但武功绝对不是一般未历战阵的人所能想象的厉辣。司马雷一来心虚，二来也不太敢跟皇子动手，三来实力原本较弱，连退几步，便被逼开了数丈之远。

"景琰！你实在放肆大胆，我的昭仁宫也是你擅闯的？"越贵妃此时已看清靖王是独自前来，立即上前怒斥道，"出手伤人，你要造反吗？"

靖王视线一扫，已注意到郡主双眸迷蒙，足下虚软，虽不完全明白，却也猜到了大半，只觉越贵妃母子实在是行迹丑恶，根本不愿与她对辩，直接上前点住郡主身上几大要穴，一把将她扛上肩头。

太子惊怒交加，连声喝骂着命令手下侍卫将萧景琰团团围了起来，内圈手执钢刀，外圈竟架出了弓箭。

"景琰，你竟敢闯入母妃宫中抢夺郡主，所幸有本太子在此护驾，快放下郡主，也许看在兄弟情面上，我不去向父皇禀告……"

萧景琰冷冷瞧了他一眼，理也不理，径自向前迈步。围着他的侍卫不由得跟着移动，纷纷向太子投来询问的眼神。

萧景宣此时真是左右为难。这个兄弟是征战杀伐之人，一般场面镇不住他，可真要乱箭齐发将一个皇子射死在昭仁宫内，那可也不是一件小事，何况他背上还有个霓凰郡主，难不成一齐射了？但若是不困住他，让他这样冲了出去，事情一样会闹得不可收拾。左思右想没有万全之策，不由得将目光投向了母亲。

越贵妃艳丽的红唇抿了起来，从齿间迸出了两个字："放箭！"

"母妃！"

"放箭！"越贵妃声调极低，但语音凌厉，"起码，让死人不说话，我们才有多说话的机会！"

太子一凛，立即向前赶了几步，高声道："靖王闯宫刺杀母妃，谋害郡主，立予射杀！"

侍卫们犹豫了一下，但毕竟太子是他们的主子，当即搭箭入弓，一时箭矢如雨。

靖王上前一步，飞足踹翻一个侍卫，将他的单刀挑到自己手中，一舞刀光如雪。击落了第一波箭攻，乘着空隙，向左拼杀至阶前，将郡主放在地上，又挡落追击而至的第二波箭雨。突然翻身跃起，在空中几个纵跃，左劈右砍，专朝侍卫密集之处落足，打乱了弓箭手的站位。带刀侍卫们又不是他的对手，一团混战中只见他的人影又猛地冲天而起，一掠一冲。看得发愣的太子突觉颈上一凉，一柄利刃已架在颈上，寒气渗肤。

"都住手！"靖王的声音并不大，但全场已随之而凝固。

越贵妃全身颤抖，咬牙怒道："萧景琰，你竟敢……"

"三军之中，斩将夺帅，本是我常做的事。"靖王冷冷一笑，出言傲气如霜，"太子殿下站得离我太近了些。"

"景琰！你到底想怎样？"太子颤声道。

"将郡主送过来，让我们两个出宫。"

越贵妃目光寒冷如冰，冷冷地"哼"了一声道："如果本宫说不呢？难道你敢杀太子不成？"

"贵妃娘娘想拿太子跟我赌吗？"萧景琰的声音里，也没有丝毫的温度，太子心头狂跳，不由得叫了一声："母妃！"

越贵妃面如寒霜，胸口却不停地起伏着，显然是正在激烈思考。正当她秀眉一拧，准备张嘴开言时，外院门口突然传来高亢急促的传报声："太皇太后驾到——"

越贵妃心头一凉，绝望的寒栗滚过背心。只用力闭了闭眼睛后，她还是快速恢复了镇定,第一句话就冲着司马雷道:"你马上从后面出宫。记住,今天你未曾踏入昭仁宫半步!"

司马雷呆了一呆,有些茫然无措地左右看看,这才一醒神,一溜烟地向后面跑去。

"景琰,"越贵妃随即快步走下台阶,语速极快地道,"你也听着,今天太子没有放箭射你们,你也没有把刀架在太子脖子上,明白吗?"

靖王目光一闪,没有答言。

"刀胁太子,与箭射皇子一样,都不是陛下爱听的话,本宫不想你们同归于尽。至于其他的事,我们就各凭本事,让陛下来圣裁吧。"越贵妃清冷地一笑,"你是聪明人,知道这是于你也有利的交易,何乐而不为呢?"

靖王面色不动,但手中的刀却慢慢离开了太子的颈项,被轻掷于地。

太皇太后苍老的身影,在这个时候出现在了内院的月亮门外,而站在她身边的,除了一脸迷惑的景宁公主外,还有一位凤冠黄袍、容颜高贵端庄的女人。

那便是正阳宫的主人——当朝皇后。

"让我来这里看什么啊?"太皇太后迷迷糊糊的目光满院转了一圈,"这儿怎么站了这么多人呢?"

越贵妃忙示意太子将院中成群的侍卫遣散,自己快步上前盈盈拜倒:"臣妾参见太皇太后、皇后娘娘。不知两位驾临,有失远迎,还请恕……"

言皇后不等她这一番套话说完,立即冷冷地问道:"那边坐着的是霓凰吗?她怎么了?"

越贵妃眼尾轻扫,看到靖王已走到霓凰身边,轻轻将她扶起。郡主脸色发红,双目紧闭,怎么都不能说没事。越贵妃只好道:"今日请郡主前来宴饮,没想到酒力太猛,霓凰就醉了……"

"霓凰郡主女中英豪,酒量也不弱,怎么会这么容易就醉了?"

"臣妾也觉得奇怪呢,"越贵妃脸上仍挂着笑容,"也许是近几日为了择婿的事有些神思烦忧吧。"

"那这满院的侍卫是做什么的?难道有人敢在昭仁宫撒野不成?说出来,本宫替你做主。"

"哦,这侍卫嘛……"越贵妃呵呵笑道,"是太子要演练刀阵箭林给我看,说是训练整齐了,不失为一种舞技。"

言皇后定定地看着她的眼睛，突然一声嗤笑："贵妃说什么笑话呢？你让霓凰郡主这样的贵客醉倒在台阶上不管，反而和儿子一起在这儿看什么刀阵，射什么箭林……这种话拿来回本宫还可以，难不成你还想就这样回禀陛下吗？"

"如何回禀陛下，是臣妾自己的事，怎敢烦劳皇后娘娘为臣妾操心。"越贵妃软软地顶了回去。面色还有些发白的太子见到母亲如此镇定，也慢慢走了过来，向太皇太后和皇后见礼。

太皇太后一直很有兴趣地听着皇后与贵妃唇枪舌剑，此时见太子过来行礼，立即慈爱地摸了摸他的头："宣儿啊，那边两个孩子是谁？隔得远，看不清……"

"呃……"太子有些尴尬地道，"那是景琰……和霓凰郡主……"

"这俩孩子怎么不过来太奶奶这边呢？"

"太皇太后放心，"言皇后语调柔和，但话意似冰，"霓凰只是醉了，她迟早都要醒过来的，等她醒了之后，臣妾一定会好好劝她，以后不要再喝这么烈的酒……"

越贵妃胸口一滞，咬牙忍着没有变色。这的确是整件事里最不好处理的一部分。靖王刀胁太子本身有罪，截杀之事双方基本达成协议互不追究，司马雷也已离开，皇后并没有抓到什么现行的罪证，无论她再怎么在皇帝面前进言都只是一面之词，可以想办法辩解。唯有郡主这边的嘴，那是怎么都堵不上的。现在唯一的指望，就是盼着郡主女儿家羞惭气傲，不愿将险些受辱的事公之于众，以免坏了她自己的清白名声。

景宁公主这时已跑到了霓凰郡主的身边，担心地看着她通红的脸，低声道："怎么办？醉成这个样子，先扶到我宫里休息一下吧。"

靖王也觉得由妹妹来照顾郡主比较方便，当下点头，命人抬来软轿，依礼先请得了皇后的许可，便与景宁一起护送着霓凰离开。

皇后知道这件事由霓凰郡主来闹比自己出面来闹更有效果，也不多说，陪着太皇太后进了昭仁宫正殿闲聊谈笑。越贵妃不得不一旁作陪，既没有时间先到皇帝面前吹风，也找不到机会与太子串供，母子两个都是强颜欢笑，看得皇后心中大是舒畅。

这边霓凰郡主被护送入景宁公主的寝殿引箫阁后，靖王立即召来数名太医。众人会诊之后，都说郡主只是脉急气浮，血行不畅，并无大症，于性命无碍。靖王这才放下心来，正准备运气为她解穴，郡主突然咬牙睁开眼睛，向他摇了摇头，只好又停下手来，吩咐妹妹好生照看，自己避嫌退出了殿外，静静坐在院中长凳上，一来等候，二来守护。

大约半个时辰后，景宁公主奔了出来，喘着气道："七哥，姐姐刚才睁眼，叫你进去。"

靖王忙站起身快步入殿，果然见到霓凰已面色平和，这才彻底松了一口气，上前为她解开穴道。

郡主慢慢从床上坐起身，眸寒如霜，沉思了片刻，方抬头慢慢看了靖王一眼，低声道："多谢你了。"

靖王只微微颔首，并不答言，反而是景宁公主关切地问道："霓凰姐姐，你喝了多少醉成这样？刚才我摇了你好久，你都没有理我……"

"已经没事了。"霓凰伸手轻轻摸了摸景宁的小脸，下床趿鞋，站了起来。

"姐姐要去哪里？"

"面圣。"

靖王目光不由得一动，低声问道："郡主决定了？"

"这确实不是什么露脸的事，"霓凰冷笑如冰，"也许贵妃还指望我为了掩此屈辱，忍气吞声呢。可惜她还是错看了我霓凰，且莫说她今日未曾得手，就算被她得了手，想让我因此屈服于她，也是白日做梦，绝无可能。"

"陛下应该在养居殿，既然郡主已决定了，那景琰就护送你前去吧。"靖王不加半句评论，语调平然地道。

"不必麻烦了，我现在已经……"

"这儿毕竟不是云南，还是小心些好。"

霓凰知他好意，便不再客套推托，点头应允。景宁公主看看这个，再看看那个，终于忍不住问道："你们在说什么？我听不懂……"

"晚些时候再跟你解释。"霓凰朝她微微一笑，"我现在心情不好，在面见陛下前，不愿意多说话。景宁，请你见谅。"

"姐姐怎么这么客气……"萧景宁有些不好意思，"那，我也跟你们一起去？"

"不行，"靖王立即否决，"这种场合你别掺和，在这里等着，也不要到处胡乱打听，明白吗？"萧景宁并不是无邪到什么都不懂的小女孩，看两人神色凝重，想起这一天的林林总总，也知事情并不简单，当下不再多问，乖乖点头。

出了引箫阁，两人一路默默前行，都没有要说话的意思，对于两旁行礼的宫人，也都像没看见似的。一直到了养居殿前，才停住脚步让殿外黄门官通报。

听到他二人一起求见，梁帝有些吃惊，忙命传进来，一眼瞧见郡主的脸色，心中更是起疑，等他们行罢国礼，立即问道："霓凰，怎么了？谁惹你不高兴了？"

霓凰郡主挽裙下拜，仰着头道："请陛下为霓凰做主。"

"哎呀，起来，快起来，有事慢慢说……"

霓凰郡主跪着没动，直视着梁帝的眼睛道："越贵妃娘娘今日以叙谈家乡风情为名，传召霓凰入昭仁宫，却暗中在酒水中做了手脚，迷惑霓凰心神。太子乘机携外臣司马雷入内院，欲行不轨，从而想要逼迫霓凰下嫁。此事还想请陛下详查，还霓凰一个公道。"

她言辞简洁直白，并无一丝矫饰之言，反而听着字字惊心。梁帝早已气得浑身乱颤，一迭声地叫道："唤贵妃与太子！速来养居殿！"

这道旨意传得出奇的快，没有多久不仅该来的都来了，连不该来的也全都来了。除了奉召的越贵妃与太子外，皇后和誉王竟然也随同一起出现了。

"越贵妃！太子！你们可知罪？！"不等众人行礼完毕，梁帝便是迎头一声怒喝。

越贵妃面露惊诧之色，惶然伏首道："臣妾不知何事触怒圣颜，请陛下明言。"

"你还装不知道？"梁帝一拍御案，"你今天对霓凰做了什么？说！"

"霓凰郡主？"越贵妃更显惊讶，"臣妾今日请郡主饮宴，后来郡主不胜酒力，昏昏沉醉。臣妾与太子正在照顾，皇后突然奉着太皇太后驾到，命景宁公主将郡主接走休息……之后的事情臣妾就不知道了。莫非是因为招待不周，郡主觉得受了怠慢？"

霓凰郡主见她推得干净，不禁冷笑了几声，道："你的酒真是厉害，只饮一杯便如中迷药，神志不清。天下有这样的酒吗？何况我刚刚饮下那杯酒，太子就带着司马雷进来纠缠，这也是巧合？"

"那酒是圣上御赐的七里香，酒力虽猛，但也只有郡主才说喝了它后如中迷药。陛下可以到臣妾宫中搜查，绝对没有其他的酒。而且郡主当时怕是已经醉了，进来的明明只有太子，哪里有什么司马雷？此事也可查问所有昭仁宫中伺候的人，看有没有第二个人看见了司马雷进来。"

霓凰郡主秀眉一挑，怒道："昭仁宫都是你的人，你矢口否认，谁敢举发你？"

越贵妃并不直接驳她，仍是面向梁帝娓娓辩解："昭仁宫的人虽然是侍候臣妾的，但连臣妾在内的所有人都是陛下的臣属婢子，陛下圣德之下，谁敢欺君？"

她利齿如刀，句句难驳，言皇后早已按捺不住怒气，斥道："你还真是狡言善辩，敢做不敢当吗？可惜你怎么抵赖也赖不过事实，难不成是郡主无缘无故诬陷你？"

越贵妃神色淡然地道："臣妾也不明白郡主为何会无缘无故编出这个故事来，就如同臣妾不明白皇后娘娘无凭无据的，为什么立即就相信了郡主，而不肯相信臣妾一样……"

言皇后心头一沉，顿时明白自己做错了一件事。

自己应该自始至终旁观，而不该插言的。

本来是霓凰郡主状告贵妃，梁帝不可能会认为郡主是在自寻其辱，以女儿清白之事构陷贵妃。但自己一插手袒护霓凰，似乎突然就变成了两宫相争，不由得多疑的皇帝不再三思忖了。

越贵妃见皇帝开始皱眉深思，又徐徐道："而且臣妾还想请皇后娘娘做个见证，郡主醉了以后，皇后娘娘曾经奉着太皇太后突然闯进了昭仁宫的内院，请问当时娘娘看见有人在对郡主不轨吗？就算太皇太后年迈不方便这时去打扰她，但当时景宁公主也在啊，请皇上查问公主，她进来时可曾看见过什么不堪入目的场景吗？"

霓凰没想到这位贵妃娘娘如此嘴利，怒气更盛，冲口便道："那是因为她们来得及时，你的毒计未遂……"

越贵妃转过身来，面对她如烈焰利锋般的眼神竟毫不退缩，安然道："郡主坚持认为我心怀不轨，我不愿争辩。郡主更亲近皇后娘娘和誉王，而非我和太子，那是我们德修有失的缘故，我们也不敢心存怨怼。但请问郡主，你口口声声说落入了我的陷阱，玉体可曾有伤？我若真是苦心经营一条毒计，怎么会有皇后娘娘如此恰到好处地冲进来相救？"

梁帝眉头一跳，眼角扫了皇后和誉王一眼，似是已被这句话打动。

霓凰郡主气得双手发凉，只怕战场上千万的敌兵，也比不上面前这位宫中贵妃令她心寒，正想怒骂回去的时候，一个沉稳的声音在旁边响起："父皇，儿臣可以作证，当儿臣进入昭仁宫内院时，司马雷确实正在郡主身边，行为极是不轨。"

越贵妃全身一震，难以置信地转头瞪着萧景琰。

"儿臣见情况紧急，只得失礼，想要强行将郡主带出。"靖王理也不理她，仍是侃侃道，"贵妃和太子为了阻拦儿臣，竟下令侍卫乱箭齐发。儿臣无奈之下，只得胁持了太子为质，方保得性命，拖延至太皇太后驾到。儿臣自知刀胁太子并非轻罪，但却不愿为掩己过而向父皇隐瞒事实。请父皇细想，若不是气急败坏心中有鬼，太子怎么会想要射杀儿臣灭口？"

这一幕戏连皇后和誉王都不知道，大家全都呆成一片。越贵妃更是没有料到萧景琰竟有这种胆量，一时心乱如麻，面色如雪。

"越贵妃！可有此事？"梁帝面沉似水，已是怒不可遏。

越贵妃一咬牙，仰头道："既然皇后娘娘、郡主与靖王都口口声声指责臣妾有罪，臣妾不敢再辩，也不敢要求什么证据。臣妾只求陛下圣聪明断，若是陛下也认为臣妾有罪，我母子自当认罚，绝不敢抱怨。"

她这般以退为进，梁帝倒犯了迟疑，不信吧，众口一词地控诉，相信吧，又觉得太众口一词了，难免心中打鼓。正踌躇间，殿外太监禀道："陛下，蒙挚统领求见。"

梁帝正在处理如此严重的事件，不想被打扰，挥挥手道："稍候再见。"

太监躬身退下，片刻后又出现，道："陛下，蒙统领有一句话命奴才代禀，说是在昭仁宫外拿下一名擅入的外臣司马雷，请陛下发落。"

此言一出，满殿俱惊。但一惊之后，却又表情各异。

越贵妃面容紧绷，太子颜色如土，靖王与郡主若有所思，皇后和誉王暗露喜色，而高踞主位之上的皇帝陛下，则是满脸阴云，看起来心情极是复杂。

漫长到几乎令人窒息的静默后，梁帝抬起有些沉重的手臂，示意前来回禀的太监退下。

"越贵妃……你还有何话可说？"有别于前面的声色俱厉，这一句话问得异常和缓与疲惫，但听在众人耳中，却是格外的令人胆寒。

越贵妃艳丽的妆容已遮掩不住她底色的惨白，回头木然地看了一眼爱子之后，她猛地冲到御座之前跪下，一把抱住了梁帝的腿，颤声叫道："冤枉……"

"都到了这个时候，你还要喊冤？"

"臣妾知道自己不冤枉，"越贵妃仰起头，双眸中噙满泪水，表情极是哀婉动人，"可是太子冤枉啊！"

"你说什么？"

"这所有的一切，都是臣妾的计划、臣妾的安排。太子什么都不知道……是臣妾谎言想要看看，叫他把司马雷带进宫来，他只是遵从母命而已。皇上你知道的，宣儿他一向孝顺，不仅是对臣妾，对皇上也是这样啊！"

"如果太子完全无辜，为何从叫你们进殿起，他就没有敢申辩一句？"

"皇上，您想让宣儿如何申辩？难道要让他当这么多人的面，把所有的罪责都推给自己的母亲吗？宣儿生性纯孝，这种事情他是做不出来的！臣妾就是因为他不懂得自保，总是一不小心就被心怀叵测的人欺负了去，才会为他操这么多的心，才会想让他身边的支持多一点，这样方不至于被人暗算了去……"

"胡说！"梁帝勃然大怒，一掌将越贵妃掀翻在地，"太子是储君之尊，怎么会有人暗算？你身为他的母妃，本应教导他善修德政、孜孜尽责，上为皇父分忧，下为臣民表率，这样才是真正为了他好！可是你看看你都在干什么？这种阴损卑劣的事你也能干得出来？若是今日霓凰有失，只怕你百死莫赎！连太子的声名地位都会被你连累，真是愚蠢至极，愚蠢至极！"

这一番骂，可以说是霹雳君威，震如雷霆，足以让人心惊胆战，魂飞魄散。可饶是他骂得这般厉害，霓凰的脸上却掠过了一抹冷笑，皇后和誉王也微露失望之色。

因为不管他骂得再重，也只是在骂越贵妃而已，尤其是最后一句，已经摆明要为太子摘脱责任了。在这种局面下，皇帝心中是不是真的相信太子无辜并不重要，重要的是太子面临的是"以君陷臣，助母逼奸郡主，试图射杀兄弟灭口"这样不仁不义、不孝不友的大罪，真要按这个罪名来处理，恐怕要动摇他的储位。而对于梁帝来说，他还不想就因为这样一件事情便废掉太子，从而为目前较为平稳的朝局带来大的震荡。所以在越贵妃自揽罪责后，他正好可以顺着这个台阶先下来再说。

叱骂之后，梁帝缓了口气，并没有先急着对越贵妃进行处置，反而命人去传蒙挚进来。

片刻后，蒙挚入殿行礼，梁帝略问了他几句如何擒拿司马雷之类的话。蒙挚回答是手下例行巡检时碰上了，抓到之后方知是太尉公子，不敢擅自处理，才来面君请旨的。梁帝没有听出什么异常的地方，只觉得是人算不如天算，不由得叹一口气，问道："司马雷现在何处？"

"暂押在侍卫们轮休的大院内，派人看守着。"

梁帝"嗯"了一声，想到这案子事关郡主女儿清誉，不可能交与有司审理，便命身边一个小黄门去传谕将人犯提来，准备亲自查问一下口供。谁知那小黄门去了半日，慌慌张张跑回来道："司马雷被人打得面目青肿，甚是凄惨，现在晕迷在地，实是不能见驾。"

梁帝眉头一皱，目光严厉地看了蒙挚一眼。禁军大统领怔了一怔道："不可能吧，臣的手下未得许可，是不会随便殴打疑犯的……"

"不是，"那小黄门忙道，"不是侍卫们打的，听说是……是……"

"是什么快说！"

"是穆小王爷，不知听了什么信儿冲进来，侍卫们也不敢拦。他亲自出手拳打脚踢的，还把司马雷的一条胳膊都打断了……"

梁帝"哦"了一声，眼尾扫了扫霓凰，想看看她的反应。其实在未经定案以前，穆青冲入禁苑对疑犯动用私刑肯定是有罪的。可当皇帝陛下的视线扫过去的时候，那位南境女帅却仍是照原样面无表情地坐着，毫无所动，连站起来敷衍地说一句"小弟鲁莽，请陛下恕罪"之类的话都没有，倒让梁帝有些讪讪的，斥骂了那小黄门一句："打断了就打断了，什么要紧的事也来回朕，快下去！"骂完了眼尾又扫扫，霓凰郡主依然冷着脸，半点也没有顺势谢恩的意思，那股子傲骨烈气只怕连男儿中都没几个，竟令梁帝不仅没有感到不悦，反而生出了激赏之情，心中暗暗赞叹。

尽管现在司马雷不能受审，但其实他挺好处置的，审不审都没什么要紧，梁帝匆匆下旨以"外臣擅入禁苑"的罪名处以流刑，其父司马太尉也被株连降级罚俸，无人表示丝毫的异议。

可是对于越贵妃，梁帝就有些犯难了。这个女人青春入宫，多年来恩宠不浅，品级仅次于皇后，又是太子的生母。处置重了，于心不忍；处置轻了，郡主又心寒。何况这么多双眼睛看着，"公允"二字也不得不考虑。正犹豫间，太子已扑倒在地，哭道："儿臣愿代母妃向郡主赔罪，求父皇看在母妃多年侍奉的分上，从轻发落……"

"孽障！"梁帝提起一脚将太子踢倒在地，"你母亲做出这样糊涂的事，你怎么不劝阻？你的孝道哪里去了？"

太子嘶声哭着，又爬起来抱住了梁帝的腿，泪流满面。

低头望着膝上伏着的这个人，梁帝突然觉得神思一阵恍惚，胸口如同被什么碾轧了一下疼痛如绞。

一个被刻意遗忘了多年的身影掠过脑海，那挺拔的姿态，那清俊的面庞，那抹冷傲倔强的表情，和那双如同燃烧着熊熊火焰般的激烈的眼睛。

如果那个人也肯像景宣现在这样伏在自己的膝前哭诉流泪，自己会不会软下心肠，重新将他搂进怀中呢？

只可惜光阴如水，逝不再返。也许就是因为华发催生，暮暮垂老，才会惊觉当年的凌厉处置，毁灭的不仅仅是那个人，同样也成了刻在自己心头一道隐秘的伤口，无人能够察觉。

梁帝颤巍巍的手，终于抚在了太子的后脑上，越贵妃心头一松，软软地倒向一边，用手臂勉强支撑住了身体。

"越氏无德，行为卑污，难为宫规所容。自即日起，褫夺贵妃之号，谪降为嫔，一应供应礼遇随减,移居清黎院思过,无旨不得擅出。"梁帝一字一句慢慢地说着,最后将目光移向了言皇后:"皇后以为如何?"

要依皇后的意思,那当然是打进掖幽庭最好。不过她也是个明白人,既然太子无事,那么母以子贵,梁帝就不可能过于折辱越贵妃,这时说什么都没效果,还不如不说。

见皇后无言垂目,梁帝又将视线投向霓凰:"郡主可有异议?"

霓凰面君申诉,不过为了还自己的一个公道,其实心里也明白不可能真的因为这件事就废了太子。现在梁帝虽略有护短,但毕竟已为自己黜禁了太子生母,一品贵妃,算是尽了心力。如果自己再不依不饶,就有些落了下乘,所以也没有多说,只摇了摇头。

"还有你,"梁帝狠狠地瞪着太子,"你也要在东宫禁足三月,好好读书,想想什么是储君之道。以后要再卷进这么下作的事情里,朕绝不轻饶!"

"儿臣……谨遵父皇恩旨……"

"起来吧。"梁帝面色稍霁,抬起头来,极具穿透力的目光在室内打了一个圈儿,落在了靖王的身上。

"景琰……"

"儿臣在。"

"你可知罪?"

第十章 皎皎我心

面对父皇凌厉的视线，靖王并无惧色，只是撩衣出列，直直地跪了下去："儿臣知罪。"

梁帝冷冷地"哼"了一声，道："朕问你，你怎么知道郡主有难，恰好闯进去救了她呢？"

其实靖王一直在考虑当梁帝问到这个时该怎么回答，但真的问到了，他还是没想到最佳答案，一时有些踌躇。来救郡主，是因为梅长苏叫他来的，可梅长苏是怎么发觉郡主有难的，他却一点也不知道，所以不敢贸然地供出他来。

"怎么，这个问题你答不出吗？"梁帝等了片刻，语气略转严厉。

"不……儿臣是……儿臣是因为……"

"回禀父皇，"一个平稳的声音突然响起，"是儿臣拜托靖王去的。"

"你？"梁帝一皱眉，"你又怎么知道的？"

"是这样，"誉王上前一步，恭声道，"儿臣入宫给母后请安，自溥清门入，经昭仁宫过，正撞见郡主的侍女慌张奔出求救，说里面情况不对。儿臣知道这事情非同小可，宁可弄错了自己领受冲撞母妃之罪，也不能因为犹疑而有误郡主。可是儿臣自知武功太差，怕闯不进内院就被拦住拖延了时间，恰好靖王这时路过，儿臣便求他先行一步，稳住局势，自己去搬请皇后。靖王为人豪烈，当即答应了儿臣，没想到贵妃……呃不……越嫔娘娘如此丧心病狂，竟下令射杀皇子灭口，这才有了后面的事。虽然不是儿臣授意靖王刀胁太子，但他毕竟是受了儿臣之托。父皇如要降罪，儿臣愿意同罪。"

他侃侃而谈，倒也没有不合情理之处。虽然越氏母子很清楚侍女求救才搬来靖王这种说法在时间上根本不可能，但此时已没有他们开口质疑的资格，再说纠缠这些细节也改变不了什么，故而都没有开口。梁帝尽管明白誉王没他自己吹的那么高尚，多半是一听到有太子的把柄可抓就十分欢喜，但对事情的经过还是信了，点点头道："原来是这样。不过景琰以下犯上，胁太子为质，依律应该严惩。"

霓凰郡主刚刚面目变色，梁帝又接着道："可朕转念一想，毕竟事出有因，誉王又愿意为你分罪，况且你救了郡主也算有功，这功过相抵，就不赏不罚吧。誉王能够敏察异常，及时决断，朕心甚慰，特赏锦缎百匹、黄金千两，加赐玉珠一颗，以资奖励。"

"儿臣谢父皇隆恩。"

"朕累了，都退下吧。"

梁帝疲倦地闭上了眼睛，身体无力地后靠在仰枕上。殿上诸人都不敢再多言，悄无声息地退了出去。

言皇后自然是处罚越嫔的执行者，太子也无可奈何，眼看着母亲被带回后宫，自己却只能恨恨地向誉王投掷几个愤懑的眼神而已。

至此，一直没怎么出面的誉王摇身变成了最大的赢家，既露了脸博得皇帝的夸赏，又因出力保靖王得了一个大大的人情，还由于奔走相救郡主成了云南穆府的恩人，唯一的坏处就是把太子的怨恨大部分揽到他身上去了，让两家的仇结得更深。不过他与太子早就势不两立，互相掐得你死我活，再加上这一笔也毫无差别，所以这唯一的坏处好像也算不上坏处，简直就是笔只盈不亏的买卖，由不得他不在心里乐开了花，暗暗佩服那位麒麟才子苏哲真是有见识。幸好自己在接到皇后通知赶往宫廷的路上碰巧遇到了他，也幸好自己礼贤下士将这件事透露给他请教对策，否则单凭自己，还真没想到竟然可以趁着保护靖王的机会，把所有功劳全部抢进自己手中来呢。不过说起来，靖王还真是胆大如斗，可惜太鲁莽了，顾前不顾后，不是个值得对付的人。这次自己在父皇面前如此袒护他，想必他一定心中感激。至于霓凰郡主嘛，那当然就更……

刚想到这里，霓凰郡主已走了过来，敛衽为礼，笑道："今日多亏誉王殿下仗义相救，霓凰难以言谢，日后若有机会，自当报答。"

誉王急忙回礼，满面是笑地道："郡主客气了。郡主与本王是何关系，本王自当尽力效劳。"

霓凰的脸上浮起一个完美的微笑，正要再客套几句，眼角瞟见靖王一个人默默地走开,心中微微着急,只是面上却分毫不露,仍是缓缓道:"我实在是对越嫔余怒未消,但又不好去看着皇后娘娘处治她,不知殿下你……"

"郡主放心,这事就交给本王办吧。本王这就进内宫去告诉皇后,绝对会让郡主出一口气的。"誉王呵呵长笑一声,转身快步向内宫方向走去。霓凰郡主见他已走得远了,这才匆匆飞速追赶上靖王。

听到霓凰在背后叫他,萧景琰停下了脚步,道:"郡主还有事吗?"

"刚才我在向誉王致谢的时候,你是不是很想过来告诉我其实不关他的事?"霓凰郡主慧黠地一笑,"为什么又忍着没说呢?"

靖王略低了低头,默默无语。

"其实你会赶来救我,是因为苏先生吧?"

萧景琰被她说中,吃了一惊:"郡主怎么知道的?"

"因为苏先生事先也警告过我要小心后宫的阴谋,可惜说得含糊,我只提防了皇后,没太防越嫔……"

靖王眉尖一动,心中突然疑云大起,徐徐问道:"他没明说要提防越嫔吗?可是他让我进宫时,可是很明确地指出昭仁宫的啊?"

"哦,当时我们话说到一半就被打断了,他可能没来得及。"霓凰郡主生就的霁月胸怀,丝毫也没挂在心上,仍是笑道,"不过虽然蒙他所救,我却不能公开谢他,反而只能去谢誉王,而且不仅仅是刚才谢一声就算了,明天还得带着青弟重礼登门呢。"

靖王有些不解:"这又是为什么?你明知……"

霓凰淡淡一笑,转头望向东宫方向:"越嫔虽然获罪,可太子仍是太子,他的势力依然强大。我越是大张旗鼓地感谢誉王,太子就会把越多的恨意放在他的身上,自然暂时就没心思找你的麻烦了。你现在毕竟还不能与太子正面为敌,把誉王推在前边,这样不好吗?"

对于这些权衡机心,靖王并非不懂,只是不愿意去想。霓凰略略一解释,他立时心中透亮,不由得将目光凝于前方,摇头叹息。两人并肩缓步出宫,一路上都没再继续刚才的话题。

刚迈出神武门,便听到有人大叫"姐姐",穆青飞奔着冲了过来,直到霓凰郡主跟前儿才刹住脚,一迭声地叫着:"姐姐你没事吧?吓死我了!"

"你已成年袭爵,却还是这么不稳重,什么大事情就吓死你了?天下比这个大的事情多的是！"霓凰嘴里斥责着，手上却爱怜地为弟弟理了理跑乱的发丝。

"我怕姐姐吃亏嘛，"穆青撒着娇道，"宫里不是好地方，你以后少进宫来。京城的宅子虽没云南的大，但也尽够姐姐住了，咱们快回去吧。"

霓凰郡主笑着用手点点他，回头相邀靖王："殿下也要回府吗？一起同行吧。"

"不必了，我暂时不回去。"萧景琰想了想，最终还是实言相告："我准备先去一趟宁国侯府。"

萧景琰来到谢府门前时，接通报出来迎接的人是谢弼，见面一开口就问："靖王殿下亲自来了？快请进吧，苏兄在雪庐呢。"

靖王微微一怔，问道："怎么，苏先生知道我要来？"

"这倒不是，"谢弼笑道，"苏兄只是跟我打了个招呼，说靖王殿下要收留那三个才放出掖幽庭的孩子，准备将来把他们训练成近卫亲兵，所以很快会派人来接他们。我只是没想到殿下会亲自登门。"

靖王"哦"了一声，顺着他的话意道："我对苏先生教习的剑法很感兴趣，想来请教一下，顺便带他们回去。"

"靖王殿下军功卓著，当然会对武技有兴趣，像我就不行，没有那个天赋。"谢弼一面说着，一面领路前行。两人来至雪庐门前，侍从进去通报，飞流很快就出现在面前，冷冷地看着他们，目光就如同冰针一般，扎得谢弼很不舒服。

"进来！"少年硬邦邦地道。

谢弼勉强笑了笑，对靖王道："苏兄病中好静，我就不进去烦他了，请殿下自便。"

靖王原本就不想要人陪，点点头走入小院，梅长苏已迎候在阶前，除了三个孩子排在他身后外，并无他人。

"见过殿下。"梅长苏向他执下属礼，躬下身去，庭生等人也一齐拜倒。

"不必多礼了。"靖王不冷不热地道，"我的马车停在府门外，让三个孩子到车里等我。"

梅长苏听这语意，立时便明白靖王有话要单独说，便命飞流叫来一个谢家仆人，一起领庭生等人先出去，自己回身请靖王进入室内，亲自上茶。

"霓凰郡主今日险些受辱，你可知道？"靖王仿佛并没有看见梅长苏有请入座的手势，仍是负手而立，冷冷地问道。

"不是已经安然救下了吗?"

"你可知道?我只要晚去一步,郡主便会被他们带入后院。到时就算我再勉力拼冲,只怕也救不出她。"靖王踏前一步,语声更厉。

自他进入雪庐以来,梅长苏便察觉到他身上有股隐忍的怒气,原本以为他是对越氏母子的行径余怒未消,现在看这样子,竟是冲着自己来的。

"虽然过程惊险,好在一切还算完满,殿下何故如此盛怒?"梅长苏思忖着,脸色突然微微转白:"莫非郡主因为羞恼……"

"你真的在意郡主的感受吗?"靖王冷笑一声,"提醒她防患于未然,不过是个小小的人情,也不能趁机让越氏母子加罪,你当然不满足了。现在的结果多完满,我拼死相救,场面激烈,郡主对我感激不尽,将来一旦有所争斗,云南穆府自然会大力支持我。这就是你想达到的目的,对不对?"

梅长苏有些怔忡,慢慢转动着眼珠,半响方道:"难道殿下以为,我是故意隐瞒郡主,好让事情一步步发展下去,以谋取最大的利益?"

"难道不是吗?"靖王紧紧地盯住他的眼睛,"你明知道事情会发生在昭仁宫,你明明事先有机会提醒郡主,为什么不说?有时间让她当心皇后,就真没时间说出'越贵妃'三字?"

看着靖王咄咄逼人的脸,梅长苏的神情却有些游散。他实在是没想到靖王居然会误会到那个地方去,可见人的心思啊,果然是最深不可测的,你永远都不能说,自己把握住了另一个人的想法,所以即使是曾经亲密无间的父子,也可能会被流言侵蚀。

靖王的怒火因为梅长苏恍惚冷淡的表情而燃烧得更旺,同时也把他的默然无语当作是对自己质问的默认。想到霓凰郡主倒在阶前时脸上的痛苦与羞愤,满腔怒意更是汹涌难耐,忍不住一把抓住了梅长苏的衣领,将他提到自己面前,另一只手紧紧捏住了他的上臂,愤恨的吐息几乎要烫破对方那冰凉的皮肤。

"你听着,苏哲,"萧景琰的声音仿佛是从紧咬的牙根中挤出来的一般,"我知道你们这些谋士,不惮于做最阴险、最无耻的事情,我也知道你们这些人射出来的冷箭,连最强的人都不能抵御。但我还是要警告你,既然你认我为你的主君,你就要清楚我的底线。霓凰郡主不是那些沉溺于权欲争斗的人,她是十万南境军的总帅,是她承担起了军人保国护民的责任,是她在沙场上浴血厮杀,才保住你们在这繁华王都钩心斗角!我不指望你明白什么是军人铁血,什么是战场狼烟,但我绝不允许你把她那样的人也当成棋子,随意摆弄、随意牺牲。如果连这些血战沙场的将士都不懂得尊重，那我萧景琰绝不与你为伍！听明白了吗？"

梅长苏的心头涌起一股热潮，唇边也露出了一丝惨然的笑，不知道什么是军人，什么是战场吗？也许在十二年前那场寒冬的雪中，心凉了，血也凉了，但那些烙入骨髓里的东西呢，是不是也凉了？

不过这个问题现在已经不需要多思考，也不需要立即回答了。因为在梅长苏颤抖的视线内，突然出现了飞流愤怒的脸。少年充满杀机的掌刃散发着浓浓的寒气，如同死神的镰刀般直劈向靖王的脖颈。

"住手！"厉声喝止的同时，梅长苏用尽所有力气将靖王撞向旁侧，把自己的身体前移过去拦挡。

飞流杀气腾腾的这一招正使到中途，突然看到苏哥哥出现在掌风攻击的范围内，知道他经受不住，心头大惊，立即全力回撤，以左掌挡右掌，后纵了数尺，但寒意仍然侵袭到了靖王的侧身与梅长苏的肩头。

靖王经常熬炼，筋骨精壮如铁，这点已被大力减弱的寒气对他来说不算什么，但梅长苏却觉得如被冰针刺中一般，喉间发甜，一口鲜血涌上，又被他硬生生地咽了回去。

"苏哥哥！"飞流大叫了一声。

梅长苏忍着胸腹间的疼痛，沉下脸来，挡在靖王身前，厉声道："我跟你说过的话你全都忘了吗？你不记得曾答应过我绝对不伤害这个人一丝一毫吗？"

"可是他……"飞流虽然表情僵硬，可是一双大大的眼睛里却充满了孩子的委屈。

"不许回嘴！"梅长苏斥道，"不能做的事情就是不能做！快跟靖王殿下道歉！"

飞流全身微颤，紧紧地抿住了嘴，俊秀的脸绷着，倔强地扭向一边。

靖王倒是对飞流这样的人毫无反感，皱着眉道："他可能误会了，你别逼他。"

梅长苏面沉似水："不，他必须要记住这个。飞流，你道不道歉？"

飞流很少被梅长苏这样声色俱厉地责骂，脸憋得通红，气息又粗又重，胸口一起一伏，牙咬得脸颊两边的肌肉都扯紧了，额上更是青筋暴出。如果不是从小被训练得没有表情，那简直就是一副快要哭出来的样子。

梅长苏叹了一口气，心里又软了下去，缓缓迈步上前，双手捧住了他的脸，轻轻拍了拍，低声道："别咬牙，头会疼的……"

飞流的嘴扁了一扁，向前一冲，扑进了他的怀里，双手紧紧搂住他的腰。

"好了，好了……"梅长苏语调模糊地哄道，"飞流听不听苏哥哥的话？"

"听……"

"那去跟靖王殿下道歉。"

飞流垂着头想了半晌，突然抬起双眼，狠狠地瞪了靖王一眼，硬硬地道："他先！"

靖王挑了挑眉，没有听懂，但梅长苏却立即领会了飞流的意思。

"不许胡说，靖王殿下为什么要先跟你道歉？"

"跟你！"

"跟我也不行……"

"他打你！"

"他没有打我，"梅长苏有些无奈地垮下肩膀，"他只是有些生气，说话时靠我近了一点……"

"他道歉！"飞流坚持道。

"我是不会道歉的。"梅长苏还没说话，靖王却出乎他意料地开了口。转过头去看时，萧景琰的表情十分认真，丝毫不因为飞流的智力较弱而显得敷衍哄骗，反而是语调肃然："我刚才说的话，句句都是心里想说的，没有一句是错的、假的，所以，我不道歉。不过苏哲，我也不需要这位小兄弟给我道歉，他不过是尽他护卫的职责而已，也并无过错。但我认为，你倒应该去向霓凰郡主道一个歉。"

梅长苏看着他，凝神沉思了片刻，问道："霓凰郡主也觉得我是故意瞒报吗？"

萧景琰怔了怔："这倒没有，她以为你要说的话是被其他人打断了……"

"那又何必去刻意道歉，白白地令她心寒呢。"梅长苏淡淡地道，"郡主已在王都受了这般委屈，你还一定要让她更难受吗？"

靖王没有想到这一层，不由得一呆。

"靖王殿下的话我谨记了，日后会小心。"梅长苏接着道，"但我也有几句话想要跟殿下说，你不能一概反感所有的权谋。要对付誉王和太子这样的人，光靠一腔热血是不行的。有时候，我们必须要狠、要黑、要辣，稍有松懈，就会万劫不复。对于这一点，你应该不会不明白吧？"

萧景琰眉头紧锁，却又深知此言不虚，只觉得胸口如同被塞了一团东西似的，难以描述那种厌恶的感觉。

梅长苏凝视着他每一丝的表情变化，语调依然冷硬："殿下有时难免会心里不舒服，但必须忍着。我知道你的底线在哪里，所以不会触犯它。但我也有我的手段和行事方法，殿下恐怕也要慢慢适应一下。你我都有共同的目的，为了这个，牺牲一点个人的感受，又有什么大不了的？"

靖王仰起头深吸了一口气，闭目沉默了半响，方才缓缓睁开了眼睛，将炯炯的视线投向梅长苏，道："这就是你的真实想法吗，我知道了。我也跟你说句实话吧，对太子和誉王，我确已无半点兄弟之情，对他们和他们的党羽，我倒也不在乎你使用什么手段。"

"殿下还真是坦率，这样的话也敢明说给我听。"

"既然与你合作，又何必遮遮掩掩。若你真要害我，单凭你知道庭生的秘密，就能令我束手。你虽然阴险毒辣，却也实在有才，我身边若无你这样的人，又有什么力量对付太子和誉王呢？不过这大梁天下，朝堂之上，还是有一些纯良之臣并没有参与到党争之中，对他们……"

"我还是要利用。"梅长苏冷然道，"但尽我所能，不加以伤害。"

靖王定定地看着他，良久之后方慢慢点头，字字清晰地道："你记着就好。"

梅长苏微微一笑，知道今天的谈话算是已经结束，后退了一步，躬身行礼。靖王果然不再多说，一转身，大踏步地向外走去，走到门边，突又停住，头也不回地道："多谢你，救出庭生。"

"不客气。"梅长苏淡淡地道，"还望殿下不要怜他之苦，过于溺宠。就送入军中磨炼，让他早些知道什么是男儿慷慨。不要像我这样，只余满腹机谋……"

萧景琰的身影似乎僵硬了片刻，但最终还是未曾回首，直直地出院去了。

飞流气呼呼的目光，从刚才起就一直像钉子一样扎在他的身上，等他的身影都消失了，还朝着那个方向不肯将视线收回。

"飞流，不可以哦，"梅长苏拉起少年的手，强行将他拉到了里间，"苏哥哥再说一遍，这个人绝对不许伤害，任何情况下都不许，明白了吗？"

"明白……"

"发生今天这样的事，苏哥哥很不高兴……"

"他坏！"飞流委屈地道，"他打你。"

"他没有打，我也不会让他打我……"梅长苏揉着飞流顶心的发，"如果被他打了，苏哥哥一定会很生气，你看我的样子，像是生气的吗？"

飞流仔细看了几眼，摇摇头。

"其实苏哥哥现在很高兴，"梅长苏拧着少年的脸，笑道，"真的非常高兴呢。"

"高兴……"飞流歪了歪头，有些困惑。

"因为他还是没有变啊，"梅长苏说着，眸中渐渐模糊，"虽然看起来不爱说话也不爱笑了，虽然他的心里也积满怨愤和仇恨了，但在骨子里，他却还是那个好心肠的萧景琰，还是那个……有时欺负我，有时又被我欺负的好朋友……"

"苏哥哥……"

"嗯？什么？"

"不掉！"

"好，"梅长苏吸着气，脸上带着笑，用手指轻轻抹了抹眼角，"不掉眼泪，我们明明很高兴的啊。"

"高兴！"飞流顿时忘掉刚才的烦恼，一指外面，"有太阳，玩！"

"好……我们去玩。"

说是玩，但梅长苏也只是坐到树下的长椅上晒起初冬下午慵慵的暖阳。飞流在树梢间纵跃捕捉日影的光斑，玩得不亦乐乎，时不时地还要凑回到苏哥哥的身边，要他用手帕擦自己汗津津的额头。

刹那间仿佛时空流转，回到那青春放纵的岁月，自己在草场上赤膊驯服烈马，黄沙尘土在马蹄下飞扬。景琰在栅栏外凌空甩来酒囊，自己一把接住仰首豪饮，酒液溅在胸前，父亲走进来，笑着揉自己的头，用手帕轻轻地擦拭……

"苏哥哥……"飞流眨着清澈的眼睛，叫着他。

"没什么，"梅长苏温柔地回视，"太阳很暖和。都快睡着了……"

"那就睡觉！"飞流跳起身抱来一床毯子，轻轻盖在梅长苏的身上，自己偎在一旁，将头靠上了他的膝盖。

日脚渐移，整个雪庐突然变得异常安静。

但是对于已经卷入云谲波诡之中的梅长苏来说，像这样的平静时光，以后将会越来越难得，越来越短暂了……

第十一章 惊魂截杀

王都西城外约十里处,有片绵延起伏的草场,一弯清清小河自侧边流淌,河岸另一边则是一片密林。由于景色清幽,地形齐全,距离官道又近,历来都是贵家公子们跑马游玩或练习骑射的地方。

蹄音如雨,沿着河岸纵马疾驰的两骑一前一后,马如龙,人似锦,华辔雕鞍,难得骑术竟也相衬,极是精湛。当先那人奔至兴起,拨转马头,踏入河内,水花四溅而起,沾湿了皂靴箭衣。

"景睿!你别疯,这是冬天,你快给我上来!"岸上人勒住马缰,大声叫道。

水里的骑士仿佛没听见似的,由着胯下玉骢在水里乱踩,水深已渐及马腹。

"好!"岸上人也动了气性,"你不上来是不是?那我下去,大不了冻一冻,再像以前一样生一场病……"

随着这句话,岸上人毫不含糊就向下冲。他的同伴终于有了反应,拨马过来挡住,两骑并住斜斜上奔,越过一个小坡。萧景睿突然猛收缰绳,跳下马来,发力猛跑了几步,一下子扑倒在地,将头埋进深深的野草中。

言豫津摇摇头,也甩镫下马,走过去朝他的肚子上软软地踢了一脚:"喂,装死吗?"

地上的人却一声不出,乌黑的头发散落在两颊,配合着野草一起把他的脸遮得严严实实。

"真拿你没办法。"言豫津在他身边坐了下来,顺手扯下一根草叼在嘴边,"你不是从小就最爱装大度吗?谁不知道萧大公子胸怀宽阔、为人温雅,是个难得的谦谦君子啊。这会子闹什么别扭呢?人家苏兄也没说什么,怎么就把你给气成这样了?"

萧景睿猛地一翻身，脸绷得紧紧的，双眼直直地瞪向天空。

"晒完背，改晒肚皮了？"言豫津笑嘻嘻地趴在他身边，拿草叶拨弄他的耳朵，"鞋袜都湿了吧？脱了一起晒晒。"

"走开，别烦我！"萧景睿一把打开他的手。

言豫津顿时竖起了眉毛："喂！你看清楚，是我，我可不是你的出气筒，你在其他朋友那里受了气，可不要在我这儿找补，我从来没给人垫窝子的习惯！"

萧景睿翻身坐起，气恼地瞪着他："你说什么？"

"你瞪我我就怕你了？"言豫津回瞪着，一声比一声更高，"你这场气也生得不值，人家苏兄凭什么要把什么事都告诉你？说一句'不关你的事，别问'你就生气？"

"我把他当朋友，可他把我们当什么？"

言豫津笑了几声，斜眼看着好友："景睿，你不会直到现在，都还以为苏兄跟我们到金陵来，只是为了交朋友，为了养病的？"

"我……"萧景睿顿了顿，"我当然没那么迟钝……只是，他对我们，总该多多少少有点坦诚和信任吧？"

言豫津冷笑道："对于苏兄将来的角色而言，坦诚和信任是最不需要的东西。跟你说吧，我悄悄找谢弼打听过了，他那时提到的'麒麟之才'，原来是琅琊阁主说的。太子和誉王争相延揽他，根源也在这里。你想啊，以苏兄的能力和江左盟的势力，他绝不可能是到了京城后才知道这件事的……"

"我明白你的意思，"萧景睿叹一口气，"苏兄到京城来，有他自己的目的，可是这件事他毕竟是被动的！太子和誉王的势力，绝非一个江湖帮派所能抗衡，再说苏兄满腹才学，机谋善断，确也当得上麒麟之才的美誉。就算他将来真的想要择主而事，这也没什么不对，大丈夫立身在世，谁不想建功立业，博得旷世功名？何况你我都看得出他有多在乎他的江左盟，如果他在京城成功了，江左盟就等于得到了朝廷的支持，这也算是他的一个目的吧……"

"那你打算怎么办？"言豫津深深地看着他，语气中渐渐透出一股冷冽，"景睿，苏兄已经很明显要参与到夺嫡之争里面去了，你就没觉得有些不安吗？"

萧景睿抿着嘴想了半天，轻叹一声："我是有些担心，万一他所选的一方将来败了……"

"我不是这个意思，"言豫津立即打断了他，"他选哪方我都无所谓，可是你呢？你不怕谢府的立场刚好与他相反吗？"

萧景睿倒真的从没想到这一层上去，呆了好半天，才吃吃地道："不会有这个问题吧，虽然谢弼是偏向誉王一点，可是我爹很中立啊……"

"你爹不可能一直中立下去啦！"言豫津断言道，"你爹和我爹又不一样，我爹虽有侯位，但挂的是闲职。你爹可是武臣之首，朝廷柱石，储位是历代皇家最大的一件事，哪有那么容易就能置身事外的。"

"可是……可是……"萧景睿细细一想，想到最坏的地方，突然觉得一阵毛骨悚然，出了一身冷汗。

"喂，喂，"言豫津赶紧拍打着他发白的面颊，"五五开的概率啦，不算低的，你也用不着这么早就把自己吓成这样吧？"

萧景睿一把将好友掀开，面色沉重："不行，我还是要去劝劝苏兄，朝局这趟水太浑了，他最好还是别进来……"

"切，你自己都说他是被动的了，就算他答应了你，太子和誉王答应吗？"言豫津拍拍手上沾的草屑，盘腿坐起来，"景睿，你应该也明白，苏兄是个跟我们不一样的人，他的心到底有多深，有多硬，那里面到底装着什么样的想法，我们是根本看不透的……他如今已不是当初你带进京来，承诺要照顾他养病的那个苏兄了。我敢肯定他现在脑子里没有半分余暇想到你，如果你还像以前一样热辣辣地把他当成好朋友的话，将来吃亏的、受伤害的人一定会是你，你明白吗？"

"豫津……"

"是好朋友才跟你说这些话。从现在起，你要对自己说，苏哲是你萍水相逢、并无深交的一个朋友。你们结伴入京，他借住你家客院，如此而已。说句不好听的话，苏兄是一个深不见底的人，你也好，我也罢，我们再风光无限，也是没有资格当他的知己的。"

萧景睿几乎从来没有见过言豫津如此严肃正经地跟他说话，不禁被镇住了，低头思忖了半响，想来想去他的话都没有错。可人与人之间相互的微妙感觉，又岂是这三言两语能辨得清，分得明的？

"好啦，话说完了，你慢慢想吧。"言豫津一跃而起，拖着萧景睿的手臂将他也拉了起来，又露出没心没肺的笑，"现在陪我去妙音坊听曲子，好久没去过了，宫羽姑娘一定很想我，听说还有十三先生新调的曲牌，晚上我们再乘画舫去游湖看灯，怎么样？"

"还能怎么样，"萧景睿白了他一眼，"你大少爷叫我陪，敢不陪吗？"

"哈哈，这才识相。看你湿漉漉的也不怕冷，快走，到了妙音坊就有衣裳换了……"言豫津转身将两个人的坐骑牵过来，把萧景睿的马缰扔给他。自己攀住马鞍，左脚伸进踩镫里，右脚刚刚发力一蹬，突然"哎哟"了一声。

"怎么了？"萧景睿转过头来。

"踩着块石头，差点滑了。"言豫津收回左脚，拨了拨那块碎石，顺脚踢飞。

石头的落点是草场的一块凹洼处。由于草生得茂密，落石本身没有击打出多大的声响来，反而是草间那窸窸窣窣的声音更清楚一些。

"什么人在那儿偷听？"言豫津双眉一挑，高声喝道。

"我先来你们后到，何谈偷听？"一个声音平静地响了起来，"我已经尽力不打扰你们了，但一块石头从天而降，总得允许我躲一躲吧？"

随着这清越的语声，两个贵公子的眼前缓缓站起了一个人。他身着一袭简单的藕色丝织长衫，体形高挑修长，一头长发半束半披，双眸深邃，似笑非笑。明明是一张年轻俊美的面庞，额际却有一缕白发在乌丝之间若隐若现，令他平添了几分阴柔的气质。

看清楚面前出现的人之后，言豫津与萧景睿对视了一眼，两人同时后退了一步，凑在一起小声商量了起来："到底是谁？"

"我看是哥哥……"

"万一是姐姐呢？"

"姐姐才走多久啊？这么快就回来了？不是得查好一阵子吗……"

"说得也是，那么远的……"

来人笑微微地看着他俩，轻声道："小津，我现在远远地站着，由着你们商量，一点儿都没有想扑上去的意思，应该已经表明我是谁了吧？"

言豫津眨眨眼睛，再次上上下下地仔细打量了一番，终于放下心来，脸上露出笑容，欢欢喜喜地冲了过去，来了个大大的拥抱："秋兄，你回来了！东海好不好玩？"

来人唇边勾起一个邪邪的笑，慢慢地收起双臂，将言豫津圈进了怀里。

萧景睿觉得一阵寒栗从头到脚扫过，背上的寒毛根根乍起，不由自主地后退了两步，大叫一声："豫津快跑，那个是夏冬姐姐！"

可惜这个警告来得太迟了一些。言豫津全身一僵，再要挣扎时，两条手臂已经被反绞起来，被夏冬用一只手扣在腰后，眼睁睁地看着她的另一只手以极其缓慢的速度抬起来，落到自己脸上，轻轻地摩挲了一下。

"景睿……"言豫津颤声道，"你个没义气的，还不快来救我……"

"救你？"夏冬的视线扫过去，柔声问道："小睿，你要过来救他吗？"

萧景睿的头顿时摇得像个拨浪鼓。

"小津，你问我东海好不好玩是吧？可惜我不知道，因为我根本没去过。"夏冬的手指突然发力，在言豫津的脸蛋上狠狠拧了一下，一团红红的指印晕开，萧景睿看着都觉得牙根发疼，"你知不知道我去哪里了？是滨州啊，那里真是个又穷又荒的地方，要调查的事情也麻烦，花了我好大的力气才查清楚！这么头疼的差事是谁给我招来的呢，我想想看……"

"救命啊——"言豫津只觉得脸上火辣辣地疼，毫不夸张地惨叫起来，"我又不是故意的……谁知道皇上会派你去……"

"你叫救命有用吗？"夏冬阴冷一笑，"夏秋去了东海，夏春到青江州接他媳妇去了，我看谁能来救你。你这个不听话的小子，出去玩还给我惹事回来，嫌你夏冬姐姐太清闲是不是？如果我真的没别的事情做，还可以调教你们啊，是不是你长大了翅膀硬了，就忘了以前的疼了？"

听到"调教"二字，两个贵公子同时有些脚软。

据说有一个关于驯犬的理论，说是无论多么性烈、多么凶猛的犬类，之所以从来不敢反抗主人，就是因为当它还很幼小的时候，每次反抗都会被主人用木棒狠打一顿。因为太小，所以从来就没有斗赢过，打的日子长了，它的脑子里便会形成一个定式，认为这个人是绝对无法反抗的，即使将来长大了，力气和尖牙都远非昔日可比，可一见到曾调教过它的主人，还是会立刻变得温驯无比。

萧景睿和言豫津便是当年那一群"幼犬"中的两只，而夏冬，自然就是"驯犬"人。

大梁国历代皇帝身边都有一个直属的监察机构——悬镜司，成员被称为掌镜使，以师徒相传的形式代代延续，对君主有极高的忠诚度，向来只奉皇帝诏命行事，调查最重要、最隐秘的事件。本代悬镜司首领夏江共收了三个徒弟，夏秋、夏冬是对双胞兄妹，夏春则与他们并无血缘关系。三人性格迥异，但却与历代悬镜司成员一样，彼此间感情极是深厚。本来掌镜使的职责里并不包含"驯犬"这一项，可没想到十七年前的一天，皇帝陛下突发奇想，觉得世家子弟娇生惯养，多不成器，不是朝廷之福，故而在宫城内辟出一个角落，命名为树人院，京都三品以上官员家五至十一岁的男孩子，统统送进树人院里，由掌镜使进行筋骨磨炼。夏春、夏秋为人还算温和，虽然督导严格，但起码会考虑这群小宝贝们的承受能力。唯有时年二十岁的夏冬，刚刚出师，一腔报效皇家的热血，简直是把她师父训练她的一套直接拿来训练这些娇嫩嫩的"幼犬"们，每天都能听到树人院一片嗷嗷惨叫之声。可怜言豫津当时刚满五岁，粉妆玉琢，如珠如宝。本来是一株骄傲张扬的小幼苗，没几天就被调教成一见到夏冬姐姐便会自动如霜打过一般蔫蔫地卷起所有的叶片儿，这病根儿直到现在还一点都没见好。

"夏……夏冬姐姐……"萧景睿因为受折磨的时间较短，故而症状比言豫津略微轻些，壮着胆子道，"豫津真的不是故意的，我们在路上碰见那对告状的老夫妇，总不能不管啊……"

夏冬"哼"了一声，扭着言豫津手腕的力度并没有减轻，反而将脸更逼近了一些。其实单就容貌而言，夏冬虽然生来的雌雄莫辨，却也称得上非常俊美，因为精修内功的关系，显得比实际年龄要年轻许多。可对于脑海中全是惨痛记忆的言豫津而言，这张美丽的脸却无异于魔鬼的面具，眼看着它一寸寸向自己逼近，这位国舅公子只觉得头皮阵阵发麻，几乎忍不住要开始尖叫。

"小津，不要说话，扶着我，慢慢走到官道上去……"细若游丝的话语在此时钻入耳中，靠过来的身体突显沉重，腥甜的血气也同时游入鼻间。言豫津心头一沉，但他很快就稳住了自己的表情，不着痕迹地调整了一下站立的角度，支撑住夏冬已有些不稳的躯体，口中仍以告饶的口气道："夏冬姐姐别生气嘛，等姐姐回京交了差，想怎么罚我就怎么罚我好了。"说着抽出一只手挽住了夏冬的臂弯，半侧过身子，顺势甩给萧景睿一个暗示的眼神。

萧景睿一怔，毕竟算是有些江湖历练，立即也察觉出情况的异常。虽仍然保持着原有的姿势和表情，但视线已快速地左右轻扫了一遍，再屏息静气地感应四周，果然感觉到一些淡淡的杀气弥过。

"你这小子，从小就是嘴甜。"夏冬展颜一笑，中性的面孔上顿时显露出女性的妩媚，"你以为可以施缓兵之计吗？被我捉住就别想逃啦，跟我一起走！"

"好好好，我什么时候敢不听夏冬姐姐的话呢？"言豫津嘻嘻笑着，又压低了声音悄悄问道："你怎么样，能骑马吗？"

夏冬笑着拍打他的头，嘴唇轻轻地翕合："就这样走，只要我不倒下，他们不敢贸然出来。"

萧景睿这时也牵着马靠近，眸中充满关切之意，却不敢随便开口说话。

"放心，这个距离小声一点他们听不见。"夏冬仍是低声道，"他们不想让我进城，也许会孤注一掷……你们也准备着，河里、对岸树林里都有人……"

两人暗暗提起真气，一个仍是装成被扭着手臂的样子撑着夏冬前行，另一个牵着坐骑故意放慢几步为他们断后，三人缓缓向官道方向移动，遥遥看去，就像是嬉笑玩闹般轻松，没有半分紧张之感。

可是夏冬越来越乱的呼吸和渐渐沉重的步伐宣告着情况的恶化。萧景睿看着前面两人每挪一步所留下来的血脚印，心中已知晓不妙，只能刻意让马蹄将沾着血迹的草叶踩倒，只求不被隐身于后的杀手们察觉。

可惜职业杀手的敏锐总是超出寻常的，在明明没有出现任何疏漏的情况下，小河对面的密林中突然响起一声细细的哨笛锐音，紧接着枝叶摇动，数条浅灰人影飞掠而出。与此同时，原本平静的河面上水柱暴起，近十名杀手身着银色水靠，手执分水刺冲天而起。两队人交会一处，瞬间排成扇形，朝三人直扑过来。

未经只言片语，恶战顿时展开。杀手们的招数自无花哨可言，姿势也并不美妙，但却甚是简单有效，冲、刺、劈、砍，每个动作毫不拖泥带水，只以夺人性命为目的。即便是经历过江湖险斗的萧景睿，一时之间都被那种浓烈的杀意所慑，身法变得颇为凝滞，至于只见过比武场合的言豫津，当然更加难以适应。加之两人都无兵刃在手，空手应对数名亡命之徒的狠辣攻击，立时便落了下风，若非对方的主要目的在于夏冬，只怕他们早就挂了红彩。

比较起来，身为掌镜使的夏冬自然要更为老到一些，她基本上足下寸步不移，手中不知何时多出一柄雪亮的匕首来，以简制简，以快制快，围攻她的人一时竟近身不得。可惜因为身上早就有伤，时间一久，后续乏力，在接连挡开几招迎头猛劈之后，双足虚软，身子晃了几晃，跌倒在地，虽仍能强力支撑，但不免险象环生。

好在经过最初的攻击之后，萧景睿与言豫津已镇定了下来。因为知道连掌镜使都敢追杀的人，多半也不会顾忌自己二人的身份，何况对方也未必知道自己二人的身份，所以一横心之下，反而增加了专注力，动作流畅了许多。他们一个是天泉山庄的传人，一个修习乾门心法，武功绝对算是年轻一辈中的佼佼者，加之面临如此生死险境，纵然不为自己，也想为好友拼出一条生路，故而全力施为，不留半分余力。稳住阵脚后，两人又肩并肩一起护挡在夏冬的前面，攻守配合，虽难免挂些刀口在身，但却渐渐扳回了场面，最后竟成功地夺到了两柄水刺在手。

天泉山庄的剑法在江湖上威名之盛，几可与华山争锋。萧景睿以刺为剑，虽不算太应手，但威力已然大增，再加上言豫津身法炫目，夏冬出招奇诡，眨眼之间颓势已改，双方竟斗了个旗鼓相当。

杀手们毕竟行的是暗黑之事，至高境界便是一击即中，陷入缠斗当然大是不妙，何况此地毕竟已是京郊，时间越久，被路人撞见的可能性就越大。于是密林丛中哨音又起，又急又短，三人明显感到攻势重点转移，开始主要进攻萧、言二人。夏冬趁机喘息，抚胸后退了几步，离开战团，调息止血。

虽然压力增加，又少了夏冬随时出手补漏，但萧景睿和言豫津之间的配合已渐入佳境，信心也愈战愈强。水刺寒光闪处，已有几名杀手跟跄后退，只不过对方人多，随即又有人递补而上。

此时哨声再改，尾音急转而下，五名银衣人和身扑上，竟是自杀式的打法。同时密林中的指挥者亲自现身，足点水波，横掠过窄窄的河面，身法极快，一刹那便出现在格杀的现场，率领其他所有杀手，包括受伤倒地的人在内，全部迂回包抄，从萧、言二人的左右两侧绕过，直奔夏冬而去。

"姐姐小心！"言豫津高声急叫，与萧景睿飞快地后退，力图抢先赶到夏冬身边去。无奈被人近身舍命攻击，哪有那么容易就甩掉，眼睁睁地看着几条灰影越过自己，寒锋如冰，毫不留情地抹向夏冬的身体。

"夏冬姐姐……"在二人忧急的叫声中，原本早已力竭瘫软的夏冬突然仰起头来，眸中寒芒乍闪，身形如旋风般卷起，如同卷出了吸收人命的旋涡般，青幽光亮伴随着血花飞溅，最先赶到的几条人影已倒飞了出去。

这突来的剧变不仅惊呆了两个贵公子，连杀手们都有一瞬的呆滞。然而这一切还没有结束，夏冬凌厉的身法没有丝毫的停歇，仿若利剑出鞘，一招封喉，电光石火之间手掌便印上了杀手群中一人的胸膛，并顺势而上，利落地卸掉他的下巴，将他的身体摔翻在地，踩在脚下。

杀手们此时已然乱了阵脚，眼见着刺杀的目的根本无法完成，纷纷后退，越过小河缩回到密林之中。萧、言二人无心穷追，只赶至河边便停住了，回头一齐瞪向夏冬。

俊美的女掌镜使仰天大笑了三声，用足尖点了点脚下的俘虏，散于双肩上的长发随风飘扬，眼波流转，意态张扬，声音也十分的清朗："多谢你们出现在这里帮忙，要不我还生擒不住这个缩头缩尾的领头人呢……这人武功不怎么样，但轻功却实在不错，一路上总是不近我身，还真是不太好抓……哈哈哈……"

这世上总有那么一些人，做什么你都没办法真的跟他计较。而对于萧景睿和言豫津来说，夏冬就是这样的一个存在。所以尽管两个人都沉下了脸露出不高兴的表情，但还是没敢真正出言抱怨一句。

"来，让我看看你用来自杀的毒会藏在哪儿？"夏冬蹲下身子，将地上那名杀手指挥者提了起来，用力捏住他已被卸掉的下巴，疼得那人双脚一阵乱蹬，面色惨白如蜡。"啧啧，居然还是藏在牙齿里，真是没创意，就不能换一个地方吗？"

虽然她语调轻松，但一旁听着的萧、言二人却都不禁一震，互相对视了一眼。

一旦失手被擒就会立即自尽的杀手，已是业界最高级的死士了，不仅难找，而且价钱也奇高。夏冬到底在滨州取得什么样的调查结果，会让人狗急跳墙到如此地步呢？

"这样没办法问话啊，还是要把毒囊取出来才行。"夏冬理也不理身旁这两人的变脸变色，径自研究着如何取出那杀手齿间的毒囊，好把下巴给接回去进行讯问。女性大都生来好洁，即使是经常被人误认为是美男子的夏冬也不例外。她拧着那人的下巴看了好久，也没想出怎么才能不把手指伸进去就取出毒囊。最后一个不耐烦，抡起手臂来便是狠狠一拳打在那人侧脸上，只听得一声闷哼，杀手喷出一口鲜血的同时，几颗牙齿和一个肠皮小囊也被吐落。

萧景睿和言豫津第二次对视一眼，脸色更是发青。果然还是女魔本色啊，心狠手辣比起当年不差毫分……

夏冬若无其事地将手背在衣服上擦了擦，"咔咔"两声便将杀手的下巴复了原位，却又不急着问话，反而先抓起那人的一只手腕用力一拧，顿时腕节俱碎，筋骨寸断，痛得对方叫都叫不出声来，只能如濒死的鱼一般张大了嘴吸气，身体痉挛抽搐着，眸中射出怨毒至极的目光来。

"还敢这样看我？"夏冬冷笑一声，捞起那人的另一只手，顺着腕部一路捏上去，只听得骨碎之声不断，竟将这一段小臂捏得如同软泥一般。那人惨呼着晕过去，没多久又被生生地痛醒过来。

"夏冬姐姐！"虽然明知对方是杀人不眨眼的恶徒，但萧景睿还是有些看不下去，"停一下手吧，这实在太……再说，你不是还要问话吗？折磨死了就不好了……"

"对啊，你不说我都差点忘了。"夏冬冷笑着抓起杀手的头发，将他的头提起，直接盯着他的眼睛，语气中寒气森森："比起问话，我还更喜欢拷打一些，你可不要答得太痛快，白让我少了用刑的乐趣啊……"

"夏冬姐姐……"萧景睿还想再说，却被言豫津一把拉着拖到了另一边，劝阻道："你别管，掌镜使有自己的一套方法，咱们插不上手。"

"这样拷问有效吗？"

"对方是以命搏命的杀手，不狠一点，只怕半个字也问不出来。你看不惯，不看就是了。这世上的事，哪能都是温良谦恭的？"言豫津回头看了一眼，叹口气道："看来庆国公这桩案子不是那么简单啊，不知会掀起多大的风波呢。"

"我觉得有点奇怪。"萧景睿皱着眉道，"谁都知道掌镜使不是好惹的，与其费那么大的心力去对付夏冬姐姐，还不如当初拼命阻止住原告进京呢。如果一开始就派今天这种级别的杀手去追杀胡公、胡婆，他们哪里还有命逃进江左地界……如今御状也呈上去了，掌镜使也奉密旨行动了，才有人急着想要灭口，这不是舍易求难吗？"

"说不定庆国公一开始并不知道呢……"言豫津想了想道，"滨州那边的人可能以为自己能想办法处理好，该通知的人也没通知，没想到被我们中途插手帮忙，让原告顺利进京告了御状。被牵扯进去的人这才有些着慌……"

萧景睿摇了摇头道："如果庆国公一开始并不知情，那大不了也就是个纵容亲族的罪名，何至于为这个追杀掌镜使呢？"

"也许夏冬姐姐在滨州查到了别的，也许追杀她的人根本与庆国公无关，也许她那个脾气出门就添了新仇家。"言豫津耸耸肩道，"可能性太多了，我不爱琢磨这些，挺烦的，让夏冬姐姐自己去操心好了。等她查清楚了，我们直接去问答案好了，省得在这儿胡猜乱想的。"

"啊！"萧景睿突然惊呼了一声，言豫津吓了一跳，顺着他的视线望过去，只见夏冬像扔一条死狗一样把那杀手软绵绵的身体丢在地上，从怀里摸出一条丝巾擦手，两道弯如新月的眉毛攒在一起。

"怎么了？"言豫津问道。

萧景睿神色有些凝肃，慢慢答了两个字："死了。"

"小睿眼力不错，"夏冬斜斜地飞来了一个眼神，"的确死了。真是可惜，白费了我这么多手脚来捉他，没想到他嘴唇下方也涂了剧毒，伸长舌头一舔就死了，怪恶心的，他也不怕自己不想死的时候一不小心给舔着了……"

"那问出什么没有？"言豫津走近了几步，看了看地上那青肿恐怖的死尸面容，很快就把视线挪到了一边，"他好歹是个领头人，嘴里总有些线索的。"

"他只说了四个字……"夏冬面无表情地道，"没有结束。"

"什么意思？"

"就是这件事还没有结束的意思。"夏冬飞起一脚将尸体一踢数丈远，骂了一句：

"妈的,还用他来告诉我没有结束,这一路招惹我,就算他们想结束我还不想呢!"

"夏冬姐姐……"言豫津擦着冷汗,"你是女人,不可以骂粗话,太不文雅了……"

"哟,"夏冬婉转娇笑着凑过来,眉梢眼角尽是魅惑风情,"小言公子长大了,知道什么是女人了。过来告诉姐姐,女人都是怎么跟你说话的?"

言豫津连退数步躲到了萧景睿的身后,不知有多后悔自己嘴快,赔笑着道:"也没有啦,我们夏冬姐姐美貌、聪明又能干,是大梁国最了不起的女人呢。"

夏冬连连冷笑了几声,道:"我哪里算最了不起的,听说最了不起的女人终于要招亲了,现在情况如何,招到没有?"

言豫津一时非常讶异,看看萧景睿,他的表情也同样吃惊。

其实自从离开树人院后,两人就不常有机会与夏冬见面了,所以并不知道她对霓凰郡主有什么看法。但无论如何,霓凰贵为郡主,品行高洁众所周知,夏冬身为掌镜使,也算职属朝臣,实在不宜用如此嘲弄的语气来谈她。

"怎么,夏冬姐姐不喜欢霓凰郡主吗?"萧景睿忍不住问道。

"轮不到我来说喜不喜欢吧?"夏冬的语气依然冷硬,但不知为什么,听着却让人感觉有些凄清哀伤,"她是个奇女子,早该嫁了。十年前我到她营中助阵时就跟她说过,只要她嫁了人,我便认她是个好朋友。"

两人越听越糊涂,简直不知道夏冬对霓凰郡主到底是个什么态度,呆了好半天,言豫津才低声问道:"那夏冬姐姐的意思是,郡主一日不嫁,你便一日不认她当好朋友?"

"没错。"

"这是为什么啊?难道女人之间交朋友,是要看她出不出嫁的?"

夏冬目光如冰,冷冷地扫了两人一眼,道:"你们太小,很多事情你们不知道。反正也与你们无关,别再问了。"

"我们太小?"言豫津叫嚷起来,"郡主才比我们大几岁啊?"

"变故往往发生在转眼之间,有时候一年就可以成为一世。"夏冬平视着前方,面颊有些苍白,几缕发丝沾在脖颈之间,虽然神情未改,但整个人却突然增了几分柔弱之感,"当年的事其实她也不算太清楚,只不过她是当事人,所以挣脱不开。可你们不同……你们完全处于局外,过去的事就像被大雪封住的深山,无关的外人是很难再进去的,你们又何必仅仅因为好奇而去追究呢?"

萧、言二人面面相觑,仍然是有听没有懂,可是人家已经说了别再问了,就不好再穷追不舍。更何况面前站着的人是树人院女魔头，本来就不太敢放肆的。

"你们还没说呢，郡主到底选了什么样的夫婿？"夏冬甩了甩头，刺目的白发在青丝中一闪，好像甩开了刚刚漫过心头的回忆，"这样大规模的比武，总能挑几个不错的人出来吧？"

"尚未确定，明天还有场文试。"言豫津叹息道，"之后还要跟霓凰姐姐比武呢，输了就没指望了。我看入选的几个人中没有一个是她的对手，也没发现她对谁特别喜欢，看来这次她还不打算嫁。"

夏冬唇角微翘，取笑道："瞧你这样子，还有些不服气吧？"

"本来就是嘛，"言豫津仰起下巴，"我有什么不好，为什么她不认真考虑一下？"

"你其实是很好的……"难得夏冬竟然没有泼他冷水，"不过对霓凰而言，你到底小了一点，她已是独当一面的统帅，眼睛里大概也只看得上比她还要成熟的人吧。"

言豫津很夸张地叹了一口气，酸溜溜地感慨道："君生我未生，我生君已老……"

"喂，"萧景睿哭笑不得地踢了他一脚，"别乱念诗啊，你说谁老了？"

"啊啊啊，"言豫津赶紧捂住嘴，"说错了说错了，该打。不过我的意思你们该明白的，就是遗憾自己没有早生几年嘛……如果我现在跟苏兄一般年纪，郡主也不会只拿我当小兄弟一样对待啊……"

"你别扯上苏兄，"萧景睿瞪了他一眼，截住了他的话头，"夏冬姐姐刚回来，你说些正经的，把十个候选者的资料讲一下不好吗？"

"我对那些铁定出局的候选者不感兴趣，"夏冬淡淡地道，"倒是这个苏兄让人注意。在草地上躺着的时候就听你们两个叽叽咕咕不停地谈他，好像是个人物似的。怎么，此人是不是有几分才气，所以怀着野心到京城来准备追名逐利的？"

"苏兄不是这种人！"萧景睿大不高兴，"夏冬姐姐又不认识他，怎么能妄下断言。"

"不认识怎么了？"夏冬的眸色中掠过一抹寒意，"我会去认识认识他的。什么太子、誉王都争相延揽，身价倒是摆得比霓凰郡主还要高的样子。有这种人物出现在京城，身为掌镜使怎么能不好好了解一下呢。"

萧景睿与言豫津紧张地对看了几眼，用眼神大略沟通了一下。夏冬虽将两人的神情看在眼里，却并不在意的样子，随手整理了一下衣衫，道："一起进城吧。小津的马给我骑，你们两个骑小睿的马吧。"

"啊，"言豫津叫苦道，"我们两个大男人挤在一个马上……"

"过来跟我一起骑也行啊。"夏冬轻飘飘地笑道，"谁来？"

两个年轻人脸一白，同时使劲摇头。

"那就只好委屈你们了。小睿，快牵马过来。"

萧景睿听话地将正低头自在吃草的坐骑牵来，一面将马缰递过去，一面低声道："夏冬姐姐，要不要先裹一下你的伤口？好像有些渗血出来……"

"到底还是你体贴细心，"夏冬微微一笑，"不妨事，进城后再彻底处理吧。"

"夏冬姐姐真的受伤了？"言豫津关切地伸过脑袋来，"伤在哪里？"

夏冬伸指弹了弹他的额角："臭小子，你才知道啊？这些杀手不是省油的灯，再说不真的见些血给他们看，哪有那么容易就引得出这个缩头缩脑的死人？"

萧景睿看了一眼数丈外的那具尸体，皱眉道："这个人不管了吗？"

"一个不会再开口的死人，不过就像是被主人丢弃的一柄废刀一样，捡来做什么？"夏冬语气煞是冷酷，"回去让京兆尹府派人拖去埋了就是，摆在这儿也够烦人的。"

"也只能这样了，杀手的身上一定很干净，大概是查不出什么线索的。我们还是走吧。"言豫津扳着马鞍，翻身而上，萧景睿也跟着跳上马，坐在了他的身后，此时日脚已是西斜，微微的马嘶声中，三人两骑拖着长长的影子，直奔王都城门而去。

第十二章 侠骨柔肠

正如梅长苏所说，不过一天工夫，越贵妃被黜降，太子被罚闭门思过的消息就传遍了整个朝野。由于中书省宣布此事件时用语过于模糊，只有"违逆圣意，侍上不恭"八个字，反而惹得流言纷纷。各种稀奇古怪的猜测接连出炉，充分体现出人的想象力真是可以无限扩展。

有人说，有一个皇帝新宠的宫嫔，被贵妃无故杖杀了；有人说，贵妃多言多语干涉太子处理朝务，因此惹恼了圣颜；也有人说，贵妃在内院行巫蛊之事，被皇后捉了个正着；甚至还有人说，贵妃新养小犬未经调教，竟然咬了皇帝的龙爪……

越是与此事毫无干系、什么都不知道的人，越是在背后悄悄议论猜想得十分起劲，偏偏是那些牵涉在内或大约知道些风声的人噤若寒蝉，人前人后都不发一言一语。萧景睿和言豫津因为当时就在武英殿中目睹了梅长苏的安排，大约猜到了事情与霓凰郡主有关，但具体的过程如何他们也不清楚，不过这两个都是知趣的聪明人，并没有随后追问。

次日的所谓文试未曾因这个事件而取消或推迟，但无论是对参选者而言，还是对主办方而言，这场声势浩大的选婿大会至此已完全变成了一块鸡肋。大家都对霓凰郡主扑朔迷离的心思捉摸不透。

不过对所有已比拼到这一步的候选者们而言，当然没有就此轻易放弃的道理，说不定郡主只是女儿家矜持，不愿外露呢。恐怕也只有到了最后面对面交手时，才能确实知道她到底心意如何。所以对于这场文试，看热闹的人虽然少了，但真正参加进去的人，除了萧景睿这种凑数的，态度大半还是极其认真。

在这一群心思各异的人里，最是乘兴而来败兴而归的就属北燕使团了。拥有一个武功超绝的百里奇，本是他们的骄傲和自豪，百里奇也确实是所有候选人中唯一一个有希望能击败霓凰郡主的人。可没想到水满则溢，横空杀出来一个病恹恹的苏哲，不知使了什么邪门妖术，让这位硬功高手输得莫名其妙。本来输就输罢了，丢个脸而已，调整好心情大局仍然没有改变，可百里奇不知怎么回事，战败的第二天就从驿馆里消失了。北燕大使请托了巡防营全城查找，也没翻出半块影子来，反而白让大梁的官兵们看了笑话。求亲的事情没有办好，带来的人还丢了一个，恐怕这位倒霉的正使回国之后，不知有多苦的果子要吃呢。

当然，这样一场盛会也不会全无受益者。有些人原本就没有打算最终折得高岭之花，能经此平台，或扬了名、露了脸，或博得了被人赏识出头的机会，都算是大有收获。而其间最没费什么力气，但又获利最多的人，显然便是那个不知从哪里冒出来的苏哲了。

这个不显山不露水的病弱青年，先是有个少年护卫武功高绝，因此颇得蒙大统领赏识交好，接着又调教幼童以奇幻手法击败武试第一人，展示出了他本人的超强实力，后来主持郡主文试时满腹锦韬秀略，耀目的才华颇得圣上赞誉。听说还曾以白衣之身蒙御书房私召，对谈了近两个时辰，虽然谁都不知道他们谈了些什么，但其后的丰厚赏赐和客卿尊称，无一不表明了这是个正当红的新人，绝对不可小瞧。甚至已有号称消息灵通人士断言，这苏哲百分百是早就内定好的郡马人选，其他所有人都是陪他来玩的。

这样的流言传出来之后，自然激起了不小的风浪。就算大多数人的参选目的并不只是为了郡马之位，但被人拖着陪玩仍然不是什么值得高兴的事。一时间全京城的焦点都落在了这位新晋才子的身上，若非他寄寓在门禁森严的宁国侯府，恐怕早就被人看脱了一层皮。但饶是如此，仍有一些家世、地位不凡的贵族子弟不断登门拜访，要来瞧一瞧这个苏哲到底是什么了不起的模样。

"今天最后一个人也被郡主击败出局了吗？"梅长苏收紧肩上的皮裘，长吐一口气，"这样热闹的一场盛会最终没有结果，实在让人遗憾。"

萧景睿站在他的面前，眉心拧成一团。认识这个人越久，越觉得看不清他。若说他对朋友不好，他明明是温和贴心、善解人意的。若说他对朋友很好，自己又总是觉得一腔热辣辣的友情虚掷，如同有一层隔膜般，根本没有到达他的心上。那日控制不住小小发了一下脾气，后来见他时还觉得自己小心眼了些，反省了许久，谁知再见面时才发现，他居然连自己曾经生过气都不知道。

这种温暾水般让人无奈的情况也出现在了其他方面，梅长苏对郡主的态度居然也是一样。明明是事事在心，件件插手，以至于搅到现在成为全京城的注目焦点，但认真论起来，他好像又真的没有半分其他想法，期盼郡主能择得佳婿的愿望似乎也不是虚情假意。

此时花径另一边传来异样的声音，像是有人被扔出去的样子。萧景睿朝那边看了一眼，摇头叹息。两人现在所在的位置不是梅长苏常居的雪庐，而是距离宁国府中庭甚近的一处敞亭，四面连廊，以花木荫隔，有数条小径从旁边通过，其实不过是主道边上一处驻足的小景，并非适宜久坐之地。由于近几天以各种理由来要求会面的人实在太多，就算拒绝了也会不停地找新借口再来，为了不把麻烦越积越多，梅长苏干脆找了这样一个四通八达的地方来坐着，拥裘围炉，闲闲地翻看书籍。谁想来看他的，便由谢弼领着在旁边看上一眼，满足了好奇心就快走，倒以此打发了不少来客。不过总有那么一些人不满足于只看清楚他的容貌，想方设法要绕过谢弼的拦阻，来个近距离的接触。可是梅长苏既然有一个能与蒙挚对拼的护卫，那当然不是摆着来玩的，把那些侵入警戒范围内的人捉住扔出去，是这几天飞流很喜欢玩的一项游戏。

"今天来的人应该差不多了，这里太冷，苏兄还是回雪庐去吧。"萧景睿看梅长苏再次拢了拢狐裘的领子，不由得劝道。

梅长苏摇了摇头，轻柔地一笑，说的完全是另外一件事："景睿，庭生那孩子还好吗？"

"咦？"萧景睿奇道，"你上午才拜托我去看望他的，怎么知道我已经去过了？"

"你鞋底的赭红砂，是靖王府练武场所特有的，你若没去，从何处沾来的？"

萧景睿抬起脚来看了看，耸耸肩道："庭生看起来很好。靖王府后面有好大一个院子，原本就收留着一些阵亡将士的遗孤。庭生就住在那里，有单独的房间，有习文练武的师傅，吃好睡好，没有人欺负他，你不用挂念。"

梅长苏眸中隐露赞同之色。靖王果然聪明，没有给庭生任何优待，而是很低调地让他隐身于众人之间，暗中调教，确是上上之策。

"庭生这孩子倒也是重恩情的人，还特意向我打听你的身体状况，希望有朝一日能再到你身边受教。对了，他还交付了一件礼物托我带来……"萧景睿从怀里摸出一个小包，打开来一看，是个用树根雕成的小鹰，虽雕法粗糙，但十分拙朴有趣。

梅长苏就着萧景睿的手看了一眼，面露笑容，道："难为他有心。飞流就在那边古柏上，你自己去给他吧。"

"咦？"萧景睿再次奇道，"你怎么知道这礼物是送给飞流的？"

"一看就知道吧，"梅长苏不禁一笑，"他若真想送我礼物，也不会选这样的。飞流教了那些孩子两天的步法，庭生非常喜欢他，我曾经见过他们坐在一起雕这些小玩意儿的。"

"真是什么都瞒不过你。"萧景睿摇头笑了笑，回头望向梅长苏刚刚指的那株古柏，重新包起树根小鹰，身形一展，掠了过去，仰头叫道："飞流！下来看这是什么？"

原本看起来毫无异样的柏树枝叶间果然露出一张俊秀的脸，飞流睁大了眼睛向下看。

"喏，你的小朋友送来的……"萧景睿举高了手，晃了晃。

"什么？"

"下来看啊，下来看就知道了。"因为已经混熟，萧景睿也开始像个哥哥一样地逗弄起这看似冷酷，其实纯真如稚子的可爱少年。

"什么？"飞流果然被逗得有些愠怒，再次问道。

"不下来吗？那我拿走了……"萧景睿将拿包的手背在身后，作势就要离开。

下一个瞬间，飞流的双足已经落地，翻掌击来。萧景睿脚步一错，堪堪避过，同时扭腰跃起，连翻几下，径向另一个方向。要说习武这件事，招式要靠人传授，内功和熟练度要靠自己的修炼，但说到身法嘛，能被一个高手中的高手追在后面，那绝对是可以激发潜能，取得不一样的功效的。

梅长苏远远看着两人的追逐，看着萧景睿最终技输一筹，被飞流捉住抢走了小包，看着飞流拎起那只小鹰，闪身在树影间纵跃，心头油然升起一股宁静之感，面上浮起了微笑。

不过这个笑容很快就消失在了唇角。不知从何而起的压迫感慢慢侵袭了过来，他直觉般地抬起头，目光准确地投向了连廊东边的蜂腰小桥。

小桥上静静地立着一条修长的人影，因为隔得太远，面目并不清楚，唯一清楚的是，那人正在认真地看着自己。

等了一天的访客终于上门，梅长苏缓缓站了起来。雪白的狐裘围脖从他肩上滑落，寒风吹过领外裸露的肌肤，虽然没有带着那曾经熟悉的塞外风沙，却也凛冽得如刀锋一般。

看到梅长苏站起身形，那条人影也不再静立，转身步下蜂腰小桥，进入挑檐涂丹的连廊，每走近一步，映在江左盟宗主眼睛中的影子便清晰一分。

与在西郊城外时不同，夏冬此刻穿着女装，虽然仍是劲衣窄袖长靴的短打扮，但前襟的刺绣与腰间的流苏已成功调和了一些邪魅神秘的中性气质，显出几分俏丽与妩媚。只有那一头又长又顺的发丝仍以丝带简束，未戴任何钗环，乌云之间一缕苍白依然非常显目。

在梅长苏安静的凝视中，女掌镜使的脚步迈过连廊回栏。突然一个轻盈的转身，发尾飘荡，长长羽睫下寒如秋水的幽黑眼珠一凝，抬手错身，如一抹流云般飞掠而起，洒下一片掌影，而切碎这片"菩提金影"的，就是飞流静悄悄连一丝空气都未曾震动的凌空一击。

迅忽之间，已交手数招，夏冬朗笑一声，叫道："好身法！"高手比拼中，气息延续最是重要，她在飞流几乎令人窒息的攻势中还要强行赞叹出声，固然是心性高傲，却也有挑衅之意，引逗对方逞强开口，便可以本门最擅长的绵针心法寻隙攻击。

可惜的是，飞流并不是普通的对手。他自幼所学，以隐忍坚密为上，专击敌人疏忽薄弱之处。夏冬乍一出声，气息节奏便有轻微变化，如同面对刀锋的金丝网突然出现了裂缝一般，被飞流一冲而破，瞬间便将她压回了连廊以东。至于夏冬语气中的挑战意味，这孩子是半点也没有领会到。

萧景睿此时已赶回到梅长苏身边，看那两人对打激烈，不由得有些着忙，叫道："苏兄快叫飞流住手，那个人是……"

"悬镜司历代相传的武功果然霸道，"梅长苏微微一笑，语调悠然，"纵使出了差错，也能退而不败。若非琅琊阁早得皇家密令，掌镜使概不准上榜排名，只怕那十大高手间，任何时候也少不了他们的位置。"

"掌镜使概不准上榜？"萧景睿以前从来没有听说过这件事，大是惊讶，"怪不得，我还一直以为是因为他们行事隐秘，所以没有被琅琊阁得到任何战绩资料呢。"

梅长苏笑道："你也太小看琅琊阁了。不过掌镜使一向少涉江湖事务，在朝中也是隐形存在，不上榜是对的。"

"可是飞流如此武功，怎么也没有上榜呢？"

"飞流以前不出门的，明年就能上了。"梅长苏叹口气道，"要是能想办法请琅琊阁主不要排他上榜就好了，飞流还是个孩子啊……"

"这可不容易，此次飞流在京城连战高手，恐怕早就……啊！"正说到一半，萧景睿突然叫了一声，反应了过来，"既然苏兄知道她是谁，那快叫飞流停手啊！我也真是的……居然跟你聊起天来了……"

可是梅长苏却摇了摇头，口气笃定地道："让他们打吧，我不会管的。"

"苏兄……"

"飞流早已得了吩咐，不会伤人，你担心什么？"梅长苏淡淡地道，"掌镜使的武功和性情都是最让人捉摸不定的，我叫飞流住手，他会真的立即住手，要是对方突然使起了性子，岂不对飞流有害？"

萧景睿被这样一说，倒费了踌躇。梅长苏慢慢坐回到他的长椅上，拾起方才起身时滑落的长裘围好，一副意态悠闲的样子，看来确是不会管了。可自己怎么也做不到像他这样，只好叹口气，追到打斗正酣的两人身边去，高声叫道："夏冬姐姐，你先停手好吗？"

难得棋逢对手的夏冬好胜心已被激起，根本理都不理，脚下猛退一步，双袖劲风鼓起，竟已全力使出师门绝学"江自流"，抡圆双臂如画太极般划过一圈，掌影仿佛立即随之消失了似的，一股强劲气旋直卷飞流而去。少年寒冷漠然的面容上此时终于有了一丝表情，不过这丝表情无论怎么解读都不是慌乱。他飘忽的身体面对翻涌而来的劲风不仅没有丝毫试图稳定脚跟的落势，反而更加轻悠，整个人如同一片飘离树梢的枯叶一般，竟能随涡流翻卷起不可思议的姿态，双掌如鬼魅般自肋下翻出，直插入那片无色无形的掌影之中，准确地切在了夏冬的手腕之上。

一切都结束得那么突然，前一瞬间还是人影翻飞，掌风四起，下一个刹那两人已急速分开，隔着一丈远的距离对视。

夏冬的左手握在右腕之上，神情还算宁静，只是脸色略见苍白，有些轻不可闻的喘息。飞流依然是平时见惯的样子，冷漠阴寒，眼睛中毫无感情波动，硬硬地指着夏冬的足下道："站这里！可以！"

萧景睿怔怔地看看这个，再看看那个，半晌说不出话来。如果此时在他的前方有一面镜子，他一定能很清楚地在自己脸上看到两个字——震惊！

虽然早就知道飞流武功极高，虽然早就知道这个少年的身手远非自己可比，但是……但是……那个人是夏冬啊，是出师已有十几年的当朝掌镜使，是朝野江湖都屈指可数的高手啊。而这个飞流，这个心智如同孩童般，时常还会看见他恋恋依偎在哥哥膝前的少年，居然能够击败她！

比起萧景睿那根本忘了掩饰的惊讶表情，当事人夏冬自己反而要镇定淡然得多。

她先运气冲散了腕间的积瘀，又捋了捋略显零乱的长发，抿着嘴角微微一笑，道："夏冬鲁莽了，请苏先生一见。"

梅长苏的声音隔着矮矮灌木丛悠悠传来："飞流，请那位姐姐过来。"

飞流立即一仰首，指着梅长苏的方向对夏冬道："过去！"

知道他的人当然明白他一向是这个样子，但在不知道的人眼里，这个举动简直是无礼至极。萧景睿赶紧抢步上前道："夏冬姐姐勿怪，飞流一向如此简言，并无不敬之意。"

夏冬是何等眼力，停手之后细细一观察，便知飞流的异常，当下也不生气，迈步进了连廊，走到了那敞亭之上。

梅长苏已起身迎客，含笑请夏冬在小桌旁的锦墩上坐下，自己掀开旁边火炉上的铜壶顶盖，向氤氲白气间看了一眼，笑道："七分梅雪，三分清露，如今水已新开，宁饮一杯？"

"叨扰了。"夏冬安然答道。

此时飞流又已行踪杳杳，不知跳到了哪棵树上玩耍。萧景睿向来体贴敏感，知道夏冬不是那些普通好奇之人，此来自然有因，所以不愿有碍其中，说了声外厢约了朋友，便告辞离开。故而这敞亭之上，现在只有二人。

过水温了紫砂茶具，梅长苏以木勺舀出适量茶叶置于茶盅底部，将沸水缓缓注入至九分满，吸去茶沫，撇了初道，再泡，停少时，双手奉与客人。夏冬也双手接过，慢嗅茶香，轻轻啜饮了一口，略一停舌，咽下后齿喉回甘，微微合目细品，半响无语，倒像真的只是来应邀喝茶的一般。

她不说话，梅长苏也不开言，浅笑着捧杯陪饮。热茶蒸晕之下，他原本过于苍白的面颊有了一丝朱润，看起来倒也算得上气质闲淡，风度清雅。夏冬凝目看了他半响，方轻声叹息道："我有一言坦诚相告，先生勿怪。"

"夏大人不必客气，"梅长苏以敬称呼之，语调谦和，"有什么话，但讲不妨。"

"先生确实是极出色的人物，我自知现在尚看你不透。不过……无论先生到底是哪种人，想来也逃不过两者之一。"

"哦，"梅长苏微笑，"愿闻其详。"

"你或是琴韵茶香的风雅才子，或是城府万钧的谋策之士。可无论是哪一种，都不是适合霓凰郡主的类型。"

梅长苏仍是笑容未改，温言道："莫非夏大人今天来，是听了什么传言，以为苏某是郡主选定的未来夫婿，所以要事先品察一下？"

夏冬一笑："目的倒确实是这个目的，但却并非是听了传言。"

"哦？"

"我与霓凰郡主相识多年，她的性情脾气也算知道几分。若无特殊原因，就算你是陛下和皇子们面前再红的红人，她也不会对你这般礼遇。"夏冬说到这里，眸中突闪寒意："但对于郡主的诸般优待，先生的回应却令人失望，可以说是从来未曾投桃报李，令我着实不解。穆府中也有人与我有同样的感觉，觉得先生未免过于倨傲，不够殷勤。"

梅长苏的面上浮起一层苦笑，举起手中茶杯又饮了一口，方缓缓道："夏大人……苏某也不妨直言，你实在是错了。"

"错了？"

"郡主绝世风采，气度凌云。苏某不聋不瞎，岂无景慕之心？只不过……一来病躯虚弱，年寿难永，之所以至今没有娶妻，就是不愿带累人家女儿，何况郡主？二来嘛，就算苏某有意，郡主只怕也无心。正如夏大人适才所说的，苏某不管是哪种类型，都不适合郡主。这一点夏大人知道，郡主自己又岂会不知？她心里装得下的人，必当是个义烈汉子，豪气男儿，可与她同上沙场，并肩御敌，又怎会像苏某这般萎靡懒散，无半分英气？"

"可是霓凰明明……"

"霓凰郡主待苏某确实非常礼遇，不过这个中缘由，却并非如各位想象的那样。"梅长苏放下茶杯，舒展着手指在火中烤了烤，"夏大人身为掌镜使，手段非凡，想必已对苏某的来龙去脉查了个一清二楚吧？"

夏冬坦然点头道："没错。江左盟宗主如此年轻，还让我稍稍吃了一惊呢。"

梅长苏看着自己在清冷空气中呼出的白雾，目光悠悠，曼声道："我这个身份，郡主也知道。她之所以青眼相看苏某，不为别的，就是因为这个。"

夏冬挑了挑眉，眸中闪过一抹不解："江左盟虽是天下第一大帮，有些来头，但说句不怕你恼的话，那到底不过是江湖门派。郡主乃清贵之身，统率的是十万铁骑，你这个身份镇得住她？"

梅长苏慢慢坐起身，自袖内拈出几块香饼，丢入旁边紫鼎里焚熏，又拿出怀中一直偎抱着的暖炉，揭开炉盖，用小火钳夹了几块红炭进去换了，重新紧紧抱住，在长椅上换了个更舒服的姿势，方笑着道："虽天色阴沉，但围炉焚香，又有清茶在手,也不失为一件乐事。夏大人若无要紧的急事,可愿在这敞亭之上,听苏某讲一个故事?"

夏冬的视线停留在梅长苏素淡的容颜上,良久后方才缓缓收回到下垂的羽睫中。今天来宁国侯府前,她曾经想象过这位苏哲是什么样的人,可真正见到了以后,才发现他远比传言和想象中更加的深沉。

"既然苏先生有此余暇,夏冬自当洗耳恭听。"

梅长苏向她微微点了点头,侧过脸,将目光从他唯一的听众脸上移开,投向晦暗昏黄的天际,不疾不徐地道:"话说某国某朝,有一藩王,手握雄兵驻守边境,一向深得皇宠,信任备至。有一年这位藩王携女进京,小郡主被留在宫中,认识了很多皇室宗亲族中的孩子。其中有一位是朝中大元帅的独子,年长她两岁,最是活泼淘气,骄纵张扬,两人经常在一起嬉闹。太皇太后见他们两小无猜,便做主为他们定下了亲事。虽然藩府和元帅府并无深交,但毕竟门当户对,两家都没有异议。谁知定亲后只过了一年,大元帅便卷入了一场逆案之中,父子俱亡。虽然藩王远戍边陲,与该案无涉,但终究难免因这儿女姻亲之故,受了牵累。皇帝对他有了疑虑之心,兵粮诸事,都不像以前一样得心应手,磨损了两年,麾下战力自然受了影响。此时邻国突兴强兵犯境,致使一战不胜,二战殒身,留下孤女弱儿,无主将,尽皆哀哀无依。其时援兵未到,情势危急,年方十七岁的小郡主重孝上阵,替父领兵,一番浴血苦战,竟被她稳住了城防。夏大人,你说这小郡主,是不是一位当世的奇女子?"

夏冬眸色幽深,轻叹无语。眼前似乎又看到了当时自己随援军南下时,于城墙之上见到的那个身披素甲、面色坚毅的少女。纵然年长她有十岁,纵然多年悬镜生涯遍阅世情,但在那次共经艰险之后,自己对于这个不屈弱女的感觉,竟只有"敬重"二字。若不是心头刀割般的血仇之痛阻在其间,掌镜使夏冬与霓凰郡主两位英气女子之间的友情,应该半点也不会逊色于那些生死相交的义烈男儿。

梅长苏只略略瞟了一眼她的表情,又接着道:"急危虽解,但局势犹然未稳。郡主一战立威,藩府铁骑,尽皆俯首。朝廷找不出比她更合适的人选,便许她暂领藩镇军政之权。而这一暂领,便是十年的漫长岁月。多少次兵危险境她独自支撑,众人只看到她统领雄兵的赫赫威势,谁又能体味她心中的艰苦与压力。甚至很多人都不知道,就在两年前,她还遇到过一次几乎已无力挽回的危局。"

听到此处,夏冬不禁悚然动容:"有这种事,未闻廷报啊?"

梅长苏以目光示意她少安,仍是保持着原先的语速:"郡主的麾下,善野战,善攻防，确是威猛之师，但却有一个至弱之处，那便是水战。"

夏冬是比较了解云南骑军的，不由自主地点了点头，显然十分同意。

"那次危局，便是由于邻国有位高人，制定了极为狠辣的水攻之策所致。先以突袭之计，强力夺得河道渡口，以巨舰为营，小舰为刃，河道为路，一应供给，竟全从水上输送，浩浩水军沿河直冲腹地而去。虽是兵行险着，竟有了奇效。郡主若全力攻打渡口，敌方水军便乘虚上岸为乱，若在水面上攻击敌军，又是以己之短攻敌之长，彼时麾下诸多将才，竟无破敌之法。身为一军主帅，郡主那时的忧煎之心，可想而知。"说到这里，他咳嗽了几声，停下来喝茶。

"后来怎样了？"夏冬正听得出神，见他停顿，忍不住出言追问。

"正在危难关头，营中来了一个年轻人，自荐最擅水战，请求入营供职。郡主慧眼识人，破格录用。那人果然未有半字吹嘘，确是个水军奇才。经过半月筹谋，他亲上战阵，一举破敌。战后奏报朝廷捷讯，郡主本想报他首功，请旨嘉奖，但此人不知为了何故，却坚持不让郡主将他的姓名上报请赏。"

"哦？"夏冬一怔，"血战的功劳他都不要，这倒奇了。"

"也许此人无心官场吧。"梅长苏淡淡地答了一句，又道："其后半年，这个年轻人一直留在郡主营中，为她重新打造操练水军，以补往前之漏。此人性情爽阔，人品不凡，又极是风趣，两人年貌相当，相处的时日一久，自然不免各有好感，只是时机屡屡不当，总是未得彼此表白，让人有些遗憾。"

夏冬听到此处，细细一想，心头不由得大怒。既然各有好感，那么此次郡主公开对外择婿，对那人而言就当是一个得偿心愿的大好机会，显然此人并未出现，只怕已有负心之嫌。她一向是个爱打抱不平的人，何况事关郡主，焉能不怒？立即振衣而起，面容紧绷地问道："此人是谁？现在何处？"

梅长苏并没有直接回答她的问话，半低着头，仍是不紧不慢地讲着他的故事，只是语调渐渐低沉："半年后的一天，那年轻人突然不辞而别，只留下一封简函给郡主，上面写着'盟内见召，奉命返程'的话。郡主气恼他这般决绝而去，撕了书函，令人不许追赶。但她的弟弟却不甘心，派了高手一路追查，谁知那人的行踪进入涂州后，便如同泥牛入海般，消失得干干净净，再无半点追踪的线索。"

夏冬是何等敏锐之人，立即抓住了要点道："涂州已属江左范围，整整十四州，除了江左盟之外，何时还有第二个帮派？"

梅长苏既没承认，也不否认，仍是道："自那之后又过了一年，藩府中仍未查出年轻人一丝消息。郡主虽默默无言，但府中众人都觉此人凉薄，十分不谅解。此时适逢郡主幼弟成年，入京袭爵，朝廷有意公开为郡主择婿，事先征求她的意见。大家都以为依郡主高傲的性情，不大会接受这种公开挑选的方式，没想到她只略加几个附加条件后，竟然应允了。"

夏冬触动情肠，心中哀凄，不禁叹了一口气，容色寞寞道："女子痴情，总是胜过男子。她虽然外表看来无恙，但其实心中，终究还是盼着那年轻人趁这个机会前来应选吧……"

梅长苏垂首不答，眸中一片苍凉。故事到此，只算发展到一半，只是不知道那未来的结局，将会向何方而去？

第十三章 荒园疑骸

在两人叙谈的过程中,天边阴沉的云脚已越压越低,冬至欲雪,晚来风急。夏冬放下茶杯,站起来走到亭边眺望远方。在满天晦雾乌云映衬下,她高挑修长的身形愈发显得柔韧有力,邪魅俊美的面容上毫无表情,仿佛正在沉思,又仿佛只在呼吸吐纳,什么都没有想。然而暴风雨前的宁静总是短暂的,仅仅片刻之后,她便深吸一口气,霍然回身,目光耀如烈焰,直卷梅长苏而去,口中语气更是凌厉至极:"你既知这个故事,那么当可告诉我,既然相爱,他为何不来?!"

"为何不来?"梅长苏惨然一笑,面色如雪,慢慢闭上了眼睛,自言自语道,"这话你可以问我……可是我……我却怎能问他?"

既然相爱,为何不来?为何不来?

就因为有一个早已坠入地狱的人还活在这世上,所以他只能挣扎痛苦,左右煎熬。

对那人来说,男女相爱的恋情,固然是纯美如水,但兄弟之间的情谊,又何尝不是如同金玉一般。纵然是世上最潇洒疏阔、不拘世俗之人,终难免会有些执念,不愿有半分愧对朋友。

只不过情之一字,历来无计回避,表面上一如既往地谈笑不羁,掩盖不住他内心的黯然神伤。就如同当时在迎凤楼中,郡主看着自己这个江左盟宗主,许多话涌到唇边,欲问难问时的痛苦一样,那是再怎样平静坚强的面具也无法掩饰的内心情感。

当初遣派那人前去相助霓凰时,并未曾预料到这个结局。但如今面对这样两颗澄如冰雪的真心,自己又岂能胸怀迂腐之念,成为其间的阻碍?林殊本已命运多舛,只为少年时无关情爱的婚约,就已带累霓凰多年。如今奄奄病体,苟存性命,前途多艰,更是再无半分余力牵扯儿女之情……

所以今日备茶待客，等来了夏冬，终究是要了此心事。

"夏大人，"梅长苏再次睁开双眸时，眼睛里已只有宁和与温情，他柔柔地凝望着夏冬，声音平稳而又安详，"苏某与郡主交情不深，有些话不好当面言讲，故而今日借茶留客，将这故事讲给大人听，就是想请大人替苏某转言：虽然郡主一直犹豫不决，没有直接向我询问关于那人的隐情，但我知道她心里的疑惑是什么。那人确在我江左盟中，以前我不太明了郡主的心意，生怕其间有什么误会，对他不愿多加追问。但自从与郡主相识之后，该看清楚的事情我已然看得清楚。因此请郡主放心，那人的心意绝不会比郡主略薄半分，只是目前还有些事务缠身，暂时不能入京。郡主如果信得过苏某，还请再多给他一些时间为谢。"

夏冬听了这番话后，一时并没有急着反应，而是细细琢磨了半响，方皱着眉道："男子汉大丈夫当干脆一些，爱就是爱，不爱就不爱，有什么了不起的事务，缠得他来不成金陵一趟？"

梅长苏并不多加解释，只淡淡地说了一句："江湖中人，身不由己，请夏大人见谅。"

夏冬冷冷地"哼"一声，但终究还是道："此事既然与郡主相关，你又如此坦诚相告，我替你跑这一趟腿也不妨。不过你也转告那个小子，来日见了他，我夏冬这关不是那么好过的。"

梅长苏微笑道："郡主有夏大人这样的好朋友，真是难得。"

听得此言，夏冬眸色突转冰寒，冷冷地道："她现在还不是我的朋友，等她出嫁之后，我才肯承认这'朋友'二字。"

"是吗？"梅长苏似对这句话毫不在意，随口道，"因为当年那桩早已失效的婚约吗？郡主一日不另嫁，她就一日是林家的人。而对于夏大人来说，林家人就是你不共戴天的仇人吧？"

这句话似是无意说出，但听在夏冬耳中，却令她全身一僵，眼睫剧烈颤动了一下。她并不是奇怪梅长苏知道这件事。这桩当年旧案虽然被朝廷刻意淡化，但那毕竟是一桩牵连了成千上万人的大事，以江左盟第一大帮的实力，只要有心调查，自然不难查出来。真正令她震悚惊讶的是自己听到这句话时的感觉，是心中突然涌上来那股难以抑制的情感的洪流。

尽管事情已过去十二年多，尽管已可以不在午夜梦回时心颤落泪，但多年的修炼平复，竟未曾带来丝毫真正的痊愈。那个清雅书生简简单单的"林家"二字，就可以猛然勾起心中的滴血痛楚和刻骨仇恨，宛如乌丝间那一缕白发，永远那么鲜明醒目，随时随地都无法漠视。

梅长苏将目光从夏冬的身上移开，似是不忍见到她猝然间显露出的脆弱一面。身为掌镜使的夏冬，自然是强者中的强者，可是剥开她傲人的身份与坚强的面具，她仍然是那场惨剧所遗留下来的千千万万悲愤孤孀中的一个。

犹记得初嫁时的她，青春美丽，生气勃勃，刚掀过盖头就不拘俗礼走出新房为丈夫挡酒。明月红烛下的一双璧人，一个是赤焰军中名将，一个是悬镜门下高徒，堂上师长含笑祝福，军中兄弟团团庆贺，从此便是花朝月夕，相持相扶。本以为幸福可得长久，又谁知七年恩爱，回首成灰，仿佛古道边刚遥望过那两人依依惜别，再相见她已是十二年的未亡人。

幸而她是夏冬，掌镜使的职责和坚忍的心志支撑她抗过了那次打击，同门兄弟面前也未曾轻露悲伤；不幸她是夏冬，一团混乱中人人都因为她的坚强而疏忽放心，直到某一天突然发现她鬓添白发、眸色如冰时，才陡然惊觉她心中的积愤与哀戚。

也许只有霓凰郡主稍稍体会到了一点夏冬的心境，被迫快速成熟起来的那个少女，本是世上最高傲与强势的女子，却在最初与夏冬相处的那段时间内诸般忍让她的挑衅与刁难，即使是在两人并肩御敌，已结成深厚友情之后，仍然默默地承受了她"你一日不嫁，就一日不是我的朋友"这样冰冷的宣言。

但是梅长苏心中明白，这世上若有人敢对霓凰郡主不利，第一个站出来的人一定是夏冬。无论她嫁或不嫁，无论她名义上还是不是林家的人，她都是夏冬最亲近的朋友。

因为在战场上结下的情谊，是世上最不容易变质的情谊。

"苏先生，"片刻静默后，夏冬抑制住了自己激动的心情，冷冷问道，"你到京城来究竟是为了什么？"

梅长苏莞尔道："怎么，掌镜使大人连这个都没查出来？"

夏冬冷冷地"哼"一声，道："我知道关于麒麟才子的说法，也知道你胸怀大志，迟早要择主而事。但我不明白的是，就算你要参与太子和誉王之争，也没必要把过去那么久的事情也查得如此清楚吧？"

梅长苏丝毫不在意她冷冽的态度，仍是微笑道："现在的每一分时光，都是从过去延续而来的，不查清楚过去，又怎么知道现在应该做什么，不应做什么？无论是再久远的过去，种下什么因，终有什么果。悬镜司一向行事力图公正，不也是怀有这个信念吗？"

"过去的事自然都有它的意义，我只是想不通它们与你何干？"夏冬目光如炬，灼灼地射在梅长苏的脸上，"难道十二年前的那桩旧案，竟会影响如今太子、誉王相争的朝局吗？"

"只要有牵连，就或多或少会带来影响。莫非夏大人认为他们与当年的事毫不相关吗？"梅长苏淡淡地反问。

女掌镜使沉吟了一下，道："是，我承认他们当时推波助澜，加速了祁王的灭亡。但若不是祁王自己心怀狼子野心，图谋大逆，若不是赤焰军助纣为虐，行事卑污，又何至于有后面罪有应得的结果？"

梅长苏面不改色，但牙根已暗暗咬紧，半响后方吐出一口气，道："我想……这就是你和靖王殿下一直避不见面的原因吧？"

夏冬神色一凝，深深地看了他一眼，沉声问道："先生此话何意？"

"夏大人一直对朝廷关于祁王逆案的结论深信不疑，而靖王却自始至终为祁王力辩，若非皇帝陛下仁慈，又已查实他只是惑于兄弟之情，确与逆案无涉，只怕他早已牵连入罪。不过饶是如此，他依然受了谪贬压制，十年多的野战功勋，竟争不到一个亲王的封号，以至于太子和誉王都不把他放在眼里。你们二人观点相反，一旦见面，不提此事倒罢，如果不小心提起，总难免会有冲突。所以竟是能不见面就不见面的好。"梅长苏直视着夏冬的眼睛，"苏某猜得可对？"

夏冬定定地看着他，目光似在审视，又似别无他意，但终究没有否认，淡淡地道："靖王殿下是皇子，夏冬能不招惹就不招惹而已。他非要罔顾事实，心中偏向叛逆，陛下都宽大为怀了，夏冬又能拿他怎么样？"

梅长苏一面欠身重新为她添续热茶，一面道："看来夏大人认为，一定是靖王错了？"

"当然是靖王错了。"夏冬的视线坚定如铁，"苏先生既然刻意调查过这段旧事，当知祁王逆案是由何人所查？"

梅长苏的唇角不为人察知地暗暗抿紧了一下，转过头来，仍是一派清风般雅素的神色，笑道："这个谁都知道吧，就是本代掌镜使首尊，令师夏江夏大师啊。"

提起夏江的名字，夏冬眸中立露恭肃之意，语气更是前所未有的笃定："家师自出道以来，辅佐陛下，受皇命查案无数，迄今无一差错。苏先生若是再敢语带质疑，夏冬必视为对家师不敬。"

"苏某不敢，"梅长苏摊开双手一笑，"夏首尊坐镇悬镜司，铁面公正，人所俱敬，苏某何等小子，岂敢擅加质疑？不过是聊着聊着，突然想起靖王，就聊到这里了。还请夏大人勿怪。"

"苏先生是国士，怎么会对一向远离朝局的靖王突然感起兴趣来了？"

梅长苏眼珠轻转了一下，道："在夏大人面前，明人不说暗话。像靖王这样武功高，能领兵，又对嫡位没有威胁的皇子，无论谁能把他拉到旗下，都会是一个强助吧？"

夏冬怔怔地看了他一阵，突然仰天大笑，笑得眼泪都快出来了。

"怎么，苏某的话很好笑吗？"

"不好笑吗？"夏冬轻轻拭去眼角的泪花，重新坐正身体，"纵然你身负麒麟之才，有制衡天下之能；纵然你手掌天下第一大帮，身边耳目无数。可惜你查得清前尘旧事，枝枝蔓蔓，终究也不能查清人心。"

"不尽然吧？靖王被陛下压制，母妃在宫中又无特殊恩宠，他纵不想再添尊华，为了日后打算，也该趁着现在有用武之地时早下决断。若是就这样袖手旁观，等将来尘埃落定，只怕就再无出头之日了。"

夏冬冷笑一声道："果然是谋士之言，只论形势利弊，不论人心。我别的不敢说，只敢在此断言，无论你将来辅佐的主君是太子还是誉王，你都永远没有办法将靖王收至他们中任何一人的旗下。"

"哦？"梅长苏微微一笑道，"夏大人竟如此肯定？殊不知情势在变，人心自然也会变，靖王多年郁郁不得志，若有好的机会，只怕也不会平白放过吧？"

夏冬略略撇了一下嘴角，转过头去，似是不愿再谈这个话题。虽然她不忿靖王萧景琰多年来一直固执冥顽，但最起码他对长兄祁王和好友林殊的情意是极为真挚深沉的，从未曾因为怕受牵连而力图划清界限。这让夏冬在心中对他保有了一丝敬意，因此对苏哲冰冷的揣测微生反感，不再搭言。

可是梅长苏的胸口却因为她的反应而柔柔一暖。虽然他刚才说那番话的目的，只不过是为了误导这位掌镜使，让她以为自己日后与靖王的所有交往都是为了拉拢和算计，从而不会多加关注。可看到立场明明是在祁王与林氏对立面的夏冬，对于靖王这些年的所作所为都不忍口出恶言，心中自然还是免不了一阵感动。

萧景琰十来年坚持隐忍，无论面对再多的不公与薄待，他也不愿软下背脊，主动为了当初的立场向父皇屈膝请罪。他是在军中素有威望的大将军，只要略加表示，太子和誉王都会十分愿意收纳他成为羽翼；他是战功累累、靖边有功的成年皇子，只要俯身低头软言忏悔，皇帝也必不至于硬着心肠多年冷淡，有功不赏。然而这一切看似容易的举动他一样也没有，他只是默默地接受一道道的诏命，奔波于各个战场之间，偶有闲暇，大部分时间也只在自己的王府与城外军营两处盘桓，远离皇权中心，甘于不被朝野重视，只为了心中一点孤愤，恨恨难平。

然而也正是这样的靖王景琰，才是昔日赤焰少帅的至交好友，才是今日梅长苏准备鼎力扶持的未来主君。

江左盟宗主平静而又深沉的目光扫过昏暗欲雪的天际，看着那一片乌沉沉厚实暮云中细细的一条亮线。为了靖王，要拉拢一切可以借助的力量，云南穆府本就无须多费心，而现今最重要的，当是掌镜使夏冬。

当年笑傲群雄的赤焰前锋大将聂锋，因主帅恶意驱派入死地，全军被围，尸骨不全。这个结论是所有聂部遗属们心头的一根刺，更是夏冬仇恨的来源。执手送别的英俊檀郎，归来竟是零碎残躯，半边血袍。纵然师门威名赫赫，纵然掌镜使身份众人敬畏，也难抵她年年坟前孑然孤立，凭肩再无画眉之人。如此撕心之痛，切骨之仇，却叫她如何不怨，如何不恨？

"听说夏大人在京郊外曾经遇袭？"梅长苏知道夏冬的事要徐缓图之，笑着提起另一个话题，"景睿那日回来身上带伤，侯府里上上下下都吓了好大一跳，长公主命人请医敷药，可算是闹得鸡犬不宁……不知大人的伤好些没有？"

"男孩子受点伤算什么？长公主也太娇惯孩子了。"夏冬毫不在意地道，"我的伤不重，早就好了，有劳先生过问。"

"可是新伤初愈，行动之间总有关碍。方才我家飞流无礼，还请见谅。"

提起飞流，夏冬眸中掠过一抹武者的热芒，道："令护卫果然名不虚传，我今日落败，倒也心服口服。不过请他也不要松懈，我悬镜门向来败而不馁，夏冬日后勤加修习，还要来再行讨教的。"

梅长苏微笑不语，浑似毫不担心。飞流因心智所限，反而心无旁骛，玩的时候也练功，练功对他来说就是玩，加之武学资质上佳，一般人就算再多一倍勤谨，也难追上他的速度。

夏冬饮毕杯中余茶，放回桌上，站起身道："今日叨扰了。先生所托，必尽力而为。日后你想做什么，也都是你自己的事。不过夏冬还是要先行警告一句，先生纵有通天手腕,也请莫触法网,莫逆圣意。否则悬镜司堂上明镜,堂下利剑,只怕容不得先生。"

"夏大人良言,自当谨记。"梅长苏起身相送,笑意晏晏,"大人如此殷殷嘱咐,苏某敢不投桃报李?所以在下也有一句警言相送:忠未必忠,奸未必奸,想来既是朝中显贵,又可通达江湖,毫无痕迹地驱策死士杀手者,能有几人?"

夏冬心头一震,霍然回过头来,却见对方容色清淡,神情安宁,就仿佛刚才所说的,只是一句家常絮语而已。

面对她质询的目光,梅长苏却丝毫没有再多加解释的意思,青衫微扬,移步在前引路送客,口中轻飘飘说着"请大人慢走",已是真正的套言闲语。

多年的掌镜使生涯使得夏冬很快领会到他的意思,只看一眼,见对方无意深谈,便也移开目光,不再追问。

因为职位的特性,掌镜使的行动一向低调隐秘,夏冬回京之后也并无张扬。但对于有心人而言,却也不难探知她的行动。不过对于明里暗里的诸多双眼睛,夏冬并没有刻意保持神秘,皇宫、宁国侯府、穆氏的京宅,她在公开出入了这三个地方之后,便深居简出,一直待在悬镜司的府衙之内。

可是令朝野意外的是,预想中将随着夏冬回京而引发的"侵地案"风暴并没有立即炸响,然而这种山雨欲来风满楼的感觉更是令人难熬,庆国公柏业早已告病在家,而且据太医透露,他这可不是在装病。

另一件众人意料中的事也没有发生,被谣传内定为郡马的那个人依然在宁国侯府中当着客卿,皇帝赐了他两幅墨宝,宣他入宫抚琴饮茶一次,但婚讯却半点风声也没有。倒是霓凰郡主在夏冬拜访后的第二天派人递了封信给他,也不知这些人葫芦里卖的到底是什么药。

闭门思过的太子表现极为良好,虽然因为真实原因被掩盖的缘故,他不便公开向郡主道歉,但太子东宫的人出门遇到穆王府的人都会侧身礼让,姿态放得之低令人咋舌,反而让一团火气的穆家人挑不起刺儿来,双方的关系也由此未能公开恶化。越贵妃被降级之后更是苦情戏做足,迅速的衰老与憔悴令皇帝心中渐生怜惜,怒气已不如当初之盛。

就在这样凝滞沉闷的局势下,已成为京都名人的苏哲却悠悠然地挑了一个风和日丽的日子,邀请几个年轻朋友跟他一起出了门。

斑驳的白壁，破损的粉檐，时不时出现一处缺口的女儿墙，墙面上爬满了毫无章法疯长的紫藤、爬山虎和野蔷薇的枯茎。四顾所及，唯有满目衰草，半枯荷塘，随处可见颓倒的假山山石和结遍蛛丝的长廊。只有那顺着坡地起伏筑起的外墙，仍然牢固地圈着这所已久不见人气的小小庄园。

可是就在这片干枯杂乱的荒草中间，却极不协调地站着几个华衣美服之人，全都东张西望，仿佛在欣赏四周衰败的风景。

"如果不是抬头可以看见崇音塔的塔尖，我真不知道自己到了什么地方……"说话的这人是在冬天里也要耍帅地拿着把扇子的国舅府大少爷，"没想到金陵城中还有这么荒凉的地方，苏兄你是怎么找到这儿来的？"

"我也不是自己找的，"答话的青衫人面带苦笑，"我只是托了一家商行，说要在城里买所园子，那家老板就荐了这里，说是极好……"

"极好……"谢弼像是回音壁般地重复了一遍这两个字，呆呆地将视线定在不远处半塌的花台上。

"他说极好你就信了？也不看看地方就付钱了？江左盟已经富成这样子了？"言豫津用三阶式的问法，明显地表示着自己不以为然的观点。

"我……我派了飞流来看过，他也说极好……"

"极好……"回音壁再次幽幽响起，飞流的身影像是在配合他一般，刷地从前面一闪而过，消失在东倒西歪如迷阵般的假山群中，看来正玩在兴头上。

言豫津双手抱胸，歪着头看着眼前这个文秀的男子。托商行买园子，只派了个孩子来看一眼就付款，这便是麒麟才子的做派？果然与众不同……

"其实这里也不算太糟啦，"梅长苏笑道，"至少地段很好，大小也合适，好些年没人住，荒废成这样也不奇怪。只不过要请人再好好修葺一下罢了，收拾出来应该很漂亮的，再说飞流也喜欢，不过多费些时间罢了。"

言豫津慢慢用扇子敲打着自己另一只手的掌心，闲闲踱步四处走动，好像是想把这园子再看清楚些。可只走了十来步，突然"啊"的一声，人就不见了。

旁边的人都吓下了一大跳，一齐向活人神秘失踪之处奔了过来。萧景睿身手最好，自然是第一个赶到，口中同时大叫着："豫津！豫津！"

"这里……"一个闷闷的声音从地底下传出，"拉我一把……"

被萧景睿抓着手腕从地下重新拔出来后，国舅公子华贵的漂亮衣袍上已沾满了黑黑的尘土和枯黄的草屑。萧景睿用手帮他前后扑打着，扑出漫天的粉尘。

"是口枯井啊，看着阴森森的……"谢弼小心翼翼地扒开漫过井口的荒草向下张望，"井台全都塌了，难怪你没注意到……"

"幸好我身手不凡，及时抓住了沿口。"言豫津扒拉着头发里的草茎，脸拉得长长的，"真是倒霉死了！"

萧景睿却笑道："幸好掉下去的人是你，若是苏兄，他一定什么都抓不住，直接到底。"

言豫津咬牙看着自己最好的朋友，就像看着一只白眼狼一样，恨恨地道："什么叫幸好掉下去的是我？我掉下去你很开心吗……"

梅长苏也过来帮着他整理周身，温言问道："人伤着没有？"

"不会，像我这样的高手，哪有这么容易伤着？"言豫津呵呵一笑，满不在乎地挥了挥手。

"那是，"谢弼一本正经地点头同意，"他很擅长抓住什么东西吊在半空，以前在树人院里经常看见他这么吊着……"

飞流不知什么时候也到达了现场，眼睛睁得大大地瞧着全身脏兮兮的言豫津，看得他全身不对劲儿，自我感觉更加狼狈。

"荒园中不知哪里会有危险，大家出去时还是走在石板路上的好。"萧景睿叮嘱了一句，又回头看了梅长苏一眼："苏兄，你踩着我们的步子走。"

"你也太小心了，"谢弼嘲笑道，"再荒败的园子也只是个园子而已，哪有处处是井的？"

"小心无大过，"梅长苏笑着替萧景睿辩护道，"方才草虽然密，但若是豫津小心些，也不一定会失足。这里被草掩着，高低不平，的确该回到主路上去才是。"

年长的人说话分量就是不一样，众人听从他的建议，一起回到了主路上，漫步走完刚才没有走到的地方。可再怎么逛，也不过到处都是一样的荒凉。园子不大，很快就到了后角门，两扇门板居然是关着的，用一把锈迹斑斑的铁锁锁着。除了飞流，没有人想要重新穿园走回去，于是走在最前面的谢弼便伸手拉门，谁知一拉之下，整面门板齐齐脱落。

"天哪，烂成这样，大概只有那几间青砖房子还是好的吧？"言豫津摇头道，"简直无一处不需要修的……"

"那房子的门窗怕也要换，纵然没朽，也实在过于脏污了。"谢弼也道，"苏兄是什么人，怎么能住这样简陋的园子？听说东城有个不错的……"

"算了，"梅长苏微笑着截断他的话，"钱也付了，还说什么？就像豫津说的，我们江左盟还没富到那样子，可以在京都城内买几个园子来空放着。"

谢弼忙道："东城的园子不需要钱，殿下说……"

"谢弼，"萧景睿有些厌烦地道，"这些事苏兄自己会打算的，你说那么多做什么？"

谢弼心头微恼，正要还嘴，梅长苏已插到两人中间，玩笑道："这园子再不好，既然买了，我无论如何也得住，要不盟里的弟兄们该骂我乱花钱了。你们也不忍看我挨骂吧？"嘴里说着，心中却在暗暗思忖谢弼方才所说的殿下，到底是哪个殿下。

"这园子要修得能住人，只怕要一个多月呢。"萧景睿环顾了一下四周，又问："苏兄真的……非要搬出来住吗？"

"看来要在京城多停留一阵子了，总在府上叨扰，我也不安稳。"梅长苏凝望过来的目光很是温和，但说出的话却又异常客气。

"雪庐是客院，又不会干扰到主屋，有什么好叨扰的？"

梅长苏淡淡一笑："我知道侯爷和长公主不会计较，但总有些不方便……"

这句话虽然说得简单，但语中深意自存。在场的都不是笨人，想到他将来迟早是某一宫的重要幕僚，自然知道不方便在哪里，一时间不由得全体默然无言。

"搬出来住也好，反正又不远。对我来说，到此处看望苏兄反倒比去谢府更加方便。"半晌后，言豫津一声朗笑打破了沉闷的气氛，"不过这里虽然不大，到底是一整所园子，单你和飞流住怎么成？还该添些婢仆护卫才是。"

"我素来不喜被人贴身侍候，飞流也一直是自己照顾自己。不过洒扫庭院的粗婢男仆倒确要雇几个，这也不是什么难事……至于护卫嘛，一来有飞流，二来还有几个朋友在京城驻留，可以请来客居。"

言豫津突然想起护送他入京那四个高手还没有走，心中顿时明白，不再说什么，低头又掸了掸未能拍净的衣襟。谁知才掸了两下，他的手便突然僵住。

"怎么了？"梅长苏立即察觉有异，忙问道。

"不见了……"

"什么不见了？"

"我的翠月珏……"

"啊？"萧景睿与谢弼都知道翠月珏对言豫津而言有多珍贵，齐齐抢上前一步，

"你会不会没带出来？"

"翠月珏是镶在这腰带上的，腰带还在腰上，怎么会没把它带出来？去找你们前我还摸过它……"言豫津说着说着，脸色已有些发白。

梅长苏虽不知他们说的是何宝物，但看众人神情，也知非同一般，忙道："一定是脱落了。我们赶紧沿着你今天出来走过的地方找一遍，只怕还能找着。"

"对对，"萧景睿附和着，拍拍好友背心劝抚，"今天找不着也不打紧，重赏悬寻，一定找得回来。"

言豫津心中忧急，不愿多说，回身跨过那架被扯倒在地的后门，重新进入荒园之中，沿路拨草翻石，仔细寻找。

梅长苏小声向萧景睿询问了翠月珏的大致样子后，三个人也挽袖躬身，帮着一起查寻起来。飞流挂在一处高高的树枝上晃来晃去，好奇地看着底下这一幕他不能理解的画面。

这一趟荒园返程要比来时多花了近半个时辰的时间，凡是印象中踏足过的地方统统被翻了个底儿朝天，垃圾倒是翻出了一堆，却没有半点翠月珏的影子。

最后，大家直起已有些酸痛的腰，目光同时投向了一个地方。

那口荒草间坍塌的枯井。

"不会这么巧吧？"谢弼有些惴惴不安地道，"要掉进这井里面可不太好找，就算已经没水，只怕也有很厚的一层淤泥……"

萧景睿皱了皱眉，用手肘顶了二弟一下，转身笑着拍拍言豫津的肩膀，用轻松的口气道："一口枯井而已，有什么打紧的，我这就下去，一定给你找出来！"

"我自己下去吧。"言豫津明白他的好意，回了一个微笑，"反正我的衣服已经弄脏了，何必再把你拖下水……"

"去，"萧景睿半真半假地给了他一拳，"衣服算什么？下面黑，我晚上的视力比你好，再说你大少爷不是最怕蛇吗？这草深湿泥之地，最多的就是蛇了……"

话音刚落，他就接收到来自弟弟和好友的四道鄙视目光。正有些摸不着头脑，梅长苏在旁轻声道："景睿，现在是冬天，蛇是要冬眠的……"

"别理他了。"谢弼白了哥哥一眼，"我去找根绳子来，不管谁下去，都要捆牢了才行。"说着转身要走，却被梅长苏拦了下来。

"飞流已经去找了，他动作比较快……"刚解释了一句，少年的身影就已快速掠了过来，手上果然拿着一卷粗实的麻绳。

萧景睿抢先伸手抓了过来，将其中的一头拴在自己腰上。言豫津知道自己一到了暗处就跟个瞎子一样看不见，也没有客气，只是伸手帮他检查绳结是否打得牢靠，口中轻声说了一句："要小心。"

"嗯。"萧景睿口中答应着，回头看见梅长苏蹲在地上拔枯草，不由得奇怪地问道："苏兄，你在干什么？"

"拿干草和木棍做个小火把，你一起带下去。"

"不用了，我晚上看东西也清清楚楚的，他们都说我像个猫头鹰呢。"

梅长苏扑哧一笑，摇头道："不是给你照明用的，这井看起来不浅，而且井口被野草遮盖，气流一定不畅，下面必是污气浑浊，如果你下去后火把不能继续燃烧，人就不可以久待，否则很容易窒息的。"

言、谢二人吓了一跳，忙一起蹲下来帮着拔草，很快简易火把就已扎好。梅长苏从飞流的身上摸出一副小巧的火石，点燃了火把，萧景睿擎在手中，慢慢从井口吊了下去。谢弼和言豫津紧紧地拉住绳子，一点点地向下放，梅长苏则俯身在井口，随时注意火焰的明亮度。

翠月珏既然是能镶在腰带上之物，体积就不会大到哪里去。故而萧景睿下去了很久，只听见他不停地叫着向下放向下放，似乎还一无所获的样子。

"停，已经到底了，淤泥果然很厚。"半晌后，井下又传来萧景睿的声音，被长满青苔的井壁一回音，听起来都有些变形，"不太好找，我要翻一会儿才行，火把上的草快燃完了，要是你们看见火熄了别着急啊……"

"可是……"言豫津咬了咬下唇，心中甚是过意不去，正想再说，感觉到肩上一重，有只手压了上来。回头一看，撞上梅长苏微含笑意的眼睛。

"别担心，火焰一直燃得很稳，应该没事的。"

看着他了然一切的目光，言豫津不由得垂下视线，低声道："景睿本是最爱干净的人……"

"不过是井中的淤泥而已，又不是洗不掉。"梅长苏笑道，"他都不介意，你介意什么？那个翠月珏对你来说，很重要吧？"

"嗯，"言豫津点点头，"那是家族的传代之物，祖父临终前给我的……"

"所以啦，"梅长苏笑意微微，"帮好朋友找到他最重要的东西，对景睿来说也很重要啊。"

言豫津深深地看了他一眼，突然展颜一笑，趴在井口大声朝下喊道："景睿——

难得有向我献殷勤的机会，你再加把劲儿啊——"

"去死！"底下传来笑骂声，"等我出来再抹你一身泥！"

梅长苏被两人逗得有些忍俊不禁，谢弼也边笑边摇头，气氛一时轻松了好些。过了大约半盏茶的时间，下面一直窸窸窣窣的，好像还没什么发现的样子。

"景睿，找不着就上来吧，也不一定是掉在这里面的……"言豫津喊道。

"再一会儿……"萧景睿的声音瓮瓮地传来，可是余音未落，绳子突然一阵摇晃。同时便听到他在下面"啊"的一声惊呼。

"怎么了？"言豫津大惊，将半个身子都探了下去，大声喊着，"景睿！景睿！"

井下停顿了一下方有回应："没什么……"

"没什么你鬼叫吓人啊？"言豫津忍不住骂了一句，转头对谢弼道："咱们拉他上来！"

"先不慌，"萧景睿急忙出言阻止，"还有地方没有翻过，马上就好……"

梅长苏轻声劝道："别着急，有事景睿会说的。既然下去了，至少要找个清楚。"

言豫津拧着眉头重新在井口坐下，按捺着性子又等了一会儿，方才听到下面再次出声："拉我上去吧！"

上来自然比下去容易许多，眨眼工夫萧景睿的头就冒了出来。不出大家所料的一身污泥，两只手也是黑黑的。

言豫津闷不作声地抓过他一只手，用自己衣襟的内侧粗鲁地擦拭着，反而是谢弼问了一句："找着没有？"

萧景睿将另一只黑黑的手举起来，五指蜷着，握成一个拳头，再慢慢摊开，掌心上躺着一小块裹满黑泥的月牙形硬物。

"居然真的掉在这里了。"谢弼从袖中摸出手帕，将翠月珏擦拭干净，递给言豫津。后者默默地看了一眼，伸手接了回去，放进怀里。

"找到就好了，两只臭鬼，快回去洗个澡吧！"谢弼松了口气，忽然背后被拍了一掌。

"二弟，"萧景睿转过头，神色有些凝重地道，"我们回去洗澡，但要麻烦你去京兆尹衙门跑一趟了。"

"京兆衙门？做什么？"谢弼没有听懂。

"报案。我看到那井下泥中……有人的骸骨……"

"啊？"大家都吃了一惊，言豫津失声道："你刚才叫那一声，就是因为发现了尸骨？"

"嗯。"

"那你还不赶紧上来？！"

"我当时看见另一边枯叶上，好像有一点绿光。翠月珏这么小，要是我先出来让人起尸，它一定不知会被翻到什么地方去，所以想再找找，幸好真的是它。"

"笨蛋！"言豫津咬牙骂了一句，"臭死了，洗澡去。"

"枯井藏尸……"谢弼的脸色微微发白，"听着都怪瘆人的，你胆子真大，还能在下面多待那么久……换我早就爬出来了……"

"你能跟景睿比吗？他好歹也是半个江湖人！"言豫津立即又转移了攻击目标。

"是，我是最没用的官场中人！"谢弼自嘲地回了一句，耸耸肩，"走吧，苏兄。"

萧景睿奇怪地瞪他一眼："你叫苏兄去哪里？"

"去京兆衙门报案啊！"

"你去不就行了吗？"

谢弼挑了挑眉："大哥，这园子现在可是被苏兄买下了，出面报案当然他才是最合适的吧？"

"谢弼说得对，"梅长苏的眼尾淡淡地扫过荒草中的井口，"我的确该走一趟。"

第十四章 牵藤挂蔓

也许是因为发现者的身份都不简单的缘故,这桩被几个贵公子无意中翻出的"枯井藏尸"案,立即在京城内外引起了比普通刑事案更大的震动。再加上接报赶到现场查勘的京兆衙门,竟然在井下共挖出了近十具尸骨,俱已完全腐烂,经仵作初验都是女性。这骇人的案情传开,一时满城哗然。京兆尹高升被上司严令限期破案,查得头昏脑涨。

作为荒园的现主人,梅长苏被请去盘问了好几次,但他是真的什么都不知道,再问也没什么线索可挖,加上此人现在当红的身份,高升不敢难为他,威风全使在那个做中介的商行老板身上,同时派部下四处查访,要弄清楚这园子荒废前到底是什么所在。

大约七八天后,查访的结果出来了。这园子今年内就转了两手,原本是一个叫张芪的人所有,此人不知是何身份背景,曾在京城拥有多处风月场所,为人低调,但财力和人脉都极深厚。四年前因病去世,子侄不肖,产业渐渐凋零,这处园子也因此被拿出来售卖。

高升根据这个线索,立即派人去张家,将管点事儿的成年男子尽皆拿捕,逐一拷问。这时,又有一个自称是张芪生前心腹的史都管,前来京兆衙门投案,口口声声说是有人想要暗杀他灭口,请求官府的庇护。高升闻讯大喜,连夜审问,可还没问上几句呢,门外突然有下人回报,说太子殿下有口谕下达。

高升疑虑不定地更衣来到正厅,一个青衣小太监站在那里,等他行礼已毕,便口齿清晰地道:"传太子口谕,闻得王城内发生枯井藏尸案,物议沸然,身为掌政太子,不可不问,故着京兆尹高升明日入东宫,面禀案情。领谕。"

"臣高升遵太子谕旨。"高升忙叩下头去。

传谕太监走后，高升左思右想心神不定。能在这王公贵族满街跑的金陵城里当父母官，高升自有一套圆滑的手腕和一份玲珑的心思，太子突然插手此案，怎么看也不像是只为了掌政太子的职责，其中必有未知的隐情。左思右想后，高升命人从审讯室中提来了史都管，带进了自己后院的密室，在问话时，也有意屏退了左右所有的人。

就在高升连夜密讯史都管时，誉王府书房的灯火也是直到深夜，依然通明。

"那个史都管手里，真的有一份名册？"誉王萧景桓在屋子里走来走去，"这消息可确实吗？"

"属下可以保证。"一个中年灰衣人立在他面前，侃侃道，"那园子叫兰园，名为张莀的私宅，实际却是他经营的暗场子。有些朝臣碍于国法，不敢明着出入风月场所，全由张莀私下安排。无论来客提出什么要求，他都能予以满足。时间一久，有些喜欢淫虐助兴把戏的人，难免偶尔会下手失了轻重，弄死用来取乐的女孩子，那些尸首就是其中的一部分。四年前张莀死了，这些交易也就被迫中止，只是没人想到他处理尸体竟如此草率，更没人想到他居然还将所有的事情都记在了一本名册上。"

誉王的眸中闪动着幽幽的光："这么说那名册上……"

"全是有头有脸的人物，甚至还有朝中要员……"

"我们这边的呢？"

"我想两边的人都有，不过……"灰衣人阴阴地一笑，"太子殿下那边更着急一些……"

"为什么？"

"属下找到史都管时，他虽然不肯交出名册，但为了取信我，他还是说了几个当年挂了人命的客人名字，其中一个就是楼之敬。"

誉王眼睛一亮，不由得大笑了三声："真的有楼之敬？哈哈，太子一定会急得跳脚。"

"楼之敬自己心里有鬼自己必然清楚，属下以为，他一定会主动向太子坦白求助，殿下为何不让那史都管进府，反而让他去京兆衙门？万一太子……"

"放心，"誉王冷冷地道，"在这京城，太子还做不到一手遮天。高升看起来平庸，其实不然，无论太子怎么样威逼，他至少两三天总撑得下来的。"

"殿下的意思是……"

"我们插手的痕迹，不能太明显，免得父皇疑心。"誉王凝视着窗前的灯花，唇角向上一挑，示意灰衣人靠近自己，在他耳边说了几个名字，然后道："你今夜辛苦些，代本宫去一个个暗中问话，让他们坦白交代当年是否曾与张苪交易过，是否手上沾过人命，说实话的，本宫自会想办法保全，不说实话的，查出来活该。"

"是。"

"只要这几个人不在那名册上，其他的被查出来也就罢了，不赔上几个自己人，又怎么逮得住大狼。"

灰衣人见惯了为上位者随意弃卒，并不在意，又答了个"是"，便退了出去。

誉王又在室内继续踱了几个来回，拧眉深思，心神似乎并不安宁。过了好半晌，才听他对着桌上银灯道："梅长苏买下兰园，翻出这件案子，只怕不是巧合吧？他这样做，到底是不是表明他已经倒向我了？"

此时室内已是空无一人，他这话仿佛是在自言自语，可是话音刚落没多久，房间东面整幅的厚绒帏帐便轻轻抖动了一下，有个清婉柔媚的女声轻轻道："那也未必。他也许只是在了结个人恩怨，与殿下无关。"

随着这美妙至极的声音出现的，是一个曼妙婀娜的身影。单看容貌，她也许算不上倾国倾城，但搭配着那周身的姣美气质，却是格外摄人心魄。

誉王转身面向她，虽然眸中也有些神摇意动，但还是很快就恢复了自制："般若，你是不是查到了什么？"

秦般若轻抿朱唇，停顿了片刻，方道："殿下可知楼之敬做过翼州刺史？"

"这个我知道，"誉王的脑筋转得很快，"翼州是江左范围，他们以前有过节吗？"

"楼之敬是难得的人才，所以才会被太子视为心腹，但他好色的毛病实在是禀性难移。我已查出，在翼州时他抢夺过一对双胞姐妹入府，这姐妹二人的表兄是江左盟中的一个普通帮众，他求自己的堂主出面恳请楼之敬归还两个妹妹。楼之敬口头答应，回府就先将两姐妹强暴蹂躏了，然后再放出府门。两个姑娘随即羞愤自尽，楼之敬又矢口否认自己的罪行，江左盟没有找到证据，只能看他逍遥法外，就这样结下了梁子。不过这件事情从没有公开过，知道的人很少……"

誉王等了片刻，发现女子没有继续说下去的意思，不由得吃惊地问道："就只是这点仇？"

"殿下觉得不够吗？"

"当然不够，"誉王觉得十分不可思议，"楼之敬是户部尚书，太子的心腹，梅长苏会因为自己一个小小帮众的表妹，就与他为敌？"

秦般若默然少时，道："殿下可是真心想延揽梅长苏？"

"这还用说，当然是了。"

"那殿下就应该多了解一下梅长苏的行事风格。"

"你的意思是……"

"对殿下来说，那两姐妹之事不算什么，但对梅长苏来说，却是难以忍受的侮辱和冒犯。江左盟能快速崛起为天下第一大帮，靠的不仅是江湖拼杀，也不仅是仁义道德、收揽民心，更重要的是，它多年来几乎有些偏执地在维护它的权威。如果事前江左盟没有出面求情，就算楼之敬的行为再恶毒，它也未必会那么在意。可偏偏楼之敬小看了这个江湖帮派，来了这样一手阳奉阴违的把戏，恰恰犯了江左盟的大忌讳，自然就会被视为是一种挑衅。"

誉王听得微微有些怔住："这么说，梅长苏只是在报私仇，并没有半点向我示好的意思？"

"这个我不敢断言。此人近段时间的所作所为，就像一团谜一样，我一时还整理不清。"秦般若轻叹一声，"殿下首次向他发出延揽的消息，应是七月吧？"

"是。"

"太子的邀约不会比殿下早多少。从我调查到的资料来看，在接到来自京都的邀约之前，梅长苏就是一个纯粹的江湖人，我查不到他与朝中任何人有来往和关系。可在那之后，梅长苏一面拒绝了太子与王爷，一面却立即离开了江左盟的核心，最后辗转到了京城，他到底想做什么？"

"他大概知道，被太子和本王看中的人才，只有两条路可走。身为琅琊榜首的江左梅郎，日子过得那般惬意，怎么会走死路？"

"可是殿下看他现在走的，可是一般意义上的活路？"

誉王被问得一怔，嗫嚅难言。

"殿下现在心里压得最沉的那块石头，是不是庆国公？"

萧景桓眉头一皱："般若，你明知故问。"

"军方中立者太多，唯一死忠支持殿下的几员武臣，都是庆国公一系。他若倒了，您手中就只有笔，没有剑了……"

"这个本王知道，"誉王有些气闷地道，"你不用再说了。"

"从梅长苏现在的表现来看，他是很了解朝中局势的，不可能不知道庆国公对于殿下您的重要性。就算他们真如谢弼所说，只是在途中偶遇原告，但只要梅长苏心中有半分偏向殿下之心，他也不该推波助澜，让那两人得以进京。"

随着她不紧不慢的话语，一抹阴云涌上誉王的额头，但他也只是暗暗握了握拳，并没有说话。

秦般若抬手轻掠鬓边云环，樱唇间再次溢出一声慨叹："在二选一的情况下，得罪殿下，就意味着讨好太子。所以当时我很自信地告诉殿下，梅长苏入京，极有可能选择太子。"

"可是……"誉王吐出这两个字后，又咬住不再说下去。

"可是他如今的行为，实在出乎我的意料。"般若低头理了理袖上折痕，皓腕间一只白玉钏微微晃动了一下，雪腻光泽如同她的肌肤一般迷人，但如此美人口中侃侃而谈的，却尽是冰冷的人心权谋，"若说庆国公之事他只算是小小得罪了殿下的话，那郡主这桩公案，他就是大大得罪了太子……"

誉王眸中突闪寒光："怎么，般若觉得郡主这桩事，是梅长苏的手笔？"

"难道殿下觉得当日在路上遇到他独自一人慢慢行走，真的是偶遇？"

誉王后退一步，坐在了紫檀圈椅上，将拳头用力在腿上碾了两下，脸上闪着阴晴不定的神色："你也只是推测而已。郡主这件事中牵扯了太多的人，靖王、景宁、太皇太后、皇后、蒙挚，还有我……哪一个是能任由梅长苏调动的？"

"那殿下的判断是……"

"也许有些事是巧合，"誉王眸色森森，慢慢地道，"也许他没有安排什么，只是恰好得到了消息，也许他并不是针对太子，而只是想救霓凰……"

不可否认的是，虽然誉王对梅长苏的某些控制力偏于低估，但对于事件过程的猜测却与事实相差不远。

秦般若想了想，大概也认同由梅长苏一手操控郡主事件的全过程不太可能，便点了点头。

"不过说到这里，我才突然发现自己疏漏了，"誉王面上浮起一抹冷笑，"你明天联络缎锦，有些消息要传给太子，让她尽量做得自然一些。"

般若只略略一怔，心中也立时透亮。誉王这方知道梅长苏与郡主事件有关，不过是因为皇后哄骗景宁，从她口中得知是梅长苏命她去搬请太皇太后的。而其他相关人等却是半个字也没有提到这位苏先生。恐怕太子和越嫔现在恨誉王、恨皇后、恨靖王，甚至恨郡主，却无论如何也不会想到要恨梅长苏，因为他们根本还不知道梅长苏与此事的败露有关。所以想些办法让他们知道梅长苏的所为，当然是大有好处的。

誉王一看秦般若的神情，就知她已明白了自己的意思，不由得笑道："人都说比干有七窍玲珑心，我看般若你不止有七窍呢。"

秦般若嫣然一笑，既没有谦辞，也没有得意，灯影下美人如玉，看得誉王心头一荡，不由得就握住了她的手，却又被轻轻挣开。

"你还是不愿意吗？"萧景桓微微皱眉道。

秦般若淡淡地道："般若虽游历风尘，但也曾对师父立誓，此生绝不为妾，请殿下见谅。"

誉王虽对她早有觊觎之心，但一来还算有些格调，不愿对女子动强，二来深喜秦般若的智珠剔透，能为他收集情报并加以分析，故而也只能按捺了一下情动，深吸一口气。

誉王妃出身名门，父兄都是朝中大臣，早已育子，她本人又深得皇后的喜爱，所以就算自己再迷恋秦般若的美貌，也断无为她废妻的打算。再说来日方长，倒也不急在这一时，当下端起紫砂壶，为佳人斟了一杯香茶，笑道："本王唐突了。"

秦般若却也深知适可而止的道理，一笑置之，仍接续着之前的话题道："般若之所以觉得看不懂梅长苏，就是因为他行事毫无章法。庆国公的事他选择得罪殿下，郡主案中他又选择得罪太子，如今他出面买下兰园，翻出个藏尸案来，牵扯的人更是两边都有。殿下不也是因为不放心那名册中会不会有自己的要紧人，所以才让灰鹞连夜去查的吗？"

誉王拧眉出了半日神，不知不觉将他斟给般若的那杯茶端起来喝了，呆呆地道："难道……他竟然是在……"

"什么？"秦般若柳眉一挑。

"他是在测试我与太子的器量吗？"

秦般若心头一震，不由得也沉思起来。

"只怕还有要显示他能力的意思……"誉王越想越觉得可能，不由得一拍书桌，"举凡大才，心思行事都有些古怪，最忌遇上小肚鸡肠的主君。他会想要试一下也不奇怪。若太子在明知是梅长苏一手破坏了有关郡主的计划后，仍然不改他对梅长苏礼贤下士的姿态，更有甚者，他再拿楼之敬为礼，来表示自己绝无偏私，到时恐怕梅长苏心志再坚，也会被他所感动了……而一旦梅长苏为太子所用，他必然会先立下几件功劳，以补往日对太子的亏欠，同时博得最终的信任，到时我们自然首当其冲。"

说着说着，誉王心中更觉不妙，竟烦躁地站起身来："此人心计无双，我绝不可让太子抢得先机。"

秦般若却慢慢地坐了下来，若有所思地道："那若是殿下抢在太子前面，得到了梅长苏为下属，可愿毫无猜忌地全心信任他？"

誉王这一段时间只想着如何将这位江左梅郎收至麾下，倒还真的没想过收来了之后怎么用的问题，一时竟答不上话。

良久，书桌上的银纱灯内爆出了"噼啪"之声，淡淡的烛油气味飘出。秦般若起身挪开灯罩，执银剪剪去烛花，眼尾顺势扫了誉王一眼。

"若连一个梅长苏都降不住……还谈什么雄图霸业？"誉王仿佛没有看到她的眼神，但声音却在此时响起，"般若，你替我留心太子的动向，本王……一定要得到梅长苏。"

夜的羽翼覆盖之处，一般都会带来两个词，"黑暗"与"安静"。然而在世上某些地方，情况却是恰恰相反的。

金陵城西，一条名为"螺市"的长长花街，两旁高轩华院，亭阁楼台，白日里清静安宁，一入夜就是灯红酒绿，笙歌艳舞。穿城而过的浣纱溪蜿蜒侧绕，令这人间温柔仙境更添韵致，倍加令人流连忘返。

坐落在螺市街上的欢笑场，每家都有自己独特的风格和吸引人的地方，比如妙音坊的曲子总是比别家的流行，杨柳心的舞蹈最有创新，红袖招的美人最多最好，兰芷院则时常推出让人惊喜的清倌……大家各擅胜场，虽有竞争，但毕竟都已站稳了脚跟，也有了不成文的行规，所以虽比邻而居，却能相安无事，时不时还会有相互救场的情况发生。

就比如此时……

"朱妈妈，不是我扫你的面子不肯帮忙，"妙音坊的当家莘三姨一脸为难之色，"你我相识多年，杨柳心和妙音坊素来就跟一家人一样。别的姑娘你尽管叫，我绝无二话，可是宫羽姑娘今天不见客……"

"我的莘妹妹啊，别的姑娘我那里还有，就是靠宫羽姑娘救命的啊！"朱妈妈白着脸，眼泪都快下来了，如果没有被人搀着，多半早就跪在当场。

"怎么了？什么难缠的客人，连朱妈妈都摆不平吗？"

朱妈妈正要说话，一个小厮连滚带爬进来，还没站稳就苦着脸喊道："妈妈，不好了，何大少爷开始砸场子了！"

莘三姨一皱眉，伸手扶了扶全身发软的朱妈妈，问道："是吏部何大人家那个何大少爷吗？"

"就是这个小祖宗！"朱妈妈顿足道，"今晚吃得醉醺醺上门，非要见心柳，可是心柳正在陪文远伯家的邱公子，派别的姑娘去，他必定不依，就这样闹了起来。"

莘三姨面色一沉，道："他也不是第一天出来玩的，怎么不知道先来后到的规矩？"

"还不是因为仗势！文远伯虽有爵衔，但朝中无职，何尚书手握吏部大权，那可是实职，这大少爷一向被人奉承惯了的，在包间里等了一个时辰，就急了。"

莘三姨叹了一口气，道："世事人情，却也如此。你为何不劝劝邱公子退让一步呢？"

朱妈妈"唉"了一声："邱公子爱慕心柳已久，怎么肯这个时候服软？他先来，坚持不走的话，我也不能坏了规矩硬赶。再说心柳丫头，也有些不耐烦那个何大少……"

"那心杨呢？"

"病了，连床也起不得……"

莘三姨抿起嘴角，沉思了起来。

"莘妹妹，求你了。只要宫羽姑娘肯露个面，那何大少一定乐上了天，保着我的场子，日后妹妹有些什么吩咐的地方，我是赴汤蹈火……"

"好了好了，场面话就不说了。"莘三姨拉住作势要跪的朱妈妈，"不是我拿乔，红牌姑娘谁没有个傲性？我不敢应你，要问过羽儿才行。"

"妹妹带我去，我亲自求求宫羽姑娘。"

"这……好吧……你跟我来。"莘三姨带着朱妈妈刚一转身，两人就愣住了。

一个身着鹅黄衫裙，外罩浅绿皮褂的女子盈盈立于栏前，淡淡一笑道："我都听见了。本来正想去探探心杨妹子的病，既然现在姨娘有为难的地方，顺便劝几句也是使得的。"

莘三姨凑过去低声道："你可有把握？"

宫羽冷笑一声："不就是何文新吗？我自有办法。"

她是妙音坊里的头牌姑娘，妈妈一向不拘管她的行动。现在见她这样说了，莘三姨也不多劝，只命龟公小心安排了暖轿，亲送出门，看着婢女们伺候着一起去了。

等到了杨柳心，这里早就闹成了一团。幸而贵宾包间都在后面，隔成一个一个的小院，除了左邻右居被打扰到以外，杨柳心的人已尽量将事态控制到了最好。

处于骚乱中心的华服青年，便是京城中恶名不小的何文新。虽然他样貌生得不难看，但那种嚣张的气焰实在让人难以对他生出好感，宫羽只瞟了一眼，就不禁撇了撇嘴，面露厌恶之色。

"姑娘……"朱妈妈急得上火，又不敢狠催，小心地叫了一声。

宫羽墨玉般的瞳仁轻轻一动，到底是欢笑场上的人，唇边很快挂起了一抹微笑，缓缓走入院中，朱妈妈立即示意拦阻何文新的众打手退开。结果那位东砸西摔闹上了瘾的大少爷刚被松开，就一把扯起旁边的一盆兰草，恰巧朝着宫羽的方向扔了过来。

在众人的惊呼声中，宫羽纤腰轻扭，快速向左滑了一步，堪堪躲开花盆，同时弱弱地惊呼了一声，倒在地上。

"宫羽姑娘！"朱妈妈吓得魂儿都走了一半，直扑过来扶起她，连声问道："伤着哪里了？"

何文新一听"宫羽"二字，眼睛顿时就亮了，定神一看，那千娇百媚的佳人可不就是自己百般渴慕也才见过一两次的宫羽吗？顿时满脸堆笑，忙不迭地也上前搀扶，口中说着："怎么宫羽姑娘在这里？受惊了，受惊了，都是这些死奴才们不懂事……"

宫羽身躯微颤，却还是推开了何文新的手，低声道："是我走错了地方……"

"没错没错，"何文新先没口子地应着，然后又问："姑娘要去哪里？"

"哦，今夜无事，我想去找心柳姐姐聊一聊……"

朱妈妈忙道："心柳丫头正接客呢，姑娘先坐一会儿吧？"

"既然如此，那我还是先回妙音坊，改日再来。"

"哎呀，"何文新一看天上虽没掉馅饼，却掉了个大美人下来，早就连骨髓都酥了，殷勤地道，"姑娘今夜无事，本公子与你解闷，回去也不过是长夜寂寞……来，快进来……"正拼命邀请着呢，突然想起这间院子里的包间早被自己打成了一堆蛋黄酱似的，哪里能让美人进去，忙瞪了朱妈妈一眼："快收拾一间最好的包院出来，本公子要陪宫羽姑娘饮酒赏月。"

朱妈妈抬头一看，满天乌云，赏什么月啊。不过这话当然不能说，瘟神既然被安抚住了，当然是赶紧准备地方要紧，当下赔笑着道："春娇阁还空着，那里极是舒服华贵，公子和姑娘不妨去坐坐？"

"快，快带路。"何文新急不可耐地催着，一面已搀住了宫羽的玉臂："宫羽姑娘，我们走吧？"

宫羽垂下头，再次闪开了何文新的手，示意自己的婢女过来，无语地迈步前行。何大少爷虽然不快，但也知这位妙音坊的头牌姑娘一向如此，按捺了一下色心，陪着一起走出了小院。

春娇阁是在杨柳心偏东一点的位置，需绕过湖心，再穿过一片桃林。有佳人相伴，何文新浑然不觉路长，一直不停地调笑着。刚过了湖心，走上青石主路，宫羽突然停下脚步，低声道："请公子先行，宫羽随后就到。"

何文新愣了一下，立即问道："你要做什么？"

"刚才跌倒，衣裙沾了青泥，我想先去更衣。"

"不要紧，"何文新色迷迷地道，"本公子看美人，从来不看她穿什么衣服，不用换来换去这么麻烦。"

宫羽眼波轻转，柔声道："既然要陪公子饮酒，宫羽不愿有一丝妆容不整。请公子见谅。"

被美人如此娇声一哄，何文新哪里还能说出半个不字，笑着道："好好好，不过本公子不愿先走，就在这儿等着，你换好了衣服，咱们再一起走。"

宫羽飘过来一个柔媚的眼神，微笑不语，裙袂轻漾间已盈盈转身，消失在近旁一所小楼的转角处。何文新被这般美态所引，不由自主地踏前了几步，想要再多看两眼，突觉脚底一硌，眼角同时扫到一点反光，低头定睛一瞧，竟是一支精巧的珠钗，不知何时从美人头上滑落的。

俯身拾起珠钗，何文新脑中浮现出美人更衣的绮妙场景，心头一动，立即将珠钗装于袖中，随着宫羽刚才离去的方向追了过去，想着以还钗为借口饱一饱眼福。前面引路的朱妈妈一看就知道不妥，刚想开口阻拦，就被何家随从的恶奴给推到了一边。

转过小楼底层的折廊，前面果然有间屋子亮着黄润的灯光，何文新贼笑着凑到窗前，正想探头推开，里面突然传来了说话声。

"姑娘，心柳姑娘就在这楼上的包房里招待邱公子吗？"

"是啊……邱公子英俊潇洒，与心柳姐姐很是相配，我真替他们高兴……"

"姑娘还高兴呢，他们郎才女貌在楼上缠绵恩爱，凭什么要姑娘委屈自己去陪那个姓何的小人？"

宫羽幽幽叹息了一声："姐妹之间，当然要相互帮衬了……只是那个姓何的实在太过猥琐，他若有邱公子十分之一的风采，我也不会如此难过……可惜他连给邱公子提鞋也不配，借他个胆子也不敢去跟人家当面比……"

听到这种话，是个人都不能忍受，何况何文新根本就不是个人，当时就怒从心头起，恶向胆边生，又听得那个什么邱公子就在这楼上，立即就向楼梯口冲去，奔至二楼，挨个儿房间踹门，嘴里叫骂着："姓邱的，给本少爷他妈的滚出来！"

这一闹阵仗大了，连主道上的人全都听见了。朱妈妈带着人慌慌张张赶过来不说，何家的家奴也拥了上楼。

二楼上除了心柳与邱公子以外，还有另外两个客人，而且何文新先踹出来的就是这两位比较倒霉的。不过一看他们四十岁以上的模样，何文新就算智力再低也知道不是自己要找的人，正想再踹第三个门，门扇反而先打开了，一个二十多岁容貌端正的年轻人跳了出来，也是大声吼道："什么人在吵闹？"

何文新的眼睛顿时就红了，冲过去就是一拳。那邱公子也是贵族公子出身，吃喝玩乐的习惯有，被人欺负的习惯没有，再加上喝了点酒，心爱的美人又在身后看着，哪有干站着挨打的道理，一闪身，就回了一拳过去。

这两人都没怎么修习武功，平常就算跟人有冲突也很少亲自动手，此时撕扯在一起，根本没招没式，如同街市混混一般，委实难看。赶过来的朱妈妈急得快要哭出来，正要喝令手下去拉开，何家的家奴们已冲了过去，帮着主人将对方按住。邱公子虽然也有随从，但都被招待到其他地方去喝茶吃酒，根本没有得到消息，朱妈妈见势不好，忙命杨柳心的护院们前去维护。何氏家奴们作威作福惯了，当下一通乱打，何文新更是行为狂暴，随手从旁边抢起一只大大的瓷花瓶，向着邱公子当头砸了下去。

"公子快闪开！"房内传出一声惊呼，邱公子急忙向左闪身，不料右腿此时突然一麻，身子失去平衡，一晃之下，眼前黑影压顶而来，只觉得额头一阵剧痛，立时瘫倒在地。

半人高的白窑瓷瓶，在人头上生生砸碎，那声巨响镇住了在场的每一个人，大家都像是在看慢动作般睁大了眼睛，看着邱公子头顶冒出一股鲜血，整个身体晃了几下，颓然倒在了满地碎瓷之上，头部四周不多时便已积成一片血泊，一时间连行凶者自己都吓呆了。

片刻的反应期过去后，房间内发出一声尖锐的惊叫，大家这才激灵一下，意识到出了大事，尽皆面如土色。朱妈妈冲到邱公子身边，抓住他的手腕一探，全身立即一软，几乎要昏了过去。

"他……他自己没躲的……他没躲……"何文新语无伦次地说着，一连后退了几步，靠在栏杆上。一个较大胆些的客人走上前去探查了一遍，抬起头颤声道："死……死了……"

朱妈妈这时稍稍清醒了一些，披头散发地站起来，高声叫着："来人啊，报官，快去报官……"

何文新虽然因为亲手杀人吓呆住，但他带来的人中还是有一个稍微能主事一点的护卫，忙压着场面道："先别……别报官，商量，咱们再商量一下……"

听到这句话，何文新的头脑似乎也清醒了一点，上前几步抓住朱妈妈叫道："不许报官，我给钱，给钱！"

"给钱顶什么用？"朱妈妈大哭道，"邱公子也是官宦之家出身，文远伯爵爷怎肯善罢甘休？我的杨柳心算是完了……完了……"

"少爷，别愣着了，快走吧，赶紧回家求老爷想办法，快走啊！"那个主事的护卫急忙喊着，拉着何文新就朝外跑，杨柳心的人不愿担干系，自然想要拦，场面顿时又是一阵混乱。

与这片嘈乱与喧闹形成鲜明对比的，是不知何时已出现在二楼楼道里的宫羽，她已换了一身浅蓝夹衣，缓步迈过一地狼藉，在没有引起任何人注意的情况下走进了那个引发冲突的房间。

在房门里的地上，瘫坐着一个娇柔艳美的姑娘，满面惊慌，一双弱水明眸中盛满了恐惧，浑身抖得连咬紧牙关也止不住那"咯咯"的打战声，显然已被这血腥意外的一幕惊呆了。

宫羽走到她身边蹲了下来，轻轻拍抚着她的背心，柔声道："心柳姐姐，别怕，没事的……你什么事都不会有的……"

她的声音清雅甜美，仿佛带着一种可以使人安稳的魔力一般。心柳颤颤地抬头看了她一眼，猛地扑进她的怀里，放声大哭起来。

室外的混乱还在继续，宫羽轻柔地抚着怀中心柳的长发，目光扫过门口血泊中的那具尸体，唇边快速掠过一抹冷笑，之后便是毫无表情。

第十五章 智珠暗握

誉王这几天本来心情极好,在派出灰鹞连夜查明自己最紧要的几个部属都没有卷入枯井藏尸案之后,他好整以暇地准备着看太子忧急的好戏。户部尚书楼之敬年富力强,每年不知为太子神不知鬼不觉地卷来多少银子,简直就是太子心爱的一个聚宝盆,现在眼看着这个聚宝盆就要被人砸碎,誉王真是睡着了都会笑醒,暗中已数不清狠狠嘲笑过太子多少次。

他没有想到的是,笑人者,人恒笑之,同样的麻烦很快就降临到了自己身上,虽然情况还没有那么严重,但也足以让他头大如斗,再也没有心情笑得出来。

"殿下!殿下!求求您了……我家三代单传……只有这一根独苗啊……"跪在誉王府花厅内涕泪交流的紫衣官员正是吏部尚书何敬中。他的儿子何文新打死文远伯爵之子邱正平后虽然在家奴们的护卫下,成功逃回了家中,但躲过了初一,躲不过十五,第二天京兆尹府衙就派人上门索拿。何敬中本来依仗着自己从一品贵官的职衔,坚持闭门不见,谁知京兆府那个小小的八品捕头竟然算是个人物,一不动粗,二不动气,手执公文站在何府门外,大声念着:"奉命缉拿人犯何文新,该犯昨晚在杨柳心妓馆杀人潜逃,请大人开门!"就这样一遍又一遍,累了就换一个人继续。眼看着府门前聚集的人越来越多,只怕再念下去半个金陵城的人都会拥过来看热闹,丢丑不说,只怕要惊动御史,何敬中也只能暂时服软,将连哭带喊的儿子交了出去。同时放了几句狠话压制着那些拿人的捕快不许难为,接着便急匆匆地奔赴誉王府哀求。

事情发生在螺市街,秦般若用以探听各方消息的大部分人手和探子都在那里,当然很快就查清了凶案经过,悄悄回报了誉王。一听说是在众目睽睽下杀的人,属于人证物证只嫌多不嫌少的现行犯,萧景桓不禁也为了难,皱眉在室内踱了几步,沉着脸不说话。

"殿下，"何敬中见誉王神色不明，心中更急，又抹了一把眼泪，"卑职知道自己教子无方，小儿也确实闯下大祸……但求殿下感念卑职竭心尽力效忠多年，年过五十只此一子，况且家母溺爱他如命，若有不测，只怕老娘亲承受不住……殿下，殿下……"

誉王冷冷瞥他一眼，心中甚感麻烦，但他一向对下属采用的都是以结恩为主的手法，何况这个何敬中出任吏部尚书以来，确实把官员的任免奖罚之权抓得甚是靠牢，太子几番也没有插得进手来。如今见他哭成这样，想来这个不成器的儿子着实是他的一个死穴，置之不理恐怕不妥，所以还是放缓了声音，用微带责备的语气道："你也太疏于管教了。京畿重地，天子脚下，行事怎可这般狂悖？若是打死个平民倒也罢了，那被杀的是伯爵之子，现在虽不在朝中出仕，祖辈的荫封挂在那里。本王若是强行庇护，会不会有不开眼的御史参本暂且不说，文远伯自己也是有上奏之权的。如果闹到皇上那里去，你和本王谁讨得了好？"

何敬中将头在地上磕得"咚咚"作响，哭道："卑职也知为难殿下，但若只是打死平民，卑职怎敢来惊动殿下？就是因为打死的是文远伯家的人，卑职自知力量微薄，才来向殿下求救的。殿下您也知道，文远伯一向胆小怕事，若是殿下亲自出面从中说和，谅他也不敢太伤您的颜面……"

"你说得轻松，是小事吗？你的是儿子，人家的不是儿子？人在急怒之下，什么事情不敢做？"誉王斥骂了一句，又安抚道："你现在不要乱了方寸，又不是第二天就处斩，慌什么？"

"卑职怕京兆尹府衙定了案，就不好扳回来了……"

"京兆尹府？"誉王冷笑一声，"你以为京兆尹府喜欢定你这个案子？高升现在不定怎么头疼呢。"

誉王这话倒说得不错，若是高升现在能听见，一定会大喊知音。先是一个枯井藏尸案令太子高度紧张，又爆出一个妓馆杀人事件涉及誉王的爱臣。若说现在整个皇城最头疼的人，应该莫过于这位仅仅只有三品职衔的京兆府尹高升了。

何敬中用衣袖抹了一把脸，镇定了一下道："卑职实在是乱了方寸。殿下不知，金陵府派员来拿人时，可是一点情面都不讲的，所以卑职担心……"

"这就是高升的过人之处了。"誉王反而露出赞赏的表情，"这个案子一方是你，一方是文远伯，显然是个随时都可能上达天听的案子。何况案情一目了然，没有耽搁的理由,所以拿人才一定要干脆。如果一时动作慢了,你将儿子送走,责任就变成是他的了,文远伯那边怎么交代?现在扣了人,再看着风向慢慢审。如果将来判你儿子死罪,他也不在乎在拿人的时候先得罪你一下;如果开释无罪呢,他就是给了你大情面,你还会计较他上门拿人这点小过节吗?你可不要以为,当金陵城的父母官,会比当你的吏部尚书容易。"

何敬中也是个深谙权术手腕的人,只不过一时关心则乱,脑中一片纷杂,被誉王一提,立即明白。原先因为高升毫不留情的行为而吊起来的心,这才稍稍安定了一些,躬身道:"还是殿下神目如电,卑职糊涂。"

"算了,你也不用拍马屁。再怎么说你这案子都难办,本王一时也想不出解决之道。"誉王回身看他又要哭求的样子,忙摆了摆手:"你去见见季师爷,先商量个主意出来,本王再来看可行不可行。"

何敬中见誉王口气松软,心头大喜,忙叩谢了,急匆匆赶到侧院,找到了誉王所说的季师爷。萧景桓作为一个有实力与太子争嫡的皇子,手下自然甚多智囊幕僚,他之所以指定季师爷,是因为这位老先生是刑名出身,最拿手的就是处理诉讼诸事,说不定能想出什么办法。

听了何敬中详述案情经过,季师爷的两道花白眉毛就拧成一个毛球状,配着他原来就皱巴巴的脸,看起来分外滑稽。但何敬中现在的心情,实在是没半分余暇去注意人家的脸,眼巴巴地抬眼望着,那团毛球拧得越紧,他的心里就越慌。

过了大约一盏茶的工夫,季师爷长长吐出一口气道:"令公子闯的祸事,委实不小啊……"

"这个我知道,"何敬中急道,"可是就算要教训他,也得等这件事解决了才行啊!"

季师爷伸手抚了抚颔下微须,慢慢地道:"唯今之计,还要京兆尹衙门先定案……"

"什么?"何敬中立即跳了起来。

"何大人少安毋躁,"季师爷伸手虚扶了一下,"听老朽慢慢解释。"

何敬中按捺了一下情绪,拱拱手道:"师爷请讲。"

"首先,京兆府虽管辖帝都治安,但毕竟只算地方官衙,大人您和文远伯,他哪个都得罪不起。判公子有罪,高升固然不敢,但判他无罪,高升又焉敢独立承担这个责任?如果因为他两相为难,把这案子的时间拖延长了,受罪的是公子。所以首先要大人您让一步,给高升一个台阶下,让他先把案子结卷,而且不能为难他强行翻案,就让他判公子杀人之罪。"

"啊?!"

"大人别慌,京兆府结案并不可怕,怕的是他结成铁案。大人您退让了一步,高升自然要投桃报李,案子虽判定为杀人,但案宗里的证据可以弄模糊一点,证词里再留几个纰漏,反正文远伯到时也只知道京兆府判定成杀人,具体案宗怎么写的他也查不到。这样,高升一方面得到了您的首肯,另一方面也不会得罪文远伯,所以必然不会拒绝。"季师爷露出一个狡诈的笑容,"大人您想,京兆府结了杀人案,接下来应该怎么样?"

"刑部……"

"不错。他必须要上报刑部。"季师爷用手指敲着桌子,十分自得地道,"这案子在京兆府手里,是操作不成的。一来他不敢,二来他官小也担不起。可是刑部就不一样了,权责大得多不说,关键这里是誉王殿下的地盘,齐尚书不比高升更尽心尽力?"

何敬中如同茅塞顿开一般,拍着大腿赞道:"季师爷果然老成!"

"这案子虽然牵扯的都是大人物,可毕竟只死了一个人,是普通的刑案,齐尚书就算再有心,也没有特意指定将此案倒提上来的理由,所以只能让京兆府自己结案上报。若他报上来的是个铁证如山的死案,当然没法子,但若是份证据证词都有疏失的案卷,刑部就有充分的理由可以重审,届时活动的余地大些,公子被移送过来也可少吃些苦,大人觉得如何?"

何敬中感激不尽地道:"师爷此计甚妙,下官这就去见殿下,求他在齐尚书面前发个话。不过高升那边……"

"这个您放心,高大人现在为了枯井藏尸案早就像个没头苍蝇似的,一定巴不得早些将贵府这个烫手山芋丢出去。"季师爷笑道,"他现在的师爷是老朽的旧识,少不得为何大人跑上一趟了……"

何敬中急忙深施一礼道:"有劳师爷了。此事若成,下官必定厚礼相谢。"

"都是为殿下效劳,客气什么。"季师爷谦逊了两句,起身送客。因为何敬中是誉王的心腹爱臣,他倒也不敢怠慢,稍事整理,便命人备了青布小轿,出门向京兆府衙而去了。

"这个！"飞流将一只大大的椭圆形水梨递到梅长苏眼前，水梨看起来饱满润泽，十分可口的样子。

梅长苏一笑，眼角瞥见坐在一旁的蒙挚正在举杯喝水，促狭心起，故意问道："飞流，你告诉苏哥哥，这只梨是什么颜色的？"

"深白色！"

蒙挚"噗"地喷出刚喝进嘴里的一大口水，一边咳着一边瞪着飞流："深……深什么色？"

飞流"哼"了一声，根本不理他，扭过头去。

"飞流，这个现在不能吃呢，"梅长苏微笑道，"这个是冻梨哦……"

"冻梨……"

"就是冻起来，让它可以保存久一点，不过要吃的时候呢，就要先解冻，否则咬不动哦。"

飞流睁大了眼睛，看看左手的梨，再看看右手的梨，最后举起较小的那个咬了一口，顿时呆住。

"咬不动吧？"蒙挚这时已恢复高手的风度，凑过来道，"要泡在水里解冻，软了才能吃。"

飞流对这句话消化了片刻之后，立即就消失了踪影。

"还是飞流最快活，"蒙挚笑着感慨道，"不过要说现在皇城里最快活不起来的人，应该是京兆府尹高升吧？"

梅长苏不禁一笑："说的也是，真是对不住他了，给他弄那么头疼的两件案子去，结果我自己倒在这里吃冻梨。"

两人现在所在的位置，是城南一处清雅别致的茶庄，虽然临街，却并不喧闹，每一间茶室都是单间竹屋，布置得甚是有品。

自从枯井藏尸案报官之后，全金陵的人就都知道了两件事：一是兰园井里有尸体；二是新冒出来的名人苏哲想要买一处园子。

兰园荒败残破，又是凶案现场，当然不能住了，所以苏哲应该还需再买一处新的宅院。于是不管是想趁机结交的，还是确实好心推荐的，或者真的想出售房产的，总之各方来请他去看园子的邀约一时不断，让人应接不暇。不过既然还住在谢府，这些麻烦事当然大半由谢弼挡了，梅长苏除了去看过云南穆氏和夏冬推荐过来的宅院外，今天是第三次出门。

"你觉得我选的这个宅子怎么样？"蒙挚靠近了一点，问道。

梅长苏徐徐回眸看了他一眼："难不成你还真打算把那宅子卖给我？"

蒙挚玩笑道："虽然有点上赶着结交红人的感觉，但你还真给我面子，肯随我一看。"

"你蒙大统领是何等分量，凭是什么人，也不敢不给你面子啊。你看今天我接受你的邀约，谢弼显然觉得那是理所应当的，如果我拒绝你，他反而会惊奇吧？"梅长苏淡淡一笑，"更何况我在京城最初那点名气，还不全靠你和飞流那一战打出来的？虽然那次不是我安排的，但也算有意外的效果。"

"飞流那孩子确是奇才，几日不见，他好像又有进益了。听说他前不久还击败了夏冬？"

"嗯。"梅长苏随口应了一声，仿佛浑不在意，"这孩子心静，自然易与武道有共鸣。不过他毕竟还小，内力不够精纯，真遇上像你这样的纯阳高手，还是难免要吃亏。"

"有什么关系，他还有大把的时间可以修炼呢。"蒙挚敲着茶杯，第二次问道："你觉得我选的宅子怎么样？"

梅长苏想了一下，道："看得出是你选的。"

"说话不要这么毒哦，我虽然不懂那些楼台池阁，但我知道你的心思。所以才费尽周折，替你找到这处住所，你还不领情。"

"我就是这个意思。"梅长苏目光温润地看着他，"蒙大哥，果然是你最懂我想要什么。"

蒙挚虽然本有些沾沾自喜的邀功意味，但被他这样直接一谢，反而有些讪讪的，抓了抓头道："我也知道那宅院里的景致确实差了些……"

"园景是要重新翻改，否则人家会奇怪我怎么千挑万选挑到这样一处宅院。不过有那一个好处，顶十处胜景。蒙大哥，真是难为你费心。"

"也没有怎么特意费心，"蒙挚不好意思地道，"我也是在周围瞎转悠的时候发现的。这宅子后墙跟靖王府的后墙只隔数丈之地，因为中间是地沟阴渠，没有道路，四面又都是树林环植，加上两家的主门朝着不同的街道开口，感觉上两所宅子甚至不在一个街区，的确不太容易发现两家居然隔得这么近。小殊，你手下不是有专擅纵地术的人吗？等你搬进去后，就在你的后院与靖王的后院之间挖一条密道，这样就算你们平素没有公开交往，你也可以夜里偷偷从密道过去跟他私会……"

梅长苏无力地看着这位大梁第一高手，哭笑不得地道："虽然是好主意，但你能不能不要学飞流那样用词？"

"反正就是那意思……"蒙挚想了一下又问道："你现在还不打算明确表态吗？上次郡主的事情，太子迟早会知道是你一手破坏掉的。他可不是什么有器量的人，说不准要对你采取什么报复手段，我看你还是先假意顺从一下誉王这边，纵然不稀罕他的荫护，至少也不必两面受敌吧？"

"放心，他们现在都忙，还顾不上收拾我。"梅长苏面上浮起清冷的笑容，"有道是只防不攻是绝对的败着，既然誉王已经借枯井案咬住了户部尚书楼之敬，太子就必然要死盯着何文新的案子不放。我想……何敬中一定会想办法把他儿子的杀人案提到刑部去审吧。"

"刑部可是誉王的天下，太子盯得住吗？"

"誉王是占了上风没错，但何文新这案子实在是太明目张胆了。文远伯发着狠呢，刑部要动手脚，难免会有一番周折。"

"你当然是最高兴看到他们互相厮斗了。"蒙挚见梅长苏将手缩进袖中，忙推了个手炉过去，"不过就算何文新被太子盯死了，那到底不是何敬中本人，于誉王而言，并无多大损失啊。"

梅长苏唇边突然漾起一个意味深长的笑容，轻声道："若他知道如何约束部属适可而止的话，何文新此案的确也伤不了他什么……他目前最大的软肋，还是在庆国公柏业身上。"

蒙挚一击大腿，道："说到这个，我还正想请教你呢。我想夏冬回京，多半已经收齐了不少证据，怎么这侵地案到现在连一个泡儿都没有，你说皇上到底在想什么呢？"

"他在想……这个侵地案，到底该由谁来主办……"

蒙挚身为禁军统领，当然不是单纯粗豪之人，细想了一下，点头道："没错，悬镜司只管查案，没有审结之权，这案子太大，只能交由中书省、御史台和廷尉府三司会审……可是……"

梅长苏将手掌翻转过来，贴在手炉上取暖，面上的表情淡淡的，仿若在闲话家常："皇上要办侵地案，主要是因为近来权贵随意兼并土地之风日盛，有碍国本。可他也明白，三司会审，如果没有一个既中立，又镇得住的人在上面压着，好好一个侵地案，立时便会变成一场党争，想借查此案立威警戒的初衷就达不到了。"

蒙挚皱了皱眉，叹道："难怪皇上迟迟不决，这事确实难办。"

梅长苏似笑非笑地看了他一眼，道："所以要靠你替皇上解忧了。"

"我？"蒙挚吃了一惊，"我能有什么好办法？"

"办法是有的。"梅长苏怀抱暖炉向后一靠，唇角轻挑，"你可以向皇上推荐一个人。"

"谁？"

"靖王。"

蒙挚猛地站了起来："你说什么？"

"要压得住三司的人，哪个朝臣都不行，只能靠皇族。让太子去，这案子会株连得不可收拾；让誉王去，绝对大事化小，小事化了。靖王远离朝政中心多年，为人又刚直，让他来审这个案子，那才真正能达到皇上想办这个案子的目的。"

"可是对靖王而言，不是会因此得罪人吗？"

"要进入这个圈子，怎么可能不得罪人？关键是值不值得。"梅长苏的声音又轻又冷，"恰到好处地办结这个案子，一来可得民心，二来可以立威，三则彰显才干。何况得罪一些人，就必然会得到另一些人的支持。永远站在远处，是没有人能看到他的存在的……"

蒙挚怔怔地看了他半天，才缓缓吐出一口气道："你拿定了主意，自然是不会错的。这世上本就没有万全的事，我想你定是已经一步步设想好了。可是万一皇上不同意呢？"

"他会同意的。"

"这么肯定？"

"因为他没有更好的选择了。"梅长苏抿紧了嘴角，咽下已滑到唇边的一声叹息。

除了别无选择以外，其实还有另一个理由，那就是梁帝并不疼爱靖王，他不会过多地为靖王考虑接下这个差使后将要面临的困难和后果，所以反而更容易做出决定。

而对于靖王而言，这却是他正式踏上不归之路的第一步。

迈出后，就再也不能回头。

与蒙挚这番交谈，虽然还是有很多话噎在口中没有说，但梅长苏已有些神思倦怠，恹恹地伏在桌上小憩了片刻。飞流进来时见他一动不动地趴着，顿时大惊，正想闪身过去查看，蒙挚因为不想让他吵醒梅长苏而伸手拦阻了一下，立即便惹恼了这个少年，一道掌影劈来，蒙挚也只好被迫接着。两人闪电般过了几招，动静虽然不大，但气虚浅眠的梅长苏早已被惊醒，无奈地又坐直了身子。

"苏哥哥！"飞流立即丢开蒙挚奔了过去，倒让这位禁军大统领一阵心惊。

梅长苏向少年露出笑容，伸手接过他从袖袋中摸出递来的水梨，抬眼见蒙挚神情怔忡，不禁问道："蒙大哥，怎么了？"

蒙挚仔细看了飞流一眼，道："虽然我未尽全力，也不会伤他，但明明在交手之中，他却能立即退出，而且身法流畅，毫无可以趁机进袭的漏洞，气息也未见任何波动，实在令人惊诧。"

梅长苏不怀好意地嘲笑道："心惊肉跳了吧？当心你这大梁第一高手的名头，迟早被我家飞流夺去。"

"这个还早，还早。"蒙挚豪气一涌，放声笑道，"我不敢小看这个孩子，却也不会怕他。知道世上还有这样的武功存在，于我也大有助益。不过看他身法招式，十分奇诡阴毒，怎么内息中却有舒阳之象呢？"

"他原来习的心法过于伤身，强行练成后虽然威力凶猛，却会损折寿数。所以现在改习一种熙日诀，可化他体内阴毒之气。"梅长苏简单解释道。

虽然他说得轻松，但蒙挚却知一个人要重新改修心法是必须毁之而后立的事，想来飞流定然受过几乎夺命的重伤，才能这样置之死地而后生。那熙日诀名字虽然陌生，可是从飞流所练的功效来看，也必定是极高级的内功心法，不知是何人传于飞流。不过像这样神奇的武学定然牵扯到一些不为人知的江湖隐秘，故而尽管与梅长苏关系亲厚，但蒙挚分毫也没有想过要深入探听，只是细细回想着飞流方才的内力性质，自己暗暗琢磨。

"吃！"飞流虽然知道这两人是在谈自己，但却没有兴趣仔细去听，见苏哥哥只咬了那水梨一口就停了手，便扯着他的袖子又催了一句。

梅长苏朝他温和地笑了笑，低下头一口一口慢慢地吃着那个水梨，蒙挚见他吃得香甜，也笑着逗飞流道："我是客人哦，不给我吃一个？"

飞流犹豫了一下，他其实很不喜欢这个自己打不过的大叔。但看苏哥哥待他的态度，却也明白这是自己人，想了想还是没办法，冷着脸从袖袋里又摸了一只梨出来，抛了过去。

蒙挚一把接住咬了一口，不由得愣了一下。但在看到梅长苏含笑的眼神后，又若无其事地大口吃了起来。

邻近的竹屋里这时传来一缕悠扬的笛声，婉转清扬，令人心绪如洗。飞流在乐声中身形一闪，如同无翼之鸟一般飘出了窗口，又纵跃入树冠之间。

"这孩子，大概是拿水煮着解冻的吧。"蒙挚拎着已啃得差不多的梨核，摇头叹道，"水梨本来就不甜，被他这一煮，跟嚼嫩木头一样。"

梅长苏却似没听见他说话一般，将身子倚靠在青竹丝缠编的竹椅上，眼睑微微垂着，静静地聆听经风而来愈见清幽的笛声，直至一曲终了，方长叹一声道："我入得京来，为的是龙争虎斗，搏一方宽阔天地，十三叔此曲过哀了。"

蒙挚眉睫方动，相隔两道竹篱的邻屋已走出一个清瘦的老者，一身青衫，衬着竹林深处漾出的蒙蒙雾气，给人一种看不清的感觉。来到这边屋外，却先不进屋，而是撩衣跪倒在阶前，沉声道："十三再见小主人，思及过往，心中悲戚，不想扰了小主人心绪，实在该死。"

梅长苏眸中也微露怀念之色，低低地道："十三叔当知我心，此时不愿受礼，快请进来。"

老者神色哀肃，起身进门，看着梅长苏消瘦清癯的形容，须发皆颤，显然是激动不已。

蒙挚当日曾是赤焰旧属，约莫知道林殊母亲身边有位御封乐师。他在金陵供职多年，也听过妙音坊制曲奇人十三先生的名头，但却从来没有把这两人联系起来过，此时见到此情此景，心中悟然之余，也自是震撼。

梅长苏平静了一下心情，抬手示意十三走近几步，仰首对蒙挚道："蒙大哥，这位十三先生是我林府旧人，日后在金陵城内，还靠你这大统领多多关照。"

蒙挚明白他的意思，点了点头道："妙音坊对吧？我会注意照应的。"

"那就先多谢了，"梅长苏轻笑一声，"蒙大哥出来得也久了，我们接下来要商量些作奸犯科的事，大统领不妨避一避嫌？"

蒙挚"哼"了一声，道："我偏要听你的机密，你又怎样？"

梅长苏慢慢垂下头去，良久无语，半响后方道："必要的时候，我利用起你的力量是毫不客气的。但无论如何，我还是希望你只帮我做些没有风险的事情，毕竟你得到现在的地位也实在不易……"

蒙挚定定地看了他一眼，道："你要听实话吗？"

"蒙大哥……"

"我确是很看重自己现在的地位和身份，若你不回来，这些对我来说还算重要。"蒙挚目光坚定，如铁铸般分毫不动，"可是小殊，既然你已回来，现在再撇也撇不清了。"

梅长苏闭了闭眼睛，再睁开时眸中已清平如水，甚至不再多看蒙挚一眼，转头对十三先生道："十三叔，我传讯给你查的事情，你已查清了吗？"

"是。"十三先生恭声道，"红袖招的秦般若，是三十年前灭国的滑族末代公主所收的徒儿，在誉王幕中甚得信任。十三已查出共有十五位朝臣的姬妾都是她的手下，这是名单……她的情报网也甚是缜密，不过宫羽已成功在她的网中安插进了我们的人手，只要小主人下令，十三有信心可以摧毁她的势力。"

蒙挚皱眉道："通过内闱来监控朝臣，誉王的花样还真比太子多。"

"你以为太子少吗？"梅长苏瞥了他一眼，又转头道："秦般若你们先不要动她，有些信息我不方便直接传给誉王，还要麻烦她代劳呢。你回去跟宫羽商量一下，我这里有两份重要情报，你们想办法让她查获。"

"请小主人示下。"

"一，掌镜使夏冬在回京路上被人追杀，人皆以为是庆国公指使，其实不然。那些死士杀手受雇于天泉山庄，由庄主卓鼎风直接指派。二，进京告状的那对老夫妇，明明年老体衰，居然还能躲过豪族雇人追杀，一路逃亡过四州之地，进入江左界内，这并非是因为他们好运遇到了一位义士，而是还另有人暗中保护。"梅长苏稍稍停顿，抿紧了嘴角："这些背后确保他们能够入京递状的人，也是受遣于天泉山庄。""啊？"旁听的蒙挚一头雾水，明知不该多口，还是忍不住问道，"这怎么回事啊？"

"单看这两条相互矛盾的情报，是容易让人糊涂。"梅长苏笑道，"我来解释给你听。一提到天泉山庄卓家，你会想到朝中的谁？"

"当然是宁国侯谢玉。这两家共有一个儿子后，交情好得不得了。"

"卓鼎风本是江湖人，他插手这件事，必定是受谢玉之托。你想，谢玉通过卓家护送一对苦主入京状告庆国公，感觉是不是很奇怪？"

蒙挚沉吟着道："是啊……虽然谢玉表面中立，但他那世子谢弼分明是在为誉王效力。庆国公是誉王甚为倚重的人，谢家怎么会让天泉山庄去护送入京状告庆国公的人呢？除非……"蒙挚倒吸一口气，心中突然一亮，"除非谢玉实际上是太子的人！"

梅长苏微笑着道："滨州侵地案并不难查，就算换个平庸的人去也一样很容易查清。可惜皇上偏偏派了夏冬。结果她不仅查明了侵地案的始末，甚至还在无意中查到了暗中护送那老夫妇入京的是卓鼎风派来的人。跟你一样，她当然立即联想到了谢家，也当然立即意识到谢玉实际上已是太子的羽翼。可这时谢玉还很想保持现在脚踏两只船的大好局面,为了不让誉王知道他在侵地案中所扮演的角色,只好破釜沉舟,想抢在夏冬回京之前灭口。"

蒙挚眉关紧锁,叹道:"其实他根本不必如此的……"

"没错,其实他根本不必如此。"梅长苏眸色深沉,"掌镜使一向不直接涉入党争,夏冬就算知道了,她也不会说出来……谢玉自己置身其中,当局者迷,竟然一时没有看透……"

"夏冬现在知道谢玉是暗杀她的幕后人吗?"

"知道……"

"又是你想办法告诉她的吧?"蒙挚"嘿嘿"一笑。

"就算我不提醒,她自己也会查清的。"

"真是奇怪,既然夏冬知道是谢玉想要杀人灭口,怎么她回京这么久,还是半个字也没有吐露?这可不像她那个火辣辣不肯吃亏的脾气啊。"

梅长苏轻叹一声,幽幽地道:"我本来也希望由她说出来,后来细细一想,才明白她为何闭口不言……"

"你知道原因?"

"当年聂锋战死,护送他的残尸回京交给夏冬的人就是谢玉……为了这份人情,夏冬必会原谅他一次……"

蒙挚胸口闷闷地一痛,当年惨烈的结局虽然他知道,但具体情形到底怎样,他却一直不清楚,也一直不敢问。此时听梅长苏提起聂锋,虽然那口气淡淡的,他的表情也甚是平静,但蒙挚不知道为什么,却觉得没来由地一阵心悸,仿佛是透过了那层薄薄的肌肤,窥见了地狱狰狞的一角,灼灼的影像一晃,便不敢再看。

"既然夏冬不肯说,那就我来说好了。"梅长苏依然静静地继续,似乎没有情绪的起落,"谢玉左右逢源的日子实在舒服,可惜就要结束了。既然他选择了太子,那我就要让誉王知道,在他所要对付的敌人中,还有这样一位不能放过的朝廷柱石……"

蒙挚重重地点了点头:"这个谢玉,实在是心机深沉。不过小殊,你单单只放这两条情报出去,誉王想得明白吗?"

"你放心,"梅长苏浅浅一笑,"那位秦姑娘聪慧无双,心思细密,最是擅长利用少量情报分析出最切实的结论,这两条情报对她来说已经足够了。可惜她选了誉王实现自己的野心,否则倒真是一个难得的人才。"

"还说呢，她再聪慧，如今还不是被你算计？"

梅长苏摇头道："她在明，我在暗，纵然一时占了胜场，我也不敢太过托大。"说着又转头叮嘱一直在旁垂手静听的十三先生道："你们放出情报时也要小心，内容的多少还有放出的时机都很重要，秦般若极是精明，切不可大意。"

"是。"十三先生俯首道，"十三定不辱命。"

"好。"梅长苏微露疲色，站起身来，"如果有什么事，按老方法联系我。十三叔请回吧。"

十三先生躬身施礼，退后几步，又想起什么似的停了一下，从怀中摸出一个绣花荷包，双手递上道："小主人到这京师虎狼之地，一定睡不安稳。这是宫羽花了数月时间调配出来的安眠香，知我今天进见小主人，便托我带来，请小主人不要嫌弃她一番心意，睡前焚上一片，能得一好梦。"

梅长苏静静地站立了片刻，素白的面容上看不出什么波动。但默然片刻后，他还是慢慢伸出手接过了那荷包，看也不看地拢进了袖中，淡淡地道："好，替我谢宫羽一声。"

十三先生再次施礼，退出了竹屋，很快就消失在了竹林迷雾之中。

第十六章 杀机渐近

　　离开竹海茶庄后,蒙挚与梅长苏两人与出门时一样,一个乘坐青布小轿,一个骑着枣红骏马,后面随从着几名禁军护卫和两个谢弼派来的家仆,一行人避开熙攘的主街人流,拣安静的偏道回程。在刚刚走出小巷,来到一处十字交叉的大街口时,禁军大统领手下的一名骑尉奔来,禀告说皇帝陛下传召。蒙挚闻言刚一犹豫,梅长苏已掀开小轿侧帘道:"承蒙大统领的厚情,既是陛下相召,不敢耽搁,就在此处道别,改日苏某再上门致谢。"

　　"苏先生客气了。"蒙挚拱拱手,回身吩咐随从的禁军护卫们小心护送苏哲回谢府,自己道了声"再会",拨马向宫城方向奔去。

　　奔出数个坊区之后,蒙挚突然想起值房内用来更换的那套官服腰带上的佩玉昨日脱落,虽然不很显眼,但既然要面圣,仪容整齐还是很重要的,便放缓马速,准备命传信的骑尉绕到统领府去取一新的腰带。可是一回头,却发现四周根本没有那人的影子,心中登时疑云大生,再一细想,那骑尉的脸虽然乍一看是自己常见的属下没错,但他来传信时一直跪伏于地,只说了两三句话,根本没有细细辨认。现在思来,竟大有可能是旁人假冒的。

　　这道调自己入宫的圣命如果是假的,只要一进宫门就能被揭穿。所以对方的目的显然不是为了骗自己去做什么,而只是想要调虎离山而已。

　　念及此处,蒙挚不由得心头一沉,匆匆忙忙拨转马头,向着来时路飞奔而去。一路上扬鞭催马,运起内力遥遥呼喝行人闪开,只恨不能肋生双翅,盼着梅长苏不要有什么意外。

　　奔到分手的十字街口时,这里早已人迹杳杳。由于不远处有两条分岔口都可以通往谢府，蒙挚停了下来，马身连接回旋了几圈，也无法决定。正在心下茫然之际，突然有几声隐隐的呼叱传来，被他灵敏的耳力捕捉到。在快速地判断出了方位和距离后，蒙挚纵身从马鞍上跃起，直掠上旁边平房的屋脊，足尖数点之下，身形如离弦之箭般飞射向前。片刻之后便赶到了混战的现场，扫过去第一眼，登时又惊又怒。

只见梅长苏所乘的小轿倒在路边，轿顶已被击成粉碎，轿夫和随从们横七竖八地四处倒着，不知是昏迷还是死了，连自己留下来的那几个护卫也不例外。街道正中飞流正在与一个黄衫人激烈交手，掌风剑气仿若凌厉有形，旋成一团暴烈的气场，这些护卫们根本无法加入助战。

蒙挚无暇细看，眼睛立即四处搜寻了一圈，但没有发现梅长苏的身影，忧急之下，大喝一声直扑下来，一记如烈灸狂焰般的"光瀑掌"劈向当场，打算与飞流一起将对方擒下。谁知这一掌击出，虽然确实将对方攻击得急速后退避让，但没想到飞流却大不高兴，立即调转方向，翻掌运力想要抵挡。

"是我！"蒙挚知道此时要是与飞流交上了手，那才是平白给了敌手逃走的机会，可是飞流智力单纯，在判断上有误差，一时也来不及多说，提气跃起，想翻到另一边去，挡住那黄衫人的去路。

飞流见他收手，也不纠缠，转过攻势又向那黄衫人连出数掌。他在这电光石火的刹那接连改变了两次交手对象，但过程却流转自然，气息间毫无凝滞之感，黄衫人不由得连连"咦"了两声。

此时蒙挚已移步换位，正想再次加入战团，突听旁边轻轻地一声呼唤："蒙大哥……"转头看时，竟是梅长苏站在侧前方街沿房檐下，正向他招手。一愣之下再看看那个位置，恰好是自己刚才立足的那间房脊的下方。立时明白是因为视角被足下屋檐所阻的关系，才没有在第一时间发现梅长苏的身影。

掠身过去抓住梅长苏的手腕一探，再周身上下看了一遍。见他虽然脸色如雪玉一般，但并未受新伤，这才长吁一口气，放下心来。

"飞流暂时无妨，你先别插手。"梅长苏的目光凝重地锁在街心酣斗的两人身上，口中低低地说了一句。

"你没事就好。飞流的身手，我放心……"蒙挚刚答了半句，语音突然断掉。适才情急，他一出手后黄衫人立即后退，故而未能注意到对方实力如何，现在细看了几眼，不由得心惊。

依飞流现在的身手，早已跻身十大高手之列，其深浅不可测量，连掌镜使夏冬都败在他的手下。即便是自己这号称大梁第一高手的人与这少年交手，都要打点十分精神，不敢多加懈怠大意。没想到这个容貌木然的黄衫人，竟能在飞流全力施为下，还占着上风。

梅长苏默默看了片刻，一皱眉，心中已有判断。转头与蒙挚交换了一下眼神，从对方的目光中知道他的结论也与自己一致，于是踏前一步，扬声道："拓跋将军，你远来是客，切磋两招便可了。现蒙挚大人在此，不妨停手，大家找个地方聊聊可好？"

那黄衫人被他叫破姓名，又听得刚才向自己发出至强一掌的人就是蒙挚，心知再打下去，便是击败了这无名的少年高手，自己也讨不了好去，只得错掌后跃，退出了战团。飞流也已听到梅长苏说话，故而并不进逼，只是以犀利阴寒的目光紧紧盯着黄衫人不放。

因为知道眼前这人是琅琊高手榜上排名第三的超一流高手，蒙挚有意走在了前面，将梅长苏挡在身后，拱手为礼道："拓跋将军，贵国使团已离京多日，怎么将军这个时候反而赏光莅临了？"

拓跋昊默然站立，因为他脸上戴着易容面具，也看不到他表情为何。片刻冷场后，他抱拳还了一礼，道："敝国使团在贵国铩羽而归，敝国四皇子亲自挑选的勇士百里奇也受了这位苏先生的教训，迄今还失踪在外，下落不明。我再不来看看，那才真是颜面无存。"

梅长苏闻言笑道："莫非将军此来，是想替百里勇士教训我一下出出气？那可真是太冤枉了，我当初也是百般推辞，无奈君命难违，贵国的大使又出言相激，这才勉为其难耍了些小手段。还请将军海量才是。"

拓跋昊冷冷地"哼"一声："百里奇的武功，在他出发时我是测试过的。所以未来之时，我也道你是术士之流，耍弄手段取胜。不过今日一战……"他目光微转看了飞流一眼，"能有这样的高手在你身边当个无名护卫，想必确有过人之处。"

梅长苏苦笑道："飞流还小，哪里是拓跋将军的对手。我若有过人之处，也不至于被将军一剑劈碎轿顶，那般狼狈地逃开了……"

蒙挚听他这样说，脸色立时阴沉了几分，道："拓跋将军未经照会，来我大梁国都中随意攻击我国客卿，是何道理？"

拓跋昊哽了一下，显然有些难以回答。他自恃武功高绝，暗中潜入大梁京都想要看看以稚子逼得百里奇告败失踪的苏哲到底是何等人物。原本的打算并非想要真的伤人，不过是试探一下深浅就走，谁知苏哲身边有飞流这样的高手，被缠斗住了，接下来连大梁第一高手蒙挚都出现了。结果不仅没有走成，身份也被识破，落了如今这般尴尴尬尬、不好解释的处境。

不过虽然理亏，拓跋昊却不想示弱。何况琅琊高手榜上他排第三，蒙挚排第二，可两人却从未当面交过手，实在想不明白琅琊阁主是凭什么定的这个次序，心里早就有些不服气。现在反正已经被人捉了个现行，倒还不如趁机斗上一场，也胜过勉强的辩解，当下提剑在胸，语气冷傲地道："这里是蒙大人的地盘，我有什么好说的，动手吧！"

梅长苏本想阻止，但眉眼轻动间，旋即又改变了主意，转身退到较远的地方观战。飞流跟在他身边，神情虽冷淡，但双眸深处却有一丝兴奋。

琅琊高手榜的榜眼和探花在大梁京都的一条街巷内交手，这消息要是传出去，管保半个江湖的人都会削尖了脑袋挤进来看。而不来的另外一半，是知道自己削得尖也挤不进来。可惜这件事发生得太过突然，现在再去发布消息收门票已经来不及了，因此能大饱眼福的，就只有施施然站在一旁的梅长苏与飞流。

昔日北燕权臣坐大，慕容皇族被迫禅让江山。拓跋家主于禅让大典上一击成功，刺杀了权臣，其时满殿兵马，唯有他一剑光寒，逢魔杀魔，遇佛杀佛，一身血衣扶慕容氏复位。自此后拓跋氏稳立北燕剑宗之首，历代家主无一不是绝世高手。

比起拓跋昊那传奇般的家史，蒙挚的名气就要朴实得多了。他内外功夫皆习自少林，武功毫无神秘机巧之处，全靠一拳一脚拼到了现在的地位。与拓跋昊适才和飞流之间以快拼快的交手不同，蒙挚的一招一式似乎都使得过于清晰稳重，仿佛拓跋昊已连刺了数十剑，他才慢慢挥过一掌。然而快慢殊途，却又殊途同归，拓跋昊的剑快得像是连成了一张光网，蒙挚的慢却又凝然不动成了一堵厚墙。光网与厚墙两相激撞，撞出的是只有在这两大绝世高手间才能激荡出的耀目火花。

作为目睹这场巅峰之战的少数几个观战者之一，梅长苏显然不够珍惜这个机会，眼神飘飘的，有些分神的样子，时不时还会低下头来沉思一下，根本没有认真去看。直到那团剑风掌影从中爆裂开来，两个人各自向后翻跃了数步，再次凝神对立后，他才想起要尽观众的义务，急忙鼓掌叫好。

表面上看，这一战似乎尚未分出胜负，还应该再继续打上一阵才对。但当梅长苏一边笑称"精彩"一边走上前时，蒙挚却没有提醒他回到原处去，反而就势收起了一身的劲气，好像是趁机想要给这一战画上终止符一样。拓跋昊的表情全在易容面具之下，看不出端倪，但因为面具轻薄精巧，还是可以注意到他狠狠地咬了咬牙，眼白有些发红。不过最终他也按捺住了自己的情绪，将手中宝剑入鞘，冷冷地"哼"了一声。

"拓跋瀚海剑，果然锋似大漠炙风，势如沧海横流。"蒙挚表情认真地赞了一句，但语声随即又转为冷冽："不过我之前所提的问题，拓跋将军还是必须要回答。你来到敝国帝都，到底意欲何为？"

拓跋昊冰寒的目光在梅长苏脸上扫了一下，道："我国求亲使团善意而来，却有一名勇士无端失踪，贵国又几时给过我们解释？"

"你说那百里奇？"蒙挚虽然心里明白百里奇失踪的真相，但面上却不露分毫，"他自己身上长着脚，走到哪里去了我们怎么会知道？拓跋将军如果觉得自己有权利向敝国问罪，为何不递交国书，明着来问？"

"哼，你们大梁人素来狡言善辩，问之无益。我不过是想来看看到底是什么样的人，竟能逼得百里奇无颜再回故国罢了。"

梅长苏一笑道："拓跋将军看人，都是凭空跃出，劈开人家轿顶来看的吗？"

拓跋昊傲然道："我从不为已经做过的事情后悔，既然得罪了苏先生，你们想要怎么办，明说好了。"

"我们当然是……"蒙挚正准备说当然是要先把人扣下再说，突然感觉到梅长苏暗暗在自己腰上捏了一把，亏得他反应快，立即改口道："当然是被你攻击的苏先生说怎么办就怎么办了……"

听到这么离奇的说法，拓跋昊不由得有些讶然，视线忍不住再一次瞟向了梅长苏。无论是从身份地位，还是年龄资历上来看，现场能做主的都应该是蒙挚才对。难道这个苏哲在大梁国中地位如此超然，竟能让禁军大统领都俯身听命？

"大统领又在给我出难题了。"梅长苏一看就知道拓跋昊在惊讶什么，不由得笑了笑，但神情却很轻松，"拓跋将军方才一剑劈来，只击碎了轿顶，却没有伤人，对这些随从们也手下留情，未出杀招，显然并无意想要兴风作浪。不过百里奇之事，我等确不知情，若他自己刻意要走，将军一时半会儿又怎么查得出来？"

拓跋昊不是笨人，立即明白梅长苏言下之意。他找上苏哲，不过是为了北燕的颜面，并不是非要把百里奇的下落查清才肯罢休，于是顺着台阶就下来了，道："苏先生既说不知情，我也没有不信之理。请两位放心，我会立即离开金陵，十日之内返回敝国，中途绝不停留。"

"好！"蒙挚沉声道，"我相信拓跋将军是一言九鼎之人。既如此，你我就此分手，后会有期！"

虽然梅长苏已表露出放他离去之意,但拓跋昊还是没料到蒙挚竟答应得这般干脆,原来打算还要经历一番恶斗的准备没了用处,反而呆了呆。不过他心中深知身份暴露的自己绝不宜再在金陵城内多留半刻,一愣之下又迅速反应过来,抱了抱拳,不待对方再说第二句,转身一个纵跃,便消失了身影。

待到从气息上感觉到北燕高手真的已远去后,蒙挚俯身检查了一下伤者,见他们只是昏迷,并无大碍,这才转身将梅长苏拉到一边,轻声问道:"为什么要放他走?"

梅长苏瞟了他一眼:"大统领有把握生擒他?"

"这个……恐怕要苦战……不过他也说了,这里是我的地盘,又不是江湖决斗,我也没必要非跟他单打独斗吧?"

"抓到了又能怎样?"梅长苏淡淡地道,"杀了他,还是一直囚着他?"

蒙挚似乎没有想过后续处置的问题,有些踌躇。

"他是北燕神策上将,燕帝的爱婿,无论是杀是辱,燕帝和拓跋家主都不会善罢甘休。到时为了一个拓跋昊,若是导致两国纷争,边境不安,谁会被调去镇守呢?"梅长苏叹了一口气道,"总不会是太子或誉王吧?"

"啊,"蒙挚明白了过来,"没错,这个时候,当然不能让靖王被调出去领兵……"

梅长苏遥望着拓跋昊离去的方向,眸色中隐隐涌起风雷之气,薄唇轻抿,冷冷地道:"以前没交过手,不知他用兵如何,他日腾出空来,有的是机会与他较量。"

"不错,"蒙挚也笑道,"与此人交手甚是过瘾,到时别忘了让我给你打前锋哦。"

梅长苏跟着一笑,凌厉之气瞬间消失,又恢复了月白风清的样子,转头问道:"你不是奉召入宫了吗?怎么又想起回来看看?"

"那个骑尉是假的,路上被我识破,察觉出是调虎离山之计,所以赶紧追了过来,幸好你没有事……"

"假的?"梅长苏两道长长的秀眉一皱。

"是啊,易容术还真不错,扮成我相熟的下属模样,所以一开始才骗过了我,没有起疑。若不是半路我凑巧想起一件事交给他办,只怕要到了宫门才知有诈。"

梅长苏缓步向前走了一段,把两只手的指尖放在一起,一面搓弄着一面沉思。片刻后,他回过头来,语调坚定地道:"蒙大哥,你马上进宫,向皇帝陛下禀报今天见到拓跋昊之事。"

"啊?为什么?不是已经放他走了吗?"

"就是因为已经放他走了,所以你才要进宫,既是禀报,也算是请罪。"梅长苏黑幽幽的双眸深不见底，"因为你若不说，很快就会有人向皇帝陛下奏报你私纵他国重臣出入京都。"

"怎么会？难道那拓跋昊如此不小心，竟还被其他人识破了行踪？"蒙挚有些吃惊，"你又是怎么知道的？"

"蒙大哥，你是不是以为那个假冒的骑尉，是拓跋昊派来引开你的？"

"难道不是？"蒙挚细细一想，逐渐了然。既知道皇帝经常有这种临时召见的习惯，又知道禁军府负责传报圣命的是哪些人，还能够模仿出那人的面容和行为举止，以至于一开始把自己都骗倒的人，绝对是对金陵各方人马十分了解并有所掌握的人，而绝非拓跋昊这种偷偷溜进来没几天的外来者。拓跋昊能打听到苏哲今天出门，并在他回程路上埋伏等候就已经很不简单了。

梅长苏看他神情，已知他明白了过来，又道："我所能推测的，便是有人意图趁我出门时下手，只是忌惮你在旁边，所以设计调开了你。没想到拓跋昊从中横插进来，打乱了他们的计划，还没等他们应变而动，你又识破假象赶了回来。所以自始至终，这些人都未敢轻易露面。不过就算他们没有靠近，拓跋昊的瀚海剑法也太惊人了，我们不能冒险赌他们什么都没察觉。所以你必须要赶在前面，主动向陛下提及此事。"

"嗯，"蒙挚摸了摸下巴，点着头，"陛下现在还无意与北燕交恶，就像你说的，真要公开把拓跋昊抓捕起来，朝廷反而不好处理。逼他快些离开金陵其实是最省心的方法，陛下应该不会怪我擅作主张。"

"那也要你立即回禀清楚了才行。若是暗中放了，说也不说，皇上得知必会起疑。"梅长苏推了推他的胳膊："别耽搁了，快走吧。"

"可是这里……"

"差不多都该醒了，我和飞流守一会儿，然后自己回去。"

"这可不行，万一想要暗中对你下手的那批人还没撤走怎么办？"

梅长苏有些好笑地瞅了他一眼，低声道："大统领，你真当我在这金陵城里，就只能靠你保护了？放心吧，不会有事的。"

蒙挚愣了愣，不好意思地笑了起来。他一向不是拖泥带水的人，梅长苏这样一说，他便不再婆婆妈妈，道了声"再会"，便飞身离去。

梅长苏带着飞流检视了一下地上的人，命少年在他们的某些穴位上点了几指。拓跋昊并不想在大梁的国都里真正伤人，下手极有分寸，未几就全都苏醒了过来。这里离谢府已不算太远，梅长苏不让人重新雇轿，由飞流扶着借力，自己步行，到了府门前，再把蒙挚的手下全都打发了回去。

好端端出去，这样子回来，谢弼盯着那顶没了盖子的小轿发了好一阵呆，才想起来追问梅长苏到底出了什么事。

若说今天调走蒙挚，准备对自己下手的那些人，不用查也知道跟太子脱不了干系。毕竟来到金陵之后，认真讲起来被自己得罪的只有太子派系的人，誉王那边还梦想着能延揽到麒麟才子呢，应该不至于这么快就下死手。想必是太子终于得知了自己在郡主事件中扮演的角色，已断绝了招他入东宫的希望，这才进行到了"得不到就要毁掉"的步骤。

既是太子的手笔，就一定与谢玉相关，说不定谢府那些轿夫行走的路线都是事先设定好的，否则那个假骑尉也不会如此顺利地就在偌大的金陵城里顺利找到蒙挚。不过看着谢弼焦急询问的样子，和他听自己简单叙述时的反应，这个年轻人倒像是真的一点也不知道有关袭击的计划。而且通过这一向对谢弼的观察，梅长苏几乎已经可以肯定，以誉王的精明，之所以从来没有怀疑过谢弼，就是因为这位宁国世子是真的以为父亲默许他效忠誉王，所以言行举止并无作伪。换一句话说，谢弼根本不知道父亲是在利用他脚踩两只船，以求得将来最稳靠的结果。

想到谢玉竟然深沉至此，连自己最宠爱的儿子都要加以利用，梅长苏心中生出丝丝寒意，在面对谢弼的追问时，也因同情而显得十分温和。

"真的没什么线索可以查出是什么人干的吗？"谢弼并不知眼前的苏兄这一番心思，他只是很认真地在思考着，"一个人都没有擒住吗？"

"蒙大统领出手，谁敢停留？自然全都吓跑了。"梅长苏慵慵地一笑，"让他去查吧，我不想操这个心。"

"可这明明是冲着你来的啊，"谢弼急道，"要不我去告诉誉王殿下，请他……"

"不用。"梅长苏深深看了谢弼一眼，按住了他，"无头公案，查之无益，终究也不能把主使人怎么着了。我自己日后小心些，也就罢了。"

谢弼怔怔地想了想，脱口道："难道是……"

梅长苏截住了他的后半句话，闭上眼睛道："谢弼，我有些累了，想歇一会儿。等下景睿回来要是知道了这件事，你替我告诉他事情经过吧，我不想再多说一遍了。"

谢弼默然地看了看他苍白的肤色和委顿的神情，心知这"累了"二字不假，便不再多缠他费心，低低说了一句"苏兄请好生安歇"，自己慢慢退出了雪庐。

萧景睿当天是陪伴母亲莅阳长公主出门的，回来时天色已晚，但听谢弼说了梅长苏在外遇袭的事情后，他还是立即赶往雪庐问候。可是来到客院门前，才发现里面灯熄烛灭，院中人显然都已经安歇。若是以前，说不定他还会不管不顾，就这样闯了进去闹他们起来，但不知为什么，这一阵子朋友间的关系越来越生分了，礼数和客套竟比初相识的那几天还要多。此时瞧着黑洞洞的院门和夜影下的树枝，这种感觉更加深刻，似乎这个颇得自己敬慕的朋友，如今已真的越行越远，不再是当初一路同行、温言谈笑的苏兄了。

轻轻长叹一声，萧景睿转过身形，顺着石子儿铺就的甬道慢慢向自己的居处走去。夜静风寒，空气中有些厚重的潮腥味，也许到了下半夜又会飘雪。第一次见面，便是在秦岭雪中，以梅会友，把酒言欢，不过短短一岁光景，人事变迁已至于此，不由得人不心生感怀，脚步也越迈越慢，越走越轻。刚转过假山一侧，突觉面上一凉，伸手摸时，已是水滴。仰起头来极目四望，满天黑沉，根本什么也看不到，但肌肤和口鼻已先眼目一步，发现了开始轻轻飘下的薄雪。

未到三更，雪已落地，看来明天应是一个冰晶粉砌的琉璃世界吧。若没有这俗世纷纷扰扰，便可约上二三好友，围炉饮酒赏雪，斯情斯景，想想都是人间乐事。只可惜……

再次叹一口气，萧景睿摇了摇头，仿佛是想要甩去胸口烦闷一般，伸手抹了抹面上落雪湿潮。就在他重新迈出脚步的一刹那，眼角的视野边缘仿佛隐隐掠过一抹黑影，迅疾而过，犹如幻觉，等霍然回头再行捕捉时，眼前已无动静。

不知是因为预感还是警觉，萧景睿停止了自己的所有行动，只是静静站在假山背后，透过山石的间隙凝望着雪庐的方向。

果然未及片刻，又是黑影一闪。这次因为集中了注意力，看得更加清楚。黑影是从雪庐临东墙的那一侧过来的，跃上院墙后便伏身在屋脊上凝然不动，少顷又有第二个黑影掠进，如此这般反复数次，雪庐的屋顶上已来了将近十人。萧景睿正奇怪飞流怎么会毫无动静时，雪庐西厢的窗户突然晃了一晃，而几乎是在窗扇晃动的同时，屋脊上一声闷哼，已有一人头朝下坠入院中，夜幕下不知何时多了一条修长柔韧的身影，在鬼魅般的闪动中，余下的几条黑影已被尽数逼退回了东厢房顶，抵挡得甚是狼狈。

萧景睿面上刚刚浮起一丝赞赏飞流身手的笑容，下一个瞬间又僵住了。因为视线中出现了另一拨来袭者，自南墙而上，恰好避开了被开始那拨人稍稍阻碍了一下的飞流。萧景睿未及多想已飞身而起，口中大喝一声："什么人敢夜闯谢府！"

因为身边未带兵刃，萧景睿在呼喝的同时，只能挑了一个最前面的，以肉掌劈下。对方显然是对雪庐的情况有所了解，根本没料到除了飞流外还有第二个人存在，初时有些惊诧，但随即便恢复了镇定，一比手势，分出了两个人来拦阻萧景睿，自己与其他手下直扑梅长苏日常所居的主屋而去。

这位刺客首领的决定虽然果断，但他却犯了两个错误。

第一，他低估了萧景睿的武功。被他分配去阻挡萧景睿的两名黑衣人，第三招就被夺去了兵刃，第四招就双双倒地，只将这位侯门公子前进的步子稍稍减缓了一下而已。

第二，他低估了飞流的狠辣。因为梅长苏一直约束着飞流不许伤人，所以给了某些有心的旁观者一个错觉，以为这少年只是武功高而已。没想到暗夜之中他有如杀神，招招毙命，不留一丝生机，解决起周边的人来不仅快速而且干脆得吓人。

可是同时，萧景睿与飞流也犯了一个错误，他们都低估了那首领的实力。

在意识到自己的劣势以后，那首领快速地指令所有的人前去迎战飞流，自己独自面对萧景睿迎面劈来的一刀。

刀是钢刀，招却是剑招。因为是夺来的兵刃，使得不是太顺手，但刀附剑魂，仍是犀利无比。那首领移步换形，以腕间铁刺格挡，刚压住刀花，萧景睿后招的一掌已狠狠拍了过来。

一掌印上前胸，对方的身子如断线风筝般飞起，萧景睿这时才察觉到不对。可是未及收手，那首领已拼了硬接这一掌之力，身形如箭般撞碎了门板，直射入主屋去了。

据萧景睿素日所知，这主屋之中，向来只住着一个孱弱无力的梅长苏，别无随身仆从。

"苏兄！"萧景睿大喊了一声，冲上台阶，踏着已碎了一地的门板木屑，进入了黑沉沉的室内。血腥气扑面而来，凭着他惊人的夜间视力，也只看到一个人影绰绰地站在中间。在脑部产生下一个反应之前，眼前火光一闪，桌上的灯被盈盈点亮。弥漫室内的润黄光线中，梅长苏披着一件毛皮长氅，手扶桌面飘飘站立，灯影摇曳在他清素的容颜上，更显得有几分肃杀。

萧景睿的视线掠过梅长苏的身体，落到他随意丢放在桌面的一支小弩上。朱弓墨弦，白玉拉扣，弩身的花纹，滴滴如泪。

"画不成？"

"是，这就是班家所制的劲弩'画不成'。"梅长苏淡淡地道，"金陵果然不同于他处，竟能逼我用到它。"

萧景睿低下头，那刺客首领的尸身就躺在脚下不远的地方，一柄精巧的小箭端端正正插在他喉结正中。虽然他胸前一片殷红血色，但那显然是中了自己一掌之后喷出的，而喉间的伤口却由于箭势凌厉，刺激得死者肌肉紧缩，别无血迹溅出，可以想象当时端坐在黑暗之中的发箭人眼有多利，手有多稳。

"你最好别看。"见萧景睿似乎试图要掀开死者面上蒙的黑巾，梅长苏低声拦阻，"这么晚了，没想到你会来。"

"我听说苏兄今天在外面遇袭，有些担心。赶过来后，才发觉时辰已晚。"萧景睿手指已捏住那面巾的一角，但心头却有些莫名的犹豫，并没有立即掀开。

他并不是谢弼，他自幼就接触江湖、了解江湖，他也曾亲手杀过人，也曾看过尸横满地的江湖仇杀现场。他并不怕尸体，无论那人死得有多么难看，也不至于会将琅琊公子榜上排名次席的萧公子吓倒。

可是苏兄却说……"你最好别看"……

这位刺客就躺在面前，他的容貌被遮在黑巾之下，无论看与不看，都是同样的一张脸。就如同某些真相一样，无论自己明白还是不明白，那些事实都是永远存在的，并不会随之而改变。

萧景睿咬了咬牙，最终还是揭开了那张轻薄如无物，却又沉重如千斤的面巾。

只一眼，目光便是一跳。手指慢慢用力握成拳头，面颊上肌肉因紧张而闪过一丝痉挛。

那是一张似乎陌生，又似乎熟悉的脸。

说他陌生，是因为从未打过招呼、说过话，不知道他的名字，不知道他的职位。

说他熟悉，是因为常常见，就在父亲身边，常见他跟随着，听从并执行一些琐碎的指令。

如果这样一张脸并不能说明什么问题的话，那此刻周边的静寂则更像一张慢慢收紧的网，一寸寸地绞紧了萧景睿的心脏。

越是纯粹的静寂，越是有各种各样的声音交杂其中。夜风吹拂的声音，飞雪飘落的声音，怦怦心跳的声音，起落呼吸的声音……不该听到的声音都听到了，可是该听到的声音却一丝也没有。

堂堂宁国侯府，静夜被袭，杀声、喊声、兵刃声早就足以撕碎夜空，可是却有如一粒石子落入古井，微漪过后，便毫无反应。

院外的飞流早已收拾完所有的对手，却没有进来，不知在做什么。弥散的血气在夜风中越来越淡，淡到可以忽视。

没有人来支援，甚至没有人来查看，整个谢府像是什么都没有听见一样，安静地沉睡着，等待第二天黎明的到来。

"景睿，"梅长苏的声音稳稳响起，仿佛无视于面前年轻人怔忡的神情，语调平淡，"我今天出门看房子，是蒙大统领推荐的，在长郅坊那边。屋子很洁净结实，一应家具用器都是全的，园中景致差些，刚好可以让我彻底翻建一番。所以……我也该搬走了……"

"搬走……"萧景睿的视线仍是呆呆地看着面前的尸首，喃喃地道，"是啊，是该搬走，这雪庐，确实住不得了……"

"景睿，你听我说，"梅长苏将手掌压在年轻人的肩上，微微用力，"现在回自己房里去，就当今晚没有来过雪庐，你所看到的事，不过是一场幻梦。明天约豫津出门游玩一下，放松放松心情，一切就还是原来那样。你不要胡思乱想，让你母亲担心……"

"一切……真的可能还是原来那样吗？"萧景睿站起身，回头凝望着梅长苏的眼睛，"我不想知道父亲为什么要杀你，我只想知道……你为什么要卷进金陵城这个旋涡中来？你本是我最羡慕的那类江湖人，无拘无束，自由自在……"

梅长苏惨然一笑，看着桌上一灯如豆："你错了，世上本没有自由自在的人，只要一个人有感情，有欲望，他就永远不可能是自由自在的。"

"可是你明明可以避开……"

"景睿，"梅长苏抬起双眸，神色微见凛冽，"你并不是我，不要替我做判断。你回去吧，我明日一早就走。在雪庐这些日子，承蒙你的照顾了。等我安下新居，你若愿意，随时欢迎来做客。"

萧景睿怔怔地看着他，问道："日后，我们还可以来往？"

梅长苏展颜一笑："有何不可？只怕你日后不愿意来了，也未可知。"

萧景睿想到目前迷雾般的情势，想到父亲与他敌对的立场，心中如同塞了一团乱麻般，茫然无措。原本以为只是谢弼陷身局中，还算无伤大局，将来纵有闪失，还可靠宁国侯与长公主的地位庇护，今日突然发现其实父亲也并非如表现出的那般中立，这才明白谢家在夺嫡之争中卷得有多深。虽然素来撒手不管，虽然时常游历在外清闲自在，但自己总归是谢家的一分子，全然不关心是不可能的。现在想来，草场边言豫津劝他的那番话，竟是那么的有先见之明。

"事情还没到那一步呢，何必提前烦忧？"梅长苏仿佛知道他的心思般，淡淡笑道，"你只要守住自己一份真性情，什么事情熬不过去？就像外面这雪，虽然看起来越下越大，但你我都知道，它终究还是要停的。"

仿佛是配合他这句话，一阵风雪从被撞开的门洞中卷入，带来阵阵寒气与一条人影。飞流伸手拖起地上的尸首，轻松地拉了出去。萧景睿跟到门边一看，只见他随手一扔，就扔到了墙外，再看院中地上，已是干干净净，早没了那些横七竖八。

"你就这样丢出去就行了？"萧景睿吃惊地问道。

"行了，"回答的人是梅长苏，"放在外面，自会有人来处理。"

萧景睿听得他语声如冰，浑不似素日相熟的那个温和苏兄，不由得心头一寒，背心阵阵发冷。

飞流已经回来，牵住了梅长苏的手："一起！"

"好，"梅长苏向他柔柔一笑，神情转换那般快速，却又自然至极，"苏哥哥跟你一起到西屋去睡。你先送萧哥哥出去好吗？"

飞流转头，瞪了还在发呆的萧景睿一眼："不好！"

"飞流……"

"不用不用，"萧景睿回过神来，心中泛起一丝苦涩，黯然道，"你休息吧，我先走了。后半夜……也要小心。"

梅长苏浅笑颔首，看着萧景睿步履沉重地转身向院外走去，面上的微笑渐渐转换成了淡淡的悲哀。从后面看去，那年轻人的头低着，原本挺拔的身姿显得有些微微佝偻，仿佛有什么无形的重物压在他的肩头，必然要背负，却又背负得那般艰难。他未来将要面对什么，也许只有自己知道，但胸中那如冰如铁的执念却在清晰地说着，就算知道，那该发生的一切，也仍然会按照预定的轨道发生。

"只是开始而已……景睿……还望你能熬得过去……"喃喃低语了一声，梅长苏收起心中不经意间翻涌而出的同情，慢慢走入了西厢。

第十七章 翻手为云

那一场雪，断断续续、扯絮撕棉似的下了三天。苏哲在雪中悄悄乔迁了新居，并没有刻意通知任何一个人，可没几天该知道的人还是全都知道了。

穆王府、誉王府自然送了许多的重礼，宫里也赐出几箱珠贝锦缎之物，据说其中还有景宁公主添备的。掌镜使夏冬空手上门转了一圈儿，丢下一句"好难看的院子"就走了，不过其他陆续上门的访客们却不敢发表类似的评论，因为大家都知道，这院子是蒙大统领推荐的，武人的审美观嘛，也许就是这个样子的。

萧景睿、言豫津和谢弼自然也都上门做过客了，但是曾经那欢笑融洽的气氛却早已不复存在，只有言豫津还在努力地说着种种趣事，引逗大家开心。萧景睿基本上就没接过几句话，甚至连谢弼也不知因为什么，整个人呆呆的，打不起精神来。

梅长苏借这个机会，劝他们三个一起出京，到邻近的虎丘温泉去放松几天。

"这倒正是泡温泉的好季节。"言豫津经他一提，有了些兴趣，"不过景睿倒也罢了，随时可以拖着走人的，谢弼只怕没那么轻松想走就走，他不是像我们一样的闲人，每天有好多事务要处理，去一趟虎丘温泉再回来，起码要花半个月的时间啊。"

他话音刚落，谢弼突然一拍桌子，道："我怎么不能去，走，我们一起走……"

"你没发烧吧？"言豫津伸手摸摸他的额角，"每天都听你念叨忙，怎么现在不忙了？"

谢弼呆了呆，神情黯然："不忙了，现在……也没什么事好做……"

言豫津见他不像说假的，不由得怔了怔。萧景睿已伸手搂住谢弼的肩，道："二弟，别想这么多了，苏兄说得对，虎丘温泉是个放松的好地方，我陪你一起去，散散心……再回来……"

梅长苏心中暗暗叹息，正要说话，新雇用的一个男仆飞奔了进来，禀道："先生，誉王殿下到。"

谢弼惊跳了一下，有些无措。梅长苏体谅他现在的心情，低声道："不介意的话，从侧门离开可好？"

言豫津眼珠转了转，虽不明白为何现在谢弼居然会怕见誉王，但也知定然事出有因，没有多嘴，跟着两兄弟一起，由仆从们引领着走了。

梅长苏这边前脚刚迎至外院影壁，誉王就已经走了进来，便衣雪帽，满面谦和的笑容，礼贤下士的姿态摆得极是娴熟。见梅长苏躬身行礼，急忙跨前一步伸手扶住，笑道："趁雪而来拜访先生，只为朋友之谊，何必多礼。"

梅长苏微微一笑，就势起身。誉王展目四处张望了一下，似乎是想要夸奖，但哽了半天，才夸了一句："此院宽阔疏朗，拙朴有趣啊……"

梅长苏笑而不言，抬手请誉王进了刚布置好的书房入座，命人奉上茶来。

"先生新迁佳居，不知使唤的人可够？本王有几个丫头，姿色不错，调教得也极好，先生不嫌弃的话……"

"多谢殿下好意，"梅长苏欠身道，"苏某是江湖人，且尚未娶妻，不太习惯由婢女服侍。好在京里有些旧友，送来几房家人都甚是听用。日后有什么不足之处，再向殿下讨要。"

誉王只是随口说说，并没指望他真的会收，被婉拒后也不觉得怎样，视线在室内打量了一圈，落在书案之上。

"这是先生的大作？真是好画！"

"不是正经作的画，"梅长苏笑了笑，"虽然殿下觉得此院拙朴有趣，可惜苏某的品味还是未能免俗。这是构想的园景草样，准备开春雪化后，雇人照着这样本重新翻建园内景致。"

"哎呀，只是草图吗？就已是如此有神韵了，看这草木配搭，园径小景，微中见大，错落有致，非是胸中有丘壑者而不能为。"誉王是不值得夸的他都能夸上一句，看见这能夸的当然更加有词，"此园若是完全按这图样修建，绝对是金陵佳园。本王就说嘛，江左梅郎住的园子，怎么也该是这样的。"

"殿下过誉了。还是蒙大统领选得好，当初我第一次来，就觉得这园子的位置和形状很合心意，价钱又甚公道，便买下了。幸而这次运气不错，没有遇到兰园那种吓人的事情，住过来这几天，感觉倒很是舒适。"

誉王见他主动提起兰园，心中暗喜，离开书案回身坐下，道："兰园藏尸奇案，让苏先生受惊了。听说此案现在京兆尹府已有了初步的结果，先生可知？"

"官府的大案，草民怎么会知道……"梅长苏呵呵笑道。

誉王心下暗道，明明是你要找楼之敬报仇翻出来的旧案，岂有不步步跟踪打探的道理？不过面上却未说破，摆出温和的笑容，哈哈地笑道："说来此案真是离奇，明明是普通刑案，竟牵扯数名朝臣巨绅卷在其中。因此那京兆尹高升昨日上书刑部，称有二品以上命官涉案，京兆衙门权责有限，不能担纲主审，把一应证据证人都上交了，办事还算利落干净。"

梅长苏看着誉王眉间掩不住的得意，心中不由得一笑。那高升虽不是任何一派的人，但也不敢因为太子施点压力就篡改毁坏证据，面对这案子本是寝食难安。恰好府中师爷为了何文新的杀人案来出主意，让他把何案草草结案上报，竟然无意中提醒了他。于是立即连夜提审史都管，审出"楼之敬"的名字后立即又停止，一应细节统统不再多问，单抓住事关"二品以上大员"这个由头，把一切的案卷人等，全部封送了刑部。一天之内就推掉了两个得罪人的大案，这才算安安稳稳地睡了个踏实觉。如此一来，最多今年的考绩评个无能下等，总之性命家眷是保住了，若能贬谪到其他地方当官，那当然就更是意外之喜。

高升的这番圆滑谨慎，正中誉王下怀。如今两桩案子，一桩对己方不利的，一桩对己方大大有利的，全都攥在了刑部的手中，刑部尚书齐敏又是多年的心腹，不由得誉王不心情大畅。想到楼之敬是江左盟的仇家，这藏尸案又是梅长苏一手翻出来的，当然要过来送个人情。

"听说……兰园一案，牵涉到了吏部的楼大人？"果然，梅长苏这个聪明人一听上报了刑部，立即表现出了关切之情，"不知刑部可有权限审查同级官员？"

"先生大概不清楚朝廷的规矩，单一个刑部自然是审不得的，但只要人证物证确凿，就可以呈报陛下指派廷尉、府司监审，两部会审一部，就不受同级权限所约束了。"

"原来是这样，"梅长苏满面恍然状，"但因为之前一直都是刑部在查案，所以监审的廷尉大人想来也不太清楚案情，整个过程还是要靠刑部主导才行吧？"

"这是当然的。楼之敬这个衣冠禽兽，残害无辜弱女，刑部定不会容情，请先生放心。"

苏哲只是报案人，又不是原告，这"放心"二字原本说来古怪，但梅长苏听他这般说法，却并未表示异议，仅仅点头不语，仿佛是已经默认了自己与楼之敬之间的私人恩怨。誉王感觉到他的态度又更偏向了自己一些，带出点同谋的味道来，越发添了欣喜，本来打算另寻时机请教的一个难题也趁势问了出来。

"苏先生可知'滨州侵地案'吗？"

梅长苏低头喝着茶，随意地点了点头："嗯，来金陵的途中，曾遇过那对原告老夫妇。"

誉王突然起身，长揖为礼，道："此案令本王十分困扰，愿先生教我。"

梅长苏凝目看了他半晌，低声问道："陛下终于决定，要开审此案了吗？"

"是，父皇今日召太子与本王入宫，询问我们对审理侵地案的看法，最后……决定将此案交由靖王主审，三司协助……"

梅长苏声色不动地道："太子与殿下是如何应对陛下这个决定的？"

"都未曾反对……"誉王叹一口气，"太子不反对，是因为知道父皇绝对不肯把案子交给他，只要能不由本王来主审，他就已经很满意了，何况靖王的脾气又刚直。"

"那殿下您呢？"

"本王是不敢反对，怕父皇多心。先生应该知道，庆国公柏业，与本王交往甚厚……"誉王面露忧色，"此案没有落在太子手中，已属大幸，但本王担心的是景琰那个死心眼的人，不好打交道啊。"

"殿下前不久，不是还因郡主之事在陛下面前庇护过靖王吗？这也算是份人情吧？"

誉王苦笑道："是人情不假，但这人情还不足以让靖王俯首听命啊。苏先生也许不知道景琰是个什么样的人，说实话，本王从来没见过像他那样不知变通、冥顽不灵的人，连父皇有时都拿他没有办法……"

"那殿下是想让苏某找办法制约住靖王，让他按照殿下的意思裁断这侵地案吗？"

"先生若有良策，本王实是感激不尽啊。"

"那敢问殿下，您的意思是如何处理侵地案方才满意呢？"

"能想办法证明是刁民诬告最好。如果不能，当以平息为主。"

梅长苏看了他两眼，突地冷笑了几声："殿下，昨夜入睡，今天还没醒吗？您以为悬镜司收集回来的证据是玩耍的？"

誉王咳了两声，因为一向仁厚的形象树立久了，气量竟也习惯性地增大，不仅没恼，反而露出赧色，道："这个……是有些难度，所以才必须要想法子让靖王刻意回护才行。无论如何，只要判定庆国公不知情，罚银罚俸都无所谓。"

梅长苏抿住嘴角，眸色幽深地凝视了誉王半天，看得他有些不自在了，方冷冷地道："殿下若真的存了这个心思，苏某也只好不客气地说，世间路有千条，何苦只寻一条死路呢。"

誉王一怔："先生何出此言？"

"殿下一代贤王，深得陛下爱宠，群臣拥戴，所以意气风发，竟能与太子争辉。可惜殿下忘了，无论殿下如何权势滔天，在这大梁天下，还有一人是殿下万万不能与之为敌的，"梅长苏口角噙着一丝如碎冰莹雪般清冷的笑意，字字如刀，"那就是当朝皇帝，您的父亲。"

誉王霍然起身，争辩道："本王何曾敢与父皇为敌？"

"那殿下以为这侵地案是谁要审的？是太子吗？是靖王吗？都不是，是陛下！陛下竭尽心思找出靖王这样一个主审人，为的是什么？还不是为了一举震慑住目前的土地兼并之风！您与太子相争，当然眼里最大的事就是夺嫡，但对于皇帝陛下而言，他还要治理天下，他可以容忍你们争强斗狠，却绝不会容忍你们阻碍他推行国政。当陛下派出掌镜使去查案时，当他决定由靖王来主审时，陛下的心中对此案的结果就已经有了他自己的预期。如果因为殿下您从中掣肘，而破坏掉陛下原先设想的话，最恼怒的人会是谁？您保住了一个庆国公，却失掉了陛下的欢心，孰轻孰重您可曾想过？"

他这一行说，誉王已冒出了一额的冷汗，呆坐了片刻，伸手抓住桌上的茶碗，一气灌了下去。

"殿下，"梅长苏的声音却毫不放过他似的，带着丝丝阴冷继续传来，"庆国公早就保不住了，您一定要明白这一点才行。"

庆国公早就保不住了……

这个结论并不是梅长苏第一个说，誉王府的谋士们在合议时也曾有多人提过。不过当时大家主要的意思还是指主审的靖王是个牛黄丸，软硬不吃的脾气，又是掌镜使亲自出马收集的证据，要翻案几乎不可能云云，全都停留在操作层面，让誉王心里还存着一丝侥幸。可今日梅长苏三言两语，断的是他的根本，明明白白指出庆国公保不住，不是因为保起来很难，而是因为根本就不能去保他。

誉王不同于太子，是个本身很有判断力的人，梅长苏一点，他就知道事实的确如此，方才的一团兴头顿时荡然无存，心里沉甸甸的。其实庆国公对于誉王来说，并没有多深的私人感情，可他却是在军方普遍态度暧昧的情况下，唯一公开表示支持誉王的武臣，而他元老的身份，也足以号召起一批门生故旧，因此显得格外可贵。不过若是几天以前，这份失去虽然沉重，但还是可以勉强忍受的，然而当秦般若向他密奏谢玉已被确认倒向太子之后，他就越发感觉到庆国公对他的重要性。

　　大梁的国制，文武臣之间泾渭分明，除皇室国戚外，文臣不封侯，武臣不参政，一品以下，不能兼领文武双职。文臣的晋升可以既靠考核，也靠上司或皇帝的青睐提拔，但武臣们的晋升则必须要有军功才行，不能单靠皇帝的偏宠。正是由于这个传统，使得大部分武臣对争嫡之类与军务无关的政事不太感兴趣，因为就算冒着极大的风险卷进去选对了新君，没有战场上实实在在的军功也得不到升赏，实在是不合算的买卖，还不如乖乖作壁上观呢。只有早已凭军功升至一品，已封侯或拜帅的武臣才不受这些限制，可以得到皇帝任何的加封，从而求得超品级的待遇和家族世袭的荫赏。而目前大梁天下有这个资格的武臣，不过只有五人而已。

　　这五个人的偏向，就代表着大部分武臣们的态度。虽然从现在的情况看来，五人中除了庆国公明着支持誉王，宁国侯暗里支持太子以外，其余的好像都置身事外。

　　当然，最终影响皇帝确定传位人选的因素中，有八分还是要看太子和誉王在政务上的表现以及争夺六部实权的较量。但余下两分，皇帝还是免不了要参考军方的偏向。

　　纵然誉王有信心在那八分里占得太子的上风，但只要未能把差距拉得很大，那么这余下的两分，仍然有可能导致颠覆的结局。

　　何况武臣的态度，历来都最难把握。大部分武臣为了规避风险，从来都是不偏不倚，一问摇头三不知，只等最后的关头被皇帝当面问到，才会在龙耳边悄悄说出一个名字，绝不传第二人之耳。这样虽得不到新君的格外爱宠，但也不会招来祸端，野心不是那么强烈的人，一般都会选择这种方式。

　　由此也可以想见，得到一个一品军侯的公开支持，对誉王来说有多么难得。

　　"苏先生有所不知，"誉王叹一口气，用推心置腹的口吻道，"本王一直以为，在争取武臣支持方面我是优于太子的，因为本王既有庆国公，又有谢弼，从来不用为了军方的态度操半点心。结果千算万算，实在没算到宁国侯竟然首鼠两端，表面上他毫不反对谢弼投在本王旗下，让我误以为他心向本王，暗地里却早已投靠了太子，一手炮制出'侵地案'来意图扳倒庆国公……现在本王没有任何途径可以预先察知军方的偏向，怕只怕将来紧要关头时，就输在这一点上啊……"

对于誉王的感慨，梅长苏静静听着，除了略微点点头外，没有任何其他的表示。誉王的目光也因他的这种反应而闪烁了一下，不过表情倒一直控制得很稳，先眨了两下眼睛，再在脸上露出一抹苦笑，自责道："哎呀，是本王鲁莽了。本王竟然忘了苏先生与宁国侯府的两位公子甚是交好……说这番话，实在是让先生为难了……"

梅长苏容色淡淡，并不否认，微低着头的样子，竟像是在发怔一般。

"可是据本王所知，苏先生与景睿、谢弼虽有朋友之谊，但对霓凰郡主也大有知音之情，甚至曾为她不惜触怒太子……"誉王凝视着梅长苏的侧颊道，"也许这并非先生本意，但一步踏出，已再难收回了。如果本王猜得不差，先生如此匆忙地冒雪迁居于此，只怕也是别有隐情吧？"

"殿下想到哪里去了。"梅长苏看似轻松的笑容里隐露一丝勉强，"苏某是江湖人，一向无拘无束，不谙礼数，在森严侯府里实在住不惯，这才尽早搬出来的。至于太子殿下对苏某的误会，只要稍有机会，苏某应当还是解释得清楚的。"

听到这暗含拒意的回答，誉王眼眶的肌肉忍不住一跳，眉宇间闪过一抹煞气，但只有短短的一瞬，又立时被他硬生生忍了下去。

越是这个时候，越不能显得像太子那样气量狭小，否则就会功亏一篑，徒失已占得的先机……这是誉王在心中暗暗告诫自己的话。

梅长苏既然离开了廊州来到金陵，必定心中早已有觉悟，知道自己挣脱不了被琅琊阁一语定下的命运，已准备要择主而事。在这种被迫的情况下，谁显得更加仁厚，谁让他感觉更安全，他便会选择谁。而等他下定决心站稳了立场后，这位麒麟才子必然会竭尽所能。

因为梅长苏实在是太看重他的江左盟了。如果他所选择的一方将来在夺嫡之争中失败的话，江左盟必定会因为它的宗主而遭受到池鱼之灾，而这个，是梅长苏无论如何都不会允许发生的。所以只要能把他拉到旗下，再小心防着他不跟太子党的人接触，把他和江左盟的命运跟自己牢牢地绑在一起，就可以放心大胆地利用他的心机与才华了。

这是誉王那日被秦般若问了一句"若得到了梅长苏为下属，可愿毫无猜忌地全心信任他"之后，几番考虑确立下的用人策略，并且相当自信这个策略一定能卡住这位麒麟才子的七寸，让他尽为己用。

不过前提，当然是得先将他网在麾下才行。

"苏先生今日肯出言指点本王处理侵地案一事，本王已是不胜感激。至于将来，本王绝不敢勉强。"在温暖笑容和谦和辞气的双重搭配下，誉王很完美地表现出了仁君风范，"以先生之大才，自然审时度势独具慧眼，何须本王多加絮言。本王只想说，无论先生选择为何，无论日后际遇为何，只要先生肯再垂青眼，誉王府的大门将永为先生而开。"

这番话实在是说得冠冕堂皇、念作俱佳，令梅长苏觉得自己趁势做出的暗暗感动之色也被拉扯得自然了许多，使得正在察言观色的誉王十分满意。

"本王今天已叨扰了多时，只怕误了先生休息，就先告辞了。"誉王深知什么是欲速则不达，见梅长苏已有些动容，反而后退了一步，笑着起身道别，把刚才为了庆国公一团猫抓般的心烦忍了下去，倒也是个人物。

梅长苏跟着站了起来，欠身行礼道："殿下不计寒素，亲临敝舍，'叨扰'二字怎么敢当？现已天色近晚，本当置酒留客，无奈殿下日理万机，少有余暇，苏某实在又不敢开这个口。清茶一杯，招待不周，请殿下见谅。"说着抬手示意，已是要陪客人一起出去的意思。

按誉王的心思，当然是巴不得被挽留下来，可梅长苏这番话，听着又像是留客，又像是送客，捉摸不出他真实的意思来。若是领会错了，恐怕显得自己跟麒麟才子之间没有默契。所以尽管脑中快速闪过数种想法，最终也没敲定任何一种，只能将步子迈得慢慢的，盼梅长苏再多说几句。

幸好天从人愿，当两人并肩从书房出来，沿着折廊走到中间的凉亭时，梅长苏抬眼看了看远处苍茫的云脚，轻声道："誉王殿下不必过于烦恼。庆国公就算这次不出事，他也不是谢玉的对手，损失了也没什么太可惜的……"

"说得也是，"誉王蹙眉道，"但他在朝中总有些分量的，有总比没有好啊。"

梅长苏淡淡一笑，道："若依苏某的小见识，殿下此时宜将庆国公完全丢开，一力支持靖王才是。"

"支持靖王？"誉王这下倒真的有些讶异，"他是皇子，又奉圣命主审，谁敢为难他？哪里还需要本王支持？"

"单单一桩滨州案当然不必，"梅长苏凝住脚步，静静地道，"可殿下也知道，此案只是由头，审结之后各地立时便会呈报上多宗类似案件，牵涉到更多的豪门。在应对层层复杂关系上面，靖王实在没有经验。如果这时殿下肯加以援手，助他快速平定各豪门的反对声浪，稳住陛下'安定耕农'的国政，靖王怎么会不对殿下心存感激？"

誉王呼吸一窒，仿佛突然之间看到了以前从来没有看过的一个方向，脑中渐渐明晰："先生的言下之意是……"

梅长苏冷冷地道："庆国公有什么值得殿下痛惜的，就算是两个庆国公加起来，顶得过半个靖王吗？"

誉王的神情有些激动，面色潮红地在原地快速地踱了一圈："若能得靖王，那当然……可是靖王的心性……本王实在担心驾驭不住……"

梅长苏眸色似雪，如刀刃般直逼誉王的眉睫："驾驭不了也要驾驭。宁国侯已经是太子的人了，除了靖王，谁在军方能与他抗衡？"

誉王心知他所言不虚，眉头更是拧成一团："要与谢玉正面相抗，其他人的确不行。可是景琰是个认死理的人，本王怕将来有用处的时候，他不听调派……"

梅长苏将身子徐徐转了过来，直视着誉王的眼睛，用极慢的语速问道："殿下想要掌控军方，为的是什么？是准备逼宫造反吗？"

誉王吓了大大一跳，不由自主地四处看了一眼，怒道："先生这话从何说起？本王若存此心，天地不容。"

"既然一不逼宫，二不造反，'调派'二字从何而来？"梅长苏语声如冰，"靖王的作用，只在于震慑。就算太子那边有谢玉，甚至可以再加几个一品侯，都不算什么，只要殿下您身边有靖王，有霓凰郡主，那么将来在陛下的考量中，您和太子对军方的震慑力至少也是持平的，不至于被他比了下去。只要不走到有违臣道的那一步，所有的一切都仅仅是筹码，只需要摆出来给陛下看一看，而不需要真正使用的。"

誉王手下谋士成群，时常都会在他面前纵论朝局，点评时事，却从来没有人提出过这样新奇的言论。此时，他只觉得另辟蹊径，混乱的脑部渐渐清亮了起来。

是啊，军方不比文臣们，根本不需要收服得得心应手。因为在皇帝亲掌御林军的金陵城，在蒙挚严谨细致的管制下，动武夺嫡的可能性基本没有，所需要的，只是力量的静态展示而已。要那么听话做什么？

注视着誉王神色变化的梅长苏知他已心中大动，唇角微微向上一挑，轻飘飘地又加了一句："退一万步说，即使太子真要发动什么不轨的行动，一旦危及陛下，以靖王的刚直脾气，他还需要您去调派才肯起而相抗吗？"

梅长苏送客的路，走了足足两刻钟才走到门口。誉王在上轿之前，还刻意将他从门槛内拉了出来，亲切地抚肩叮嘱："先生身体不好，快别站在这风口上了。"

梅长苏看他一眼，心中暗道，我明明是躲在里面被你拉出来的，装什么好人，但脸上却带着笑容答道："此处确是风寒，殿下也快请上轿吧，恕苏某不能远送。"

誉王在这街前门外表演完了主从和睦的一幕，已是心满意足，带着雪粒的冷风吹在脸上又的确不能算舒服。当下不再多客套，回身钻进了轿中。

轿帘刚刚放下，梅长苏就回身进了院门，快步走入影壁之内，像是想要吐尽什么瘴气似的一连深深吐纳了几次。

"苏哥哥……"

转头一看，飞流歪着头站在一旁睁大了眼睛，满眼都是关切之色。

"没什么事，"唇边溢出自然而然的笑意，拉过了少年的手，"刚才陪毒蛇玩了一会儿，玩到后来，居然不小心恶心起来了……"

"毒蛇？！"飞流立时警觉，视线迅速四处搜寻，想要把那条毒蛇找出来。

"已经爬出去了。"梅长苏忍不住失笑，"没关系，那条蛇苏哥哥认识很久了，知道他哪里有毒，不会被咬到的。"

"不准咬！"

"对啊，有我们飞流在，谁敢咬我？"梅长苏揉着少年的头，语声渐渐又转为低沉："再说……苏哥哥自己……现在也已经变成条毒蛇了……"

飞流皱起了两道秀气的眉毛，虽然他听不懂梅长苏话中之意，但却能感受到其间的淡淡悲哀，立即靠了过来，用力摇着头："不是！"

梅长苏呵呵笑着拍拍少年的后背安抚，道："好啦好啦，都不是……我们回屋去吧，明天，飞流要陪苏哥哥出门哦。"

飞流点着头："嗯！温泉！"

"不是的，不是去温泉。"梅长苏毫不奇怪飞流怎么会听到温泉这个地方，笑着抚去他头顶的碎雪，"你还没把那个木雕的小鹰弄丢吧？我们明天要去看庭生哦。"

第十八章 覆手为雨

自从宣布要去看庭生后，飞流就停止了今天边玩边练功的活动，在每个房间里认真地找着。和所有小男孩一样，飞流也是个很不会收拾东西的人，就算再喜欢的小玩意儿，多玩两天，也仍然会不知不觉丢到异次元空间去。按以前的经验，找不到的东西就不用再找了，因为过不了多久它自己又会莫名其妙地从某个角落里冒出来。可是这次不一样，就算飞流智力有损，他也知道自己不久前刚刚搬过家，不见了的那只小鹰自己从新家冒出来的可能性基本没有，所以还是要亲自动手找上一找。

"飞流，吃饭了哦。"

"不吃！"

"飞流啊，丢了就丢了吧，饭还是要吃的。庭生明天又不一定会问你这只小鹰，就算他问，你也不用真的告诉他弄丢了啊！忘了蔺晨哥哥是怎么教你的吗？不会说谎的小孩不是好小孩……"

飞流恼羞成怒："还不会！"

"还没学会啊？"梅长苏忍着笑柔声安慰，"没关系，慢慢学嘛。我们飞流最聪明了，那么难的武功都学得会，怎么可能学不会撒谎。放心，如果蔺晨哥哥嘲笑你的话，苏哥哥帮你打他。"

如果萧景睿此刻在场，他一定会为江左盟这种教育小孩的方式而抗议的，可惜他不在，所以飞流丝毫不觉得自己接受的教育有什么不对，只是想起蔺晨哥哥那副嘲笑的嘴脸，有些郁闷地板起了脸。

"快来吃饭了，"梅长苏走过去将少年拉回了房中，"有专门给你买的三黄鸡，来，先吃两个鸡腿。要不这样吧，明天你也带一件礼物送给庭生，不就扯平了吗？"

飞流嘴里叼着鸡腿，眼睛一亮："西莫（什么）？"

"送什么啊？我想想……"梅长苏托着下巴，"应该是要送你最喜欢的吧……"

"不行！"

"为什么不行？"

"苏哥哥！"

"你最喜欢的是苏哥哥啊？那当然不能送了……"梅长苏一笑，"那送那件金丝背心好不好？"

"不行！"

"为什么又不行？"

"不喜欢。"

"你不喜欢那件金丝背心啊？"梅长苏抿住嘴角快掩不住的笑意，"可是飞流，你不喜欢那件背心是因为你武功高，不需要穿它来护体，所以才一直压箱底。可是庭生不一样啊，他年纪小，武功低，如果被人欺负，穿着那件背心人家打他就不痛了，他一定会喜欢这个礼物的。"

飞流眨眨眼睛认真地想了一下，对于梅长苏的话他向来是只信不疑的，所以很快就点了点头。

"背心就放在你床下面中间那个箱子里，晚上睡觉前把它翻出来，明天不要忘记带哦。"

"嗯！"

解决了礼物问题，飞流的烦恼一下子就没有了。生长期的少年胃口好，满桌的饭菜他一个人就吃了十之七八，等他放下碗时，梅长苏早已在一旁看了好几页书。

屋里的火盆烧得很旺，飞流脸色红扑扑的，脱去了外衣，只穿一件夹衫走过来，伏在梅长苏的膝上，有一下没一下地拨弄着他裘衣的软毛玩。

这是飞流很喜欢的一种休息方式。

不过他没有休息多久，就抬起了头，将询问的目光投向梅长苏。

"去吧。"梅长苏淡淡地说了两个字，并没有在后面加上"不要伤人"的叮嘱。

飞流纤秀而又结实的身影一晃就消失在夜色中，房顶上随即响起了异动，但并不激烈，而且持续时间很短。不到一刻钟的时间，少年就重新回到了房内，全身上下仍然十分洁净，只是带着一股淡淡的血腥气。

为了将来的宁静，必须有一个严厉的开头。无论来者是谁，都必须用血来记住，苏哲的居处是比宁国侯府更加难闯的地方，要来，就要有留命的准备。

"再过几天，院子里的机关就设好了，黎大叔他们也会搬过来住。"梅长苏剥开一个柑橘，喂了一瓣进飞流的嘴里，"到时候就不太有人敢来了，那样好不好？"

听说以后没人来了，飞流嚼着嘴里的橘瓣，眸中有些失望的神色。

"没人来也很好啊，飞流可以安安静静地画画了，你不是很爱画画的吗？"

"爱，也爱。"

"这样啊，既爱画画，也爱热闹的话，那苏哥哥想办法，给你找机会跟蒙大叔交手，你想不想啊？"

"想！"飞流的眼睛又亮了，张开嘴等着下一瓣橘子。

"好了，吃完水果，准备回去睡觉啦。"梅长苏笑着推飞流起身，"去吧去吧，顺路告诉张嫂，送些热水过来给我。"

飞流听话地站了起来，到侧院叫张嫂送水，自己也端了满满一盆回房。洗完脸、脚，刚跳上床，又想起了什么似的，从床下拖出一只大藤箱来，翻了几下，翻出一件金丝背心，手指同时还触到一件硬物，好奇地掏出来一看，竟然正是庭生所送的那只木雕小鹰。

一手抓着背心，一手拿着小鹰，倒在床上，飞流有些困惑地睁着眼睛。可能是有些想不通这小鹰怎么会跑到箱子底下去，在枕头上辗转了两下。

不过他也真的只辗转了两下而已。第三下还没翻过去，人就已经香甜地睡着了。

次日早起，梅长苏并没有立即出门，而是在室内焚香调琴，耽搁了一阵。约莫估计靖王已经出完早操，处理过例行军务后，才吩咐门外备轿，向飞流招呼了一声："走了。"

虽然现在的苏宅与靖王府的后墙之间只不过一箭之遥，但要从前门走的话，必须出门左转，走上一大段路，再左转，再走上一大段路，再左转，再走上一大段路，方能看见靖王府简朴而又不失威严的大门。

门前落轿，递了拜帖，静候了片刻。一个军尉模样的人出来引他进去，靖王并未亲自出迎，而是在虎影堂前等候。因为拜帖上有写探望庭生的话语，所以那孩子也被叫来站在了一旁。这些时日不见，庭生长胖长高了不少，神情早不似当初的阴郁畏缩，穿了一身洁净合身的棉衣，虽不华贵，但看着就很柔软保暖。他的眉眼并不是很像他父亲祁王，只有抿嘴轻笑的样子，会在人心里激起一点熟悉的感觉。

梅长苏和飞流的身影刚出现的时候，庭生就已经露出了笑意。不过他一向沉静，近来又接受了相当严格系统的教习，不像一般孩子那样跳脱。所以一直安静地站着，等靖王与梅长苏相互客套见礼完毕后，才迈前一步拜倒："庭生见过先生、飞流哥哥。"

靖王皱了皱眉，似乎很不愿看到庭生向苏哲跪拜，但一想人家毕竟是庭生的恩人，便也没说什么。

飞流在江左盟一直是最小的，所以被人喊"哥哥"的时候总是很高兴，立即从怀里拿出了那件金丝背心，朝庭生手中一塞："给你！"

庭生只觉得满手柔滑，抖开来看时，只认得是件背心，不认得是什么料子织成的。但因为是飞流所赠，他仍然十分高兴，展颜笑着道谢。

不过他虽然认不得，靖王毕竟是很有阅历见识的人，只瞟了一眼，便认出那是件水火不浸、可防兵刃砍刺的江湖至宝金丝衣，眉头立时拧了起来，对梅长苏道："金丝衣是何等宝物，这份礼太贵重了，庭生不能收。"

"你为什么要跟我说？"梅长苏回了他一记表示奇怪的眼神，"那是飞流送他的，殿下跟飞流说去。"

靖王一怔，转头看了看飞流阴冷着脸的样子，想来也不可能跟他说得清楚，也只得闷声不语，挥手请梅长苏进厅。

梅长苏出门时，是算定了靖王差不多已处理完军中事务才来的。可此时一走进虎影堂，竟看到里面还齐齐整整地站着靖王手中最得用的班底，一大半是熟人，少有几个不认识的，也俱是目光坚毅、身形挺拔的军中豪士。见靖王进来，众人立即一齐抱拳行礼。

"这位是苏哲苏先生。"靖王简单地介绍道，想了想又勉强补充一句："是本王的朋友……日后大家互相关照……"

"是！"众将齐声应道。

梅长苏淡淡一笑，点头为礼。朋友吗？也只能说是朋友了，总不能现在就跟手下宣布他是我的谋士吧？

"战英，余下的事情你主持商议吧。"靖王对离他最近的一名将军下了指令，徐徐转身面向梅长苏："这里正在议事，我陪苏先生到书房叙话好了。"

梅长苏微微颔首，两人并肩从堂后穿出，踏上青砖主道。不知为什么，他们一路上都是默默无语,谁也没有找些话来活跃气氛的意思。

其实去书房,根本不需要从虎影堂上穿过去,梅长苏知道还有另外的路。但看这情形,显然是大家议事议到一半时门外递帖请见,堂上众将好奇,想要看一看最近名声大震的苏哲是个什么模样,靖王这才特意带自己去亮了个相的。

不知道那一群猛将见到自己这副病恹恹的样子会是什么观感。军中的风尚,一直看不大起不耐劳苦的娇弱之人,想起当年聂叔叔刚入赤焰军时,不也很受了自己和景琰一些排挤,直到他一连指挥打胜了几场硬仗后方才好些吗?

运筹帷幄,摧敌肝胆。这位赤焰军中的智魂,用兵一向奇策百出,但他留在世上的最后一句话,却又异常的简单。

"小殊,你要活下去……"焦黑的火柱压在那单薄的背上,他拼尽全力将自己推入雪坑时说了这么一句话。那双清亮的眼睛里只有期盼,没有仇恨。因为他只想要林殊活下去,而活下去之后能做什么,聂真并不强求。

可是逝者不强求,生者却不能遗忘。

"苏先生不舒服吗?"靖王的声音从侧边传来,"脸色这么白。"

"没什么,只是觉得今日,似乎要比昨天更冷了几分。"

"那是当然,今天是冬至嘛。"靖王像是想起了什么似的,招手从远处叫来了一个值守的兵士,吩咐道:"去搬个火盆,送到书房。"

兵士领命而去,梅长苏微笑道:"多谢。"

"我的书房一向不生火,忘了先生怕冷,所以疏忽了。"靖王的声音平静无波,"听说先生最近有乔迁之喜,没有上门恭贺,请见谅。"

"是霓凰郡主跟殿下说的?"

靖王淡淡笑了笑未答,却也没有否认的意思。转了一个弯,书房已在眼前,火盆倒是提前送来了,只不过没搬进来多久,室内的清寒尚未完全驱散,所以梅长苏找了个离火盆最近的靠椅坐了,抬头无意中瞟见靖王的目光从南窗下的那张旧椅上掠过,心里突然一酸。

那才是以前习惯性要坐的位置,只是现在物是人非,纵然自己想要去坐,只怕景琰也不肯。

安坐奉茶,一应礼数尽到后,对话便立即转到了正题上。

"誉王暗示我想办法向你致意。侵地一案的处理你尽管放开手脚,不必顾念他。"

靖王冷冷地道:"我本来就没准备顾念他。"

"你是昨天接的圣旨吧？"梅长苏不以为忤，语气仍是平和，"过了一夜，可有什么想法？"

"悬镜司转来的证据已经足够了，此案并不难审。"靖王辞气凛凛，"庆国公不仅仅是纵容，他是主犯。"

"可他是一品军侯，有获恩赦之权。"

"犯人命案满三人者，不赦。"

"他在京都，人命案他并非亲自沾手。"

"朱家村屠村之举，有他的密函为证。"

"密函非他手书，乃是他府中师爷所为。"

"这位师爷昨晚已被我请来，今天就招供了，也不是什么硬骨头。"

"真的是客客气气去请的吗？"梅长苏目露赞赏之意，"殿下能一下子看到掌镜使的证据链中还少了这位师爷，下手疾如风雷，抢得先机，苏某佩服。"

靖王面上却毫无自得之色："那是因为庆国公以为这封密函已毁，并不知道它落入了夏冬之手，否则早就灭了口。"

"但殿下可曾想过，庆国公一案若是处置得严厉，各地有了血债的，多半会效仿上告。以前州府衙门压案不收，现在却不会了，你有信心处理这后续的大麻烦吗？"

"兵来将挡，水来土掩，何事不可为？"

梅长苏今天登门，本来还有鼓励靖王不要畏难的意思。但现在看来，此人视艰险如平坦的毛病还保留着，根本用不着他来鼓励。

"殿下如此自信，虽然可贵，不过在处理具体事项时，还该有微妙的差别。"梅长苏正色劝道，"豪门大族们虽一向各自为政，但那是没遇到需要联合的情势。殿下在处理不同的案子时，如能恰到好处地出现一些偏差，有的护着，有的轻一点，有的却要重一点，这样一来，各豪门之间利益不均，又摸不到规律，结盟就结不成了。刹住土地兼并之风，又不引起豪族们大规模的联手抵抗，稳住农本，减少流民，让一切按照陛下最佳的预期发展，就必会使他对你刮目相看。"

听他这一席话，萧景琰神色震动，沉吟良久，低声说了一句："先生所言极是，我只知一视同仁，说不定反而达不到效果。"

梅长苏一笑，顺便又道："既然誉王有意助你一臂之力，你也别太冷了，偶尔遇到他的人犯事，挑两个出来轻判，以示回应吧。"

靖王浓眉一挑，奇怪地道："他本该全力维护庆国公才是，怎么会拿自己手里的肥肉，来向我这块硬石头示好？"

"因为他知道，这一次他根本拧不过陛下的心意。"梅长苏伸出手在炭火上烤着，眼中亮光轻闪，"没了庆国公，又知道了谢玉在敌方阵营，不由得他不心慌。对于现在的他来说，你可是非常重要的。"

"为了让我显得很重要，承蒙先生如此大手笔地折了庆国公，又揭露了谢玉，"靖王冷淡地"哼"了一声，"真是多谢了。"

"怎么，殿下不愿意记我一功？"

"我只是不想让人觉得我跟誉王是一派的……太子和誉王，谁的身边我都不想站……"

"虽然是有些委屈你，但我保证不会有什么过分的事让你办。再说你被压制多年，大家应该能够理解……"

"我并不在乎世上的人怎么看，"靖王的牙根微微咬紧，视线有些不稳，"可是死去的人应该也是有英灵的，我不想让他们看到这样一幕……"

梅长苏胸中涌起一股火辣辣的感觉，稳了好久才再次出声："魂灵是不会只看表面的，他们知道你的心，何况这些都只是权宜之举。"

"其实我都明白。是我自己的选择，谈不上委不委屈。"靖王深吸一口气，"我会照你的安排去做，放心吧。"

梅长苏安然一笑，揭过这个话题："陛下的旨意，是由殿下自己选择辅审的三司官员吗？"

靖王点点头。

"殿下定好人选没有？"

"请先生指教吧。"靖王很干脆地道。

梅长苏从怀中摸出一页对折好的纸来，递到靖王的手上。萧景琰打开细细看了半日，陷入了沉思之中。

"这几个人选，殿下觉得如何？"梅长苏候他静静想了一阵，方缓缓问道。

"很好。"靖王简洁地评价道。

"这些人，殿下值得深交。"梅长苏笑了一声，"不过他们将来却绝不会是殿下的羽翼。"

听他这样说，靖王并没有惊奇的表情，反而颔首赞同，显然早已领会到了梅长苏言中深意。

第十八章 覆手为雨　215

"谋士中，殿下有我就够了。军方更是毋庸费心，宫里有景宁公主，她不太惹人注意，反而是个强助。至于朝中……我认为殿下不需要羽翼，因为越早有羽翼，就会越早被太子、誉王忌惮，殿下所需要的，只是纯臣而已。"梅长苏语调低沉，却字字清晰，"纯臣越多，权谋就越少，殿下也有更多的空间可以守住真性情。何况与这些人相交，不会让你感到不舒服的。"

"可是这些人……都很难上位……"

"在太子和誉王那里的确如此，我希望殿下可以改变这样的状况。这些人不缺才干，也不缺智谋，他们只缺机会。依他们的品性，将来虽不愿党附，但却会感念知遇之恩。殿下只需要与他们真诚相交就行了，如果想算计他们什么，让我来做。"

"你……"靖王怔怔地看了他半晌，"你有必要做到这种程度吗？"

梅长苏淡淡一笑："这原是谋士的本分。若让殿下亲自去翻弄是非，我还不放心呢。"

"我明白了……"靖王似乎想起什么似的，低声道："那天你投书让我到庆云楼去坐上半日，就是因为这个……"

"没错，"梅长苏一笑，"你们已经认识了？"

"是。当时枯坐无聊，他又很招人耳目。"靖王在椅上舒展了一下身体，"人家到庆云楼都是吃饭，只有他把店方的采买叫上来，一项一项地问柴米油盐肉菜蛋的价钱，由不得我不注意到他。"

"户部掌管国库钱粮，本就关系国计民生，可惜现在已被楼之敬搅成一个大染缸了。能真心实意关心考察物价走向，扎扎实实做事的人，竟只余了他一个。若非他是清河郡主之子，出身高贵，只怕也早就被排挤出去了。"梅长苏感慨道，"你们那天相识后，聊得开心吗？"

"甚是投契。"靖王深深看他一眼，"楼之敬卷进那样的命案里，尚书只怕做不了几天了，你是不是有什么打算？"

"殿下觉得呢？"

"沈追现在是三品侍郎，再升一级领任尚书也不是不可能。但他既不是太子的人，也不是誉王的人，你想推他上位，做得到吗？"

"就是因为他两边都不靠，这个机会才能落到他的头上。"梅长苏的笑容很是笃定，"当然现在尚有很多事情要做，不过把握也有几分。誉王多少年才等到这个机会，一定会疯狂阻止太子重新推一个自己的人上去。而太子这边也一样，楼之敬倒了已是一个莫大的损失，若是让誉王趁机上位岂不损失更大？两人互不相让，自然渔翁得利。"

"是啊，情势如此，还有你推波助澜，沈追实在有幸。"靖王仰首笑了一声，"不过先生也确是神鬼手段，不愧麒麟才子之名。"

梅长苏面上泛起一丝苦涩，垂目不答。才气吗？谁又真的比别人都强，只不过这些年殚精竭虑，只想着这一件事，自然就会周全许多。

"不过沈追也确是一股清流，推他上位，实我所愿。"靖王凝目过来，拱手为礼："先生的体念，我也领情。"

梅长苏欠身还礼，又道："沈追只是第一步。再过些日子，礼部、吏部和刑部都会出缺，我看重的人，全在给殿下的名单上。还请殿下借着同审一案的机会，一来相交，二来品察，还要给他们机会多立功劳，让皇上对他们也留下好印象。这些都是聪明人，殿下是不是有意分功提拔，不用明说他们也会心知肚明。"

"沈追的机会已是难得，怎么那三部也会出缺？"靖王刚问了一句，突然想起户部尚书楼之敬倒台的根源就在于这位苏哲随手买了个园子，脑中立即明白了过来。

"短时间内还不会出事，殿下静下心先办侵地案的差事吧。"梅长苏眸中微露厉辣之色，"等过完新年，我再请何敬中和齐敏，跟他们的主子一起入戏……"

简简单单的一句话，只因为是从梅长苏口中说出来的，便似有风雷涌动，容不得人轻易置疑。靖王凝视着面前清雅素淡的书生，想起自他入京后明里暗里掀起的波谲，心中不免感慨。只是不知道这位才纵天下的江左梅郎，怎么会如此心志坚定地选择了自己？真的只是像他所说的那样，扶持一个不受宠的皇子，可以得到更多的倚重和更高的地位吗？

"殿下今天的军务特别的多吗？"梅长苏仿佛不知道他在想什么似的，将手拢进袖中，闲闲问道，"我来时已不算早了，却看到你们还议事未完。"

"例常事务处理起来很快，今天耽搁，是因为出了一件棘手的事情，京兆尹府的高大人来向我求助。"

"又有棘手的事情了？这位高大人今年的运道还真不错，"梅长苏不由得笑道，"不过这次不是我给他找的麻烦了。到底是什么事呢？"

"不是什么费脑子的事情，要动用蛮力罢了。"靖王道，"东郊山区最近出现一只怪兽，惊扰山民，报案到京兆尹府，那些捕快们武力有限，竟捉它不住，所以来我这里借些兵将。本来也不是难事，不过我们想商议一下，怎么能够设伏活捉这个怪兽，好看看到底是个什么东西。"

"纵然是郊外，毕竟也是帝都王城，怎么会出怪兽？倒真是奇事，殿下捉到后，不要忘了让我开开眼界。"

靖王挑了挑眉："没想到苏先生竟也是有好奇心的……"

"难道在殿下眼里，苏某就只有满腹阴沉坏水吗？"梅长苏自嘲了一句，因为觉得足部发僵，便起来踱了几步，走到西窗旁，顺手想摸摸挂在窗旁墙上的朱红铁弓。

"别动！"靖王立即叫了一声，梅长苏一惊停手，略一沉吟，慢慢将手臂放下，也不回头，口中低低说了一句："抱歉。"

靖王也觉有些失礼，讪讪解释道："那是朋友的遗物，他生前……不太爱陌生人碰他的东西……"

梅长苏神情漠然地点点头，未予置评，站在窗前出了一回神，什么也没说，便很突兀地表示要告辞了。

靖王只当他是因为自己不许他碰铁弓而着恼，心中也有几分过意不去。但如果要道歉的话又是不可能的，何况林殊的铁弓，也确实不能让人随便乱摸，当下也只有当作不知，起身相送。

两人并肩走出书房，气氛有些微妙的尴尬，梅长苏好像不想开口说话，靖王又不擅长随口打哈哈，就这样一直默然无语地走到演武场旁边，两个人才一起停下脚步。

其实通向大门有一条端端正正的主路，是在另一边。但两人之所以会这样有默契地一同选择反方向来到此处，是因为他们都猜到飞流一定在这里。

靖王是军旅之人，他的王府与其他皇子府不同，内院隔得很远，也很小巧，反而是前院占地极大，除了有步兵的数个演武场外，还有练习骑术的马场。

此刻中央武场里的局面，完全可以用"热闹"来形容。飞流虽仅仅是个护卫，但他在金陵城的名气，不仅没有半点逊色于梅长苏，甚至对于某些武将来说，那个文弱清瘦的书生勾不起他们的太多关注，反而是一身奇诡武功屡战高手的飞流更让人好奇。

所以原本负责招待飞流的庭生早就被挤到了外围，团成一圈儿向飞流挨个儿挑战的，全都是靖王手下的战将们。

从飞流毫无表情，但亮晶晶的眼睛里可以看出，少年今天玩得相当高兴。因为在江左盟的时候，大家每天都是忙忙碌碌的，难得会有这么多人一起陪他练武，更别说这些陪练的人武功都还不错，而且全都非常正经，没有一个人有逗弄他的意思。

见到靖王走来，眼尖的人已闪开一条路，纷纷躬身行礼。靖王看梅长苏没有别的表示，便挥了挥手道："你们继续。"

这时轮到机会与飞流交手的，是一对使长枪的孪生兄弟，年纪不过二十五六，看服色应是校尉品级，都生得高壮结实，一柄枪舞得虎虎生风，配合得也极是默契。若放在战场上纵马杀敌，当然是一把好手，可惜面对武学高手，这点步战的底子就不够了，飞流又不是会因人而异手下留情的人，一上来就把人家两兄弟左一个右一个给抛到了场外，脸上还同时绷紧了一点，大概是觉得这一轮的对手太弱不好玩。

"这样的就别下场了，让殿下看点精彩的！"随着这粗犷的一声，一个体型魁伟却又不笨重的身影出现在飞流面前，手执一柄长柄弯刀，浓眉大眼，神威凛凛，还未出手，已有先声夺人的气势。

"戚将军！戚将军！"周围人群立时大噪了起来。

四品参将戚猛，是跟随靖王多年的心腹爱将，军中也甚受拥戴。他一出面，气氛自然更加热烈，热烈到连飞流都感觉出这个人应该不是平常之辈，所以眉宇间泛出一丝欢喜的气色。

在一团加油声中，靖王稳稳地负手而立，表情十分冷淡。

因为他知道戚猛根本不可能是飞流的对手。

果然，一开始飞流因为对那柄造型奇特的弯刀很感兴趣，所以放过了几招，等后来看清楚了之后，掌风就突转厉烈，饶是戚猛功底深厚，兼天生神力，也根本抵挡不住，连退数步，拖刀背后一挽，雪亮的刀背突然环扣一震，竟飞出一柄刀中刀来，疾若流星，出其不意地直扑飞流面门而去。这一招是戚猛的撒手锏，也曾屡败强敌，助他立了很多战功。不过对于飞流来说，这种级别的攻击根本不足以令他感到意外，随手一拨，就把那把飞刀挡射到一棵树上钉着。戚猛双眉一皱，大喝一声"出"，刀背一抖，又是一道亮光闪过。

梅长苏容色未改，但黑漆漆的瞳孔已在瞬间剧烈收缩了一下。

因为这一次，那柄飞刀竟是直冲着他的咽喉而来的。

若是以前的林殊，这样一柄飞刀自然不会放在眼里。但如今全身功力已废，只怕一个寻常壮汉也打不过，想要躲开这如雪刀锋自是绝无可能。

既然躲不过，那又何必要躲，所以梅长苏站在原地，纹丝未动。

飞流的身影此时也已化成了一柄刀，直追而来，但终究起步已迟，慢了一步。

飞刀的刀柄，最后被抓在了靖王的手里。刀尖距梅长苏的颈项，不过四指宽度，但方向却稍稍偏了一些，即使靖王不出手，想必也只会擦颈而过。

梅长苏轻轻地向飞流做了一个手势，什么意思没人看得懂，只看到飞流停止了一切动作，安静地站住。

戚猛抓了抓头，呵呵笑了一声，道："失手了，你们读书人没见惯刀啊剑的，吓着了吧？"

梅长苏面如寒霜，目光如冰针般地锁在了戚猛的脸上。

这一幕在军中并不罕见，对待新人，对待外军转调来的，对待其他所有没好感的人，常常会来这么一招下马威。如果对方表现得好，就可以得到初步的认同。

林殊以前也干过这样的事情。那一年，当父亲把一个四十岁还在兵部任闲职的瘦弱文士引入赤焰军担任要职时，年少气盛的少将军就曾经故意震断自己的剑，让一块剑锋碎片飞向那个单薄的身影，以此来试验他的胆量。

那一次，父亲的军棍罚得格外的重，几乎打得自己三天起不了床。

梅长苏相信靖王一定记得这件事，记得当时父亲训斥自己的话语。

在行刑的现场，身为当事人的聂真并没有说一个字来求情。因为他知道，林殊挨打的原因，不是因为挑衅聂真，而是因为当他挑衅聂真时，祁王殿下就站在聂真的身边。

就如同当那柄飞刀射过来的时候，靖王就站在自己身边一样。

虽然戚猛没有恶意，虽然他的目标绝不是靖王。但他毕竟是将利刃刀锋，朝向了自己主君的方向。

如果靖王一直安守现状，如果他的未来走到尽头也只是一个大将军王，那么这一幕可以一笑置之。

但现在情况已经不是这样了。当他的雄心和志向指向大梁最至尊的宝座时，他就必须有意识地培养自己属于君主的气质，那是一种绝不允许以任何方式被忽视、被冒犯的气质。

看着靖王阴沉得如同一块铁板的脸，原来还笑嘻嘻的戚猛感觉越来越不对了，渐渐心慌的他，不由自主地将视线投向自己的左前方。

靖王麾下品级较高的将军们就站在那个地方，大家的表情都有些紧张，其中一个人暗打手势，示意戚猛跪下。

"是末将鲁莽了，给先生赔罪，请先生念我粗人，不要见怪。"戚猛想了想，以为靖王动怒，是因为爱重苏哲，恼恨自己对他无礼，所以立即从善如流，向着梅长苏作了个揖。

"不用跟我道歉，"梅长苏冷冷一笑，说出的话就如同带毒的刀子一般，"反正丢脸的是靖王殿下，又不是我。"

他没有理会自己这句话引发的骚动，两道目光依然寒意森森，从戚猛的脸上转移到了靖王的脸上："苏某本久慕靖王治军风采，没想到今日一见，实在失望，一群目无君上纲纪的乌合之众，难怪不得陛下青眼。朝着靖王殿下的方向扔飞刀，真是好规矩，可以想象殿下您在部属之间的威仪，还比不上我这个江湖帮主。苏某今天实在开了眼了……告辞！"

他的话刚说到一半时，戚猛的额头已挂满了冷汗，"扑通"一声就跪了下去。靖王冷冷地看着他，一言不发，面沉似水，在场的人全都噤若寒蝉，陆陆续续地跪了一片，连不太明白的庭生也被这气氛吓到，悄悄跟着跪了下去。所以当梅长苏带着飞流旁若无人地直端端出府门而去时，竟无一个人敢拦住他声辩。

因为大家都意识到，苏哲的话虽说得难听，却没有一个字说错。

虽然说比武较技，测试外来者都是惯例，但靖王在场和不在场，那毕竟应该是大不一样的。

"殿下，"最后还是靖王府中品级最高的中郎将列战英低低开口，"属下们知错了，请殿下息怒，属下们愿意认罚。"

戚猛一个头猛叩下去，颤声道："请殿下责罚。"

靖王的目光，冷冽地向四周扫视了一遍，见众人全都低头避让他的视线，才转回到戚猛的身上。

梅长苏用最尖锐的话语，为他留下一个大课题——整饬内部。因为一旦选择了那条至尊之路，随之而改变的东西会比想象中多得多，在借侵地案取得其他资本的同时，他必须想办法把靖王府的上上下下，也锻造成一块坚实的铁板。

靖王第一次感受到了肩头的沉重，但他的腰也因此而挺得更加笔直。

"戚猛无礼不恭，狂妄犯上，重打五十军棍，降为百夫长。战英，你监刑。"

只说了这一句，靖王转过身子，大踏步离去，将一大群不知所措的手下，丢在了校场之上。

第十九章 各显神通

冬至日后，年关渐近。本应是辞旧迎新、喜气洋洋的时段，京城里的气氛却因为皇帝的一道旨意而陡然紧张了起来。

"滨州侵地案，令靖王萧景琰主审，三司协助。查明立判，不得徇私，钦此。"

从宣旨太监手里正式接过明黄绸旨的第二天，萧景琰就宣布了协审的三司官员名单，本已震动的朝野立时又多震了一下。

如果说靖王主审使得庆国公在此案中脱罪的可能性变得十分渺茫的话，那这份协审官员的名单，更是彻底将他打入地狱。

虽然朝中官员有的骑墙，有的偏向，有的首鼠两端，但能跻身于庙堂之上多少都有几分聪明，被靖王选中的都是些什么样的主儿，大家也知道个七八分。

庆国公此番在劫难逃，几乎立即成为朝中共识。不仅亲朋故旧无一敢施以援手，甚至连公认的他最大的靠山——誉王萧景桓也表现出奇怪的态度。

刑部是誉王的地盘，靖王审案的主要地点就在这里。本来大家都以为他多多少少会受到一些掣肘，没想到誉王却配合得令人惊异，要人要物，都是一句话的事儿，从不打半点麻烦。若有人无意中怠慢了一丝半缕，还会受到严厉的训斥。

本已岌岌可危的庆国公弃子之势至此已定，一品军侯的荣华富贵肯定是没有了，唯一的悬念只剩下他最终会否被皇帝恩赦饶了性命。

侵地案开审近十天后，还尚未结案，各地已陆续听闻了风声。相似性质的案件呈卷从四面八方飞向京城，有过兼并行为的豪门也开始悄悄向耕农退地补偿，时不时也会发生一些胁迫封口的事件。靖王在处理这些继发事件时展示了他不为人知的行事风格，沉稳中有果决，坚守中有灵活，与协审众官员的配合也两相愉快。一桩原本可能引发乱局的大案因为皇帝支持，誉王配合，帮手能干，被靖王办得甚是干净，赢得众人交口称赞。

不到一个月，案件已基本审结，庆国公及其亲朋主犯共十七人，被判绞候监。家产悉数被抄没，男丁发配，女眷没官。

立押封卷后，靖王带着同审官员，一起入宫见驾，回复旨意。

梁帝很快将他们召进了武英殿。迈入殿门后，靖王才发现誉王已在驾前，而且好像并不是才进来的。

"景琰，你的差使办完了？"梁帝曼声问了一句。

"儿臣遵从父皇旨意，已审结庆国公涉嫌伙同亲族侵占耕家田产，并杀人害命一案。案卷在此，请父皇查阅。"

梁王接过太监转呈上来的卷宗，从头到尾翻看了一遍，神色淡淡地"嗯"了一声，随手便将案卷递给了一旁的誉王，扫视了一下阶前诸人，问道："案文是由何人执笔？"

靖王回道："刑部主司蔡荃。"说着便示意蔡荃上前拜见。

"写得好。条理清楚，言之有据。"梁帝看了蔡荃一眼，目光又移回到靖王身上，沉默了一会儿，方道："你做得也不错，还要处理好后面的事情，继续稳住局面。"

"儿臣遵旨。"

誉王插言笑道："这案子的确办得漂亮，父皇真是选对人了。这么大一桩案子，亏得是景琰，要是换了旁人，只怕现在还团团转呢。"

梁帝温和地看着他，脸上露出笑容："你这次也很懂事，让朕省了不少的心。朕的皇子中，也就你最是稳重识大体。听说你还主动帮景琰处理一些事情，是吗？"

"儿臣是怕景琰很少来刑部，有不顺手的地方，所以帮他打打杂。"誉王一面笑着，一面摆手。

"你这是有心胸，朕很喜欢。来人……"梁帝微微抬了抬手，召来近身内侍，"取金珠皇缎四表，赏给誉王。"

"儿臣谢父皇隆恩。"

靖王辛苦查案，差使办得又快又漂亮，也不过得了两句不咸不淡的赞语，誉王不过零零碎碎没添麻烦而已，却蒙如此重的恩赏。陪同靖王来复旨的一众三司官员看在眼里，嘴上虽没说，心中都极是不忿。

面对父皇的偏爱、誉王的得意与同僚的同情，靖王自己倒没有什么异样。不公与委屈这些年早就习惯了，梁帝的盲目与偏宠现在已不能给他带来丝毫的沮丧，反而激起了他熊熊的斗志。

从武英殿告退后，靖王与三司官员刚刚分手，誉王就从里面赶了出来，老远就喊着："景琰，你等一下。"

若按以前的性子，一定是当没听到就走了，可对于现在的萧景琰来说，自己的喜恶已经不算什么了。所以，他停住了脚步，平静地转过身来。

誉王赶至近前，满脸都是友爱的笑容，握了靖王的手解释道："你别委屈，父皇对你办的这个差使十分满意，他是打算等你把整个事情都结束后再一起封赏……我是无功受禄，沾了你的光，那些金珠皇缎，如果你不嫌弃，我这就让人送到你府上去……"

"皇兄客气了。我只专武事，用不着这些。"

"哪里是给你用的，弟妹们才正好适用……"

靖王皱了皱眉，淡淡地道："皇兄不知我府中只有侧妃吗？论规格用不起这些东西，多谢皇兄的好意了。"

誉王怔了怔，明明是最长袖善舞的人，这一刻竟有些说不出话来。若论礼制，靖王是郡王而非亲王，他的侧妃们位次更低，不能佩金珠服皇缎。可是这条规矩其实也并没有执行得那么严格，不要说各府侧妃，甚至有些侯夫人都曾佩过仿金珠以示时尚，皇帝也睁一只眼闭一只眼，没把这当成一回事。偏偏靖王这一板一眼的脾气，非要守这个规矩不可，自己还不能说他错了，只好讪讪笑两声，道："是我思虑不周了。不过你这般能干，封亲王也是迟早的事，没什么大的关碍……对了，正月眼看就到了，我初五那天排年宴，景琰你一定要赏光哦，往年都请不动你……"

靖王心道你往年也没请过我，不过他当然明白誉王此举是为了向外界展示两人之间的友好关系，所以也没为难他，缓缓点了点头道："应该去给皇兄、皇嫂请安的。"

誉王见他虽然仍像以前一样神情冷淡，但好歹已经有了回应，可见自己最近时常回护他的人情有了效果，心中甚喜。正要多亲近几句，皇后的一名女官过来催他快去正阳宫，没办法只好丢下一句"有什么麻烦事情，尽管来找我啊"，便匆匆离去了。

对于誉王的示好，萧景琰处理得相当冷静，既没有热情地回应，又让人感觉到若有若无的偏向。由于他平素给人的印象一直是很冷硬的，这一丝丝偏向，就已足以引发各式各样的联想。太子眼看着好容易打翻了一个庆国公，又冒出一个更了不得的靖王，极是气闷。反倒是谢玉沉得住气些，被誉王在朝堂上故意甩了好几次脸子，也隐忍不发。

除了侵地案，其他两桩颇受朝野关注的案子也各自有了进展。

这两桩案子几乎是同一天由京兆尹府呈报上来的，但接案的刑部却采用了截然不同的处理方法。枯井藏尸案以最强班底，摧枯拉朽般地迅速完成了勘察、搜集证据、审讯、判案、上报核准等系列程序，楼之敬虽抵死不认，无奈罪证确凿，已被停职收监，只待皇帝朱笔，这位风光一时的户部尚书大人就会成为过去时。可何文新杀人一案，明明也是案情清晰，却一再被搁置在一旁晾着，文远伯来催，齐敏就会搬出许多疑点来搪塞，每每回复都是待查待查，渐渐地竟有些向误杀方向扳了过去，气得文远伯卧床不起。

总之，旧年年底的风水，似乎有些顺着誉王的心意在流动，使他在欣欣然之际，不免有些得意忘形起来。

而及时给誉王淋上一瓢冷水清醒清醒头脑的人，却是红袖才女秦般若。

螺市街鼎足而立的三大青楼，就是妙音坊、杨柳心与红袖招。相比于前两者的名声久远，新成立不过数年的红袖招是后来者。可是从近来的趋势来看，红袖招的风头似乎越来越盛，渐渐已有长江后浪推前浪之势。

那是因为妙音坊的乐与杨柳心的舞，总还是需要来客拥有一点点看得过去的品位，而红袖招的揽客秘器——美色，则是四面八方通杀。

这世上也许有不喜欢音乐和舞蹈的男人，但是绝对没有不喜欢美女的男人。

红袖招的姑娘们向来以美貌著称，你进门随便抓一个，就算她不会唱曲儿、不会起舞、不会吟诗、不会作画、不会巧言赔笑、不会聪颖解语，但最起码，她一定很漂亮。

漂亮、温柔、不摆架子，这就是红袖招姑娘们的特色。如果你在妙音坊吃了宫羽姑娘的闭门羹，或者在杨柳心排不上队成为心杨、心柳姑娘一天只接待一位的那个幸运儿，你就可以到红袖招来寻求慰藉。

这里的姑娘没有古怪清高的脾气，从来就不会把客人朝门外推，前提是你付得起钱。

漂亮的姑娘当然很贵，越漂亮的姑娘自然就越贵。不过在这金陵城里，最不缺的就是拿着大把银子不当回事儿的冤大头。

誉王府里神秘美艳、颇受倚重的秦般若，就是这座红袖招的老板。不过她本人既非歌伎，也未入乐籍，她就真的只是老板而已。

虽然同样拥有足以颠倒众生的美貌，但秦般若从来没有公开在红袖招中露过面，京城里知道她才是这座青楼真正拥有者的人，不会超过三个。

除了滚滚财源以外，红袖招给秦般若带来的另外一项丰厚的收入，就是情报。

人在掷金买笑时，一般都是神经最放松，嘴巴也最放松的时候，只要稍稍有点技巧，就能探听到很多有用的事情。

红袖招里的某些姑娘，经过秦般若严格特殊的训练，懂得如何哄恩客说更多的话，聊各种各样的事情，然后再把听到的大致内容凭记忆写出来，每天上报一次。

秦般若的大量时间，都是花在这堆未加筛选的呈报上面。每天要阅看数百份，然后从中挑出有用的情报，再有针对性地跟踪了解。

不过这不是秦般若获得情报的唯一手段。除了还身在风尘场中的人以外，秦般若还会特意培养一些聪明的姑娘，想办法将她们嫁入朝臣府第为妾，以此来获取更多鲜为人知的资料。

对于誉王来说，这个纤美慧敏的女子，绝不亚于他府中任何一个谋士。当然他心里还希望在不久的将来，这位美丽的姑娘能够不仅仅只是他的谋士而已。

这次秦般若发现事情不对，是从一份例行的呈报上面看出的。

一位客人在与姑娘调笑时，随口说道："出来玩就是要开心，这个姑娘没空就找下个姑娘，犯不着一棵树上吊死。你看那何文新，在青楼里争强吃醋，他逞的哪门子威风啊？心柳姑娘再好，也抵不上自己的命要紧，他还以为靠老子爹能逃命呢，真是的……"

对这段话生出警觉的秦般若立即派人调查这个客人，发现他是当朝皇叔纪王府上的一名长史，一向最是好色。案发当日，他也在杨柳心买欢，不过，却并不在现场。

秦般若疑心未除，特意派人对他套了一次话，结果却套出一件惊人的事情。

结合手头已知的一些资料，秦般若意识到事态的严重性，于是立即去见了誉王。

"你说文远伯已有重要人证握在手里，只是在观望刑部态度才隐忍未发？"只听了几句话，誉王就皱起了眉，"他怎么这么沉得住气？"

"因为文远伯已经失去了对刑部的信任。"秦般若口气十分笃定，"依照目前的案情，根本不缺证人，只要刑部有半分要公平处理的意思，不需要再多加这名证人也能定案。但如果刑部安心要为何文新脱罪，他就是再多推出这个人证也没用，反而会白白让刑部有了准备。"

誉王慢慢点着头："我明白了。你的意思是说，文远伯在等刑部结案，如果判决的结果让他不满意，他就会直接把这个人证带到皇上那里去喊冤？"

"是。"

"皇上会信吗？"誉王冷笑道，"文远伯头脑发热把事情想得太简单，你怎么也跟着紧张。刑部结案一定会把细节都处理好的，光靠文远伯带个人到皇上面前红口白牙地说，能顶什么用？"

秦般若秋水般的眸子轻漾了一下："别人不行，这个人证可以。"

誉王见她说得郑重，不由得怔住。

"请恕般若失职，当日现场混乱，人证众多，我奉命去调查案情时有所疏忽，没注意到京兆尹拘传的所有目击人证中，少了一个人……"秦般若抿了抿嘴角，颊边闪现了一个浅浅的小酒窝，使得她在一派严肃的表情中，透出了一丝妩媚，"后来纪王府有个长史在红袖招说了些让我起疑的话，所以我又重新查对了一遍，这才发现不是京兆尹高升漏传，而是这个人他根本拘传不了……"

"你说来说去，这个人证到底是谁？"

"纪王爷。"

誉王不由得吃了一惊："纪王叔？"

"是，当日在案发的那栋小楼里还有两位客人，其中一位就是纪王爷。他应该是……目睹了整个案发过程……"

"哎呀，这就难办了！"誉王额头阴云沉沉，"纪王叔虽然不理朝事，只爱风花雪月、偎红倚翠，但他的性情却极是耿直，只要文远伯求他，他一定肯在皇上面前说出真相……"

"没错。可能是因为觉得人证那么多，自己没必要再出面的缘故，纪王爷在案发第二天就带着妻妾们去温泉别庄小住了，所以后面审案的情况他不了解，也就没有动静。这才导致我们一直未能发现他也是人证之一。"

"唉……"誉王倒在椅上，用手指捻动着两眼之间的鼻梁，表情很是为难，"纪王叔不好对付，本王又不能为了一个臣属的儿子跟他放狠话。如果文远伯真请动了纪王叔为他驾前喊冤，刑部绝对讨不了好。看来……何文新是救不下来了……"

"我也是这样的看法，有所为有所不为，总不能因小失大吧。"出于对何文新这种纨绔子弟没有好感的原因，秦般若倒不觉得这算什么多沉痛的放弃，"即使何大人再得用，那也是他自己儿子惹出来的事，总不能让殿下不计代价地为他抹平吧？若是

第十九章 各显神通

为了死一个儿子就垮了，他也不值得殿下器重他。"

誉王看了她一眼，叹了口气道："你的意思我明白，不过何敬中倒还真算用得上，这个儿子也好像确实是他的命根子，独子嘛，谁家不是这样的？当然你说得也对，护不住了，也不能勉强护。本王这就跟齐敏说，让他先从侧面接触一下纪王爷，如果王叔的态度比较硬，就不必勉强了。实在没有活路，那也只有以命偿命吧。"

"王爷圣明。"秦般若眉如春风，莞尔一展。

誉王伸手扶住佳人香臂，柔声道："本王幸亏有你，多少事情都靠你慧眼识察。前一阵子发现谢玉的真面目，今天又及时止住了刑部犯错，这样的大功，让本王怎么赏你才好呢？"

秦般若垂眉低首，轻轻后退一步，将玉臂从誉王手中轻盈地挣脱，却又让柔软指尖有意无意地在他掌心划过，娇笑一声道："般若虽是女流，但素来向往君臣风云际会的传奇，无奈生来是女儿身，才识有限，此生不能出阁入相。如今蒙殿下恩信，有机会为将来的圣主效力，于愿足矣，不敢望赏。"

"将来能登宝位，你就是我的女丞相，龙床都可以分你一半，还有什么舍不得的？"誉王说着，语气中已带着一丝调笑之意，"只怕你眼里看不上，也未可知。"

秦般若淡淡一笑，既不恼，也没有接续回话的意思，反而敛衽一礼，低声道："纪王爷的事情，请殿下还是早些告知齐尚书的好。般若楼中还有些事务堆着没有处理，就先告辞了。"

她这种若即若离的态度，反而弄得誉王心中痒痒的。欲要多些温存，却又实在珍爱这个女子，不好造次孟浪，也只得咳了一声，强自按捺住心猿意马，眼睁睁看着她去了。

很快，刑部尚书齐敏就得到了誉王府来使传递的消息。本来与得力司官已商量好了如何收买证人，如何重提口供，如何更改尸格……总之所有的手脚十停已做好了九停，却被当头浇了一盆冷水。

一听说还有一个目击人证是纪王爷，齐敏一个头顿时变成两个大。虽然誉王的意思是让先探探纪王的口风，但齐敏却知道这个口风探不探也就那么回事。纪王性情爽直是众所周知的。再说，他就是不爽直，也犯不着为一个打死人的纨绔小儿作伪证。即使文远伯没有对他有过任何的请求，一旦皇帝问他，他也绝对是要说实话的。

不过既然誉王吩咐了说要探探，那探都不探一下当然不好。所以齐敏告了两天假，准备亲自到纪王的温泉山庄去走一趟。

尽管出发之前，齐敏已做好了白来一趟的准备，可是他万万没想到的是，这个结果会来得那么早，那么快。

刑部尚书无功而返的原因，倒不是因为纪王的口气有多硬。说实在的，当齐敏知道自己此行纯属白费的时候，根本还没有见到纪王。

事情其实并不复杂，只是有点巧合。

虎丘是温泉胜地，山庄林立，纪王的别院是其中规模最大、建造得最舒适的一座。凡是跟纪王有交情的人，来了虎丘都会选择借住在这个别院里。

比如，因为风流洒脱而与纪王有忘年之交的言豫津。

总是很开心的国舅府大少爷，有些忧郁的宁国府大公子，有些沮丧的宁国府二公子，三人组在别院外刚一递帖求见，纪王爷立即欢欢喜喜迎了出来。

虽然辈分不同，年纪差着一大截，但一生只爱风花雪月的纪王仍保留着年轻时的那个潇洒劲儿，与这些晚辈们相处得甚是愉快，并无中间隔着鸿沟的感觉。

来了有活力的客人，中间又有一个是他最喜欢的小豫津，纪王很高兴。置酒宴客，花天酒地，大家喝到兴致高昂时，当然是无所不聊。

一开始说的自然是脂浓粉香的靡艳话题。品评起京城的美人来，纪王的心得绝不会比琅琊阁主少，一谈起来就眉飞色舞。言豫津也是怜香惜玉之人，最仰慕的就是妙音坊的宫羽，两人一开聊，顿时好不投机，一直从妙音坊说到了杨柳心，然后顺便就聊到了杨柳心的那桩命案。

纪王于是大着舌头道："我积（知）道，我当……当时就……菜（在）啊……"

言豫津睁大了眼睛："你……你也在啊？那是怎么……怎么打死的？"

纪王虽然舌头有点大，但神智还很清醒，不仅清醒，他还很兴奋。被言豫津一问，立即绘声绘色，如同讲故事一般把前因后果都说了个清清楚楚。

其他两个听众倒也罢了，偏生言豫津是个交游广阔的人，又爱串门聊天。第二天，他出门去拜访虎丘其他贵族庄院时，随便就把这则纪王亲睹的血案当成谈资到处散播了。

于是当齐敏到达虎丘的时候，差不多所有来此休闲的达官贵人们已经知道，何文新确实亲手打死了人，是纪王爷亲眼看得真真儿的……

这种状况下，探纪王口风的事情已经毫无意义，刑部尚书只好在心里暗叹一声："何大人啊何大人，不是我不尽心帮你，实在是你儿子……也太倒霉了一点……"

按大梁国的律法，死刑犯只在每年的春、秋两季固定的时间段里被处死，称为"春决"与"秋决"。当何敬中知道自己的儿子脱罪无望，只能被判死刑之后，便转而请求齐敏拖延时间，延到春决之后再判，这样就能多活一些时日，指望再出现什么转机。

可是何敬中打的这个主意，文远伯怎么会不清楚。他现在手中有了重量级的证人，京城舆情也是非常偏向他的，所以态度更是强硬，在刑部日逼夜逼，逼着开审。太子数日前刚折了一个户部尚书楼之敬，如今得了这个报复的机会，岂有轻易放过之理？指使手下御史连参数本，弹劾齐敏怠忽职守，隐案不审。这样没几天，刑部就有些撑不住了，誉王也觉得既然都决定杀了，多活半年也没有意义，所以默许了齐敏，没几日就升了堂，人证、物证匆匆过了一遍，立即判定何文新因私愤殴杀人命，当受斩首之刑。

案子判决后的第二天，何敬中就卧病在床，被太医诊断为神思昏绝，气脉不和，要静养。

此时正是年关时候，吏部要进行所有官员的评核绩考，拟定次年的降升奖罚；各地实缺官员趁着新春拜年的机会，纷纷派人向京城送年礼；待缺候补的官员们也难得可以公然四处游走活动，以拜年为名疏通关系。不管从哪一方面来说，这都是吏部最忙的时候，何敬中这一病，局面顿时有几分混乱。

如同太子的许多隐形收入来自户部一样，誉王的大部分额外收益都来自吏部的人事任免权。年关这样流水般收银子的机会，可不能因为吏部尚书的病而受到影响。

可是着急归着急，但何敬中又确实是被儿子的事给打击倒了，并非装病，呵斥责骂都没有用，那人爬不起来就是爬不起来。誉王眼看着情况越来越糟，不得不召集心腹谋士们一起商讨如何为这个事情善后。

两天后，誉王亲自到了何敬中的尚书府，将所有人都屏退后，亲切地安慰了自己这位臣属一番。

他具体是怎么安慰的没人知道。大家只知道没过几天，何敬中就养好病重新开始处理公务，并且驾轻就熟地很快理顺了前一阵的混乱，每天都脚不沾地忙碌着，处理年考，接见外官，时常忙到深夜，几乎是拼了老命在为他的主子办事，一副化悲痛为力量的样子，倒让太子那边有些看不懂。

不过此时的太子暂时没有什么心情太多地关注何敬中。他的精力移到了另外一件事上，而这桩事，也正是礼部目前正在犯难的事情。

年底的皇室，最重要的一件事就是祭，祭祖、祭天、祭地、祭人神。对于朝廷和皇族而言，祭礼的规制正确与否，是关系到来年能否顺利的大事，半点也马虎不得。

谢玉很敏锐地察觉到，一个十分有利于太子的契机来了。

按梁礼，妃以下内宫不得陪祭，须跪侍于外围。但同按梁礼，太子设祭洒酒后，须抚父母衣裙触地，以示敬孝。

矛盾就在这里。越氏已受黜降为嫔，但她又是太子生母，一方面位分极低微，另一方面身份又极尊贵，让礼部在安排祭仪时十分为难。

谢玉暗中建议太子，利用这个机会入宫向皇帝哭诉悔过，请求复母妃位。纵然不能一次性恢复到贵妃的品级，起码要争回一宫主位，可以有独立的居所，也可以整夜留宿皇帝，慢慢再挽回圣心旧情。

太子得了这个主意，登时大喜，精心准备了一下，入宫伏在梁帝膝前哀哀哭泣了足足一个时辰，拼命展现自己的一片仁孝之心。

梁帝有些为难。越氏原本就是他最心爱的后宫，他并非不想借此机会就赦了。但越氏被黜不过才区区数月，若是这样轻易就免了罪，只怕霓凰郡主心寒。

"父皇，郡主那边孩儿会亲自去致歉补偿。"太子受了指点，知道梁帝在犹疑什么，立即抱着他的腿道，"郡主深明大义，一定明白这都是为了年终祭礼。孩儿愿替娘亲在郡主面前领受刑责，以赎母罪。"

梁帝被他哭得有些心活，便命人召来了礼部尚书陈元诚。这位陈老尚书是两朝元老，生就的一言不听，一人不靠，万事只认一个"礼"字，太子和誉王折腾得那般热闹，都没能震动到他分毫。礼部也因为有这位老尚书坐镇，才侥幸成为六部中唯一一个不党附任何一派的部司，保持着超然的中立。

陈老尚书并不知道越妃被黜的真实原因，只看谕旨，还以为大概是宫闱内的琐碎争端。他本来就一直很烦恼该怎么安排祭礼，此时见皇帝来咨询是否应复越氏妃位，当然不会表示反对。

虽然礼部方面并无异议，甚至还大力赞成，但梁帝多少仍有些犹豫。恰在这时，谢玉以奏禀西北军需事宜为由，入宫请见。梁帝此时并不知道谢玉与太子的关系，想到他也是军系中人，便命人召他进来，询问他对越氏是否应复位的意见。

谢玉稍加思忖，回道："臣以为，太子贤德，越氏居功甚伟，且在后宫多年，素来对陛下秉持忠心，从未闻有什么过失，只以侍上不恭之由，就由一品贵妃谪降为嫔，实在罚得重了些。当时就已有物议，只不过因是陛下的家务事，无人敢轻易置喙。现陛下圣心已回，有意开恩，只是一道旨意的事，有何犹疑之处呢？"

"唉，你不知道，"梁帝略有为难地道，"越氏获罪，另有情由……她为了太子，在宫内对霓凰有所轻侮，朕担心轻易赦免，会寒了南境将士的心……"

谢玉做出低头沉吟的神情，想了半晌，方徐徐进前，低声道："如果是因为这个，臣倒以为……更加该赦了……"

梁帝一怔："你此话何意？"

"陛下请细想，越氏身为太子之母，她是君；霓凰郡主为朝廷武官，她是臣。若因上位者一时昏聩就心怀怨愤，这并非为臣之道。纵然郡主功高，应多施恩宠，但陛下为了她已经明旨斥降皇妃、处罚太子，实在已算极大的恩宠。郡主若是忠悃之臣，当时就该为越氏请赦。当然……女孩儿家未免有些意气，考虑不周，这也不必提了。但年终祭礼是国之重典，复越氏妃位为的是国家安康，百姓和乐，两边孰轻孰重已很明显。穆王府那边遣一内使，解释两句就行了，恩宠过厚，未免会助长骄横。"谢玉说到这里，脸上露出一丝意味深长的笑意，"臣是为军出身，自然知道军中最易滋长恃功傲君之人，陛下倒应该刻意打压一下才好。"

梁帝眉峰一蹙，面上却未露端倪，只"哼"了一声道："霓凰不是这样的人，你多虑了。"

谢玉急忙惶恐谢罪道："臣当然不是指的霓凰郡主，只不过提醒陛下一句而已。想当年赤焰军坐大到那般程度，何尝不是因为没有及早控制的缘故……"

梁帝腮边的肌肉一跳，手指不由得握紧了龙椅的扶手，静默了半刻，冷冷地道："宣金门待诏。"

宣待诏进来，自然是要拟旨了。太子一时控制不住，面上立即露出狂喜之色，被谢玉暗暗瞪了一眼，急忙收敛了一下。

"臣今天要奏禀的不是急事，"谢玉躬身道，"既然陛下有内事要处理，容臣先告退。"

"嗯。"梁帝摆摆手，许他退出，自己有些疲累地斜躺下来，以手支颐。太子急忙命人拿来软枕丝毯，亲手给梁帝盖上。

"你不必在朕这里伺候了。朕今日就会宣旨……去让你母亲安安心吧……"梁帝叹了口气，低声道。

"儿臣谢父皇隆恩。"太子以额触地，叩了三个响头，又道："请父皇放心，孩儿今晚就去穆王府……"

"不，"梁帝抬起一只手，面色阴沉地止住他，"你怎么总是记不住，你是太子，是东宫储君！穆王府你不必去了，朕会派人去的。"

"是。"太子不敢反驳，急忙垂首，又叩了个头，起身缓缓退出。

室外寒风正盛，太子裹紧了太监递上的裘皮斗篷，步行向外殿走去。其实身为东宫之主，他原本有特权可在宫内乘四轮车，但为示恭敬，东宫的车辇一般还是停在外殿门外，侍从们都顶着风雪守候着，一见主子出来，急忙都迎上前来。

"去内宫！"简单吩咐了几个字，太子便撩衣跳上他的黄盖四轮车，动作之急，仿佛是有些怕冷似的。

然而当金色绣锦的车帘落下，把外界的一切都挡住了之后，原本神情平静的东宫太子却突然咬紧了牙根，脸上闪过一抹恨恨之色，仿佛心中的怨愤之意，终于无法完全被压抑住。

储君吗？我是储君吗？父皇啊，若你真当我是个储君，又何必如此宠爱誉王，将他捧到可以与我为敌的地步呢？

第二十章 魔高道高

"没用的东西，滚！全都给本王滚下去！"誉王府的书房里传出一声怒骂，紧接着两名侍女跌跌撞撞爬出来，其中一个半幅罗裙都被茶水溅湿，另一个手里捧着几块茶杯的碎片，两人俱是面如土色，战战兢兢，连鬓发都因跑动得太急而有些散乱。

"王爷怎么了？"一个温婉的声音响起，两名侍女抬头一看，急忙双双跪下。

"回王妃，王爷嫌茶烫……都是奴婢们侍候得不好……"

誉王妃柳眉轻蹙，快步走到书房门前，见半扇门虚掩着，便伸手推开，走了进去。

"谁又进来了？本王叫你们滚，快滚！"

"王爷……"誉王妃轻声道，"暴怒伤身，请王爷珍重贵体。"

誉王怔了怔，转过身来，勉强压制了一下心头的怒气，道："是你啊。有什么事吗？"

"新春将近，我已拟好了敬献父皇、母后的年礼礼单，想让王爷看看有什么不妥。"

誉王伸手接过妻子递来的鹅黄礼笺，快速地扫了一遍又还了回去："你最了解母后的喜好，她年年都满意，今年还是照你的意思办吧。"

"是。"誉王妃将礼笺重新收回袖中，徐徐地道，"府里的丫头调教得不好，是我的疏忽，请王爷不要生气了。"

"关你什么事，是那些丫头们笨手笨脚的……"

誉王妃将纤手轻轻放在夫君的手臂上，柔声问道："王爷如有什么不快之事，可否告诉我，也让我可以分担一些。"

"没什么……外头的事，说了你也不懂……"誉王拍了拍她的手，温言道，"别操心了,这一阵子你也挺累的,去休息吧。"

誉王妃轻轻咬了咬樱红的下唇,垂首低声道:"可是因为般若姑娘……"

"你想到哪里去了?"誉王皱了皱眉,"我为的是国事烦忧,你不要妇人之见。"

"其实……我可以去跟般若姑娘谈一谈,虽然是侧妃,但只要王爷喜欢,我绝对不会有丝毫地为难她。就算王爷以后想要再升她的位次,我也……"

"又在胡说!"誉王嗔怒地瞪了她一眼,见她脸色转白,又展臂将她抱在怀里:"好了,我说过很多遍了,你是你,般若是般若,我的王妃永远只有你一个,别自己给自己找烦恼了。皇后娘娘在宫里,还要靠你去膝下承欢,你自己都不开心,怎么替我尽孝道?"

"对不起……"誉王妃环抱住夫君的腰,更紧地靠向他胸前,"你对我这么好,我要是再聪明能干一点,可以多为你分忧就好了……"

"你总爱想这些,不好。"誉王轻轻推开她,抚了抚她的秀发,"去吧,让我自己静一静。"

誉王妃柔顺地点点头,屈膝一礼,慢慢转身走了出去。刚走到书房外的天井,迎面遇上誉王府里最得用的一个谋士康先生,便停住了脚步。

"见过王妃。"康先生躬身行礼。

"免了。我正好要找先生呢。"誉王妃轻抬玉手,"王爷心情不好,你看要不要去请秦姑娘来府里开解一二?"

康先生摇头道:"这次为的是宫里的事,般若姑娘也无能为力。"

"宫里?宫里出了什么事?"

"王妃还不知道?皇上已经明诏发旨,恩赦被新降为嫔的越氏晋为妃,命其同参祭典。"

誉王妃一怔:"赦免了越娘娘……皇后娘娘那边怎么说?"

"直接由内司监宣布的旨意,事前毫无征兆,皇后娘娘那里连一点风声都不知道,能有什么反应?"

"原来是这样……越娘娘在宫里侍候了那么久,皇上大概是感念旧情吧……"

康先生知道这位誉王妃心思单纯,更深的话也没必要跟她说,便笑了笑不语。

"既是如此,就烦劳先生去劝劝王爷,事情已经发生了,郁郁不乐也于事无补啊。"

"是。"

"宫里也请他放心，我这就进宫去向皇后娘娘请安。"

康先生笑道："王爷多亏有王妃这样的贤内助啊。"

"先生过奖了。"誉王妃谦辞一句，重新迈步。康先生急忙闪到路边，躬身候她走远，方眯着眼自言自语道："越妃复位，不知那位一手将她拉下贵妃宝座的麒麟才子，会不会也跟王爷一样急怒交加？"

与这位康先生的期盼不符，听到越妃被赦的消息后，梅长苏没什么特别的反应，仍是窝在火炉边，一页页地翻看着妙音坊送来的情报，看一页就朝火盆里扔一页。飞流蹲在一旁看那火苗一会儿高一会儿低，看得甚是愉快。

这时厚厚的棉帘被人掀开，刚蹿起来的火苗被灌入的冷风一压，顿时就暗了下去，飞流十分恼怒地瞪向闯入者。

蒙挚没有注意到飞流不友善的眼光，大踏步走到梅长苏面前，道："你看起来还挺清闲的嘛……"

"你身上有寒气，别离我这么近，快去烤烤，烤热了再过来。"

蒙挚哭笑不得地看着他："你是不是还没听到那个消息啊？你猜我从哪里来？"

"穆王府。"

蒙挚被他一语说中，不由得挑起浓眉，上前扳住梅长苏的脸道："小殊，你回来之后怎么变得越来越像妖怪了？你还是活的吗？"

飞流一掌劈过来："放开！"

"被你发现了？"梅长苏笑道，"我是鬼魂，你怕不怕？"

"要是大家都能回来，就算是鬼我也开心。"蒙挚叹口气，"你猜得不错，我刚从穆王府过来。穆小王爷气得快把他那楠木座椅咬出牙印来……"

"好咬！"飞流突然迸出两个字，蒙挚不明所以地看了他一眼。

"我们飞流说得没错，楠木很软，很好咬，不需要太用力就可以咬出牙印来……"梅长苏赞许地拍拍少年的头。

"喂，你们两个……"蒙挚只觉得全身无力，"我在说正经的！"

"飞流，蒙大叔说你不正经哦……"梅长苏挑拨道。

飞流有些迷惑地睁大了眼睛。

"不正经的意思，就是指像蔺晨哥哥那样的。你还记不记得盟里的伯伯们经常骂蔺晨哥哥不正经啊？"

飞流一听，这大叔竟然敢说他跟蔺晨一样，顿时大怒，跃身而起，一记犀利无比的掌风直击而出。蒙挚虽然不怕，但总要打点精神来应对，片刻之间，两人已在室内交手数招。

"小殊，你叫他别闹了，我跟你说正事呢！"蒙挚气得大叫。

梅长苏笑眯眯地拥衾而坐，鼓励道："飞流加油，难得有机会可以跟蒙大叔切磋呢……"

蒙挚一看这人玩性已经上来，无奈之余心里还有些隐隐的高兴。不管怎么样，他身上还有一点林殊以前的影子，总是一件让人宽慰的事情，再说与飞流交手，其实还是很过瘾的，所以干脆静下心来认真应对了。

飞流武功的特点，一向是奇诡莫测，对上夏冬和拓跋昊那种同样走身法招式路线的人，自然更占优势，但一遇到蒙挚这种周正阳刚的武功类型，就不免处处受制。何况单以内力来说，小小年纪又曾受过重伤的飞流，还是远不及少林正宗心法扎扎实实练出来的蒙挚。

不过就是因为明显不是蒙挚的对手，飞流的斗志才更加旺盛，脑中毫无杂念，所有注意力全都集中在目前的比拼之中。没过多久，蒙挚就发现了一件令人惊讶的事。

飞流竟然可以在交手中记忆对手的劲力、气场特征，并即时对自己进行相应的修正。

也就是说，当你曾经用一招制住过他的一招后，就休想再让同样的一招在他身上奏效，除非你加强劲力，或改变气场的流向。否则飞流一定可以击破此招，逼你用后招补救。

这样惊人的学习能力竟然出现在一个有些智障的少年身上，实在令人难以置信。但也许就是因为他的智力在某些区域受到了限制，才激发出他惊人的习武天才吧。

"胆战心惊了吗？"梅长苏含笑的声音幽幽传来，"蒙大哥，你要变得更强才行啊。"

蒙挚长笑一声道："你帮他也没用，我的心哪里是这么容易乱的？他想击败我还早着呢！"虽然他说着话，但气息丝毫不乱。周身的少林罡气蓦地加重了几分，翻掌慢慢迎合，以一种极为圆融的姿势向飞流的掌心贴去。少年眉宇间一凛，身影突然一飘，仿佛瞬间在原地消失了一般，刹那间又出现在蒙挚的身后。可是他的动作虽然快，却又莫名地慢了缓缓移动着的蒙挚一拍，本是后背的方位恍然间变成了正面，双掌回撤不及，被蒙挚牢牢吸住，劲力一吐，整个人就倒飞了出去，在空中连翻数下消力，落下时还是有些立足不稳。

"没关系，没关系。"梅长苏向少年招手，"这次打不过，下次我们再打。"

蒙挚苦笑道："小殊，你是不是在拿我给这个孩子喂招啊？"

"是又怎么样？"梅长苏露出春风般的笑容，"你不会这么小气吧，陪我们飞流过招不好玩吗？你看我们飞流多漂亮、多可爱啊……"

蒙挚吐了吐气。漂亮是真的，但可爱……？不过他也确实非常喜欢这个极有武学天赋的少年，并不介意时不时来上这么一回。当下只是宽容地笑了笑，走到梅长苏身边坐下，道："看你的样子，似乎一点都不意外越妃会复位？"

"有什么好意外的？"梅长苏淡淡地道，"越妃犯的罪再重，毕竟都不是针对皇上本人的。这位陛下对别人的痛苦，从来都不怎么放在心上。难道你还不清楚吗？"

"你也不用把陛下说成这样吧。"蒙挚有些尴尬地道，"不管怎么说，陛下总是陛下，再说也确实有年终祭礼的原因。"

"关年终祭礼什么事？"梅长苏冷冷一笑，"难道太子没有嫡母吗？设祭洒酒后，抚皇上、皇后的衣裙触地，这才是正正当当的孝道。有什么难办的？"

"啊？"蒙挚一愣，"可是往年……"

"往年的祭礼，是因为越氏本就是一品贵妃，加了九珠凤冠，与皇后并肩站在皇帝左右，所以太子跪地抚裙时，大家都觉得自然而然。连本该对礼制最敏感的礼部都没有对太子的行为提出更正，其他人当然更不可能意识到这其间的偏差了。"

"听你这么一说，好像有道理……"蒙挚抓抓后脑，"祭礼的条陈那么多，每一款具体该怎么理解应该还是礼部最熟悉，怎么陈老尚书也没有说过……"

"陈元诚吗？"梅长苏的笑容更加清冷，"似乎是中立的礼部，眼睛里只有一个'礼'字的老尚书……呵呵……最可笑的部分就在这里了……"

蒙挚怔怔地看着梅长苏的脸："小殊，你的意思是说……"

"自从陈元诚的独生孙子在前线临阵脱逃，被谢玉瞒了死罪刻意回护之后，这位老尚书就变成了宁国侯的一条狗……唉，也难怪，人总是逃不过子孙债的，何敬中是这样，陈元诚又何尝不是？"

蒙挚吃惊地张大了嘴，半天合不拢来，连目光都被惊得凝住了。

"陈元诚明明知道，按祭礼的条陈解释，只要皇后在，有没有越妃并不重要，可是他不敢说。一来，谢玉事先有叮嘱；二来，他也明白皇帝不过是想要找一个借口赦免越嫔罢了……"梅长苏嘲弄地冷笑了一声，"什么耿直精忠的两朝元老，不过也是一条老狐狸而已。"

梅长苏似是顺口说出的这些话，让蒙挚呆呆坐着想了半天，越想越觉得"党争"这种事实在让人心里发寒。再看看林殊微微低垂的苍白额头，胸中不禁五味杂陈。

昔日惊才绝艳的赤焰少帅，竟只能将稀世才华用在这些事情上面吗？

"蒙大哥，你不用替我担心。"梅长苏轻轻仰着头，仿佛想透过屋顶看向那冥冥虚空，"他们都在天上看着我，我必须要走下去。"

"我明白。"蒙挚重重点了点头，"但你要记住，万事要以自己的安全为主，有用得着我的地方，一定要来叫我。"

梅长苏不由得一笑："我什么时候跟你客气过？"

"那可难说，你现在心思重了，谁也摸不准你的想法。"蒙挚不满地瞪他一眼，"你上次去靖王府，怎么不叫我陪你去？"

"你想给我撑腰，镇一镇那群莽汉吗？"梅长苏呵呵笑了起来，"说得也是，那都是些吃硬不吃软、重英雄敬好汉的人，如果蒙大统领都对我尊敬有加，任谁都不敢小瞧我了。"

"你还说呢！自己一个人去不说，还在那儿当了回恶人。靖王府将来可是你安身立命的地方，怎么一去就得罪人？"

"你放心，靖王府聪明一点的人只会感激我，不会记恨我。会对我觉得不满的都是些有四肢没头脑的莽夫，这类人我暂时不想管，等哪天交到我手上了再调教。你忘了，管这些打打杀杀的武将们，那可是我最擅长的事。"

蒙挚想了想，也不由得一笑："这话说得倒也是。"

"……对了，我一直想问你，穆王府除了穆小王爷在咬牙印以外，其他人有什么反应？"

"当然是都气坏了。陛下只派了个内史来口头上解释了一句，让郡主不要多心，那意思好像是说只要郡主略有不满，就是以臣疑君似的。"蒙挚说着，面色也有些不豫："陛下这是听了谁的逸言，对功臣如此傲慢？"

"郡主怎么样？"

"郡主倒很安然，没有一丝动怒的样子。"

梅长苏轻轻叹息了一声："霓凰为帅多年，想来是看透了一些。手握军权的人，没功劳时嫌你没用，立了功劳又怕你功高震主，武人的心思再多，也多不过主君层出不穷的制衡之道。现在南境还算安宁，皇上不趁此时机彰显一下皇权君威，又更待何时呢？"

"可是穆小王爷有些沉不住气，说要上表请求回云南去。"

"皇上不会准的。"梅长苏摇了摇头，"何况新春将近，此时急着要走，倒像是对皇上有所怨恨似的，徒惹猜疑而已。你去劝劝穆青，就算他要请辞，起码也要明年清明过后，随驾祭了皇陵再走。"

"这小子哪里肯听我的？再说了，这事要劝也应该劝霓凰郡主吧？"

梅长苏的目光凝结了一下，眸色突转幽深，怔了半天才慢慢点了点头，低声道："你说得也是。那我写一封信，烦你带给霓凰。她是个明理聪慧的女子，一看就明白了。"

他说着站起了身，拍拍飞流的胳膊："苏哥哥要写字，飞流磨墨好不好？"

"好！"飞流一跃而起，奔到书桌边，拿起砚上的墨块，放在嘴边呵了口气，便飞快地磨了起来。他力气大，磨动的频率又快，不多时就磨了满满一砚台。

"够了，够了，"梅长苏朝他温和地一笑，"等苏哥哥写完字，你就画画好不好？"

"好！"

梅长苏从桌旁书堆里抽出几页雪白的信笺纸，提笔濡墨，略一沉吟，就挥挥洒洒写了有满满两页，捧起轻轻吹干，折好装入信封，却并没有封口，直接就这样递给了蒙挚。

"你不怕我偷看？"蒙挚没有接，反而笑道，"没写什么情话吗？"

梅长苏低着头，面无表情地道："蒙大哥，这种玩笑以后不要开了。郡主与我仿若患难兄妹，多余的牵扯已然没有了。"

蒙挚怔了怔："怎么这么说？我知道你现在前程多艰，有太多的事要办，所以暂时不愿告诉她你的真实身份，可是将来……你总有一天要说的啊……"

"谁知道这个将来有多遥远呢？"梅长苏随手又提起笔来，不自觉地在信纸上写了一排狂草，还未写完，便伸手抓起，团成一团丢进了旁边的火盆，闭了闭眼睛："人生若只如初见……那是不可能的，这世上有些事情的发生，不会有人预料得到，也根本没有办法控制得住。我所能做的，就是尽量让它有好的结局，即使这个结局里，不会有我的存在……"

"小殊，"蒙挚有些吃惊地抓住他的胳膊，"你是说……"

"蒙大哥，你也要替霓凰想一想，我误了她这么多年，不能再继续误下去了。如果说我曾经想过要努力回到她身边的话，那么从两年前开始，这种想法就已经没有了。"梅长苏握紧了蒙挚的手，唇边露出一个薄薄淡淡，却又真挚至极的笑容："我的存在，以前没有为她带来过幸福，起码以后也不要成为她的不幸。能做到这一点，我很高兴……"

"可是……"蒙挚满脸都皱了起来，"这对你太不公平了！"

"世间哪里有绝对公平的事情呢？要说不公，那也是命运的不公，是缘分的错过。无论如何都不是霓凰的责任啊。"

蒙挚直直地看了他半天，一跺脚，"唉"了一声道："你自己的事，我也插不上嘴，你说怎么办就怎么办吧。"

梅长苏展颜一笑，将那封信塞进他的手里："好啦，替我送信，别的话一个字也不许多说，你要多嘴说些有的没的，我会生气的。"

"是，少帅大人。我就学飞流，两个字、两个字地说！"

"不许！"飞流大声道。

梅长苏笑着揉弄少年的头发："说得好，不许他学！"

"你呀，"蒙挚叹着气，"你还笑得出来。"

"不笑又怎样？你想看我哭吗？"梅长苏眉眼弯弯瞟了他一眼，又从旁边扯了一张纸出来，飞快地写了起来，不过这次写的是小楷。

"你干吗？刚才没写完吗？"

"墨还有剩，我顺便写一封给誉王。"

"啊？！"

"你不用这么吃惊吧？"梅长苏直起腰身，歪了歪头看他，"你不知道我某种程度上已经投靠了誉王吗？"

"我知道你为了霓凰过早地得罪了太子，当然只能假意投靠誉王……可是，你到底要写什么？"

"我觉得陈老尚书可以退下来休息了，所以准备把这件事交给誉王办。"

蒙挚眨了眨眼睛："誉王现在已经这么听你的话了？你吩咐他办什么，他就办什么？"

"不是这么回事啦，"梅长苏哭笑不得，"我这不是吩咐，是献策。"

"献策？"

"是啊，誉王此时一定正为了越嫔复位的事气得跳脚，不知道有多想反击一下，只是苦于一时找不到反击的突破口罢了。我把陈元诚的破绽交到他手里，让他出出气也好。"梅长苏清淡的神色中又夹杂了一丝阴冷，一面说，一面不停地写着，"皇后无子失宠，越嫔又位分尊贵，多年来两人在后宫很多场合几乎都是平起平坐的，所以大家普遍缺乏尊嫡的意识。何况祭礼条陈复杂，具体应该怎么理解皇后和誉王都拿不准，也根本从没想到有什么文章可做。所以可以让誉王先礼请几名宿儒大家进行朝堂辩论，这些人说话是有分量的，一旦辩清楚了祭礼中的嫡庶位次，礼部这几年就有重大缺失，陈元诚当然只好请辞了。如此一来，谢玉少了一个帮手，越嫔复位后的限制更多，皇后位分更尊，太子刚恢复了一点的气焰也可以稍稍打下去一点……"

"那岂不是……都是誉王受益？你这算不算真的为他尽心尽力？"

梅长苏冷笑一声："世上哪有只赚不赔的买卖？誉王的损失都在看不见、想不透的地方。"

蒙挚试图自己想了想，可想了半天还是放弃："你指的什么地方啊？"

"皇帝陛下心里。"

"嗯？"

"尊庶抑嫡，始作俑者就是陛下。他因为宠爱越嫔，多年来在后宫没有给予皇后足够的尊重，这才使大家有了错误的思维定式，觉得越嫔因为有了个太子儿子，所以就跟皇后一样尊贵了。誉王出面这一争，揭的不仅是礼部的错，其实也是陛下的短，不过他礼、理二字都站得住脚，陛下面上也不会露出什么，说不定还会夸他两句呢。可是在内心深处，陛下一定不会高兴，甚至极有可能会在某段时间内，因为逆反而更加冷淡皇后。这份损失我先不说，瞧瞧誉王他自己看不看得出。"

蒙挚若有所思地道："誉王身边人才不少，说不定有人能察觉到呢。"

"察觉到了也没什么，誉王仍然会做这件事的。"

"为什么？"

"因为利实在是大大超过了弊，"梅长苏此时已写完了信，正在轻轻吹着，"损失只是陛下的不悦，这个可以慢慢修复挽回。但只要这一场争辩赢了，就会大大尊高了皇后，打压下越氏。更重要的是，誉王可以借此向朝臣们强调一件大家渐渐忽视的事：那就是太子也是庶出的，在这个地位上，他跟誉王是一样的。他现在的身份更加尊贵，是因为他受了东宫之封，而不是因为他的出身。如果以后皇帝陛下要撤了他的尊封，改封另一个人，大家就不用大惊小怪了，因为太子又不是嫡子，没有那么动不得、惹不得……"

"这么说来，受益的还是誉王……"

"只有誉王？"梅长苏转过头来，目光明亮，"靖王不也一样吗？既然大家都是庶子，以后就谁也别说谁的出身低。太子、誉王、靖王，还有其他的皇子们，大家都是同等的，就算有所差别，这种差别也无伤大雅，与嫡庶之间的那种差别完全不是同一个性质，根本无须常挂在嘴边。"

"对啊！"蒙挚一击掌，"我怎么没想到，誉王把太子一手拉下来，就等于是同样地把靖王拉了上去，因为他强调的是，嫡庶之分才是难以逾越的。而对于庶子与庶子之间，出身并不是最重要的因素。这一条虽然适用于他自己，但同样适用于靖王啊！"

"明白了就好。"梅长苏笑了笑，这次将信口封得很牢，"飞流，你陪黎大叔出一趟门去送信好不好？"

蒙挚看了飞流一眼："你让他们去送？"

"黎纲能说会道，又有飞流压阵，跑腿送信对他们俩来说还大材小用了呢。"梅长苏毫不在意地将信封放在飞流手里，目光悠悠地一闪："誉王，接下来就看他的了……"

新年临近，萧景睿、言豫津和谢弼三个人终于从虎丘温泉返回了京城。才回来一天，他们就吃惊地发现，自己明明才离开了一个多月，京城的情势居然已经快速变化，变得比走时还要热闹，还要风起云涌了。

太子与誉王之争，其实近年来因为双方实力相当，本已陷入了僵局，大面上一直很安静，都没什么大的举动。没想到这一切不过是积而后发，只需要小小的触动，就立即进入了高潮迭起的攻防战。越氏被降、楼之敬倒台、庆国公被抄家、何文新被判斩……这一波接着一波，让人有些应接不暇。如今越氏刚刚复位，就有数名御史连参，指出礼部在主持祭礼时仪程不妥。誉王趁势请出十数名德高望重的当代大儒，发起了一场朝堂辩论，论题直指越妃数年来得到的超常待遇，以及太子在皇后面前的礼道缺失。

别的暂且不论，单说誉王请出的这十几个老先生，那确实都是极有分量的，可以看得出数年来他礼敬文士的功夫确实没有白费，积累了不少人脉。其中有一位多年居于京西灵隐寺的周玄清老先生，那才是重中之重。平素无论皇室公卿，见他一面都难，这次竟然也移动大驾，亲自进了金陵城，着实让人对誉王的潜力刮目相看。

不过令人奇怪的是，这位周老先生进京之后，却并没有住进誉王特意为这些大儒们安排的留鹤园，反而住进了穆王府。

据某些消息灵通人士透露，好像周老先生离开灵隐寺也是穆小王爷亲自带了车轿去迎接的。而且住进穆府后连一个人也没有见过，即使是誉王也不例外。

不过周玄清老先生到底是谁请的，他见过谁没见过谁都不重要，重要的是以他大学问家的身份，上了朝堂连梁帝也要礼遇有加。加之治学严谨、论据周全，没有两把刷子的人，就不要妄想跟他论辩。

如此一来，礼部实难抗衡，就算是一向轻狂疏礼的言豫津，都提前论断太子的败局了。

最后这场朝堂论辩只持续了三天便落下帷幕。越氏虽复位，但祭礼时不得与皇帝、皇后同立于祭台上，太子洒酒后，须抚皇帝、皇后衣裙；礼部职责有疏，陈元诚免职，因念其年老，准予致仕，不再深究。而太子也因为庶子的身份被誉王在朝堂上再三当众强调，羞恼至极，一时按捺不住出掌打了誉王一记耳光，被梁帝当庭斥骂。一片混乱中，唯靖王安安宁宁地站在诸皇子中冷眼旁观，一派宠辱不惊的风范，给不少原本不注意他的朝臣们留下了极佳的印象。

就这样，在户部换了首脑后没过多久，礼部便成了第二个换头的部司。

当陈元诚颤着花白的头发，将已戴了近二十年的官帽抖抖地从头上摘下时，靖王仿佛看到了那只在背后轻轻拨弄的苍白的手，和那张总是神色淡淡，似乎永远也不会激动起来的清素的面庞。

但是对于大多数人而言，他们根本不知道在这件事里，居然还有那位已渐渐平淡下来的苏哲的存在。

第二十一章 雪映忠魂

两日的晴天，并没有带来气温的升高，反而使无云的清晨，显得更加寒冷。城门刚刚打开没有多久，守门的兵士们就见到一辆极为豪华的马车，在约百名骑士的护送下疾驰而来。

就算不认得马车前穆王府的标牌，也知道来者不是一般人。所以为首的小校赶紧招呼手下让开路，躬着腰恭恭敬敬地让这一行人大摇大摆地出了城。

因为天气太冷，赶车人呼吸之间，一口一口吐着白气。可是车厢内却因为帘幕厚实，又有暖炉，所以并无多少寒意。

坐在车内的两名乘客，一位年纪极老，一位还是少年，一位布衣棉鞋，一位绣袍珠冠。老者闭目养神，少年却仿佛不耐旅途的无趣一般，不停地动来动去。

"周爷爷，你喝不喝茶？"

老者眼也不睁，摇了摇头。

过了一会儿："周爷爷，你吃块点心吧？"

老者再次默然拒绝。

再过一会儿："周爷爷，你要不要尝尝这个姜糖？"

周玄清老先生终于掀了掀眼皮，看了他一眼。穆青满脸都是天真的笑容，拿着姜糖靠了过去："这个很好吃的。"

清方严谨的周老先生，多年修习出来的气质就是令人肃然起敬的，可偏偏穆青穆小王爷好像感觉不到这种气质。他一开始就把这位老先生当成一个普通的爷爷。最多是在周玄清于朝堂上驳得对方哑口无言，让他很高兴为姐姐出了一口气之后，才把原有的印象修正成"一位很有本事的普通爷爷"。所以日常相处时，他仍以亲昵为主，恭肃为辅，全然没有半点疏远客套。

穆小王爷年少俊俏，活泼开朗，丝毫不端王爵的架子，是个很可爱的晚辈。周玄清当然还是非常喜欢他的，只不过素来的端谨风格，使这位老人家看起来显得很淡漠。此时对于少年递到嘴边的姜糖，他也仍是摇头拒绝，没什么特别的表情。

"这个不粘牙的。"穆青体贴地介绍道，"吃一口？"

"小王爷自己吃吧。"周玄清冷淡地说了一句，苍老的双眸微微眯着，看向轿顶的流苏，静默了一段时间后，突然道："小王爷，那件信物，老朽可以再看一下吗？"

"哦。"穆青急忙咽下姜糖，抓过一旁的手巾擦净手指上的糖霜，这才从怀里摸了一个小布包出来，递给了周玄清。

扯开布包的封口，朝掌心一倒，一枚玉蝉落了出来。雕工栩栩如生，玉质也异常莹润可爱，一看就是价值不菲的贵重玉器。

不过对于周玄清来说，这枚玉蝉的意义，并不是在它的价值上面。

"小王爷，你说让你带这玉蝉来见我的那个人，会在城外等我，是吗？"

穆青点点头："他信上是这么说的。说你离京回灵隐寺的路上，他会来见你一面。"

周玄清"嗯"了一声，手指收拢，将玉蝉握在掌心，再次闭目不语。

大约又走了半个时辰，马车突然一晃，停了下来，穆青掀开车帘看了一眼，回头道："周爷爷，你要见的人来了。"

周玄清花白的眉毛一动，颤巍巍地扶着穆青的手下了马车。正在四下张望之际，有一个中年人已走上前来，恭声道："周老先生，我家宗主在那边恭候多时，请老先生移步。"说着便替下穆青，扶住了老人的手臂，小心搀他转过路旁的竖岩，到了弯道另一侧既避风又不惹人眼目的一个凹进处。白裘乌发的梅长苏正面带微笑地站在那里，轻轻躬身施礼。

周玄清眯了眯眼睛，仔仔细细地打量了他一阵，摊开手中的玉蝉，问道："这件玉蝉，是你的吗？"

"正是。"

"你从何处得来？"

"黎崇黎老先生所赠。"

"黎崇是你什么人？"

"在下曾在黎老先生门下受教。"

周玄清皱眉道:"黎兄当年以太傅之身,不拒平民,设教坛于宫墙之外,门下学生没有一万也有八千,自然是遍于天下。可是说到底,他最得意的也不过那么几人,老朽与他是学问之友,交情不浓却深,故而这几人我都认得。可是足下……老朽却素未谋面……"

梅长苏淡淡一笑:"我学艺不精,有累恩师盛名,且受教时日不长,老先生不认得我,也是自然的。"

周玄清凝目看了他半晌,叹了一口气:"算了,你有黎兄的信物,老朽自当帮忙。只是没想到时隔数年,再见故友玉蝉,竟为的是朝中之事……黎兄当年被贬离京时,满腔忧愤誓不回头,老朽也不知此番上了朝堂,是不是真的合他的心意……"

梅长苏眸色安然,静静地道:"恩师当日获罪,只为直言不平,反被衷肠所累。他明知有逆龙颜,仍言所欲言,百折而不悔,此方是治学大家的风骨。故而晚辈认为,所谓世事万物,无处不道。隐于山林为道,彰于庙堂亦为道,只要其心至纯,不作违心之论,不发妄悖之言,又何必执念于立身何处?"

周玄清白眉轻扬,一双本已垂老的眼眸突闪亮光,点头道:"你虽受教时日不长,却能察知他的根骨,看来他将玉蝉留赠予你,确是慧眼。不知你可明白黎兄身佩此蝉的寓意?"

梅长苏徐徐负手,微微扬起线条清瘦的下巴,曼声吟道:"露重飞难进,风多响易几。无人信高洁,谁为表予心?"

周玄清轻轻地闭上眼睛,仿佛在沉淀心绪般,良久无声,而梅长苏则是神色安宁,凝目天际不再启唇。两人立于冬日清寒之中寂寂无语,场面却没有丝毫的尴尬,仿若如此会面,只为默默地怅怀一下过去的某些岁月而已。

"有生之年,能再见黎兄高足,于愿足矣。"周玄清慢慢将掌中玉蝉放回到梅长苏的手里,低声道,"老朽不知足下在京城有何风云大业,唯愿你勿忘尔师清誉,善加珍重。"

梅长苏满面敬容地躬身道:"先生雅言,晚辈谨记。如此严寒季节,老先生不顾年迈,为旧友情谊冒雪出行,晚辈实在是感激莫名。"

周玄清摆了摆手道:"见此玉蝉,不要说只是进城一趟,就算是让老朽到边塞一行,也不是什么为难之事。如今足下托付之事已了,老朽也要回寺中清修了,就此别过吧。"

梅长苏忙抬手示意等候在数丈之外的那名中年护卫过来搀扶,同时欠身行礼道:

"请老先生慢行。"

周玄清"嗯"了一声，由护卫扶着转身走了几步，突又凝步，回头道："黎兄当年有个心爱的弟子，虽是将门之后，性情飞扬，但却是难得的聪颖慧黠，读书万卷。若你彼时也在，说不定可与他称为一时双璧。"

梅长苏苍白的肤色在寒气中显得如冰雪一般，唇边浮起清冷的笑容，轻声道："老先生抬爱了。如此人物，只恨晚辈无缘，未能亲慕其风采。"

"是啊，这个人……是再也见不到了……"周玄清慢慢说着，眸中涌起一抹悲怆之色，一转身，头也不回地走了。

穆王府的车队辘辘远去，未几便只余一抹烟尘，在隆冬冷硬的空气中渐淡渐沉。

离开避风的岩壁，被前方谷地挤压加速过的寒风立即擦地而来，将梅长苏的满头乌发吹得在空中翩飞翻卷。

随侍在旁的那名中年护卫立即走了过来，想为他把斗篷的头兜戴上，却被那双冰凉的手轻轻推开。前方是一处舒缓的坡地，草痕早已掩于积雪之下，稀疏的几棵树零星散栽着，也是枯枝瑟瑟，分外萧索。梅长苏看着坡地那边隐隐露出的一角衣裙，伸手抚开被风吹得贴在脸上的发丝，快步沿坡地而上，一直走到最高处，方才慢慢凝住了脚步。

寒枝残雪之下，霓凰郡主迎风而立，一袭玉色披风猎猎作响，更显出这位南境女帅不畏风寒的凛凛气质。

梅长苏并没有想到郡主会来，但既然她已经来了，他也没有想过要避开。

那曾经是他的小女孩，无论她现在是怎样的威风赫赫，无论她的爱情已归于何方，都不能改变当年最质朴、纯真的情谊，不能改变他对她所怀有的愧疚和怜惜。

听到梅长苏的脚步声，霓凰郡主侧过俏丽的面庞，向他露出一个柔和的笑容。

自那日武英殿外分手，两人便再没见过。该说的话早已托夏冬传了过去，以霓凰的高傲性情，要么是两相决绝，要么是默然等待，当不会如一般小儿女样，猜疑多虑，纠缠追问。

所以梅长苏猜不透霓凰为什么要特意趁此机会，出城来与自己见面。

"苏先生，好久不见，近来可安康？"第一句话，永远是客套和寒暄，是令人备感疏远的礼数。

"托郡主的福，一切还好。苏某前不久新迁蜗居，收到贵府厚礼，却一直未能登门致谢，还请不要见怪。"

"先生客气了。"霓凰迈步走近，脚蹬鹿皮小靴，腰束绿云甲，整个人神采奕奕，英姿飒爽，仿佛来京后诸多烦恼委屈，都不曾有半点萦于她的心上。

梅长苏不由得展颜而笑，赞道："'豪阔宏量，霁月光风'，郡主可当此八字。"

"怎比得先生才深似海？"霓凰朗朗一笑，"连周老先生都为你移驾，江左盟的实力，实在是深不可测。"

"不过都是些江湖落拓之士，有缘相逢，才结成此盟罢了。"梅长苏看了郡主一眼，不忍让她先开口，自己直接将话题带入重点："我盟中以义为先，并不过分拘管下属，所以……他不能来京城，并非有所禁令，确是事出有因……"

"我并不想问这个，"霓凰坦然地迎视着他的眼睛，双眸亮如晨星，"我知道他为什么不能来。"

"你知道？"梅长苏略略有些意外，"你的意思是说……"

"他当年远赴云南助我，殚精竭虑挽回危局，南境上下对他都钦敬莫名，所以尽管我们很快就看出他易了容，也没有人试图去刺探过他的真貌。"

梅长苏垂下了眼帘，心中已隐隐猜到了她接下来要讲的话。

"……后来我们渐生情意，可他却总是想要逃避和拒绝。我问了他很多次，他都不肯说为什么，直到最后，他被逼问得紧了，才让我看了他的真实容貌。"

"嗯……"梅长苏神色淡淡，将手指收入了袖中，"看了之后呢？"

"开始只是觉得面熟，多看几眼，多想了一会儿，便想出了他是谁……"霓凰郡主的唇边虽然一直保持着一抹微笑，但眼睛里却涌起痛苦的气息，"他是你江左盟的人，你应该也知道他的真实名字，对吗？"

梅长苏面无表情地点了点头："是，我知道。"

"那你说说看。"

"聂铎，赤焰叛军诸将之一。如果有人发现他还活着，他就是朝廷钦犯。"

"那么，"霓凰深深地看着他，眸色烈烈，"你吸纳这样一个人在江左盟，是真的想要收留庇护他，还是打算以后利用他？"

梅长苏缓缓向前走了几步，扶住一棵半枯的老树，惨然一笑："我当然是要利用他，江左盟冒那么大的危险收留朝廷钦犯，恐怕不是为了要积功德吧？"

霓凰郡主柳眉一扬，粉面上突闪煞气："你此话可当真？"

梅长苏转过头来，黑幽幽的瞳孔乌亮如同宝石，稳稳地凝在郡主的脸上："当真又如何？"

"你若当真，我就一定要带走聂铎，即使倾我穆王府全力，也要护他周全。这不仅仅是因为我自己对他的情意，更是为了报答他当初稳我南境危局、救我万千将士的恩情。"

一抹混杂着忧伤、感动、欣慰、怅惘的笑容浮起在梅长苏的唇边。他锁住了霓凰的视线，轻轻摇了摇头："你是郡主，他是叛将，如何名正言顺地结合？皇帝陛下怎么会同意你下嫁给一个来历不明的江湖浪子？更何况，既然你认得他，自然就有旁人认得他，你难道要让他一辈子，就这样易着容甚至毁了容待在你的身边吗？"

霓凰猛地咬住了下唇，将脸侧向了一边，倔强地不愿让人看到她脆弱的表情："不这样又能怎样呢？自从我知道他是聂铎之后，我就明白我们的未来不会平顺。我曾经希望他能假造一个身份参加这次择婿比武，希望他一关一关地闯到我面前来，可是直到最后，他也没有出现……有多少次我看着你，想要问你他到底是怎么想的，却又害怕他只是隐在江左盟里藏身，而你并不知道他到底是什么人。直到后来你托夏冬姐送信，我才确认你是知道他的身份的，因为他连我们之间的事都告诉了你，应该对你就已经没有任何隐瞒了。"

"你说得没错，"梅长苏的音调极其平稳，仿佛带着一种抚慰人心的魔力，"聂铎很信任我，他对我而言没有秘密，而我对他也是一样。我现在希望你也能同样地信任我，我会尽我所能，让你们可以堂堂正正地站在一起，可以在迎凤楼上举行你们的婚礼，没有面具，没有伪装，用真实的名字，坦然地接受任何人的祝福……"

"这怎么可能？"霓凰难以置信地睁大了眼睛，"除非赤焰军可以平反，否则这绝对只是一场无法实现的幻梦。"

"事在人为，"梅长苏冷冷道，"难道你相信赤焰军真的是叛军吗？"

霓凰后退了一步，香肩微微发颤："我不知道……当时我还小……我只知道自己认识的那几个人，是绝对不会背君叛国的……但现在说这个有意义吗？铁案已定，太子和誉王谁都不会给赤焰军平反的，因为这桩旧案原本就是他们最得意的一个杰作啊！"

"是的，太子和誉王谁也不会给赤焰军平反。"梅长苏的目光定定地投向前方，肌肤下似乎渗出了丝丝寒意，"也没人想过要指望他们。为了达到这个目的，其实只有一条路好走。"

霓凰的樱唇剧烈地抖动了一下，面色乍白之后又突转潮红，一些原来模糊不清的东西渐渐从迷雾中显现出轮廓，结论已经呼之欲出。

"靖王……你……你想扶持的是靖王……"

面对梅长苏的默然不语，霓凰的脑中有一瞬间的空白。但毕竟是历经沙场的女将军，她只深吸了几口气，便快速地稳住了自己的情绪，镇定了下来。

"你说得对，的确只有靖王才能……"霓凰郡主抿住朱唇，在原地踱了几步，"可是太难了……实在太难了！一个不小心，就是踏入死地，再也不能回头。"

"谁会想要回头呢？"梅长苏淡淡地道，"以后你也许可以问问聂铎，他可曾有片刻想过回头？"

"聂铎他不一样啊，他是赤焰旧人，是为了洗刷自己的冤屈，可是你……"霓凰哽了一下，仿佛突然间意识到了什么，"你……你又是谁？你为什么要为了赤焰军的旧案，冒如此大的风险？"

当苏哲最初在京城亮相时，许多人都曾经问过"这个人是谁"，问题的答案很快就被查了出来，原来苏哲就是天下第一大帮江左盟的宗主梅长苏。这个答案令大家非常满意，似乎可以解释很多东西，所以并没有一个人再继续追问："那梅长苏……他又是谁呢？"

梅长苏没有想到第一个这样问的人会是霓凰郡主。此时她的目光就像能扎透人体的剑一样，炯炯地定在他的脸上，不放过他一丝一毫的表情变化，坚持要等待亲口的回答。

是闭口不言，还是更深的欺骗，实在让人难以抉择。

梅长苏的眉间有些疲惫，更有些沧桑。他缓缓地将头转向了一边，仿佛想要避开郡主的探究低声道："旧人。和聂铎一样，都是劫后余生的旧人。"

霓凰晶眸如水，仍是牢牢盯住他毫不放松："如果是赤焰旧部，为什么我不认得你？"

"赤焰军男儿无数，你又何尝全都记得？"

"可是现在你是宗主，连聂铎都甘心在你之下，听你号令。若说你当初是无名之辈，我却不信。"

"也许因为……我们现在所做的事与沙场无关吧……"梅长苏唇边浮起自嘲的笑，"聂铎不擅长做这些，何况认识他的人也多，不大方便。"

霓凰定定地看了他良久，突然问道："你认识林殊吗？"

梅长苏垂下双睫。既是赤焰旧人，又怎会不认识林殊，所以回答只能是："认得。"

"他是不是真的已经战死？"

"是。"

"他战死在哪里？"

"梅岭。"

"尸骨埋于何处？"

"七万男儿，天地为墓。"

"连他的尸骨都没有人收吗？"霓凰紧紧地闭了一下眼睛，手指用力抓住身前的衣襟，"连一块遗骸也找不到了吗？"

"战事惨烈，尸骨如山，谁又认得出哪一个是林殊？"

"是啊……"霓凰木然地点了点头，"我知道惨烈的战场是什么样子。古来沙场，又有几人可以裹尸而还……"

梅长苏的视线，柔和地落在她的身上："郡主若要祭他，何处青山不是英魂？"

"你说得对，他不会在乎这个的。"霓凰喃喃自语了一句，突又抬起双睫，眼锋转瞬间厉烈如刀："可你若是赤焰旧人，当以少帅称之，为何会直呼林殊之名？"

梅长苏神情微震，原本浅淡的嘴唇变得更加没有血色。不知是因为隐瞒不住，还是原本就不忍再继续隐瞒，他并没有回答这句问话，反而将脸转向了一边。

"当聂铎讲到他的宗主时，敬爱之心昭昭可见，绝不像你所说的大家只是分工不同。"霓凰执拗地又转到他的正面，坚持要盯着他的眼睛，"我一直不明白为什么聂铎的痛苦会那么深，就算我曾经是他战死同袍的未婚妻，他也没有必要像现在这样挣扎逃避，除非……除非他知道……"

"霓凰，"梅长苏淡淡地打断了她的话，"聂铎只是有一点钻牛角尖。他慢慢会好的，你不要多心。"

霓凰怔怔地看着他，面容甚是悲怆，寒风中呼出的白气，似乎一团团地模糊了她的视线。深吸了一口气之后，她突然一把抓起梅长苏的右臂，用力扯开他腕间的束袖，将厚厚的裘皮衣袖向上猛推，一直推到了肘部。

梅长苏顺从着她的摆布，没有抗拒，也没有遮掩，只是那双深邃如潭的眼睫，蒙上了一层淡淡的凄凉。

霓凰握紧他的手臂反反复复地仔细看了好几遍，可裸露在外的整个部分都是光洁一片，没发现任何可以称之为标记的痕迹。

呆呆地松开手，愣了好一阵儿，霓凰还是不甘心地又伸手扯开了梅长苏的领口，认真察看他肩胛骨的部位。

……仍是肌肤光洁，无痕无印。

年轻姑娘的泪水终于夺眶而出，顺着脸颊，不停地向下滴落，给人的错觉，就好像这泪滴立即会在凛冽的寒风中，被冻结成皎人的珍珠。

梅长苏温柔地注视着她，不能上前，不能安慰。隆冬的凛凛冰寒顺着被拉开的袖口和扯松的衣领刺入皮肤深处，阴冷入骨，仿佛随时准备直袭心脏，逼它骤停。

"你很怕冷吗？"霓凰看着他收紧披风的动作，轻声问道。

"是……我很怕冷……"

"他以前从来不怕冷的，大家都说他是小火人。"霓凰面色苍白，眼眸中水气盈盈，"到底是怎样残忍的事，才能抹掉一个人身上的所有痕迹，才能让一个火人变得那么怕冷……"

"霓凰……"梅长苏的神情仍然是静静的，音调仍然是低低的，"看到的就已经足够了，你不要再多加想象。有很多痛苦，都是因为控制不住自己的想象而产生的，你没有必要面对它，更没有必要承受它。林殊已经死了，你只要相信这个就行了……"

"可是女人的感觉总是不讲道理的。"霓凰凝望着他的脸，泪水落得又快又急，"就算什么痕迹都没有，我也能知道……也许越是什么都没有，我才越是知道……林殊哥哥，对不起，我不再离开你了，我永远都不再离开你了……"

"傻孩子，"梅长苏只觉得眼眶一阵阵地发烫，伸手将他的小女孩搂进了怀里，"我知道你念着林殊哥哥，但那是不一样的……已经错过的岁月，和已经动过的心，都像是逝去的河水，永远也无法倒流。我已经累了十二年，不想再看到身边重要的人因为我的存在而痛苦，这样我也可以轻松很多，你说是不是？"

霓凰紧紧抱住他的腰，泪水浸湿了他胸前的衣襟。这十多年来，她一直是别人的倚靠，是别人的支柱，面对着幼弟旧将、南境军民，柔软的腰身一刻也不能弯下，即使是聂铎，也不可能让她完全放松。

可唯有这个人、这个怀抱，能够让她回到自己娇憨柔软的岁月，纵情地流泪，无所顾忌地撒娇。没有热烈涌动的激情，没有朝朝暮暮的相思，有的，只是如冬日阳光般暖暖又懒懒的信任，仿佛可以闭上眼睛，重新变回那个永远无忧无虑，让他背着四处奔跑的小女孩……

抛开彼此的身份，抛开那桩由大人们订下的婚约，林殊哥哥还是林殊哥哥。不管过去多少年，不管世事如何变迁，纵然有一天各寻各的爱情，各结各的佳侣，纵然将来儿女成行，鬓白齿松，林殊哥哥也依然是她的林殊哥哥。

"霓凰，你听我说，"梅长苏静静地拥着她，轻柔地抚摸她的长发，"你先不要问当年到底发生了什么事，有一天我会让聂铎原原本本告诉你的，可是现在……你能不能听我的话，乖乖回穆王府去。我们今天会面的事，不要跟任何人说，即使是夏冬和靖王也不可以。以后如果再相见，我还是苏哲，你还是郡主，不要让其他人看出异样来，你做得到吗？"

霓凰用衣袖拭去脸上的水迹，振作了一下精神，点点头："我知道，你现在要做的事很难，我不会给你添麻烦的。"

梅长苏微微笑着，伸手理顺了她耳边的乱发，轻声道："清明之后，你就回云南去吧。我会让聂铎也过去，你们在那里安静地等我的消息，好不好？"

"不行，"霓凰郡主柳眉轻扬，"你在京城势单力薄，起码我要留下来帮你……"

"在云南也有事情可以做的。"梅长苏温和地劝道，"需要你帮忙的时候，我一定会叫你，因为你不是局外人，我们要共同努力才行。"

霓凰眼波轻动，沉吟了片刻，慢慢点了点头："那好……我回云南可以牵制一些局面，也许确实比留在京城更有用。等我走后，穆王府在京城的所有力量，你都可以随意调派。"

梅长苏眸中露出笑意，赞道："这些年你实在是历练了，果断慧敏，思路清晰，朝局脉络把握得也很准。有你稳定南方，我在京城也省心不少。"

霓凰看着他素白清减的容颜和闲淡安宁的微笑，心中突然甚觉酸楚，又不想再惹他难过，自己勉强忍了下去，语调微颤地道："林殊哥哥，你要小心……"

梅长苏安慰地拍了拍她的手背，从怀中摸出一方素巾，拨开旁边地上积雪表面的一层，抓了几把下面干净的雪握成冰块，用素巾包了敷在霓凰的眼睛上，柔声道："你是威震三军的女将军，不能肿着眼睛回去哦……"

霓凰解颐一笑，接过冰包轻压着轮流冷敷两只眼睛。方才的郁郁悲凄略略疏散了一些，又见梅长苏将抓过雪的手指缩回袖中煨着，嘴唇也有些微微发青发白，不由得担心地道："林殊哥哥，你这么冷，还是先坐你的马车回城去吧。我在这里等一会儿，等小青送完周老先生回来，我的眼睛也差不多好了。你放心，不会让那小子发现的。"

"要是连穆青都能发现，那还了得。"梅长苏刻意轻松地玩笑了一句，也确实有些抵御不住身上越来越重的寒意,便又叮嘱了霓凰几句,转身走下坡地。

一直远远站在坡地洼处的护卫立即迎上前,看见他的手势,心领神会地跑去叫车夫把停靠在较远路边的马车赶了过来,放下脚凳,扶他上车。

梅长苏靠住车辕,回头又向坡地的方向看了一眼,见霓凰举起手中的冰包向他挥动,忙也抬手回应。

马车随即轻轻摇晃,开始启动向前。厚重的车帘放下,挡住了外面的山谷的朔风,也隔开了霓凰郡主的视线。

梅长苏只觉得胸口涌起冰针般的刺痛感,再难强力抑制,抬袖捂住嘴一阵咳嗽,好容易平息下来时,雪白的银裘袖口已晕染了一抹深红。

"宗主!"护卫惊呼了一声,过来扶住他的身体。

"没事,"梅长苏淡淡地一笑,"天气太冷,回去给我烧点热水,暖一暖就好……"